# 문예창작강의
## 文藝創作講義

黃松文 著

문학사계

## ‖ 머리말 ‖

　진리는 단순하다는 말을 연륜이 깊어질수록 실감한다. 늘그막에 상재하는 이 책은 참깨 밭에 내리는 햇살처럼 다정다감하고 편안하다. 『문예창작강의(文藝創作講義)』라는 제호로 펴내는 이 책은 그동안 대학의 강단(전주대, 선문대, 숙명여대, 서울디지털대)과 문화센터(동아일보문화센터, 아이파크문화센터 등)에서 30여 년간 강의한 결실이랄까 결정체 중의 하나다.

　이 책이 대학의 국문학과와 문예창작과에서뿐 아니라 교양필수로 읽혀지기를 바란다. 그리고　문학 지망생들이 찾는 문화센터에서도 애독되기를 바란다. 대학 강단에 처음 서는 젊은 교수는 '적(的)' 소리가 많다. 그러다가 노교수가 되면 그 적 소리가 사라진다. 사물의 속내를 통찰하기 때문이다. 마치 장작을 빠개듯이 그렇게 확실히 갈파한 이 책은 그 적 소리가 사라져서 편할 것으로 여겨진다.

　동양철학(주역)을 공부하는 사람이 잘못 풀리면 사주 점쟁이가 된다는 말이 있다. 문학도 잘못 풀리면 시성(詩聖)이나 시선(詩仙), 문호(文豪), 문사(文士)가 되지 못하고, 문충(文蟲)이나 문적(文賊) 문간(文奸) 문기(文妓)로 전락하게 된다.

　요즈음은 문학인플레 현상으로 문단풍토가 말이 아니다. 이미 자정능력을 상실한 지 오래다. 미숙한 상태에서 쉽게 등단한 문인들은 이 책을 읽고 공부하여 개과천선하기 바란다. 공자의 '배우기를 즐겨하라'는 말은 평범한 진리다.

　이 책은 계간종합문예지 『문학사계』에 연재를 마치면서 발행하게 되어 다행이다. 이 책이 다양한 애독자로부터 사랑받기를 바라고, 또 그렇게 될 것을 믿어 의심치 않는다. 이 생산의 기쁨을 풍상을 함께 겪어온 문학가족과 함께 자축하고자 한다.

단제기원(檀帝紀元) 4351년(서기 2018년) 한여름에

용마산방(龍馬山房)에서

황송문 적음

# ■ 차례 ■

# 제1강

## 표현과 구체적 형상화

### 1교시
설명과 표현

### 2교시
동기와 제재

### 3교시
정서와 사상

# 제1강 표현과 구체적 형상화

## 1교시 설명과 표현

- 향토정서의 시
(「자운영」「샘도랑집 바우」「산」「향수」「동천」「국화 옆에서」)

안녕하십니까? 이번 학기 수업을 맡은 황송문 교수입니다. 이 과목은 문예창작과 지망생은 누구나 다 언제든지 이수해야 할 과목입니다. 여기에서는 시와 수필과 소설을 순차적으로 다루고자 합니다. 1주에서 7주까지는 시창작을, 8주에서 11주까지는 수필창작을, 12주에서 14주까지는 소설창작을 다루고자 합니다.

이 과목의 특징 중의 하나는 12주와 13주 사이에 여러분이 제출하는 시나 수필을 제가 첨삭 지도하게 되어있습니다. 이 과정을 거치게 되면 여러분은 자신의 문예창작 수준이 어디쯤 와있는지를 짐작하게 될 것입니다.

저 혼자서 여러분의 시와 수필을 첨삭 지도한다는 것은 쉬운 일이 아닙니다. 그런데 제가 그 힘든 일을 왜 사서 하겠습니까? 그 첨삭과정을 거치지 않으면 문예 창작 향상 여부를 알 수 없기 때문입니다. 이 기회를 활용하는 분은 좋은 작품으로 높은 점수를 받게 됩니다. 그러나 여기에 호응하지 않은 학생은 좋은 작품이나 높은 점수를 기대하기 어렵습니다.

12주와 13주 사이에 첨삭 지도를 받을 문예 작품을 내실 때 시작품에 자신이 있는 분은 시작품을 내시기 바랍니다. 그러나 그동안 시를 많이 읽어보지도 않았거나 써보지 않은 학생은 수필을 써 내시기 바랍니다. 이런 말씀을 왜

드리느냐 하면, 시가 되지 않는 글은 제로(0)입니다. 점수를 줄 수 없습니다. 그러나 수필의 경우는 어느 정도 글이 되면 학점을 받을 수 있습니다. 좀 쉽게 말해서 시는 설명하면 시라고 할 수 없지만, 수필은 설명해도 수필이 될 수 있기 때문입니다.

그리고 이 과목과 관련된 참고도서는 시선집 『시를 읊는 의자』입니다. 이 문예창작 과목에 대한 주지사항은 이 정도로 말씀드리겠습니다. 우선 향토정서를 나타낸 저의 시 가운데 「자운영」부터 낭송하도록 하겠습니다.

나는 그녀에게 꽃시계를 채워주었고 / 그녀는 나에게 꽃목걸이를 걸어주었다.// 꿀벌들은 환상의 소리 잉잉거리며 / 우리들의 부끄러움을 축복해 주었다. // 그러나 / 우리들의 만남은 이별, / 보자기로 구름 잡는 꿈길이었다.

세월이 가고 / 늙음이 왔다. // 어느 저승에서라도 만나고 싶어도 / 동그라미 밖에 더 그릴 수가 없다. // 이제는 자운영을 볼 수 없는 것처럼 / 그녀의 풍문조차 들을 수가 없다.

다만 알 수 있는 것은 / 나의 추억 속에 살아있는 / 그녀의 미소, / 눈빛과 입술이다. // 나는 그녀에게 사랑을 바쳤고 / 그녀는 나에게 시를 잉태해 주었다.

시 「자운영」을 낭송했습니다. 이 시는 어린 유소년 시절의 이야기입니다. '자운영'이라는 꽃이 지금은 전라남도 지방 일부에서 볼 수 있지만, 제가 어릴 때만 해도 전라북도 농촌에도 많이 피었습니다. 비료가 귀할 때라서 녹비용으로 많이 이용했습니다. 이 꽃은 꽃자주라고 하는 자홍색으로 4월에서 5월에 핍니다. 이 자운영은 볏모를 내기 2주일 전에 녹비로 논에 갈아 넣게 됩니다. 한국과 중국에 분포한 이 자운영은 사료로도 좋은 작물입니다.

초등학교 때 등교는 부지런히 하지요. 그러나 귀가할 때는 해찰을 합니다. 젊은 학생들은 이 '해찰'이라는 말을 잘 모를 것입니다. 일에는 정신을 두지 않고 쓸데없는 짓만 하는 것을 '해찰한다'고 합니다. 그러니까 집으로 바로 가지 않고 자운영 꽃밭에 들어가서 노는 것도 해찰입니다.

마치 어머니 머리의 가르마 같이 하얗게 트인 산작로 양쪽 논밭으로 자운영 꽃밭이 융단처럼 펼쳐져 있었습니다. 꿀벌들이 잉잉대는 그 꽃밭으로 들어간 아이들이 해찰하며 놉니다. 머슴아이는 계집아이 손목에 꽃시계를 채워주고, 계집아이는 머슴아이 목에 꽃목걸이를 걸어줍니다. 그 당시에는 그게 심심풀이 해찰이요 장난질에 불과했지만, 세월이 가면서 아름다운 영상으로 자리를 잡게 됩니다.

그 당시는 숫기가 생길락말락한 때라서 사랑은 잘 모를 때입니다. 그런데 이 시는 결말에서 "나는 그녀에게 사랑을 바쳤고 / 그녀는 나에게 시를 잉태해 주었다."고 썼습니다. 그렇다면 이것은 거짓말이 아닌가? 시는, 문학은, 예술은 창작입니다. 어떤 경험을 했건 그 경험은 소재에 불과합니다. 그 경험을 체험으로 승화시켜서 구체적으로 형상화하는 게 중요합니다.

제가 이 「자운영」이라는 시를 귀하게 보고, 의미 있게 여기는 까닭은 순수하기 때문입니다. 이 시에서는 "나의 추억 속에 살아있는 / 그녀의 미소, / 눈빛과 입술이다." 어쩌고 하지만, 그때는 그런 게 없었습니다. 초등학교 때 무슨 눈빛이고 입술입니까? 이것은 너무도 까지고 바라진 세상에 대한 반동입니다. 순수한 반동이라고 할 수 있겠지요. '반동'이라는 말이 싫으면 '순수에의 향수'라고 할까요?

여중생이 한밤중에 이쑤시개를 라이터 불에 달구어서 속눈썹 드러나게 하려다가 불이 나서 몇 천만 원의 재산피해를 낸 사건을, 이 자운영 꽃에 얽힌 '순수에의 향수'에 빗대어 보시면 제가 이 「자운영」을 애지중지하는 창작의도를 이해하게 될 것입니다. 이 수업은 앞으로 감상과 이해와 분석과 평가를 해나가면서 여러분이 문예작품을 써보도록 마중물이 되어주는 역할을 하게 될 것입니다. 다음은 「샘도랑집 바우」를 감상하기로 하겠습니다.

가까이 가지도 않았습니다. / 탐욕의 불을 켜고 / 바라본 일도 없습니다. / 전설 속의 나무꾼처럼 / 옷을 숨기지도 않았습니다. // 그저 그저 달님도 부끄러워 / 구름 속으로 숨는 밤 / 물소리를 들었을 뿐입니다. / 죄가 있다면 / 그 소리 훔쳐들은 죄밖에 없습니다.

그런데, 그런데, / 그 소리는 꽃잎이 되고 향기가 되었습니다. // 껍질 벗는 /

수밀도의 향기…… / 밤하늘엔 여인의 비눗물이 흘러갑니다. // 아씨가 선녀로 목욕하는 밤이면 / 샘도랑은 온통 별밭이 되어 / 가슴은 은하(銀河)로 출렁이었습니다.

손목 한번 잡은 일도 없습니다. / 얘기 한번 나눈 적도 없습니다. // 다만 아슴푸레한 어둠 저편에서 / 떨어지는 물소리에 / 정신을 빼앗겼던 탓이올시다. // 시원(始原)의 유두(乳頭) 같은 / 물방울이 떨어질 때마다 / 머리카락으로 목덜미로 유방으로 허리로 / 그리고 또……

곡선의 시야(視野) 굼틀굼틀 / 어루만져보고 껴안아보던 / 그 달콤한 상상의 감주(甘酒), / 죄가 있다면 이것이 죄올시다. // 전설 속의 나무꾼처럼 / 옷 하나 감추지도 못한 주제에 / 죄가 있다면 / 물소리에 끌려간 죄밖에 없습니다.

「샘도랑집 바우」였습니다. 전라북도 임실군 오수면 오수리에서도 또 나누어진 자연부락은 동후리였습니다. 그 동후리에서도 웃몰(上里)쪽 들녘으로 나가는 마지막 집이 황노인 집이었습니다. 그 집 샘에서는 여름마다 그 샘 옆구리에서 시원한 생수가 솟아 흘렀습니다. 밤이면 우리 또래의 조무래기들이 반딧불을 잡으러 들로 나갑니다. 반딧불을 병에 담아와서 풀어놓으면 모기장 여기저기에서 별처럼 반짝입니다.

그 마을은 농촌이라 밭일을 하고 돌아온 여인들이 깊은 밤에 그 샘도랑에서 목욕을 합니다. 저희 또래의 종내기들이 반딧불을 잡아들고 귀가하다가 그 앞을 지나지 못합니다. 지나가지 못한다는 말보다는 지나가지 않는다고 해야 옳을 것입니다. 밤하늘엔 새털구름 조개구름이 떠있고, 달이 그 사이에서 들어갔다 나왔다 합니다.

달님이 구름 사이로 나오게 되면 그 샘도랑 곡선의 시야로 시선을 모읍니다. 사실 노출되면 그저 그렇고 그럴 텐데, 세월이 흐를수록 상상이 새끼를 쳐서 아름다움을 증폭시킵니다. 강대운 화가가 저를 만나면 그림이 하나씩 생긴다고 합니다. 제가 이런 이야기를 들려주기 때문입니다. 저의 소년시절의 경험 한 가지는 여기까지입니다.

그런데 이 「샘도랑집 바우」는 저의 상상에 의해서 탄생된 시입니다. 이 샘도랑집에는 이 시에 나오는 그런 여인은 없습니다. 황노인과 아버지의 친구, 그리고 저의 친구인 황계연과 황인석이 기억에 남습니다. 그런데 어떻게 해서 이렇게 아름다운 시로 형상화(形象化)할 수 있었을까요. 그것은 상상의 집짓기라 하겠습니다. 생산적(生産的) 상상(想像), 창조적(創造的) 상상(想像)으로 아름다운 집을 짓는 겁니다.

이 시의 배경이 되는 공간은 샘도랑입니다. 그것은 소년시절에 보았던 기억의 잔상(殘像)이라는 이미지를 재생시킨 겁니다. 그리고 샘도랑집의 '바우'라는 인물은 시인 자신일 수도 있고, 문학작품에 나와 있는 '벙어리 삼룡이'나 '바보 용칠이', 또는 '노틀담의 꼽추' 같이 천박하지만 순박한 인물을 생산적 상상의 힘으로 끌어와서 결합시키고 변화시킨 겁니다. 심리적으로는 주인공 화자처럼 무식하지만 순박한 바보 같은 인물이 되어서 지극히 순수한 사랑을 표현한 겁니다.

이 시 역시 앞의 「자운영(紫雲英)」이라는 시처럼 '순수에의 향수'를 표현하고 싶었던 겁니다. 이것은 좀 우언적(寓言的)이기도 합니다. 제가 소설가 이정환에게서 들은 에피소드 하나 이야기하겠습니다. 감옥에서 소도둑이 이렇게 말했다고 합니다. 길을 가는데, 길가에 소가 있어서 줄을 잡았더니 그 소가 우리 집으로 들어가더라. 자기는 소의 줄을 잡고 따라가기만 했는데, 자기를 소도둑이라고 한다는 겁니다.

이 에피소드가 연상될 정도로 그 샘도랑집 바우는 구체적 행동이 없습니다. 그러나 내면세계로 들어가면 아주 에로틱합니다. 이것은 상상의 단술입니다. 시인은 연금술사처럼 감주(甘酒)를 맛있게 빚어 만들어야 합니다. 선녀와 함께 산 나무꾼을 끌어들였고, 껍질 벗는 수밀도(水蜜桃)를 끌어들였으며, "밤하늘에 여인의 비눗물이 흘러간다"고 했습니다. 여인들이 목욕을 하면 비눗물이 샘도랑을 흘러갈 텐데 왜 밤하늘에 흘러간다고 했을까요.

천상의 선녀와 지상의 나무꾼이 함께 사는 것처럼, 샘도랑집 바우의 마음도 동일시하는 겁니다. 이 바우는 아씨를 선녀로 여기고 있는 겁니다. 바우라는 청년이 상상으로 그려봅니다. 선녀처럼 목욕하는 아씨가 물을 끼얹을 때마다 유두 같은 물방울이 머리카락으로 목덜미로 유방으로 허리로, 그리고 또 그 아래로, 여러분도 저의 의도대로 상상을 극대화시킵니다. 그리고 마음대로 어루만져보고 껴안아 보기도 합니다. 그렇게 대리만족을 하기도 합니다.

그런데, 마지막 결구는 "물소리에 끌려간 죄밖에 없습니다."라고 시침을 뚝 뗍니다. 소도둑이 자기는 소의 끈을 잡았을 뿐이라고 하듯이, 물소리에 끌려간 죄밖에 없다고 시침을 뗍니다. 이 아이러니가 재미있습니다. 이 시를 통해서 교훈삼아야 할 점은 '순수에의 향수'와 '생산적 상상'을 통한 표현(表現)이라 하겠습니다. 다음으로 김소월의 시 「산(山)」을 살펴보고자 합니다.

산새도 오리나무 / 위에서 운다. / 산새는 왜 우노, 시메 산골 / 영(嶺) 넘어 가려고 그래서 울지. // 눈은 내리네, 와서 덮이네. / 오늘도 하룻길 / 칠팔십 리 / 돌아서서 육십 리는 가기도 했소. // 불귀(不歸), 불귀, 다시 불귀, / 삼수갑산에 다시 불귀. / 사나이 속이라 잊으련만, / 십오 년 정분을 못 잊겠네. // 산에는 오는 눈, 들에는 녹는 눈, / 산새도 오리나무 / 위에서 운다. / 삼수갑산 가는 길은 고개의 길.

산새도 오리나무 위에서 운다고 했습니다. 산새가 운다고 한 게 아니고 산새도 운다고 했습니다. 그렇다면 산새 말고 또 누가 울고 있어야 합니다. 그가 바로 김소월 시인 자신입니다. 15년간이나 살던 정분을 못 잊어 눈물을 뿌리며 떠나가는 겁니다. 떠나가려는 발길이 자꾸만 머뭇거려집니다. 그는 뒤돌아보면서 산새도 오리나무 위에서 운다고 토로했습니다. 정든 산천을 떠나면서 다시는 돌아오지 않겠다고 불귀불귀(不歸不歸) 다시 불귀를 부르짖는, 가난하게 살았던 시인의 슬픔이 사무치게 젖어 옵니다.

저는 산행을 할 때면 이 시를 외웁니다. 외우려고 왼 게 아니라 자주 낭송을 하다보면 저절로 외워지게 됩니다. 산을 오르내릴 때 김소월 시인의 심정이 되어서 이 시를 외우게 되면 그 시인의 마음속으로 들어가게 됩니다. 이렇게 시를 사랑하게 되면 시와 떨어져 살 수 없게 되고, 시인다운 시인이 되어가게 됩니다. 이제는 정지용 시인의 시 「향수」를 살펴보고자 합니다.

넓은 벌 동쪽 끝으로 / 옛 이야기 지줄대는 실개천이 회돌아 나가고, / 얼룩백이 황소가 / 해설피 금빛 게으른 울음을 우는 곳.

— 그 곳이 차마 꿈엔들 잊힐 리야.

질화로에 재가 식어지면, / 빈 밭에 밤바람 소리 말을 달리고, / 엷은 졸음에 겨운 늙으신 아버지가 / 짚베개를 돋아 고이시는 곳.

— 그 곳이 차마 꿈엔들 잊힐 리야.

흙에서 자란 내 마음 / 파아란 하늘 빛이 그리워 / 함부로 쏜 화살을 찾으러 / 풀섶 이슬에 함초롬 휘적시든 곳.

— 그 곳이 차마 꿈엔들 잊힐 리야.

전설(傳說) 바다에 춤추는 밤 물결 같은 / 검은 귀밑머리 날리는 어린 누이와 / 아무렇지도 않고 예쁠 것도 없는, / 사철 발 벗은 아내가 / 따가운 햇살을 등에 지고 이삭 줍던 곳.

— 그 곳이 차마 꿈엔들 잊힐 리야.

하늘에는 성긴 별 / 알 수도 없는 모래성으로 발을 옮기고, / 서리까마귀 우지 짖고 지나가는 초라한 지붕, / 흐릿한 불빛에 돌아앉아 도란도란거리는 곳.

— 그 곳이 차마 꿈엔들 잊힐 리야.

이 시는 일제치하인 1927년 3월 『조선지광』(65호)에 발표된 작품입니다. 여기에서는 평범 속의 비범함을 보게 됩니다. 대중가요로 만들어져 널리 알려진 이 작품은 고향에의 향수와 그리움이 실감 있게 나타나 있습니다. 이러한 실감은 모더니즘 기법과도 관련이 있어 보입니다. 그는 김광균 김기림 두 시인과 함께 모더니즘 경향을 보였습니다. 이 시에는 시각적 색채의식과 함께 형태의식 내지는 청각적 음향의식이 실감으로 다가옵니다.

정지용 시인은 청록파 세 시인, 그러니까 박목월 박두진 조지훈을 『문장』지를 통해서 등단시킨 분입니다. 이 시가 평범하면서도 비범한 까닭은 우리들의 고향에 대한 보편적 정서를 약속되어진 민족공동체의 얼로서 공감하게 하기 때문이라 하겠습니다. 마지막으로 서정주 시인의 시 「冬天」과 「국화 옆에서」를 살펴보고자 합니다.

내 마음 속 우리 님의 고운 눈썹을 / 즈믄 밤의 꿈으로 맑게 씻어서 / 하늘에다 옮기어 심어 놨더니 / 동지섣달 날으는 매서운 새가 / 그걸 알고 시늉하며 비끼어 가네.

서정주의 시 「동천(冬天)」이었습니다. 여기에서 주목되는 시어(詩語), 즉 눈썹을 꿈으로 씻는다거나, 그것을 하늘에다 심는다는 것은 현실성이 없을 뿐 아니라, 논리적 질서로도 용인하기 어려운 모순성을 안고 있습니다. 이는 어디까지나 비현실적인 형이상시를 추구하는 데에서 기인하는 것입니다. 논리성을 초월하고자 하는 형이상학적 차원의 인식에서 가능하게 됩니다. 현실적으로는 논리적 모순을 내포하고 있지만, 시적 방법에 있어서는 이러한 모순이 오히려 형이상의 세계로 초탈하려는 창조정신으로 나타나게 됩니다.

여기에 교훈으로 삼아야 할 점은 시에 있어서의 논리성과 비논리의 논리성입니다. 즉 논리와 비논리적 모순의 양면성의 창조적 조화에서 현대시의 매력이 살아난다는 점입니다. 이는 마치 먹을 수 없는 극약이 오히려 죽을 사람을 살려내는 경우도 있는 것처럼, 논리의 모순에서 논리를 뛰어 넘는 초탈의 경지를 보게 됩니다.

시에 있어서 논리적 방법과 비논리의 논리적 방법, 가령 모순되는 초월적 표현은 서로 상치되는 듯한 성격의 것이면서도 보다 차원 높은 시를 위해서 불가피하기 때문에 차용해야 하는 성격의 것입니다. 서정주 시인의 시 「冬天」은 이러한 형이상학적 내지는 초현실적인 세계의 이론을 뒷받침하는 좋은 예가 될 것입니다.

여기에서는 인간 본연의 주제를 다루고 있습니다. 일체의 설명이 없이 고도한 상징수법을 구사하고 있습니다. 그래서 강렬하고 치열한 긴장을 갖게 합니다. 1행에서 3행까지는 이 시인이 지극히 아끼는 존재(눈썹)를 천일 동안 씻어서 하늘에 심어놓은 것으로 되어 있습니다. 그 다음 4행과 5행은 매서운 새가 비켜가는 것으로 되어 있습니다. 매서운 새라면 쥐어 할퀸다든지 해칠 게 아닙니까?

그런데 왜 해치는 시늉만 하고 비켜가겠습니까? 여기에는 "그걸 알고"라는 말이 열쇠가 되겠습니다. 서정주 시인이 '눈썹'으로 상징되는 어떤 아름다운 님을 지극히 아끼는 것을 알고 그 매서운 새도 차마 해치지 못하고 해치는 시늉만 하고 비켜간다는 겁니다. 이런 작품은 지극히 높은 사랑에 향하는 절대적 가치에 대한 경외심을 갖게 합니다.

　　한 송이의 국화꽃을 피우기 위해 / 봄부터 소쩍새는 / 그렇게 울었나보다.// 한 송이의 국화꽃을 피우기 위해 / 천둥은 먹구름 속에서 / 또 그렇게 울었나보다. // 그립고 아쉬움에 가슴 조이던, / 머언 먼 젊음의 뒤안길에서 / 이제는 돌아와 거울 앞에 선 / 내 누님같이 생긴 꽃이여. // 노오란 네 꽃잎이 피려고/ 간밤엔 무서리가 저리 내리고 / 내게는 잠도 오지 않았나 보다.

　서정주의 시 「국화 옆에서」 였습니다. 앞의 시 「冬天」에 비하여 편안하게 읽히면서도 즐거움을 주는 작품입니다. 그러면서도 인생에 대한 깊은 이해와 성찰을 내다보게 합니다. 가장 한국적인 시를 쓴다는 서정주 시인의 대표작 중의 하나입니다. 국화꽃이 피는 과정을 통하여 인생을 말하고 있습니다. 국화꽃을 피우기 위해서 소쩍새가 울고, 천둥이 먹구름 속에서 울며, 무서리가 내렸고, '머언 먼 젊음의 뒤안길'로 상징된 번민과 시련 고통의 극복의지가 요구되었습니다. 그러한 고난의 과정을 통하여 국화는 누님같이 생긴 아름다운 꽃으로 피어난다는 얘기입니다. 수많은 고난을 극복한 인간은 자아성찰의 모습으로 성숙한다는 인생의 새로운 해석을 가능케 한다 하겠습니다. 평범하게 읽혀지면서도 비범한 철학이 느껴지는 명시라 하겠습니다.
　여러분께서는 서정주 시인의 「冬天」도 감상하고 이해하며, 「국화 옆에서」 같은 시도 그 속에 들어있는 의미도 캐어내서 음미할 줄도 알아야 하겠습니다. 1교시 수업은 여기까지입니다.

# 2교시 동기(動機)와 제재(題材)

- 향토정서의 시 (「보리를 밟으면서」 「나그네」 「청노루」 「승무」 「돌담에 소색이는 햇발」 「달」)


2교시에도 이어서 시작품을 감상하고 이해하는 시간을 갖겠습니다. 우선 시작품의 감상에 충실해야 합니다. 감상하면서 동시에 분석하고 평가하려고 하면 도움이 되지 않습니다. 예술과 학문은 성격이 다릅니다. 예술은 신바람이 나야 하지만, 학문은 다소곳해야 합니다. 시를 창작할 때 딱딱한 논문이나 논저는 피해야 합니다. 창작에 방해가 되기 때문입니다. 그동안 잠들었던 정서를 살려내야 합니다. 좋은 시를 읽거나 아름다운 음악을 듣는 것은 마치 펌프우물에 마중물을 붓는 것과도 같다 하겠습니다. 우선 저의 시 「보리를 밟으면서」부터 살펴보기로 하겠습니다.

제가 어릴 때의 이야기입니다마는, 봄이면 청보리가 들판을 푸르게 장식합니다. 보리밭이 천수답(天水畓)일 경우에는 산허리의 지형에 따라 바람의 행로가 다양하기 때문에 보리밭이 지그재그로 휩쓸리게 됩니다. 방금 '천수답(天水畓)'이라고 했는데, 천수답은 하늘 천(天)자에 물 수(水)자, 논 답(畓)자해서 천수답입니다. 천수답은 하늘에서 비가 오기만을 바라는 논을 말합니다. 그 청보리 밭 물결은 마치 여고생들의 매스게임처럼 율동의 극치를 이룹니다. 곡선의 인파를 생각하게 하는 그 싱그러운 청보리밭 물결은 살찐 종아리와 휘어지는 허리와 풋풋한 물이랑으로 장관을 이룹니다.

겨울과 봄 사이의 보리밭은 얼고 녹기를 반복합니다. 그러는 사이 부풀어 오른 땅이 다시 얼게 되면 떠있는 보리밭의 보리들이 얼어서 죽게 됩니다. 그래서 시골에서는 보리가 얼어 죽지 않도록 보리밭을 밟아주게 됩니다. 저도 초등학교 때 동원되어 학교 주변 마을의 보리밭을 밟아준 적이 있습니다.

보리는 겨울을 나는 식물입니다. 추운 엄동설한(嚴冬雪寒)을 잘 견디어내기만 하면 이듬해 봄부터 여름까지 황금들녘을 장식하게 됩니다. 그야말로 황금빛 파도를 이룹니다. 지그재그로 휩쓸리며 불어오는 남풍과 더불어 오는 봄여름의 황금마차는 그저 오는 게 아닙니다. 그런 황금의 계절은 시안 삼동을 견디어낸 끝에 오게 됩니다. 마치 일제의 질곡에서 풀려난 우리 겨레가 조국광복을 희구하듯이 보리밭은 태극기의 물결처럼 소리 없는 아우성으로 온 들녘에 가득가득 실리어 출렁이게 됩니다.

보리는 우리 민족을 닮았습니다. 서민적이면서도 끝없는 생명력을 지녔기 때문입니다. 겨우내 얼어 죽지 않고 차디찬 흙속에 뿌리를 묻고 있다가 날씨가 풀리게 되면 황금 들녘을 이루듯이, 우리의 선지선열들은 조국광복이라는 그 한 날을 꿈꾸면서 상해 임시정부로, 북만주로, 연해주로 끈질기게도 침략자와 싸웠습니다. 저는 보리의 끈질긴 생명력을 생각하면서 「보리를 밟으면서」라는 시를 썼습니다. 시를 낭송하겠습니다.

보리를 밟으면서 / 언 뿌리를 생각한다. / 아이들이 아비에게 대들 때처럼, / 시린 가슴으로 / 아픔을 밟는 아픔으로 / 해동을 생각한다.

얼마나 교육을 시켜주었느냐고, / 얼마나 유산을 남겨주었느냐고, / 시퍼런 눈들이 대드는 것은 / 나의 무능임을 / 나는 안다.

뿌리를 위하여 / 씨알이 썩는 것처럼,/ 사랑할수록 무능해 지는 것을 / 나는 안다. // 내 아이들이 대들 듯, / 어릴 적 내가 대들면 / 말을 못하시고 / 눈을 감으시던 아버지처럼, / 나 또한 눈을 감은 채 / 보리를 밟는다.

잠든 어린것 옆에 / 이불을 덮어주며 / 눈을 감는 것처럼, / 나는 그렇게 눈을 감은 채 / 온종일 보리를 밟는다.


자작시 「보리를 밟으면서」였습니다. 보리는 밟아줘야 삽니다. 보리밭을 밟아줘야 보리가 얼어 죽지 않기 때문입니다. 보리밭 같은 자식에게는 아버지의 훈육이 필요합니다. 엄동설한에 보리밭을 밟아주듯 엄격하게 훈육하는 엄친(嚴親) 밑에서는 효자가 나게 됩니다. 훈육을 모르고 조동으로 자라는 아이들

중에는 효자가 나기 어렵습니다. 어른을 배려할 줄 모른 채 이기적으로 자라기 때문입니다.

제가 초등학교 시절 월사금인가 사친회비인가 학비를 내지 못한 아이들을 수업시간에 돈을 가져오라고 집으로 돌려보낸 일이 있었습니다. 저의 아버지는 말을 못하시고 가만히 계셨습니다. 저는 그때 무능한 아버지라고 생각했습니다. 그런데 세월이 흐른 후 눈을 감은 채 듣고만 계시던 아버지의 그 무능이 바로 사랑인 줄 알게 되었습니다. 사랑할수록 무능하게 보인다는 것을 알게 되었습니다.

다음으로 박목월 시인의 시 「나그네」와 「청노루」를 감상하겠습니다. 이 시는 제가 아주 오래 전부터 즐겨 낭송한 시입니다. 산길에서 들길에서 아파트 숲길에서 수시로 낭송하곤 했습니다.

江나루 건너서 / 밀밭 길을 // 구름에 달 가듯이 / 가는 나그네 // 길은 외줄기 / 南道 三百里 / 술 익는 마을마다 / 타는 저녁 놀 // 구름에 달 가듯이 / 가는 나그네

박목월의 시 「나그네」는 간결하게 축약되어 있습니다. 이 시인은 동요 동시에서부터 출발했기 때문에 이 「나그네」 역시 간결체로써 동요적인 리듬을 타고 있음을 알 수 있습니다. 한국적인 정서와 달관의 경지가 느껴지는 시라 하겠습니다. 여기에는 서정과 서경이 손에 잡힐 듯이 보입니다. 밀밭 길이 나오고, 술 익는 마을이 나오며, 저녁놀이 나옵니다. 그리고 마지막에는 나그네가 나옵니다.

이 시는 첫 출발부터 복선이 깔려있다 하겠습니다. 뒤에 술이 나오게 되는데, 앞에서는 그 술의 재료가 되는 '밀밭'이 나옵니다. 이 시는 민요적 가락에 향토색 짙은 이미지를 드리우고 있습니다. 특히 민요적 향토미가 두드러집니다. 가령 '강나루'라든지, '밀밭 길' '남도 삼백리' '술 익는 마을'이 그것입니다. 여기에서 한국적 향토정서가 살아나게 됩니다.

이 시는 강나루를 건너고, 밀밭 길을 가며, 술 익는 마을과 타는 저녁놀로 시

각적 색채 이미지와 형태 이미지를 선명하게 보여주고 있습니다. 그리고 "술 익는 마을마다 / 타는 저녁 놀"에서 감동하지 않을 수 없습니다. 술 익는 마을의 사람과 타는 저녁놀의 대자연이 혼연일체가 되어 얼근하게 취한 기분을 자아내게 하기 때문입니다. 그리고 얼근한 기분의 홍조 띤 얼굴빛과 노을빛의 상사성(相似性) 때문입니다. 서로 닮아있는 모습입니다. 북에는 소월이 있고, 남에는 목월이 있다는 말이 있었습니다. 이제 「청노루」를 낭송하겠습니다.

머언 산 靑雲寺 / 낡은 기와집 // 山은 紫霞山 / 봄눈 녹으면
느릅나무 / 속잎 피어가는 열두 구비를
靑노루 / 맑은 눈에 / 도는 / 구름

　박목월의 시 「청노루」입니다. 이 시는 자하산의 청운사를 배경으로 청노루를 관조하는 선풍(仙風)을 보이고 있습니다. 아름다운 생명의 고향을 시적인 풍치로 관조하는 겁니다. 이 시는 초기의 시를 대표하는 작품입니다. 원래 '청노루'는 없습니다. 없는 말을 창작한 겁니다. 새끼 노루는 있어도 '청노루'란 이 세상에 존재하지 않습니다. 따라서 이 시어는 이 시인이 창조해 낸 아름다운 말임을 알 수 있습니다. '노루'에 푸를 청자 '靑'빛을 주어서 새로운 이미지로 창조한 것입니다. 그리하여 고도의 아름다운 정서를 자아내고 있습니다. 우리는 이와 같은 시 창작을 통해서나 독서를 통해서 아름다운 정서를 익히고, 정돈된 사상으로 마음을 가지런히 다듬어가야 하겠습니다. 이제 조지훈 시인의 시 「승무」를 낭송하겠습니다.

　얇은 사(紗) 하이얀 고깔은 / 고이 접어서 나빌레라. // 파르라니 깎은 머리 / 박사(薄紗) 고깔에 감추오고 // 두 볼에 흐르는 빛이 / 정작으로 고와서 서러워라. // 빈 대(臺)에 황촉(黃燭)불이 말없이 녹는 밤에 / 오동잎 잎새마다 달이 지는데, // 소매는 길어서 하늘은 넓고, / 돌아설 듯 날아가며 사뿐히 접어 올린 외씨보선이여! // 까만 눈동자 살포시 들어 / 먼 하늘 한 개 별빛에 모두오고, // 복사꽃 고운 뺨에 아롱질 듯 두 방울이야 / 세사(世事)에 시달려도 번뇌(煩惱)

는 별빛이라. // 휘어져 감기우고 다시 접어 뻗는 손이 / 깊은 마음 속 거룩한 합장(合掌)인 양하고, // 이 밤사 귀또리도 지새우는 삼경(三更)인데, / 얇은 사(紗) 하이얀 고깔은 / 고이 접어서 나빌레라.

조지훈의 시 「승무(僧舞)」였습니다. 조지훈의 이 시는 아날로지analogy를 잘 활용한 작품입니다. 이 유사성은 '고깔'이라는 취의(趣意) 즉 취지(趣旨)를 '나비'를 매개어(媒介語)로 해서 드러내고 있습니다. 이 시인은 '고깔'을 선택한 그 근본 목적이나 의도를 '나비'를 매개어로 특수한 효과로 표현하고 있습니다. '고깔'과 '나비'는 전혀 다른 것이지만 이 시인은 서로 비슷한 점, 서로 닮아있는 상사성(相似性)에서 공통점을 발견해 낸 것입니다. 여기에서의 '파르라니 깎은 머리'와 '고깔'의 내력을 알게 되면, '고깔'과 '나비'의 관계는 더욱 슬픈 아이러니를 암시하게 됩니다. 이처럼 뛰어난 유추능력은 시창작에 있어서 매우 중요한 요소 중의 하나입니다.

이 시의 주제의식은 인간 번뇌의 종교적 승화라 하겠습니다. 한국적 고전미를 살려낸 이 시는 조지훈 시인이 19세 때 착상한지 11개월 동안 생각을 굴렸고, 집필에 착수한지 7개월만인 21세 때 완성한 작품이라고 합니다. 수원의 용주사에서 재(齋)를 올릴 때 처음으로 승무를 보았다고 합니다. 그때의 감격을 작품화하기 위해서 미술 전람회에 가서 그 춤을 보기도 했답니다. 그는 국악원에 가서 영산회상(靈山會相)을 듣고 비로소 이 시를 완성시킬 수 있었다고 합니다.

제가 이런 말씀을 왜 장황하게 드리겠습니까. 오늘날 시를 너무 가볍게 알고 쉽게 쓰는 풍조가 개탄스럽기 때문입니다. 시 인플레현상이 시의 본령과는 거리가 멀어지는 분위기로 흐른 게 개탄스럽기 때문입니다. 그러나 저는 실망하지 않습니다. 인간은 누구나 다 양심이 있기 때문에 본래의 마음자리인 본심을 향하여 찾아갈 것을 믿기 때문입니다.

한편의 시작품은 단순한 전달의 통로가 아닙니다. 그것은 개성을 가진 인간처럼 개별성의 존재입니다. 한편의 시작품은 개성을 지닌 생명체입니다. 사람이 자녀를 낳듯이 시인은 개성있는 생명체를 생산합니다. 그렇기 때문에 진지

해야 합니다. 참을 수 없는 가벼움으로 시를 써서는 안 됩니다. 조지훈 시인은 이 시 한편을 완성하기 위해서 1년 반, 2년 가까이 진력했습니다. 그래서 영원히 남을 수 있는 명작을 남겼습니다. 그 점도 배울 점입니다.

우리의 전통에의 향수와 불교적 선미(禪美)가 감도는 이 시를 여러분들이 제대로 감상할 수 있었으면 좋겠습니다. 좋은 음식, 맛있는 음식을 맛보지 못한 사람은 맛있는 음식을 만들 수 없습니다. 문예 창작도 그와 다르지 않습니다. 좋은 시작품의 경지를 알아야 자기도 그런 시를 쓸 수 있습니다.

히딩크 감독이 우리나라에 왔을 때 축구 선수들에게 체력부터 단련시켰다고 합니다. 기술은 그 다음 문제입니다. 주어진 시간에 끝까지 제대로 뛸 수 있어야 합니다. 이와 마찬가지로 좋은 시를 쓰기 위해서는 우선 좋은 시를 많이 읽어야 합니다. 그리고 훌륭한 시인의 심오하고도 높은 경지를 알아야 합니다. 이 시간은 좋은 시를 쓸 수 있도록 창작의 기초체력을 기르면서 그 사이사이에 기교를 터득하게 하는 시간입니다. 그러므로 저와 여러분은 함께 시의 세계로 빠져 들어가야 합니다.

이 「승무」는 조지훈의 초기시를 대표할 뿐 아니라 한국 현대시를 대표하는 명시의 하나로 꼽히고 있습니다. 여기에서는 '승무'라는 춤을 통하여 삶의 번뇌를 아름답게 극복하려는 종교적 구도(求道)의 자세, 안심입명(安心立命)의 경지가 표현되어 있습니다. 예술의 본질이 종교와도 통합니다. 종교나 예술이나 쓰라린 고통과 번뇌를 인내하면서도 아름다움을 보여줌으로써 초극하고자 하는 자세는 다르지 않습니다. 그래서 시(詩)라는 글도 말씀 언(言)변에 절 사(寺)를 합한 글자가 아니겠습니까.

이 시는 처음부터 성공한 작품입니다. "나빌레라"가 그것입니다. "얇은 사(紗) 하이얀 고깔은 / 고이 접어서 나빌레라." 얇은 천의 하얀 고깔은 곱게 접힌 모습이 마치 나비와 같구나 하는 뜻인데, 그 '나빌레라' 가 절창입니다. 이는 느껴지는 어감이 아주 좋게 빛나는 시어(詩語)이기 때문입니다. 여기에서는 음악적인 율조가 살아납니다. 가락이 살아납니다. 여기에서는 정중동(靜中動), 멈춤과 움직임이 잘 조화되어서 신비로운 명상의 정서로 승화시키고 있습니다. 그래서 이 시를 감상하는 우리들의 마음을 즐겁게 하고 편안하게 하며, 어떤 은은한 여운과 고상한 아취에 젖게 합니다. 이제부터 김영랑 시인의 시 「돌담에 소색이는 햇발」을 살펴보기로 하겠습니다.

　　돌담에 소색이는 햇발같이 / 풀아래 웃음짓는 샘물같이 / 내마음 고요히 고흔 봄 길우에 / 오늘하로 하날을 우러르고 싶다 // 새악시 볼에 떠오는 부끄럼같이 / 詩의 가슴 살포시 젖는 물결같이 / 보드레한 에메랄드 얄게 흐르는 / 실비단 하날을 바라보고 싶다.

　김영랑의 시 「돌담에 소색이는 햇발」이었습니다. 북에는 김소월이 있고, 남도에는 김영랑이 있다는 말을 들을 정도로 이 시인의 청각심상은 뛰어납니다. 한 때는 그 유명한 무용가 최승희와도 가까이 지낼 정도였으니까요. 저는 오래전부터 이 시를 즐겨 낭송해 왔습니다. 때와 장소가 따로 없습니다. 아무 때나 한적한 곳을 거닐게 되면 즐겨 낭송합니다. 힐링이 따로 없습니다. 마음이 저절로 즐거워지니까요. 시인이 되는 지름길, 시인이 되는 빠른 길은 시를 사랑하는 길입니다. 시를 사랑하면 어떻게 될까요? 자주 만나게 되겠지요. 좋은 시를 자주 읽고 한적한 곳에서는 낭송도 하겠지요. 그러면 어떤 현상이 나타나게 될까요? 자기가 읽었던 시와 비슷한 내용과 형식이 나오게 됩니다. 좋은 시를 아주 많이 읽은 사람이 시를 쓰는 경우에는 어지간히 시적 형태가 되어서 나옵니다.

　재가 해마다 2학기가 되면 12주와 13주에 여러분의 시를 읽고 첨삭을 하게 됩니다. 여러분이 써낸 시를 완성하기 위해서는 보충하거나 삭제하는 지도가 필요합니다. 어떤 학생은 시라고 써내었는데 시가 아니에요. 그래서 시를 전혀 읽지 않는 것 같다고 했더니 그걸 어떻게 아느냐고 그래요. 그래서 글을 보면 알 수 있다고 그랬지요. 그러니 외우기 쉬운 김영랑의 시 「돌담에 소색이는 햇발」과 박목월의 시 「청노루」와 「나그네」부터 외우시기 바랍니다. 구태여 외우려고 애쓸 필요는 없습니다. 짧은 시라서 몇 번 읽으면 저절로 외워지게 됩니다.

　김영랑 시인의 시 「돌담에 소색이는 햇발」은 서정의 극치를 이룬 작품이라 하겠습니다. 온갖 잡다한 생각이 말끔히 씻기어 나갈 때까지 거르고 걸러서 순수 서정만을 오롯하게 남겨놓은 상태라 하겠습니다. 이 시를 앞에서 전개한 원리적 예술 이론에 비추어 보게 되면, 이 작품에 나타난 '돌담', '햇발', '풀', '샘물', '고흔 봄', '하날', '새악시', '볼', '부끄럼', '시의 가슴', '물결', '에메 랄드', '실비단' 등의 사물의 소성은 이미 이 시인의 의식세계에 내재해 있었던 요소들이라는 해석이 가능하다 하겠습니다. 우리가 어떠한 사물을 보게 되어 그것이 무엇인지 인식이 가능해지는 것은 그 대상적 사물을 바라보는 주체자 시인 자신에게도 그 대상과 같은 동질요소가 있어서 서로 닮은 두 요소가 합치되는 경우라고 할 때 그러한 인식의 논리가 여기에도 적용될 수 있다 하겠습니다. 이제 자작시 「달」을 살펴보고자 합니다.

가시내야, 가시내야, 시골 가시내야. 루즈의 동그라미로 빌딩을 오르는 가시내야. 날 짝사랑했다는 가시내야. 달뜨는 밤이면 남몰래 고개 하나 넘어와서는 불 켜진 죽창문 건너보며 한숨 쉬던 가시내야. 날 어쩌라고 요염한 입술로 살아와서는 도시의 석벽을 올라와 보느냐.

가시내야, 가시내야, 시골 가시내야. 저만치 혼자서 창연한 눈빛으로 승천하는 가시내야. 너의 깊은 속 샘물줄기 돌돌거리는 잠샛별 회포 쌓인 이야기를 일찌감치 들려주지 못하고, 어찌하여 멀리 떠서 눈짓만 하느냐. 어느 이승 골짜기에 우연히 마주칠 때 날라온 찻잔에 넌지시 떨구고 간 사연 갖고 날 어쩌란 말이냐.

가시내야, 가시내야, 시골 가시내야. 저 달을 물동이에 이고 와서는 정화수 남실남실 달빛 가득 뒤란의 장독대 바람소리 축수축수 치성을 드리던 어미 죽은 줄도 모르고, 루즈의 동그라미만 붉게 붉게 불이 붙는 가시내야. 날 어쩌라고 저만치 창연한 눈빛, 볼그레한 연지 볼로 웃기만 하느냐.

여러분은 이 시를 저의 경험으로 미루어 짐작해서 이해하기 쉬울 것입니다. 그러나 사실은 저의 경험이 아닙니다. 김종태라는 친구가 들려준 이야기를 제가 저의 경험담을 펼친 것처럼 패러디한 겁니다. 제 친구가 서울 어느 커피숍에 갔었는데, 거기에서 일하는 레지가 이렇게 말하더랍니다. 남원 운봉이 고향인데 그 친구를 짝사랑했다고 합니다. 한번은 용기를 내어서 그 친구 집을 찾아갔지만 들어가지 못하고 울타리 밖에서 서성거리며 기웃거리다가 돌아갔다고 합니다.

그 친구는 그녀에게 왜 진즉 말하지 않고 이제야 말하느냐고 했다는 겁니다. 그 후 저는 이게 시가 되겠다는 생각을 했습니다. 힌트, 암시를 얻은 겁니다. 이것은 처음 착상으로서 동기(動機)가 되는 구상(構想) 단계입니다. 말하자면 달걀이 병아리가 되기 위한 부화과정에서 실핏줄이 생기는 단계로 비유할 수 있겠습니다.

저는 커피숍 여종업원 레지에 대한 측은지심이 발동하기 시작합니다. 요새는 잘 모르지만 과거에는 다방 레지가 떳떳한 직업이라고 생각하지 않았었습니다. 그러니까 자기 사는 곳을 밝히지 않고 돈만 부쳐주는 경우도 있었습니다. 생각이 여기에 미치자, 어머니나 가족의 누가 세상 떠나도 모르고 지낼 것이 아닌가 하는 데까지 생각이 미치게 됩니다.

여기에는 상상과 함께 유추가 요구됩니다. 어릴 때의 놀이를 떠올리면 유추(類推)를 수월하게 이해하실 수 있을 것입니다. 가령 원숭이 똥구멍은 빨개, 빨개는 사과, 사과는 맛있어, 맛있어는 바나나, 바나나는 길어, 길어는 기차, 기차는 빨라, 빨라는 비행기, 비행기는 높아, 높아는 백두산, 하는 식으로 유추하는 겁니다.

그런데 시가 되기 위해서는 구체적으로 형상화가 이루어져야 합니다. 어떤 꼴이라는 형태가 보여야 실감이 나기 마련입니다. 그래서 여기에 나오는 달은 도시의 빌딩을 기어오르는 달로 설정했습니다. 고딕 건축물은 딱딱하고 메마르지요. 이런 환경설정은 다방 레지로 있는 그녀를 더욱 안쓰럽게 여기는 측은지심에 도움이 되겠다고 여겨져서 그렇게 설정한 겁니다.

그리고 "루즈의 동그라미"는 레지의 얼굴을 연상하게 하지요. 이 시의 절정은 3연에 나오는 "정화수 남실남실 달빛 가득 뒤란의 장독대 바람소리 축수 축수 치성을 드리던 어미 죽은 줄도 모르고, 루즈의 동그라미만 붉게 붉게 불이 붙는 가시내야."라 하겠습니다. 결국 이 말을 하고 싶어서 시를 썼다고 해도 과언이 아니겠습니다.

　살벌하고 강퍅한 도시에서 고생하는 딸의 안녕을 위해서 치성을 드리던 어머니가 죽은 줄도 모르고 립스틱을 짙게 바르고 요염하게 웃는다는 얘기는 저의 생산적 상상을 통해서 가능하게 된 것입니다. 1연과 2연에 나오는 친구의 얘기는 재생적 상상으로 가능하지만, 3연의 얘기는 생산적 상상, 창조적 상상을 통해야 가능하게 됩니다. 그것은 있는, 경험한, 사실의 기록이 아니라 상상을 통한 새로운 창작이어야 하기 때문입니다.

　이 생산적 상상이란 기억의 잔상을 상상의 힘으로 분해하기도 하고 결합시키기도 하며, 변화시켜서 얻어지는 것을 말합니다. 이 「달」이라는 시에서 기억의 잔상이란 무엇이겠습니까? 친구에게서 들었던 남원 운봉 처녀의 이야기는 물론이요, 그녀가 도시에서 레지 생활을 하는 동안 자기 주소를 밝히지 않고 동생들 학비 대느라 돈만 부쳐준다는 기억의 부스러기들도 생산적 상상이라는 화덕에 들어가서 주물로 나오는 재료로 비유할 수 있겠습니다. 결국 제재(題材)란 소재 가운데에서 주제에 직접적으로 도움이 되는 선택된 소재라 하겠습니다. 2교시는 여기까지입니다. 3교시에 만나기로 하지요.

# 3교시 정서情緒와 사상思想

- 향토정서의 시
(「시래깃국」「풀베기」「벼」「외할머니의 뒤안 툇마루」「고향」)

글을 쓰는 친구들 중에는 저의 시제(詩題), 시의 제목에 관해서 말하는 이가 더러 있었습니다. 너는 어째서 '시래깃국'이니, '간장'이니, '김치'니 하는 촌스런 제목을 쓰느냐는 겁니다. 이런 제목의 시가 많은 것은 아닙니다. 가끔 가뭄에 콩 나듯이 드물게 있습니다. 저는 그 촌스럽다는 말을 싫어하지 않습니다. 이 속도전 시대에 너무 까지고 바래지기보다는 제가 전형 인물을 만들어 낸 '샘도랑집 바우'처럼 그렇게 순박하게 살고 싶은 사람이니까요. 2교시에서 '달'이라는 시를 감상했는데, 그 친구는 나를 만나면 오수 촌놈이 출세했다고 합니다. 그 친구는 대만대학원을 나와서 민속박물관과 한양대 박물관에 있었으니까 출세했지요.

우리는 만나면 시래깃국이나 김치찌개, 청국장 같은 것을 즐겨 먹었습니다. 반야심경(般若心經)에는 안이비설신의(眼耳鼻舌身意)라는 육근(六根)이 나오고, 색성향미촉법(色聲香味觸法)이라는 육경(六境)이 나옵니다. 시에서 높이 사는 운치(韻致)는 고아한 품격을 갖춘 멋을 말하는데, 그것은 아름다운 색깔과 소리의 배합입니다. 이것은 심상(心象), 이미지라고 하지요. 좋은 시를 쓰려면 이것을 잘 활용해야 합니다. 정지용 김광균 등의 모더니즘 시인들은 색채감각이 뛰어났고, 김소월 김영랑은 소리 감각이 뛰어났습니다. 백석 시인의 시에는 미각이 두드러지는데, 오봉옥 교수가 나의 시를 그 미각적 토속어 계열에 넣은 글을 본 적이 있습니다. 이제 본류로 돌아와서 「시래깃국」과 관련되는 얘기를 하겠습니다.

저는 언젠가 죽은 딸아이의 무덤엘 찾아가 보려고 집을 나선 적이 있었습니다. 재미없는 이 세상에 나온 지 엿새 만에 죽어버린 딸아이를 나는 손수 묻어 주었었습니다. 죽은 아이를 수풀이 우거진 방배동 뒷산에 묻었었습니다. 저는 싸늘해진 아기의 시신을 안은 채 삽과 괭이를 챙겨들고 들길을 달렸고, 숨을 헐떡이며 산을 올랐었습니다. 길이 나 있지 않은 수풀엔 거미줄도 많았습니다. 거미줄에 맺힌 이슬들이 새벽빛에 영롱한 빛을 뿜을 때, 저는 저렇게 찬란한 아침이슬도 못 보고 죽은 어린것의 목숨이 서러워 울었습니다. 저는 눈물을 삼키면서 아이를 빨리 편히 쉬게 하려고 아카시아 가시에 긁히면서 산을 올라갔고, 정성껏 묻어 주었었습니다.

그런데 하나님, 이게 어떻게 된 일입니까. 아아, 정말 귀신이 곡할 노릇이었습니다. 놀랍게도 딸아이의 무덤이 감쪽같이 없어진 게 아닌가. 무덤만 없어진 게 아니라 그렇게 높던 산도, 그렇게 무성하던 숲도 간곳없이 민두름한 평지가 되었고, 그 자리엔 현대식 양옥들이 들어서 있질 않은가! 저는 둥지 잃은 날짐승처럼 죽은 아이의 행방조차 알 길이 없어 멍청하게 서 있을 수밖에 없었습니다.

속 아픈 얘기는 이제 그만하겠습니다. 저는 어쩌다가 문득 그 딸아이 생각이 날 때면 시래깃국이 먹고 싶어질 때가 있었습니다. 시래깃국에는 배추시래기에 멸치도 물론 들어가야 하지만, 매움하게 붉은 고추와 함께 풋고추가 듬성듬성 담겨 있어야 합니다. 얼큰하기도 하고 얼얼한 시래깃국을 맵게 먹고 있노라면, 그 어린것의 시체가 어느 흙 속에 묻혀 있는지조차 모를 한(恨)이 이 아비의 눈물이 되어 안개처럼 서립니다.

시래깃국이라 하면 기다렸다는 듯이 떠오르는 게 고향입니다. 저녁 밥 짓는 연기가 얕게 깔리는 꿈속의 마을입니다. 해질녘에 뒷몰의 고샅, 그 골목을 지나 돌담 모퉁이를 끼고 돌아가노라면 사랑채에서는 쇠죽 끓는 냄새가 났었지요. 그리고 또 시래깃국 익는 냄새가 제법 구수하게 풍겨 나오고 있었습니다.

지금도 풋고추가 듬성듬성 떠 있는 시래기국물을 마시노라면 어디선가 저녁 개 짖는 소리가 들리는 것만 같기도 합니다. 밤이 늦도록 고샅을 쏘다니는 발자국소리도 들리는 것만 같기도 합니다. 싸락눈이 싸락싸락 내리는 밤, 사랑채에서는 고구마라도 삶아 먹는지 가느다란 실연기가 흙벽 밑으로 깔립니다. 이와 같이 정서가 있고, 꿈이 있고, 낭만이 있는 고향 생각이 날 때면 저는 시래깃국 집을 찾아갑니다. 저는 인정이라고는 찾아보기 힘든 서울에서도 제법 인정 있게 살아가기를 바랍니다. 이러한 사연을 바탕으로 쓴 자작시 「시래 깃국」을 낭송하겠습니다.

고향 생각이 나면 / 시래깃국 집을 찾는다. // 해묵은 뚝배기에 / 듬성듬성 떠 있는 / 붉은 고추 푸른 고추 / 보기만 해도 눈시울이 뜨겁다.
노을같이 얼근한 / 시래기 국물 홀홀 마시면, / 뚝배기에 서린 김은 / 한이 되어 / 향수 젖은 눈에 방울방울 맺힌다.
시래깃국을 잘 끓여주시던 / 할머니는 저승에서도 / 시래깃국을 끓이고 계실까.
새가 되어 날아간 / 내 딸아이는 / 할머니의 시래깃국 맛을 보고 있을까.
고향 생각을 하다가 / 할머니와 딸아이가 보고 싶으면 / 시래깃국 집을 찾는다.
내가 마시는 시래기 국물은 / 실향(失鄕)의 눈물인가.
내 얼근한 눈물이 되어 / 한 서린 가슴, 빙벽(氷壁)을 타고 / 뚝배기 언저리에 방울방울 맺힌다.

시는 원래 설명을 원치 않습니다. 독자 나름대로 감상하면 되는 것입니다. 독자가 물었을 때 그 궁금증을 풀어주기 위해서 답변할 수는 있습니다. 다만 어려운 난해시는 독자에게 친절할 필요가 있겠고, 독자는 시 감상에 유식해 질 필요가 있겠습니다. 여기에서 그냥 지나치기 아까운 부분은 여러분이 무심히 지나치기 쉬운 부분입니다. 시는 설명이 아니고 표현이기 때문에 마치 숨은 그림 찾듯이 그렇게 눈치를 채야 합니다. 2연의 "뚝배기에 서린 김은 / 한이 되어 / 향수 젖은 눈에 방울방울 맺힌다."는 구절입니다. 뚝배기 변두리에 서린 김은 물방울로 맺히지요. 그런데 그 물방울이 화자의 눈물로 동일시됩니다. 원래는 뚝배기에 맺힌 물방울은 그저 물방울에 불과할 뿐인데, 독자는 화자의 의도대로 자연스럽게 받아들인다는 점입니다. 그리고 그것은 "실향의 눈물"로 비약합니다. 다음은 이병훈 시인의 시 「풀베기」입니다.

착한 백성은 온종일 / 풀을 벤다. / 앞 이가 빠진 낫 들고 / 햇끝을 목에 감고/
달끝으로 사타구니를 가리고 사는 백성이 / 벤 풀을 그 자리에 깔아 넌다. /
살을 포개어 넌다. / 쓰러진 몸으로 들을 덮는다. / 풀은 누워서 /
지나가는 바람의 씨알을 익히며 / 밑도리의 상채기에서 새순이 돋아나드락 /
돋아나 풀섶이 되드락 더 산다. // 착한 백성은 한평생 / 자기를 베어 세상
에 깐다.

이병훈(李炳勳)의 시 「풀베기」였습니다. 주제의식이 탄탄할 뿐 아니라, 그
구체적 형상화도 자연스럽습니다. '풀'이라는 사물과 '풀베기'라는 행위를 통
해서 착한 백성들의 역사의식이나 사회의식을 순애(殉愛)의 차원으로 승화시
키고 있습니다. 가난한 백성들이 오히려 넉넉한 마음으로 자기를 세상에 희생
적으로 깔아 펼친다고 하는 참여 의지를 내비치는 점이 특이하다 하겠습니다.
이어서 이성부(李盛夫)의 「벼」를 살펴보기로 하겠습니다.

벼는 서로 어우러져 / 기대고 산다. / 햇살 따가와질수록 / 깊이 익어 스스로
아끼고 / 이웃들에게 저를 맡긴다. // 서로가 서로의 몸을 묶어 / 더 튼튼해진
백성들을 보아라. / 죄도 없이 죄지어서 더욱 불타는 / 마음들을 보아라, 벼가
춤출 때. / 벼는 소리 없이 떠나간다.
벼는 가을 하늘에도 / 서러운 눈 씻어 맑게 다스릴 줄 알고 / 바람 한 점에도
/ 제 몸의 노여움을 덮는다. / 저의 가슴도 더운 줄을 안다. // 벼가 떠나가며 바
치는 / 이 넓디 넓은 사랑, / 쓰러지고 쓰러지고 다시 일어서서 드리는 / 이 피
묻은 그리움, // 이 넉넉한 힘……

이 시의 주제는 첫 연에서부터 암시되고 있습니다. 반도 서남쪽 사람들은
"언제나 마음을 大地에 세우고도 그 몸은 서지 못한다."는 구절이 그것입니
다. 그 어떠한 힘으로도 그 마음을 꺾을 수는 없다는 지론입니다. 왜 그럴까
요. 그 어떠한 힘으로도 꺾을 수 없는 혼이 있기 때문입니다. 앞에서 소개한
「풀베기」가 농부나 백성을 얘기하고 있다면, 뒤에 소개한 「벼」는 몸은 망해

없어졌지만 마음, 혼은 살아있다는 얘기를 하고 있는 셈이 되겠습니다. 이제는 서정주의 시 「외할머니의 뒤안 툇마루」를 살펴보기로 하겠습니다.

　설명하는 글은, 사물의 이치를 설명하여 읽는 이의 지식과 이성에 호소하는 글을 가리키는데, 산문시에 있어서는 이성뿐 아니라 감성에 호소하는 경우를 흔히 보게 됩니다. 특히 시에 있어서는 설명보다는 표현을 중요시하기 때문에 나열식 설명을 지양하지만, 독자의 이해를 위하여 이를 적극 활용하는 경우도 있습니다.


　　외할머니네 집 뒤안에는 장판지 두 장만큼한 먹오딧빛 툇마루가 깔려있습니다. 이 툇마루는 할머니의 손때와 그네 딸들의 손때로 날이날마다 칠해져 온 것이라 하니 내 어머니의 처녀 때의 손때도 꽤나 많이 묻어 있을 것입니다마는, 그러나 그것은 하도나 많이 문질러서 인제는 이미 때가 아니라, 한 개의 거울로 번질번질 닦이어져 어린 내 얼굴을 들이비칩니다.

　　그래, 나는 어머니한테 꾸지람을 되게 들어 따로 어디 갈 곳이 없이 된 날은, 이 외할머니네 때거울 툇마루를 찾아와, 외할머니가 장독대 옆 뽕나무에서 따다 주는 오디 열매를 약으로 먹어 숨을 바로 합니다. 외할머니의 얼굴과 내 얼굴이 나란히 비치어 있는 이 툇마루에까지는 어머니도 그네 꾸지람을 가지고 올 수 없기 때문입니다.


　서정주 시인의 시 「외할머니의 뒤안 툇마루」였습니다. 설명되어 있는 미당(未堂) 서정주 시인의 산문시입니다. 그런데 여기에서는 설명적으로 묘사되어 있으면서도 시적 요소를 다분히 지니고 있는 게 특색이라 하겠습니다. 여기에서는 외할머니의 손때와 어머니를 포함한 외할머니의 딸들의 손때가 묻은 툇마루가 나오고, 또 이 사물이 중요한 역할을 하게 됩니다. 그것은 바로 외할머니와 나의 얼굴을 비치는 때거울이기 때문입니다.

　여기에서는 하나의 사물이 설명되고 있으면서도 관념의 나열로 처리되기보다는 '먹오딧빛 툇마루'라든지, '때거울' '장독대' '뽕나무' '외할머니의 얼굴과 내 얼굴' 등등의 사물이 구체적이면서도 선명하게 드러나 보이고 있습니다. 사회환경과 자연환경이 자연스럽게 어울리면서도 마지막에는 때거울에 비치는 두 얼굴이 클로즈업되고 있습니다. 다음으로 장영창 시인의 「고향」이라는 아주 짧은 시를 소개하고자 합니다.

별이 총총 난 / 여름 밤……
돈 千圓만 누가 준다면
눈알 두 개를 빼주겠다는 늙은 農夫가 있었다.

이 시는 일제 식민지 치하에 살던 우리 민족의 이야기입니다. 여기에는 농촌의 경제적인 빈곤상이 표상되어 있습니다. 사실상 이러한 일이 있었다고 합니다. 충격적인 이야기입니다. 이제 마지막으로 자작시 「망향가」를 낭송하고, 향토정서에 관한 이야기, 정서(情緒)와 사상(思想)에 관한 이야기로 마무리하고자 합니다.

어매여, 시골 울엄매여! / 어매 솜씨에 장맛이 달아 / 시래깃국 잘도 끓여주던 어매여! // 어매 청춘 품앗이로 보낸 들녘 / 가르마 트인 논두렁길을 / 내 늘그막엔 밟아 볼라요! // 동짓冬至날 팥죽을 먹다가 / 문득, 걸리던 어매여!

새알심이 걸려 넘기지를 못하고 / 그리버 그리버, 울엄매 그리버서 / 빌딩 달하염없이 바라보며 / 속울음 꺼익 꺼익 울었지러! // 앵두나무 우물가로 시집오던 울엄매! / 새벽마다 맑은 물 길어 와서는 / 정화수(井華水) 축수축수 치성을 드리더니 / 동백기름에 윤기 자르르한 머리카락은 / 뜬구름 세월에 파뿌리 되었지러!

아들이 유학을 간다고 / 송편을 쪄가지고 달려오던 어매여! // 구만리장천에 월매나 시장허꼬? / 비행기 속에서 먹어라, 잉! // 점드락 갈라먼 월매나 시장허꼬? / 아이구 내 새끼, 내 새끼야! // 돌아서며 눈물을 감추시던 울엄매! / 어매 뜨거운 심정이 살아 / 모성의 피 되어 가슴 절절 흐르네. // 어매여, 시골 울엄매여! / 어매 잠든 고향 땅을 / 내 늘그막엔 밟아 볼라요! // 지나는 기러기도 부르던 어매처럼 / 나도 워리워리 목청껏 불러들여 / 인정이 넘치게 살아 볼라요!

// 자운영(紫雲英) 환장할 노을진 들녘을 / 미친 듯이 미친 듯이 밟아 볼라요!

자작시 「망향가(望鄕歌)」였습니다. 고향이나 어머니를 그리워하지 않은 사람은 없을 것입니다. 어머니 하면 고향이 생각나고, 고향 하면 조국으로 확대되지요. 해외에서 살다보면 어머니와 고향과 조국은 동일시됩니다. 장영창 시인이 저술한 '한국전쟁실기'『서울은 불탄다』중에는 고향에 관한 얘기가 나옵니다.

소련의 작가 시모노프가 쓴 「러시아 사람들」이라는 작품 속에 나오는 고향에 관한 얘기입니다. 그 유명한 스탈린그라드 작전 때에 있었던 사연이라고 합니다. 소위 '인민빨치산'으로 구성된 소련의 전투원들이 잠시 동안의 휴식을 취하기 위하여 어느 언덕 위에서 쉬게 되었다고 합니다. 그때, 한 전투원이 이런 말을 꺼냈었다고 합니다. "우리들은 조국을 위해서 싸우고 있는데, 도대체 조국이라고 하는 것은 무엇일까?" 그러자, 한 여자 빨치산이 이렇게 말을 했다고 합니다.

"나는 조국이라고 하면 그래요……다른 것이 생각나는 것이 아니라, 내가 자랐던 작은 마을……그 가난한 농촌이 마음속에 떠올라요……그리고 그 마을에 서있는 포플러들과 또 그 위를 흘러가는 하얀 구름……언제나 그것을 생각해요. 나의 조국이란 결국 그것밖엔 없어요.……" 사실상 고향이 제각기의 조국이라고 해서, 누가 이에 반대할 사람이 있겠습니까. 실감적인 조국은 바로 제각기의 고향이라고 여겨집니다. 볼셰비즘의 세계에서까지도 고향을 조국이라고 생각하고 있는 실정입니다. 아무튼 고향을 생각할 때 사람은 선량해질 수 있을 것이라는 생각이 듭니다.

제 나이 16세 때 저의 어머니는 36세 젊은 나이로 아버지와 사별하셨습니다. 집도, 전답도 없는 타향에서 어머니는 4남매를 길렀습니다. 새벽마다 동네 샘에서 맑은 물을 길어 와서는 장독대에 정화수 떠놓고 동서남북, 사방팔방 절하면서 어찌하던지 자식들 건강하고 성공하게 도와달라고 천지신명께 빌고 빌었습니다.

가르마를 쪽 고르게 타고 뒷머리에 비녀를 꽂으신 어머니의 그 가르마는 하얀 신작로 길을 연상케 했습니다. 어머니의 쪽 고른 가르마를 닮은 신작로 양쪽으로는 해마다 자운영 꽃이 흐드러지게 피어나곤 했습니다. 그 자운영(紫雲英)은 녹비용으로 사용되었습니다. 자운영 거름은 못자리에 밟혀져서 밑거름이 되었습니다. 어머니의 삶은 자운영 같다는 생각이 듭니다. 꽃자주 빛깔의 자운영 꽃처럼 곱게 늙으신 어머니는 자식들을 위해서 한평생 못자리의 거름처럼 밟혀지고 썩어지셨습니다. 어머니의 밟힘과 썩어짐으로 인해서 내가 이렇게 존재하고 있는 게 아닌가 하는 생각이 듭니다.

인정이 많은 어머니는 가난한 살림에도 덕을 베푸셨습니다. 뭐든지 주기를 좋아하셨습니다. 심지어는 지나가는 동네 아낙을 불러들여서는 자기 몫으로 둔 밥을 솥에서 꺼내주시고는 자기는 탈탈 굶는 것이었습니다. 소천댁, 엉골댁, 하고 불러들여서 마루에 앉게 하고, 자기 몫을 꺼내어주던 어머니처럼 세상 사람들이 모두 공생共生하고 공영共榮하면 얼마나 좋을까요? 그리하여 공의公義의 사회가 오면 얼마나 좋을까요?

박경수의 소설 『동토(凍土)』에는 가난한 고향 얘기가 나옵니다. 그 서두 부분은 이렇습니다. "아버지는 품팔이 농사꾼이었고 어머니는 직부織婦였다. 지금도 내 귀에는 어머니의 그 베 짜는 베틀소리가 쟁쟁히 들리는 듯하다. 북을 주고받으며 째그락탁 째그락탁……산에서 나무를 하여 지고 돌아올 때는, 집은 보이지 않지만 어머니가 짜고 계시는 그 베틀소리는 들린다."

여기에 소개한 「자운영」이라는 시와 「동토」라는 소설에는 정서도 있고, 사상도 스며있습니다. 정서란 희로애락 따위의 본능이 충동적으로 외부에 표출되기 쉬운 감정을 말합니다. 이 정서가 메마르게 되면 시상(詩想)이 떠오를 수가 없습니다. 정서란 어떠한 사물을 관찰할 때 일어나는 감정의 파장이기 때문입니다. 감정의 파장이 없이는 시상이 샘솟을 수가 없습니다. 그렇기 때문에 시에 있어서의 정서란 가장 기본적인 조건이라 하겠습니다.

우리들의 마음속에 내재되어 있는 세 가지의 요소, 즉 무언인가를 알고자 하는 지적인 욕망이라든지, 사랑의 감정 등의 충동을 느끼는 정적인 욕망, 그리고 뜻을 헤아려서 억제하기도 하고, 조절하기도 하는 의지적인 욕망으로 가름하기도 하며, 희로애락 등으로 구분하기도 하는데, 정서는 이 모든 것을 포괄합니다.

그러니까 정서가 없이는 글을 쓰고자 하는 의욕 자체가 생겨나지 않겠지요. 정서가 고갈된 글은 마치 물이 없는 사막처럼 생명이 없기 때문에 가치를 기대할 수 없겠습니다. 이 정서를 이끄는 게 바로 영감입니다. 그것은 갑자기 생각을 스치며 떠오르는 신묘한 착상으로서 문예창작을 가능케 하는 모티프, 즉 동기를 이끌게 됩니다.

그런데 정서를 살리기 위해서는 작품의 감상과 이해가 요구됩니다. 요즈음처럼 산업사회에서는 정서가 메마르기 쉽습니다. 제가 자라던 농경시대에는 학교에 가려고 집을 나서면 농부들의 농부가를 듣게 됩니다. 보고 듣는 게 대자연이요 이웃 간의 인정어린 풍속도였습니다. 목화를 심어서 실을 늘여 베를 짜 옷을 지어 입던 가내수공업 시대였습니다. 어머니들은 아이들 설빔을 하려고 다듬이질을 합니다. 물레소리, 다듬이질하는 소리, 농부들의 농부가, 풍년가를 들으면서 자라는 과거의 그런 정서는 사라졌습니다.

그런 시간과 공간을 왕따니, 학교폭력이니, 청소년 범죄가 끼어들어 대신하게 되었습니다. 그래서 정서가 더욱 절실해졌습니다. 그런데 오래된 작두우물에서는 물이 나오지 않는 것처럼 도시화된 환경에서는 정서가 살아나기 힘듭니다. 이럴 때는 그 작두우물 윗구멍에 마중물을 몇 바가지 퍼부으며 펌프질을 하게 되면 물이 얼컥이며 나오게 되는 이치를 살려야 합니다. 처음엔 흙물 녹물이 나오게 됩니다. 그래도 계속해서 뿜어내면 맑은 물이 나오게 됩니다. 정서도 이와 마찬가지로 남의 작품을 읽는다거나 음악을 듣는다거나 여행을 하는 등 객토작업을 해야 합니다. 물을 계속해서 뿜어내게 되면 맑은 물이 나오게 됩니다. 정서와 사상이 스민 맑은 언어가 쏟아져 나오게 됩니다.

이 「망향가」는 낭송하기에 적합한 시입니다. 그러나 길기 때문에 아무 때나 낭송하는 그런 시는 아닙니다. 이 시는 전라도 방언으로 이루어져 있습니다. 언어란 그 해당 만족의 얼이 스며있는 약속이기 때문에 생활문화로 스며든 방언은 특별한 효과를 가져올 수 있습니다. 여기에도 '시래깃국'이 나옵니다. 한국인은 부지불식간에 친밀감을 느끼게 될 것입니다. 제가 미국 워싱톤 거리를 거니는데, 어떤 흑인이 저를 보더니 손을 흔들면서 서울 올림픽 서울 올림픽, 막걸리 막걸리 하는데 기분이 그렇게 좋을 수가 없더군요.

어머니의 '품앗이'라는 말도 나오고, '동지 팥죽' '새알심' '앵두나무 우물' '정화수' '동백기름' '송편' '자운영' 등의 사물들이 작용을 합니다. 어머니가 목에 걸려서 넘어가지 않는 새알심에서 눈물을 왈칵 쏟는 사람도 있을 것입니다. '송편'이라는 떡은 추석명절에 가족이 오순도순 만드는 분위기가 있지만 중국에는 그게 없습니다.

제가 대만에서 이 시를 낭송하려고 중국어로 번역해 달라고 부탁했더니 대만 말과 중국말이 다릅니다. 그리고 대만에는 송편이 없어서 번역할 수 없다고 하더군요. 만두로 바꾸어 번역한다 해도 그 만두는 대개 사서 먹기 때문에 한국에서의 송편 분위기는 살릴 수 없어서 결국 '몽용꺼'라는 '망향가' 시낭송을 포기하고 말았습니다.

저의 시선집 『시를 읽는 의자』를 구해서 보신 분은 책 끝에 붙어있는 음반을 컴퓨터에 꽂으시고 이 시 「망향가」 낭송을 들으셨을 것입니다. 한국시낭송예술협회 이혜정 협회장이 전라도 방언으로 낭송한 작품이니 저의 시선집 『시를 읊는 의자』 끝에 붙어있는 음반을 컴퓨터에 꽂고 감상하시기 바랍니다. 이 1주차 3교시 강의는 여기까지입니다. 강의를 모두 마치겠습니다.

# 제2강

# 전쟁과 문명비판의 시

1교시
전쟁과 평화

2교시
초토의 시와 분해 결합

3교시
문명비판의 시

# 제2강 전쟁과 문명비판의 시

## 1교시 전쟁과 평화

(「섣달」「풀리는 한강 가에서」「할머니 꽃씨를 받으신다」「9월의 편지」「하지감자」

　안녕하십니까. 2주차 수업은 〈전쟁과 문명비판의 시〉입니다. 1주차 수업이 〈향토정서의 시〉라 편안한 순수시였다면, 2주차 〈전쟁과 문명비판의 시〉는 전쟁의 참상과 참여의식이 치열하게 나타나는 시라 하겠습니다. 사람은 누구나 순수하게 살아야지요. 그러면서도 인간은 사회적 동물이니까 함께 어울려서 공존해야겠지요. 순수와 참여를 구분해서 편을 가르는 것은 옳지 않습니다. 인간은 누구나 자유롭게 살고 평등하게 살며, 인정받고 싶어하는 존엄한 존재지요. 그런 자세로 시작품을 대하시기 바랍니다. 먼저 자작시 「섣달」부터 감상하기로 하겠습니다.

　소복(素服)의 달 아래 / 다듬이질 소리 한창이다. // 고부(姑婦)의 방망이 딱뚝똑딱 / 학울음도 한밤에 천리를 난다. // 참기름 불은 죽창(竹窓) 가에 졸고 / 오동(梧桐) 꽃그늘엔 봉황(鳳凰)이 난다. // 다듬잇돌 명주 올에 선을 그리며 / 설움을 두들기는 오롯한 그림자 // 떼 지어 날아가는 철새 울음 / 은대야 하늘에 산월(産月)이 떴다.

시는 표현물입니다. 시뿐만이 아니라 음악 미술 할 것 없이 모든 예술작품은 상상을 통해서 표현한 작품들입니다. 그래서 표현하려고 은유나 상징을 끌어들이게 됩니다. 이 시 역시 그런 기법을 차용해서 활용한 작품입니다. 처음에 '소복(素服)의 달'이 나옵니다. 소복은 흰옷을 말합니다. 그리고 상복(喪服)도 의미합니다. 소설처럼 무엇인가를 말하기 위해서 미리 복선(伏線)을 깔아놓은 것으로 이해하시면 되겠습니다. 그 다음은 다듬이질 소리가 한창이라고 되어있습니다. 다듬이질은 음력으로 동짓달, 섣달에 주로 합니다. 정월 초하루 설날의 설빔을 준비하는 거지요. 옷을 새로 만들거나 있는 옷을 빨아서 다듬는 겁니다.

그 다음 연은 "고부(姑婦)의 방망이 딱뚝 똑딱"하고 시어머니와 며느리가 함께 다듬질을 하는 장면이 나옵니다. 그런데 시어머니와 며느리, 고부간의 다듬질하는 소리가 일정하지 않고 서로 다릅니다. 딱뚝딱뚝으로 나가거나 똑딱똑딱으로 고르게 나가야 하겠는데, 한쪽에서는 딱뚝이고 또 한 쪽에서는 똑딱입니다. 이 딱뚝과 똑딱의 알레고리(allegory)라는 우의(寓意)나 풍유(諷喩)를 눈치채야 합니다. 숨은 그림처럼 숨겨놓았기 때문입니다. 예술작품에는 이런 모호성이 필요합니다.

우의(寓意)는 어떤 의미를 직접 말하지 않고 다른 사물에 빗대어서 넌지시 내비치는 표현방법을 말합니다. 그리고 풍유(諷喩)는, 말하고자 하는 원관념(元觀念)은 숨기고 보조관념(補助觀念)만 드러내어 그 숨은 뜻을 넌지시 나타내는 표현방법을 말합니다.

이 시에서 놓쳐서는 안 될 게 또 있는데, 그것은 "설움을 두들기는 오롯한 그림자"라는 구절입니다. 무슨 설움이 있기에 두 시어머니와 며느리가 각기 다른 템포로, 또는 심정으로 다듬잇돌에 방망이질을 할까요? 여기에서 생각을 굴려서 유추해보면 처음 시작할 때의 첫 구절, "소복(素服)의 달"이 수상하지 않습니까? 하얀 달이나 흰 달이라고 해도 될 것을 왜 하필이면 "소복(素服)의 달"입니까? 아까 얘기했지요? 소복(素服)은 흰옷을 말하고, 상복(喪服)도 의미한다고 했지요. 그렇다면 누가 죽은 게 아니겠습니까?

이렇게 유추(類推)하다보면 다듬질을 하는 시어머니와 며느리는 흰옷을 입은 상태가 떠오르게 됩니다. 그렇게 보면, 시어머니는 자식 잃은 설움에 방망이로 내려치고, 며느리는 며느리대로 남편 잃은 설움에 다듬잇돌에 방망이질을 하는 게 아니겠습니까? 여러분 눈에도 그림이 그려지지요? 북한군의 남침에 의한 6·25전쟁 때 얼마나 많은 사람이 죽었습니까? 맥아더 장군의 인천상륙작전이 성공해서 북진하던 그 9·28수복 때 인민군이 후퇴하면서 가두었던 양민을 모조리 학살하지 않았습니까?

제가 신문을 만들 때 취재하러 갔던 곳이 기억에 생생합니다. 그때 얘기를 잠시 하겠습니다. 저는 1973년 11월 24일 오전 11시부터 경기도 강화군 하점면 창후리에 위치한 순의비(殉義碑) 앞뜰에서 행하여진 73인의 애향애국지사위령제(愛鄕愛國志士慰靈祭)를 취재했었습니다.

그 당시, 그곳에는 신태섭 강화군수와 김리규(金履圭) 강화경찰서장, 이관우(李寬雨) 교육장을 위시하여 각 기관장, 유가족, 향토예비군, 인근의 부락민과 초·중학생 3백여 명이 와 있었습니다. 이병년(李秉秊)옹이 저를 반가이 맞이해 주었는데, 저는 여기에서 전표두(全杓斗) 대령을 알게 되었습니다. 강화군수를 역임한 바 있는 이병년 옹과 육군본부(의무감실 기획과장)에서 근무하는 전표두(全杓斗) 대령은 이곳 순의비의 관리책임자로서, 이 분들이 주동이 되어 해마다 위령제를 지낸다는 것도 알게 되었습니다.

유엔군이 인천을 상륙하기 하루 전날인 9월 27일, 북한인민군들은 산업조합 창고에 구금한 애국지사들을 밤 11시경에 호출하여 포박한 다음, 강화의 서북단(西北端)으로 향하였다고 했습니다.

여러 날 동안을 구타당하고, 기아에 지칠 대로 지친 양민들은 30여 리나 되는 야간의 산길을 끌려가서 9월 28일 새벽 2시경에 양사면(兩寺面) 인화리(寅火里) 해변의 산골짜기에 당도했답니다. 포승이나 철사줄에 묶인 채 끌려간 73인을 여기에 미리 파놓은 구덩이에 몰아넣고는 사살하고, 미리 대기해 두었던 배를 타고 북한지역으로 도주하였습니다.

이런 사건이 강화군에서만 이뤄진 게 아니고 전국적으로 자행되었습니다. 제가 어릴 때 보면 온 마을이 제사입니다. 앞집 뒷집 할 것 없이 온 동네가 같은 날 제사 지내느라고 분주합니다. 그 어려운 가운데에서도 떡을 찌고 부침

개를 부치고, 야단입니다. 골목마다 기름 냄새가 진동합니다. 유복자 유복녀들, 어머니의 뱃속에 있을 때 아버지를 여의고 태어난 아이들이 갑자기 먹을게 생기니까 좋아라고 합니다. 철없이 좋아라고 웃는 아이들을 바라보는 어머니나 할머니는 얼마나 가슴이 아프겠습니까?

이 「섣달」의 마지막 구절은 철새도 울고, "은대야 하늘에 산월產月이 떴다."로 되어있습니다. 독자는 뜬금없이 웬 '은대야'냐 할 것입니다. 저희 할머니께서는 해마다 대야에 물을 부어놓고 하늘의 달을 보시며 새해의 길흉을 점쳐보시곤 하셨습니다. 그 생각이 나서 산월이 떠있는 것으로 표현했습니다. 이 시에 곡을 붙여서 노래로 만들 때는 알기 쉽게 유복자 달님이 떠간다고 했습니다. 이정도 말씀드리면 감상과 이해가 가능할 것으로 여겨집니다. 다음으로 서정주 시인의 시 「풀리는 한강 가에서」를 살펴보기로 하겠습니다.

시의 창작에 있어서 가장 중요한 요소인 생산적 또는 창조적 상상을 생각할 수 있겠습니다. 이미 경험했던 사물이 각 요소로 해체되었거나 분리되었을 때, 그것을 다시 연합할 뿐만 아니라 여기에 다른 경험의 사물을 덧붙여서 새로운, 혹은 실재하지 않는 이미지를 만들어 내는 것을 창조적 상상, 또는 생산적 상상이라고 합니다. 시 창작의 참된 에너지는 바로 이 단계의 상상력이라고 할 수 있겠습니다. 이 상상력은 예술 또는 시를 창조하는 근원적인 능력을 지닙니다. 다음 시를 통해서 생산적 상상이 구체적으로 어떻게 작용하여 나타나는지, 그 과정을 살펴보고자 합니다.

강물이 풀리다니 / 강물은 무엇하러 또 풀리는가. // 우리들의 무슨 서름 무슨 기쁨 때문에 / 강물은 또 풀리는가. // 기러기같이 / 서리 묻은 섣달의 기러기같이 / 하늘의 얼음짱 가슴으로 깨치며 / 내 한평생을 울고 가려 했더니 // 무어라 강물은 다시 풀리어 / 이 햇빛 이 물결을 내게 주는가 // 저 민들레나 쑥니풀 같은 것들 / 또 한번 고개숙여 보라 함인가 // 황토언덕 / 꽃상여 / 떼과부의 무리들 / 여기 서서 또 한번 더 바라보라 함인가 // 강물이 풀리다니 / 강물은 무엇하러 또 풀리는가 / 우리들의 무슨 서름 무슨 기쁨 때문에 / 강물은 또 풀리는가.

서정주의 시「풀리는 한강 가에서」였습니다. 이미 알려져 있는 바와 같이, 이 시의 역사적 배경은 전쟁이 휩쓸고 지나간 후의 비극적 상황입니다. 꽁꽁 얼어붙었던 한강물이 다시 풀리는 해빙 장면과 전쟁이라는 참혹한 상황이 어울려 그 비극성을 한층 더 고조시키고 있습니다. "황토 언덕/ 꽃상여 / 떼과부의 무리"라고 하는 전쟁의 참혹상을 보여주고 있습니다.

해빙은 봄이 온다는 징조요, 봄이 옴은 죽음의 소생이나 부활을 의미하지만, 그러나 민들레나 쑥니풀을 다시 고개 숙여 보게 하고, 남아있는 전쟁의 참상을 한 번 더 보게 하는 것이 아닌가 생각합니다. 그래서 "강물은 무엇하러 또 풀리는가"하고 의문을 제기하면서 시상(詩想)을 전개하고 있습니다. 여기서는 해빙, 기러기, 전쟁의 참상 등이 어울려 통일된 새로운 의미의 주제를 창출하고 있습니다. 다음으로 박남수 시인의 시「할머니 꽃씨를 받으신다」를 살펴보기로 하겠습니다. 암시적 묘사는 문장 표현에 있어서 어떤 내용을 직접적으로 말하지 않고 간접적으로 표현하는 방법을 말합니다. 바로 대어서 밝히지 않고 은유나 상징으로 돌려서 넌지시 알리는 요법을 뜻합니다.

할머니 꽃씨를 받으신다. / 방공호(防空壕) 위에 / 어쩌다 핀 / 채송화 꽃씨를 받으신다. // 호(壕) 안에는 / 아예 들어오시덜 않고 / 말이 숫제 적어지신 / 할머니는 그저 노여우시다. // 진작 죽었더라면 / 이런 꼴 / 저런 꼴 / 다 보지 않았으련만…… // 글쎄 할머니, / 그걸 어쩌란 말씀이셔요. / 숫제 말이 적어지신 / 할머니의 노여움을 / 풀 수는 없다. // 할머니 꽃씨를 받으신다. / 인제 지구(地球)가 깨어져 없어진대도 / 할머니는 역시 살아 계시는 동안은 / 그 작은 꽃씨를 털으시리라.

박남수의 시「할머니 꽃씨를 받으신다」였습니다. 이 시의 환경 설정은 전시(戰時) 중의 방공호로 되어 있습니다. 시간 개념은 6·25 전쟁이요, 공간 개념은 살아남기 위해서 마련한 방공호에서 할머니가 채송화 꽃씨를 받는 행위로 되어 있습니다. 꽃씨를 받는 행위 외에 할머니가 직접적으로 나타내는 말은 별로 없습니다. 그러나 그 뒤에 숨겨져 있는 뜻은, 이 지구가 존재하는 한 인간은 영원히 꽃을 심고 가꾸며 산다고 하는 무언의 의지 같은 것이라 하겠습니다. 즉 할머니가 꽃씨를 받는 행위를 통해서, 전쟁의 와중에서도 영원한 평화를 염원하는 의지가 암시되고 있다는 얘기입니다. 다음은 황금찬 시인의 시 「9월의 편지」를 감상하기로 하겠습니다.

옷장 밑 빼닫이에서 / 당신의 신발 한 짝을 내 봅니다. / 이것은 당신이 끌려가던 날 새벽 / 뜨락에 벗어진 당신의 신발입니다. // 그 후 당신의 소식을 모릅니다. / 첫 아이면서 막내동이가 된 / 영희년은 / 벌써 국민학교 3학년이랍니다. // 공백화해 가는 내 창 앞에 / 9월이 가져오는 이 편지를 / 어떻게 읽어야 하는 겝니까. // 같은 하늘 밑에서 산다곤 믿어 안 지고 / 그렇다고 안 믿기란 믿기보다 어렵습니다. // 혹 영희년이 병이 나면 / 아버지를 찾습니다. / 그때처럼 당신이 미운 때는 없습니다. / 나는 당신이 납치된 이유를 아직도 모릅니다. / 그저 9월이면 하늘 같은 사연으로 / 편지를 쓸 뿐, / 그러나 보낼 곳이 없습니다. // 손끝도 닿을 내 강토에 / 암암히 흐르는 이 강물은 / 우리들에게 칠월칠석도 마련하지 않고 / 납치의 달 9월은 가는 것입니다. // 나는 지금 잠든 영희의 머리맡에서 / 이 편지를 쓰고 있습니다. / 4292년에 / 또다시 9월의 편지를 쓰기 전, / 당신은 소식 주십시오.

여기에서는 "신발 한 짝"이 중요한 역할을 합니다. 그것은 남편이 끌려가던 날 벗겨진 신발이기 때문입니다. 시의 창작에 있어서 어떤 동기가 의식되거나 의식되지 않거나 간에 모든 시의 동기는 의도하는 방향성을 지닙니다. 실제적인 목적이건 심미적인 목적이건 그것은 궁극적으로 시의 구체적인 형상화에 있겠습니다.

시에 있어서의 동기는, 시인이 어떤 사물을 지각하고 그 사물에 대한 느낌을 시적으로 표현하고 싶다는 욕구 충족을 위해 사물을 끌어들이게 됩니다. 황금찬 시인의 시 「9월의 편지」에도 "신발 한 짝"이 그래서 의미가 있다 하겠습니다. 왜냐하면 '신발'이라는 그 사물이 시의 주제를 위해서 중요한 역할을 하기 때문입니다. 이제 1교시 마지막으로 자작시 「하지감자」를 낭송하겠습니다.

멍든 빛깔의 하지감자는 / 엉골댁 욕쟁이 할머니, / 쪼그라들면 쪼그라들수록 / 일본 순사 쏘아보는 눈빛이 산다. // 일제에 징용 간 남편은 소식 없고 / 보쌈에 싸여가서 아들 하나 낳았다가 / 6・25 전장에 재가 되어 돌아온 후 / 걸쭉한 욕만 살아서 푸른 독을 뿜는다. // 멍든 하지감자는 / 껍질을 까기가 힘이 든다. / 사내놈들 보쌈에 싸여 가는 동안 / 은장도를 가슴에 품은 채 벼르고 벼르던 / 그 날선 빛깔이 눈물이 되고 욕설이 되어 / 독을 품은 씨눈에서 은장도가 번득인다.

이 「하지감자」라는 시는 특별한 소재와 주제의식에서 표현된 시라 하겠습니다. 시에 있어서의 소재는 시인 자신이 직접 경험한 사실을 작품으로 형상화하는 경우가 있겠습니다. 또한 시인 자신이 직접 경험한 사실이 없어도 독서나 매스컴 같은 정보를 통해서 얻어지는 경우도 있겠습니다. 또는 남의 이야기를 자기가 경험한 양 패러디한다거나, 생산적 상상을 통해서 재구성하는 경우도 있겠습니다.

저의 의식 속에는 일제(日帝)에 대한 반감도 있고, 6·25의 원흉에 대한 반감도 있습니다. 그런데 어느 날 '하지감자'가 생각나는 것이었습니다. 제가 어린 시절 하지감자는 보랏빛이 감도는 감자였는데, 독성이 있었습니다. 혀가 싸아하니 독해도 파슬파슬하니 맛이 있어서 즐겨 먹는 음식이었습니다. 이 하지감자는 맛은 있는데 독성이 있다는 게 문제라 하겠습니다. 그런데 이 정도로는 주제가 성립되지 않기 때문에 시를 쓸 수 없습니다. 시를 쓴다 해도 실패할 게 빤합니다. 주제가 없는 것은 배자 없는 계란과 같기 때문입니다.

그런데 고향 마을의 욕쟁이 할머니가 생각났습니다. 그러나 특별한 진전이 없었습니다. 주제가 잡히지 않기 때문입니다. 주제가 잡히지 않는다는 말은 마치 배가 항구에 로프를 걸지 못한다는 말과도 같습니다. 작은 배들은 쇠말뚝에 로프를 걸게 되어있습니다. 그런데 그게 걸리지 않으면 배를 정박할 수 없습니다.

그러던 어느 날 김종태라는 친구의 「닭실떡」이야기가 생각났습니다. 김종태 교수의 고향에서는 댁(宅)을 떡으로 일컫는다고 했습니다. 닥실떡이란 고향 마을에 사는 구십 넘은 노인의 택호(宅號)라고 합니다. 본래 그녀가 닭실이라는 마을에서 친구의 마을로 시집을 왔는데, 지금은 그 부락을 유곡(酉谷)이라 부르지만 어릴 때는 닭실로 불렀다고 합니다. 닭실떡은 얼굴이 가무잡잡한 데다 허스키한 목소리를 가졌기 때문에 사람들이 마이크떡이라고도 불렀다고 합니다.

그가 어렸을 때 그 집 아들을 때려 눈두덩이 부어 있었다고 합니다. 닭실떡은 파르르 화난 얼굴로 입가에 거품을 튀기며 대문을 들어서더니, "종태 이놈 어디 갔어. 속곳가랭이다 잡아넣고 오줌을 질근질근 쌀놈의 자식, 응 어디갔어?" 하고 고래고래 악을 썼다고 합니다.

저녁밥을 짓던 친구 어머니는 영문도 모르고, "닭실댁 왜 그리어……" 하자,

"왜 그리어고 개좃이고 내새끼 눈깔을 보랑개. 응, 요놈의 자식 생기기는 호롱딱쟁이 겉은 것이 이리 나와! 이놈아!" 하고 더욱 살기등등하게 고함을 질렀다고 합니다. 친구는 그때야 방문을 열고 나와 마루 난간에 서서 겁에 질린 채 닭실떡을 바라보고 있었다고 합니다.

그 닭실떡은 우루루 달려들며 "이놈! 왜 내 새끼를 때렸어 응. 이 좃대가리에 못을 박을 놈아." 라고 멱살을 잡으려는 순간 그는 잽싸게 닭실떡의 가랭이 사이로 빠져 도망을 쳤다고 합니다. 그때 닭실떡은 마당 가운데 바쳐있던 줄작대기를 들고 땅바닥을 치며 "저놈이 조 내 씹가랭이 속으로 빠져 나가네. 조! 기름에 튀긴 생쥐같은 놈이! 어뜬 놈이 좃대가리를 내둘러 저런 문둥이 콧구멍같은 놈을 내질렀어……" 라고 한바탕 소란을 피워 온 동네가 떠들썩했다고 합니다.

닭실떡을 일명 보쌈떡이라고 부른다고 합니다. 그것은 닭실떡이 지닌 기구한 운명이랍니다. 본래 닭실떡은 닭실에서 아랫마을 구씨네 집으로 시집을 왔었다고 합니다. 어느 해 여름, 남편과 사별했답니다. 열아홉 살에 시집와 사년 사이에 남매를 낳고 스물한 살 꽃다운 청춘에 과부가 된 것입니다. 그녀는 오

년 동안을 홀로 살다가 친구네 마을 서씨네 집으로 보쌈을 당해왔다고 합니다. 그러니까 일제에 징용 간 남편을 잃고 과부로 살다가 보쌈을 당해서 사는 여인이라서 욕만 살아 하지감자를 연상하게 되었습니다.

저의 「하지감자」는 닭실떡 이야기만을 재생해서 지은 시가 아닙니다. 닭실떡 이야기가 중추를 이루지만, 저의 고향 욕쟁이 할머니도 가미되었고, 그녀의 아들이 6·25 전장에 재가 되어 돌아왔다는 얘기는 닭실떡과 상관없는 이야기입니다. 이것은 제가 생산적 상상의 힘으로 다른 데 있는 이야기를 분해하여 와서 여기에 결합시키고 변화시킨 겁니다. 그러므로 좋은 시를 쓰기 위해서는 기억의 잔상들을 마음대로 분해하고 결합시키며 변화시킬 수 있어야 합니다. 시인은 자기가 누리고 싶은 언어의 집을 짓는 언어의 직공이요 예술적 재창조자라 하겠습니다. 2주차 1교시 수업은 최삼명 작곡 김미화 노래로 제작된 〈섣달〉을 감상하면서 마치기로 하겠습니다.

▶ 〈섣달〉 - 흰옷 입은 달님 아래 다듬이 소리 / 며느리와 시어머니 다듬이 소리 / 시어머니 방망이는 딱뚝 딱뚝 / 며느리의 방망이는 똑딱 똑딱 똑딱 / 다듬잇돌 명주 올에 선을 그리며 / 설움을 두드리는 오롯한 그림자 / 줄지어 날아가는 철새 울음 / 유복자 달님이 하늘을 떠가네

## 2교시 - 초토의 시와 분해 결합

(「초토의 시」「호남평야」「왼손 있어」「분해와 결합 43613」「두만강」「창변의 손」)

안녕하십니까. 2주차 2교시는 구상(具常) 시인의 시 「초토(焦土)의 시」부터 감상하기로 하겠습니다. '초토(焦土)'라는 말은, 그을릴 초(焦)자에 흙 토(土)를 한 자입니다. 그을린 흙, 까맣게 탄 흙이나 땅을 말합니다. 불에 타서 없어진 자리나 남은 재를 말하지요. 북한군의 남침에 의한 6·25전쟁의 결과는 어땠습니까. 한국군의 사망 부상 실종자가 60만 8033명입니다. 남한의 민간인은 사망 학살 부상 납치 행방불명 모두 99만 968명입니다. 합해서 159만 9천여 명이 피해를 입었습니다. 유엔군은 또 얼마입니까? 사망 부상 실종 포로 모두해서 54만 5910명이 희생되었습니다.

한·미동맹은 피로 맺은 동맹입니다. 한국인은 오늘날 자유와 번영을 누리고 있습니다. 여기에는 미국의 도움이 컸습니다. 미군은 6·25전쟁에서 3만 6574명이 목숨을 잃었습니다.

6·25전쟁기간 중 한국은 43%의 산업시설과 33%의 주택이 완전히 파괴되었습니다. 구상 시인의 「초토의 시」는 바로 6·25전쟁의 이런 상태를 절실히 증언한다고 하겠습니다. 이제 시를 낭송하겠습니다.

第1景
행길 위에 머슴애들이 우 몰려가 수상한 차림의 여인 하나를 에워싼다. 돌팔매를 하는 놈, 쇠똥, 말똥을 꿰매달아 막대질을 하는 놈.
"양갈보" "양갈— 보" "양가— ㄹ보"
더럽혀진 母性을 향하여 이들은 저희의 律法으로 다스리는 것이다.
"내가 늬들 에미란 말이냐. 양갈보면 어때? 어때?"

거품까지 물어 발악하는 여인을 지나치던 미군 짚이 싣고 바람같이 흘러간다. 아우성만 남고.

第2景

짙게 양장한 여인이 지나간다. 꼬마들은 눈을 꿈벅꿈벅한다. 한 녀석이 살살 뒤를 밟아 여인의 뒷잔등에다

"一金 三千圓也"라는 꼬리표를 재치 있게 달아 붙인다.

"와하" "와하하" "와하하하"

자신들의 항거(抗拒)로서는 어쩔 수 없음을 깨달은 꼬마들이 자학(自虐)을 겹친 모멸의 홍소(哄笑)를 터뜨린다.

여인은 신 뒤축을 살펴보기도 하고 걸음새를 고쳐보기도 한다. 그러나 그녀가 사라지기까지

"와하" "와하하" "와하하하"는 그치지 않는다.

구 상의 시 「焦土의 詩 6」이었습니다. 이 시인이 의도하는 본의는 따로 있다 하겠습니다. 여기에 나타난 「초토의 시 6」중의 1경과 2경은 소년들이 미군에게 몸을 파는 소위 양공주를 괴롭히는 연출 장면으로 되어 있습니다. 구상 시인은 무엇 때문에 소년들이 가련한 여인을 괴롭히는 장면을 포착하여 시로 작품화하였을까요.

소년들에게 있어서 가장 슬픈 것은 어머니를 다른 남자에게 빼앗기는 모성상실(母性喪失)일 것입니다. 6·25 전쟁 당시 남편 잃은 떼과부들, 그 수많은 전쟁미망인들이 살아남기 위한 생존수단으로 미군부대 주변에서 처절하게 삶을 유지하던 치욕의 군상들을 이 시인은 모성상실의 차원에서 조명한 것으로 보입니다. 소년들의 처지에서는 자기를 버리고 다른 남자를 상대한 여인을 향한 분노가 치열할 수밖에 없을 것입니다. 이러한 사회현상을 더욱 확대시켜 해석한다면, 잃어버린 어머니나 더럽혀진 어머니는 상실된 모국, 잃어버린 조국을 의미하기도 합니다. 외세로부터 물려 뜯겨온 침탈사가 그것입니다. 다음은 장영창 시인의 시 「호남평야」입니다. 낭송하겠습니다.

모래알 같은 이야기를 만들고 / 이스락처럼 농부들은 연달아 죽어갔다. // 그러나 땅 속에서 / 令旗 들은 東學亂兵의 눈초리— / 징 소리 들려온다. // 풀 욱은 밭두렁을 파 헐으면 / 우렁껍질처럼 이름 없이 / 오래된 늙은 농부의 백골이 나오나니 / 네 피리를 / 어서 흙속에 묻고 / 땅에 귀를 대라! // 東學亂兵의 짚신 — / 숨 가쁜 발소리 들려온다.

 

장영창의 시 「호남평야(湖南平野)」였습니다. 이 시를 보면 우선 사람이 되어야 한다는 생각이 듭니다. 자기만큼 보이기 때문입니다. "시를 쓰기 전에 사람이 되어야 한다"는 말은 우선 사람다운 사람이 되라는 뜻으로 인격적인 내용을 주문하는 의미가 있겠거니와, 그에 못지 않게 사물 인식에 대한 내용을 갖추라는 뜻도 포함되는 것으로 여겨집니다. 좋은 사진을 찍으려면 그 카메라 렌즈부터 우수한 성능을 지녀야 하듯이, 시를 쓰는 데에도 사물에 대한 인식능력이 요구된다 하겠습니다. 그릇만큼 담을 수 있다는 말은 이를 두고 이르는 말인 듯합니다.

가령 호남평야를 여행하는 시인에게 역사의식이 없다면, 이 장영창 시인처럼 백 년 전의 농부나 동학민병들이 울려대던 징소리, 땅속에 묻혀 있을 농부들의 백골, 짚신, 숨가쁜 발소리 등이 연상될 리 없겠습니다. 고작해야 들녘이 넓다거나 아름답다는 식으로 서경시나 상태시에 머물게 될 것입니다. 따라서 좋은 시를 쓰려면 주제나 구상, 기교 등등 연마해야 할 수련을 게을리 해서도 안 되거니와 종교적 상상력이라든지 철학적 인식, 또는 역사의식, 윤리의식, 사회의식을 도출해 낼 수 있는 사물 인식의 눈, 통찰하는 안목을 길러야 한다는 점을 강조하고 싶습니다.

만경강이 흐르는 호남평야, 그 드넓은 김제 들녘을 바라보는 똑같은 환경에서 어떤 사람은 역사의식으로 깊이 인식하여 영기(令旗)를 들고 함성을 지르며 내달리는 동학민병의 눈초리를 연상하여 의미심장한 시를 써내는 이가 있을 수 있는가 하면, 역사의식이 없이 경박한 표현을 하는 이도 있겠는데, 이는 시의 본질과 거리가 멀 수밖에 없다 하겠습니다.

이 「호남평야」는 장영창 시집의 표제시(標題詩)이기도 합니다. 장영창 시인은 전북 김제 청하에서 태어났습니다. 장영창 시인은 이 시의 시작노트를 이렇게 썼습니다.

"평야는 말이 없다. 그러나 평야는 인간의 위대한 정신을 육성시킨다. 나는 호남평야의 한복판에서 태어났다. 평야가 얼마나 묵묵한지를 나는 알았다. 그리고 그 땅에는 수많은 농부들의 뼈가 묻혀있다는 사실을 알게 되었다. 파헤치는 흙속에서 흔히 굴러 나오는 뼈 조각들—그러나 그 뼈 조각들은, 전날에 살(肉)을 입고 있었고, 그 살 속에서는 피가 돌고 있었던 것이 아니었던가! 피는 생명이고, 그 생명은 현재의 우리들의 생명과 조금도 다름없이 생각했고, 울었고, 노동을 했고, 더러는 순간적으로 행복했고, 그러면서 나라를 위하여 용솟음쳤을 것이다. 그들은 땅을 위했던 만큼 나라를 위했을 것이다. 그 흔적 속에서 나는 동학혁명군들의 설레는 발소리를 영적으로 들을 수 있었다. 숱하게 죽어간 농부들의 이야기들 속에서도, 특히 동학혁명군의 이야기들을 가슴 아프게 들을 수가 있었다."

이 시작노트는 「호남평야」를 감상하는데 도움이 될 것입니다. 중복을 피하기 위해서 몇 가지만 얘기하고자 합니다. 시의 첫 연을 보면 "모래알 같은 이야기를 만들고 / 이스락처럼 농부들은 연달아 죽어갔다."고 되어있는데, 여기에 나오는 '이스락'은 이삭의 전라도 방언입니다. 그것은 농사를 지은 것을 거둔 뒤에 땅에 흘리어 처진 지스러기를 말합니다. 농토가 없는 빈민들은 이 이삭을 주워서 끼니를 때우는 사회적 분위기로 보아 농부로 비유되는 이 '이스락'은 존재감이 없는 서민들로 여겨집니다.

그리고 여러분들은 이 시의 마지막 구절인 "땅에 귀를 대라! 東學亂兵의 짚신— 숨 가쁜 발소리 들려온다."에 관심을 갖고 반추할 필요가 있겠습니다. 여러분은 장영창 시인처럼 이렇게 백 년 전의 역사 이야기를 현재 감동적으로 느낄 수 있는지 돌아볼 필요가 있겠습니다. 저는 이 시를 읽고 「장영창론」을 쓸 때 혁명적 낭만주의 시인이라고 피력한 바 있습니다. 그는 혁명적 낭만주의 시를 쓰고 떠났습니다.

다음으로 이목윤 시인의 시 「왼 손 있어」를 감상하기로 하겠습니다. 전북 완주군에서 1936년에 태어난 이목윤 시인은 6·25전쟁으로 가세가 기울자 육군보병학교에 입교, 육군 소위로 임관 후 중위로 진급하였는데, 1960년 7월 한미연합CPX기동훈련에 참가하였다가 작전임무수행 중 부상을 입었습니다. 그 때 나이가 25세였다고 합니다. 오른손은 살상용 백린연막탄에 날아가고 온몸에 입은 화상으로 얼굴 한쪽이 일그러지게 되었습니다. 1963년에 제1육군병원에서 대위진급 및 퇴역으로 귀향하게 됩니다. 대낮의 밝은 햇살을 피해서 밤이 오기를 기다렸다고 합니다. 밤중에 집을 찾아가니 동생은 알아보지 못한 채 놀래어 달아나고, 어머니는 어떻게 알아보고 맨발로 내려와 자식을 끌어안고 통곡했다고 합니다. 저는 이 대목에서 눈물을 쏟지 않을 수 없었습니다. 이목윤의 시 「왼손 있어」를 낭송하겠습니다. 듣는 것만으로도 감상은 어렵지 않겠습니다.

잃어버린 오른손의 몫을 일하는 / 왼손 보며 // 먼저 떠난 전우들의 일지를 꿰매는 / 왼손 보며 / 저마저 깨어져 복잡골절 후유증을 앓는 / 왼손 보며 // 한 여인의 사랑을 잡아주는 / 왼손 있어 / 한 아버지로 울타리 지켜내는 / 왼손 있어 / 한 생의 표현을 두들기는 / 활자로 / 전생의 창살을 갈라내는 / 톱날로 / 이승의 수레바퀴를 굴리는 / 멍에로… // 다 마치면 마지막 울음까지 닦아낼 / 왼손 있어 / 땅을 짚고 일어나는 왼손 / 하늘 가리키며 일어서는 왼손 // 꿈결에 돌아오는 오른손 맞잡고 / 함께 울어 주는 / 왼손 있어 / 함께 울어주는 왼손 있어.

다음은 김인섭 시인의 시 「분해와 결합 43613」입니다. 시의 제목부터가 심상치 않지요. 시의 제목을 정할 때부터 창작의 기능을 발휘해야 합니다. 제목도 창작이니까요. 그것은 첫인상입니다. 첫인상부터 나쁘면 안 되겠지요. 과일이건 음식이건 보기에도 좋고 먹음직스러워야 구미가 당길 게 아닙니까? 그렇게 보면 「분해와 결합 43613」은 참신한 제목이라 하겠습니다.

제가 강조한 말 중에는 생산적 상상이니, 창조적 상상이니 하는 말이 있었지요. 기억의 잔상을 분해하기도 하고, 결합시키기도 하며, 변화시킴으로써 얻어지는 것이라고 했는데, 그 '분해와 결합'이 여기에 나옵니다. 이런 것은 새로운 시도니까 신선해 보이는 겁니다.

43613 / 이는 육군소위로 임관할 때 / 나라가 매겨준 고유번호 / 나의 잘나빠진 군번이다. // 43613 / 이것을 분해하면 / 613 세모꼴로 짓고 43은 일곱 / 앉도 눕도 못할 형국으로 / 일곱 '7'자 모양새를 보자 해도 / 고개 뻗고 산다고 뾰루지가 돋는 건지 / 등허리 정처 없이 꼬이고 꼬부라진 채 / 오뉴월 깽깽 마른 땅만 내리뜨고 살아온 / 나의 인생싹수 일곱 끗. // 43613 / 이를 다시 결합하면 열일곱 / 가당찮게도 애국은 저 혼자 하는 듯이 / 육이오가 나던 그해 10월 21일 / 딱총 들고 놀다가 종아리 맞을 나이, / 그 나이 열일곱에 병정 가서 / 남들 사각모 쓰고 전진할 때 / 사창리 저격능선에만 들러붙어 / 플라스틱 헬멧 하나로 세월을 가리고는 / 남녘으로 떠가는 구름 보면 한숨이고 / 달 뜨면 눈물이고 하다가 / 스물셋 헌 신발짝으로 돌아왔으니. // 43613 / 휴전선 총대밭에 두고 온 청춘, / 저 메아리도 없는 청춘은 어쩌란 말이냐.

金仁燮의 시 「分解와 結合 43613」이었습니다. 이 시는 6.25전쟁 당시의 군번을 소재로 자학하는 작품이라 하겠습니다. 군번을 매개체로 하여 시화하는 그 형상화 과정이 경이롭습니다. 화투놀음의 '짓고 땅'을 끌어들여 어중간한 7수, 즉 '일곱 끗'이라고 하는 '잘나빠진 군번'으로 자학하고 있기 때문입니다. 이 시인은 군번 숫자의 분해와 결합을 통하여 전쟁으로 인해 망가진 자기의 인생을 재해석하고 있는 데에 그 시작 방법이 독특하다 하겠습니다. 다음으로 김규동 시인의 시 「두만강」을 살펴보고자 합니다.

얼음이 하도 단단하여 / 아이들은 / 스케이트를 못 타고 / 썰매를 탔다. / 얼음장 위에 모닥불을 피워도 / 녹지 않는 겨울 강 / 밤이면 어둔 하늘에 / 몇 발의 총성이 울리고 / 강 건너 마을에서 개 짖는 소리 멀리 들려왔다. / 우리 독립군은 / 이런 밤에 / 국경을 넘는다 했다. / 때로 가슴을 가르는 / 섬뜩한 파괴음은 / 긴장을 못 이긴 강심 갈라지는 소리 / 이런 밤에 / 나운규는 「아리랑」을 썼고 / 털모자 눌러쓴 독립군은 / 수많은 일본군과 싸웠다. / 지금 두만강엔 / 옛 아이들 노는 소리 남아있을까 / 강 건너 개 짖는 소리 아직 남아있을까 / 통일이 오면 / 할 일도 많지만 / 두만강 찾아 한번 목놓아 울고 나서 / 흰머리 날리며 / 씽씽 썰매를 타련다. / 어린 시절에 타던 / 신나는 썰매를 한번 타보련다.

김규동 시인은 김기림 시인의 제자로서 모더니즘의 영향을 받았습니다. 후반기 모더니즘 그룹에 참가하여 박인환, 김수영 시인 등과 친교를 맺으면서 역사적 모더니즘에 대한 관심을 강화했습니다. 1970년대 초부터 문학의 사회적 유용성을 주장하면서 민주회복운동에도 참여하였습니다. 그런데 제가 김규동 시인에게서 직접 들은 얘기가 있습니다. 군사정권에 대항해서 민주회복운동에 참여했을 때 쓴 시들을 모아서 시집을 내려고 했는데, 그건 시가 아니라는 겁니다. 그래서 그 원고를 버렸다고 하더군요.

우리는 사회 현실을 외면할 수 없지요. 마땅히 참여해야지요. 그런데 시인은 구호로 말해서는 안 되고 시로써 말해야 합니다. 신석정 시인은 작품으로 참여해야 한다고 했습니다. 바꾸어 말하자면 시인의 창작행위도 참여라는 겁니다. 그러니까 자연관조의 시를 쓰건 사회참여시를 쓰건 상관이 없는데 결국은 시다운 시, 작품다운 작품이 되어야 한다는 말로 귀결이 되겠습니다. 제가 그 많은 김규동 시인의 시작품 가운데 「두만강」을 내세우는 까닭은, 여기에는 순수한 동심이 살아있어서 정서를 살려낼 수 있겠다고 여겨지기 때문입니다. 이제 마지막으로 자작시 「창변의 손」을 감상하고 이해하는 시간을 갖기로 하겠습니다.

하나의 손바닥을 향하여 / 또 하나의 손바닥이 기어오른다. / 차창 안의 손바닥을 향하여 / 차창 밖의 손바닥이 기어오른다. // 줄리엣의 손을 향하여 / 로미오의 손이 담벼락을 기어오르듯 / 기어오르는 손바닥 사이에 차창이 막혀 있다. // 유리창은 투명하지만, / 매정스럽게 차가웠다.

차창 안의 손은 냉가슴 앓는 아들의 손 / 차창 밖의 손은 평생을 하루같이 산 어미의 손 / 신혼(新婚)에 헤어졌던 남편과 아내의 손 / 손과 손이 붙들어보려고 자맥질을 한다. // 손은, / 오랜 풍상(風霜)을 견디어내느라 주름진 손은 / 혹한 (酷寒)을 견디어낸 소나무 껍질 같은 / 수없는 연륜(年輪)의 손금이 어지럽다. // 암사지도(暗射地圖)보다도 잔인한 / 상처투성이 손이 꿈결처럼 기어오른다.

얼굴을 만지려고, 세월을 만지려고 / 눈물을 만지려고, 회한(悔恨)을 만지려 고 / 목숨 질긴 칡넝쿨처럼 기어오르면서 / 왜 이제야 왔느냐고, / 왜 늙어버린 뒤에 왔느냐고, / 유복자(遺腹子) 어깨를 타고 앉아 오열을 한다.

남북이산가족상봉 마지막 날에 버스 창에 손을 마주대고 울먹이는 광경을 보았습니다. 그들이 누구인지는 모릅니다. 모자관계 부자관계 아니면 부부관 계겠지요. 그런 관계가 사별하고 없다면 오빠나 누이나 조카 등등이겠지요. 그러나 보다 실감나게 하기 위해서는 모자관계와 부부관계가 좋겠다 싶어서 그렇게 했습니다.

마지막에는 "목숨 질긴 칡넝쿨처럼 기어오르면서 / 왜 이제야 왔느냐고, / 왜 늙어버린 뒤에 왔느냐고, / 유복자 어깨를 타고 앉아 오열을 한다."로 마무 리를 했습니다. 유복자란 어머니의 복중에 있을 때 아버지를 여의고 태어난 자식을 가리키는 말입니다. 그동안 죽은 줄 알고 제사를 지내며 살아온 거지 요. 그 유복자 자식의 어깨에 올라앉은 노파가 버스 안에서 차창에 손바닥을 대고 있는 옛날의 남편의 손을 마주대면서 오열하는 비극 이상의 비극은 없겠 지요. 이것도 역시 제가 창조적(생산적) 상상을 통해서 재구성한 겁니다. 저 의 말씀은 여기까지입니다. 김귀숙 시낭송가의 「창변의 손」 낭송을 들으면서 2교시 강의를 마치겠습니다. 이 시낭송 동영상 음반도 시선집『시를 읊는 의 자』끝에 붙어 있습니다. 컴퓨터에 꽂고 감상하시기 바랍니다.

# 3교시 문명비판의 시

(「목재소에서」「꽃」「옥밥」「3번아 5번 찾지 말고」「깊은 해변」「적조현상」


안녕하십니까. 2주차 3교시는 박미란 시인의 시 「목재소에서」부터 시작하겠습니다. 낭송부터 하지요.

　고향을 그리는 생목들의 짙은 향내 / 마당 가득 흩어지면 / 가슴속 겹겹이 쌓인 그리움의 나이테 / 사방으로 나동그라진다. // 신새벽, / 새때들의 향그런 속살거림도 / 가지 끝 팔랑대던 잎새도 먼 곳을 향해 날아갔다. / 잠 덜 깬 나무들의 이마마다 대못이 박히고 / 날카로운 톱날 심장을 물어뜯을 때 / 하얗게 일어서는 생목의 목쉰 울음 // 꿈속 깊이 더듬어보아도 / 정말 우린 너무 멀리 왔어 / 눈물처럼 / 말갛게 목숨 비워 몇 밤을 지새면 / 누군가 내 몸을 기억하라고 달아놓은 꼬리표 / 날마다 가벼워져도 // 먼 하늘 그대, / 초록으로 발돋움하는 소리 들릴 때 / 둥근 목숨 천천히 밀어 올리며 / 잘려지는 노을 / 어둠에도 눈이 부시다.

박미란의 시 「목재소에서」였습니다. 이 시는 1995년 조선일보 신춘문예 당선작입니다. 목재소의 생목들이 의인화되고 있습니다. 숲속의 나무들이 베어져 실려 와서는 도시의 목재소에서 켜지고 나동그라지기까지의 과정을 세밀하게 그려가면서 자각하는 생명의 슬픔과 환희를 담담하게 묘사한 작품입니다. 이 아름다운 작품 속에는 문명의 상처를 다스리는 사물들에 대한 짙은 애정이 스며있습니다.

대자연의 숲속에서 생장하던 나무가 도시 산업사회의 기계문명에 대칭되는 목재소에서 판자나 각목으로 켜지고 나동그라진다는 것은 오늘날 문명사회의 처절한 인간의 실상을 나타낸다 하겠습니다. 목재소에서는 원목을 쇠갈쿠리로 찍어서 끌어당기는 사람과 그것을 배로 밀어내는 사람에 의해서 원목이 켜지게 됩니다. 예수의 십자가에서처럼 대못이 박히는 것으로 볼 수도 있고, 날카로운 원형의 톱날에 심장이 물어 뜯긴다고 느낄 수도 있겠습니다.

그리고 원목이 켜질 때마다 톱밥이 날리면서 내지르는 원목들의 목쉰 울음소리로 실감할 수도 있겠습니다. "꿈속 깊이 더듬어 보아도 / 정말 우린 너무 멀리 왔어"라는 구절에서 우리는 실향의 아픔과 시간과 공간적으로 너무도 멀리 떨어져 나온 본향에 대해서 절절한 그리움을 토로하고 있다는 사실을 눈치채게 됩니다.

숲속에서 베어져 실려온 원목에 철인이 찍히고, 원목이건 각목이건 제재과정 전후에 꼬리표가 붙듯이 인간은 소속되고 규정되기 마련입니다. 원목처럼, 각목처럼, 판자처럼 규정되면 개성은 색이 바랠 수밖에 없습니다. 똑같이 규정된 무개성의 인간은 소외되기 마련입니다.

그런데 이 시는 도시문명을 구가하는 산업사회에서 잘려지고, 대못이 박히고, 켜지고, 나동그라지는 그 처절한 소외지대에서도 마지막 아름다움을 찾아 세우려는 의지를 보이고 있습니다. 그것은 마지막 결구(結句), 즉 "잘려지는 노을 / 어둠에도 눈이 부시다"는 구절입니다. 예수가 마지막 십자가를 통해서 영적으로 부활했듯이, 이 시는 절망적인 상황 속에서도 사랑과 슬픔을 통하여 "잘려지는 노을"이라는 아름다운 순간의 영원을 포착하고 수용한 작품이라 하겠습니다. "어둠에도 눈이 부시다"고요. 감상을 충분히 하시면 좋겠습니다. 여러분 시의 창작에 도움이 될 테니까요. 이제부터는 오봉옥 시인의 시 「꽃」과 「옥밥」을 살펴보고자 합니다. 먼저 낭송하겠습니다.

아프다, 나는 쉬이 꽃망울을 터트렸다 / 한때는 자랑이었다. / 풀섶에서 만난 봉오리들 불러 모아 / 피어봐, 한번 피어봐 하고 / 아무런 죄도 없이, 상처도 없이 노래를 불렀으니 // 이제 내가 부른 꽃들 / 모두 졌다 // 아프다, 다시는 쉬이 꽃이 되지 않으련다. / 꽁꽁 얼어붙은 / 내 몸의 수만 개 이파리들 / 누가 와서 불러도 / 죽다가 살아나는 내 안의 생기가 / 무섭게 흔들어도 / 다시는 쉬이 꽃이 되지 않으련다.

오봉옥의 시 「꽃」이었습니다. 기존 현실을 갈아엎는 쪽을 택한 이 꽃은 하루아침에 된서리를 맞고 시들 수밖에 없었습니다. 학생시절부터 행동에 나선 그는 열심히 불러 모은 어린 꽃들과 함께 지고 말았습니다. 그런데, 그가 추구한 현실을 갈아엎는 쪽은 불가능한 일이지만, 그는 결국 시의 꽃을 피우게 되었습니다. 그것도 순수와 참여를 동시에 아울러서 발화시킨 꽃입니다. 그의 참여시에는 순수가 있고, 그의 순수시에는 참여가 있습니다. 다음으로 오봉옥 시인의 「옥밥」을 낭송하겠습니다.

옥밥 한술 억지로 우겨넣다 / 생각하니 / 엄니가 흙마당 멍석 위로 저녁을 나르실 때 / 풀물 든 손을 툴툴 털어내던 아버진 / 어여 와 어여 와 하시었는데 / 그 엄니 오늘은 밥상머리 한 구석이 비어 / 된수저 치켜들다 울었는지 / 안 울었는지.

이 시는 참으로 눈물겹습니다. 이 시는 오봉옥 시인이 부조리하게 여겨지는 현실을 갈아엎으려다가 잘못되어 감옥에 갇힌 모양입니다. 그 감옥에서 옥밥을 먹다가 문득 어머니 생각을 한 겁니다. 어머니 속깨나 썩인 자식이고 보니 미안하기도 하고, 죄송스러울 게 아니겠습니까? 밥 때가 되었으니 어머니도 밥을 드시겠구나 하고 연상해 봅니다. 남도 시골이니까 흙마당 멍석 위로 저녁을 나르시는 어머니가 떠오르고, 투박한 아버지의 목소리도 떠오르겠지요. 평상시 같으면 당연히 오봉옥 시인도 부모와 함께 밥을 먹을 텐데, 감옥에 갇혀서 그 자리가 비어있으니 어머니의 마음인들 오죽이나 아프겠습니까.

마지막 결말부분을 반추할 필요가 있겠습니다. "그 엄니 오늘은 밥상머리 한 구석이 비어 / 된수저 치켜들다 울었는지 / 안 울었는지."가 그것입니다. 여기에는 '된수저'라는 말이 나옵니다. 이 '된수저'는 '되다'에서 온 말인 것 같습니다. 힘에 겹다거나 벅차다고 할 때, 일이 너무 되다고 할 때 쓰인 말이기 때문에 이 '된수저'는 고달픈 수저로 이해하시면 되겠습니다. 그러니까 오봉옥 시인의 어머니께서 고달픈 수저를 치켜들다가 울었는지, 안 울었는지는 그렇게 여겨질 뿐 알 수 없는 상태에 있기 때문입니다.

이 '된수저'는 물론 힘겨운 생활에서도 기인되겠지만, 자식이 감옥에 갇혀 있으니 밥인들 제대로 들어가겠습니까? 그러니 맥이 빠지지요. 맥이 빠진 상태에서 된수저를 들다가 울어버리는 어머니를 상상하는 자식의 마음은 얼마나 또 찢어지겠습니까. 이 시를 보면 오봉옥 시인은 아무리 참여의식이 강해도 그 내면에는 혁명적 서정시가 흐르고 있음을 감지하게 됩니다. 다음으로는 김원명 시인의 시 「3번아 5번 찾지 말고」를 살펴보기로 하겠습니다.

아들놈 휴대전화의 은어(隱語)들 / 그 암호를 해독하는 순간에 / 눈물은 주식(主食)이 되었다. // 1번은 손자, 2번은 며느리, 3번은 아들, / 그리고 4번은 애완견, / 나는 애완견보다 못한 5번이었다. // 끝내는 아들 내외가 / 산 좋고, 물 좋고, 인심도 좋은 / 시골 고향살이 어떠시겠느냐고 / 낙향을 유인하는 것이 아닌가! // 그래 그게 답이라면 떠나야지 하고 / 편지 한 장 남기고 길을 나섰다. // 3번아, 5번 찾지 말고 잘 살아라 / 5번이 3번 너를 배 아파서 낳고, / 가슴에 싸서 1번처럼 길렀건만, / 애완견만도 못하게 밀려난단 말이냐 // 뻐꾸기는 / 어미도 모른다고 하지만 // 고향 가는 길 / 마을 앞 회관을 지날 적에 / 먼산 보며 할미꽃이 묻거든 / 무어라 대답해야 하느냐. // 그저 고향이 좋아서 왔다고 / 눈길을 피해 얼굴을 돌리는데 / 남루한 옷자락이 바람결에 떨린다. // 돌덩이보다 무거운 발길이 / 수렁논 소처럼 더듬거려진다.

김원명의 「3번아 5번 찾지 말고」였습니다. 현대의 고려장이라 할 수 있는 몰인정한 사회 현실에 대한 따끔한 고언을 순후하게 표현한 작품이라 하겠습니다. 아버지나 어머니를 제주도 효도관광을 보냈다가 버린 자식이 있는가 하면, 보험금을 노리고 부모를 살해한 패륜아가 세인의 이목을 끄는 현실입니다. 그는 이런 사회 현실을 개탄스럽게 여긴 나머지 작품으로 형상화한 것 같습니다.

이 시는 몰상식한 사회 현실을 단적으로 표현한 부도덕한 사회의 축도(縮圖)라 하겠습니다. 그것은 자본주의 사회의 병폐를 처절하게 풍자하고 있어서 우리들 스스로를 돌아보게 하는 자성의 기회도 가지게 되겠습니다. 이제 최문자 시인의 시 「깊은 해변」을 살펴보기로 하겠습니다.

파고다공원. / 노인들이 출렁거린다. 독립선언 이후 여기는 노인들의 허기만 파도치는 깊은 해변. 노인들이 하루 종일 녹는다. 흰 알약이 녹을 때처럼 표정이 나가고 힘줄이 녹고 질긴 지느러미만 남아서 기형의 유영을 끝내고 엉거주춤 나와 앉는다. 얼어붙은 입술이 태양에 녹는다. 노여움이 서서히 해동되다 허옇게 거품 문다.

가슴 뜯긴 얘기로부터 / 그림자가 된 빈 시간에 대하여 / 자모가 뭉개지는 말에 대하여 / 물체가 된 몸뚱어리에 대하여 // 종로 3가역. 거품투성이다. 허연 거품이 어둑어둑해지면 희미했던 하루를 뚝뚝 꺾으며 전동차는 3분 간격으로 해변을 출발한다. 없는 모래를 탈탈 털며 더 깊이 빠지러 가는 노인들. 끼리끼리만 알아듣는 거품 속 대화를 파도가 달려와 덮친다.

최문자의 시 「깊은 해변」이었습니다. 최문자 시인의 「깊은 해변」은 변화와 경제성을 중시하는 현대사회에서 갈 곳을 잃은 구세대에 대한 애정과 연민의 눈길이 느껴지는 작품입니다. 탑골공원을 배회하는 노인들도 한때는 우리 사회의 중심이었습니다. 파란만장했던 우리네 역사의 적극적 참여자이기도 했었습니다. 어찌 보면 개인으로서의 삶보다는 국가와 가정을 위해서 기꺼이 희생했던 세대이기도 합니다.

그러나 지금 그들은 주변부로 밀려나 사회에서 엉거주춤 외면당하고 있습니다. 매스컴에서는 고령화 사회에 대한 우려가 높습니다. 이는 인간을 경제력 창출의 도구로 인식하는 데에서 나온 비극적인 결과입니다. 그렇다면 그들의 인생과 역사는 도대체 어디로 사라진 것입니까.

할 일없이 사회를 유영하는 노인들은 사람들로 빽빽한 종로 3가역의 빠른 풍경과 철저히 대조되면서 그 비극성이 극대화되고 있습니다. 사람들은 3분 간격으로 전동차를 타고 도대체 무엇이 그토록 그들을 바쁘게 하는지에 대한 인식은 접어둔 채 무심한 얼굴로 하루하루를 살아갑니다. 바쁜 일상에서 배제된, 탑골공원을 배회하는 노인들의 의미는 어쩌면 공원을 뒤덮고 있는 비둘기 떼에 불과한 것처럼 느껴지기도 합니다. 이제부터는 자작시 「적조현상(赤潮現象)」을 살펴보기로 하겠습니다.

시청 앞 광장. / 초저녁부터 별 떨기 같은 촛불의 무리가 순수 샛별로 반짝이더니 언제부터인가 촐싹대던 물결에서 대량으로 번식하던 쇠파이프와 각목, 낫과 망치들이 플랑크톤을 번식하면서 적조의 바다는 삽시간에 피로 물들었다. // 각목은 영양염류를 퍼뜨리고 / 쇠파이프는 쓴물을 발산하여 / 청와대로 진격하자고 / 경찰차를 때려 부순다.

붉은 물결은 피투성이다. 벗기고 싶은 가면은 촛불 뒤에서 뒤집어엎는 일과 발목 잡는 일을 작당하고 주동하면서 밤이 깊어지고 날이 샐 때까지 자정능력을 상실한 채 물 대포에 맞서서 욕설을 탈곡한다. 바다를 살리기 위해 타 뿌리는 물 대포의 황토흙물이 적조를 막지 못하자 불어난 불법이 합법을 가장했다. 건널목 빨강 신호등 앞을 많은 사람들이 건너가듯 불법이 많아지면 합법이 된다고.

이 시 「적조현상」은 참여시입니다. 여기에서 저는 촛불에 대해 문제를 제기하고 있습니다. 저는 신석정 시인의 제자입니다. 저는 신석정 시인에 사사했습니다. 저의 스승 신석정 시인의 첫 시집은 『촛불』입니다. 그런데 미국 쇠고기 광우병 촛불은 신석정 시인의 촛불과는 거리가 먼 촛불입니다. 그것은 신석정이나 바슐라르의 그 순수한 촛불과는 거리가 먼 변질된 촛불입니다. 미국산 쇠고기가 어쨌다고, 머리(뇌)에 구멍이 쑹쑹 뚫려서 죽는다는 거짓말을 퍼뜨려가지고 적조현상으로 세상을 어지럽게 만드는 그 가면을 벗기고 싶은 겁니다.

잘못을 저질러도 책임지는 사람이 없습니다. 감쪽같이 숨어버립니다. 아니면 말고가 이렇게 통합니다. 국민의 피와 땀으로 얻어진 세금, 그 세금으로 만든 그 경찰차는 왜 때려 부숩니까? 시인은 정각정행(正覺正行), 바르게 깨닫고 바르게 행동해야 합니다. 청마 유치환 시인은, 문인은 만년 야당이어야 한다고 했습니다. 앙가주망, 참여하되 시를 순수하게 써야 합니다.

신석정 시인의 초기 시집은 『촛불』과 『슬픈 목가』입니다. 목가적인 전원시에도 참여시가 있습니다. 그런데 그 참여시는 독이 없습니다. 누구를 미워하는 독성이 없습니다. 그래서 시가 아름답고 편안합니다. 우리는 이 어지러운 세상에서 시의 본질, 시의 본령을 찾아가야 하겠습니다. 이제 마지막으로 김규동 시인의 시 「북에서 온 어머님 편지」를 감상하기로 하겠습니다. 제가 낭송부터 하죠.

꿈에 네가 왔더라. / 스물세 살 때 홀쩍 떠난 네가 / 마흔일곱 살 나그네 되어 / 네가 왔더라 // 살아생전에 만나라도 보았으면 / 허구한 날 근심만 하던 네가 왔더라. / 너는 울기만 하더라. / 내 무릎에 머리를 묻고 / 한마디 말도 없이 / 어린애처럼 그저 울기만 하더라. / 목놓아 울기만 하더라. // 네가 어쩌면 그처럼 여위었느냐 / 멀고먼 날들을 죽지 않고 살아서 / 네가 날 찾아 정말 왔더라. / 너는 내게 말하더라. / 다신 어머니 곁을 떠나지 않겠노라고 / 눈물어린 두 눈이 / 그렇게 말하더라 말하더라.

김규동의 시 「북에서 온 어머님 편지」였습니다. 이 시인은 1925년 함경북도 경성에서 태어났고, 2011년에 타계했습니다. 한국일보와 조선일보에 시가 당선, 입선된 시인입니다. 연변의대를 수료하셨고, 월남한 실향시인입니다. 언젠가는 북에 계실 어머니가 꿈에 나타나서 "꿈에 네가 왔더라."고 말합니다. 그래서 깨자마자 그 꿈에 들은 어머님의 말씀을 적었습니다. 그게 그대로 시가 된 겁니다. 그 시 「북에서 온 어머님 편지」를 한국일보에 게재했습니다. 김규동 시인은 한국일보 문화부장을 역임하기도 했습니다.

제가 그 시를 중국 조선족 동포인 최삼명 작곡가로 하여금 작곡하게 하고, 박경숙 가수로 하여금 노래하게 하여 음반을 만들었습니다. 대부분의 학생들은 기꺼이 듣는데, 더러 거부감을 갖는 학생도 있습니다. 여러분, 외국에 나가시면 어떻게 하십니까? 음식이 입맛에 맞지 않을 때는 어떻게 하십니까? 없는 김치를 구하러 다닙니까? 내 입맛에 맞추려고 해서는 안 됩니다. 뭐든지 잘 먹으려고 노력해야 합니다.

2주차 3교시 강의는 김규동 작시, 최삼명 작곡, 박경숙 노래로 제작된 「북에서 온 어머님 편지」를 감상하면서 마치겠습니다.

# 제3강

# 자연 관조의 시

# 제3강 자연 관조의 시

## 1교시 산중문답의 초탈 아이러니

(「5월 서정」「가을날」「안개 속」「산수도」「산중문답」「버들강아지」)

안녕하십니까. 이제 3주차 1교시 강의를 시작하겠습니다. 자연 관조의 서정시를 찾다 보니 「5월 서정」이 눈에 뜨였습니다. 우선 이 시를 낭송하겠습니다.

5월 보리밭은 / 여고생들의 매스게임 / 곡선의 인파를 생각게 한다. // 싱그러운 바람의 눈짓에 / 이끌리는 물결, / 살찐 종아리와종아리와종아리와 / 휘어지는 허리와허리와허리와 / 풋풋한 이랑을 타고 오는 / 초여름의 황금마차.// 이제 마악 / 사춘(思春)의 물이랑을 건너온 바람에 / 구름이 한 점 / 노고지리 소리를 귀담아 듣는다.

5월 보리밭을 '여고생들의 매스게임'으로 연상했습니다. 연상(聯想)은 어떤 사물을 보거나 듣거나 생각하거나 할 때, 그와 관련 있는 다른 사물이 머리에 떠오르는 일을 말합니다. 여기에서는 '5월 보리밭'을 생각하는데, '매스게임'을 하는 '여고생들'이 떠오르지요. 왜 그럴까요? 아주 젊고 싱싱하니까 그렇지요. 보리누름 직전, 보리에 살이 올랐을 때는 마치 여고생들의 종아리가 연상되지요.

그런데 이 시를 보면 "살찐 종아리와종아리와종아리와"라든지, "휘어지는 허리와허리와허리와"가 띄어쓰기를 하지 않고 붙였어요. 왜 그랬을까요. 띄어쓰기를 하게 되면 보리밭이나 여고생들의 매스게임 풍경답지 않겠지요. 보리누름이 지나게 되면 황금빛 들판이 되지요. 그래서 '황금마차'라는 말이 등장합니다. 이 시는 수채화가 손에 잡힐 듯이 보일 정도로 서정과 서경이 조화를 이룬 작품이라 하겠습니다. 이제부터는 독일의 시인 라이너 마리아 릴케의 시 「가을날」과 헤세의 시 「안개 속」을 살펴보겠습니다. 그들이 얼마나 인생에 대해서, 자연에 대해서 그리고 절대자의 섭리에 대해서 겸허한 자세로 받아들이고 있는가를 감지할 필요가 있겠습니다.

주여, 때가 왔습니다. 여름은 참으로 위대했습니다./ 해시계 위에 당신의 그림자를 얹으십시오./ 들에다 많은 바람을 놓으십시오. // 마지막 과실들을 익게 하시고 / 이틀만 더 南國의 햇볕을 주시어 / 그들을 완성시켜, 마지막 단맛이 / 짙은 포도주 속을 스미게 하십시오. // 지금 집이 없는 사람은 이제 집을 짓지 않습니다. / 지금 고독한 사람은 이 후도 오래 고독하게 살아 / 잠자지 않고 읽고 그리고 긴 편지를 쓸 것입니다./ 바람에 불려 나뭇잎이 날릴 때, 불안스러이 / 이리 저리 가로수 길을 헤맬 것입니다.

신의 소성(素性)이 내재되어 있는 대자연에의 축복과 신의 은총이 충만한 시라 하겠습니다. 구구절절 신에게 향하는 간절한 소망과 구원의 이미지가 번득이는 작품입니다. 소박한 바람과 겸허한 심성이 시어로 승화되어 있습니다. 그의 종교적 상상력이 이러한 신앙시를 가능케 했다고 봅니다. 이제는 헤르만 헤세의 시 「안개 속」을 살펴보기로 하겠습니다.

신기하여라, 안개 속을 헤매어 보면, / 풀섶이며 돌덩이며 저마다 외롭고야 / 어느 나무도 다른 나무를 볼 수 없으니, / 모두가 고독한 것이어라. // 나의 삶도 광명이 있을 적엔, / 세상은 벗들로 가득찼건만 / 허나 이제 주위에 안개가 내리니 / 모두들 사라져 자취 없어라. // 뭇 사람들로부터 소리 없이 자기를 갈라놓은 / 그러나 피할 수도 없이 / 덮싸는 이 어둠을 모르고서야 / 뉘 슬기롭다 이를 것인고. // 신기하여라 안개 속을 헤매어 보면 / 우리들 인생의 고독함이여! / 아무도 서로 알아주는 이 없으니 / 모든 사람은 고독한 것이어라.

해르만 헤세의 시 「안개 속」이었습니다. 회의(懷疑)가 신비로운 자연과의 조화로서 시적 승화를 이룬 작품이라 하겠습니다. 현대 문명사회에 있어서 인간과 인간의 관계가 안개로 상징되는 어떤 상황에 의해서 벽이 생기고 고독할 수밖에 없음을 암시하고 있습니다. 독일의 시인이요 소설가인 그가 이러한 시를 쓰게 된 것은 자연에의 동경이 현실적으로 조화되지 못한 갈등에서 비롯된 것으로 보입니다. 그는 부드러운 서정의 소유자였으나 전쟁을 체험하고 정신병이 악화된 아내와의 이별 등 내외의 분열과 고뇌의 극한 상황이 작품경향을 일변시킨 결과를 가져왔다고 할 수 있겠습니다. 이제부터는 신석정 시인의 시 「산수도」와 「산중문답(4)」을 감상하겠습니다.

숲길 짙어 이끼 푸르고 / 나무 사이사이 강물이 희여…… // 햇볕 어린 가지 끝에 산새 쉬고 / 흰구름 한가히 하늘을 거닌다. // 산가마귀 소리 골짝에 잦은데 / 등 넘어 바람이 넘어 닥쳐와…… // 굽어든 숲길을 돌아서 돌아서 / 시냇물 여음이 옥인듯 맑아라 // 푸른산 푸른산이 천년만 가리 / 강물이 흘러흘러 만년만 가리

辛夕汀의 「산수도(山水圖)」였습니다. "산수는 오롯한 한 폭의 그림이냐"는 부제가 붙은 작품입니다. 이 시는 자연을 노래한 관조적 작품입니다. 이 시는 관조적이면서도 유장(悠長)한 느낌을 줍니다. 자연 관조적인 여기에는 사회의식이 끼어들 소지가 없습니다. 그러나 신석정의 시 가운데에는 자연과 인간사회가 함께 자리하는 작품도 있습니다. 그 대표적인 예를 찾는다면 「산중문답(4)」을 들 수 있겠습니다.

松花가루 꽃보라 지는 / 뿌우연 山峽. // 철그른 취나물과 고사릴 꺾는 / 할매와 손주딸은 개풀어졌다. / 할머이 / 「엄마는 하마 쇠자라길 가지고 왔을까?」
「……………………………………」
풋고사릴 지근거리는 / 퍼어런 잇빨이 징상스러운 山峽에 / 뻐꾹 / 뻐꾹 뻐억 뻐꾹

辛夕汀의 시 「산중문답(山中問答)4」였습니다. '춘궁여담(春窮餘談)'이라는 부제가 붙은 이 시는 자연 관조적이면서도 사회의식이 짙게 배어있는 작품입니다. 이미 철을 그르친, 철을 놓친, 철이 지난 취나물이나 고사리는 쇠어서 먹을 수가 없습니다. 먹을 수 없는 것이라도 먹어 보려고 할머니와 손주딸이 깊은 산골에서 산나물을 채취합니다. 그 쇠어버린 취나물이나 고사리를 입에 넣고 지근지근 씹어봅니다. 쇠자라기라는 이름의, 돼지도 독해서 먹지 않는다는, 소주 내리고 남은 찌꺼기를 어머니는 소주공장에서 가지고 왔을까 하고 궁금해 하는 손녀딸의 발성으로 봐서 식생활도 해결되지 못한 비극적인 삶을 짐작하게 됩니다.

그러나 신석정 시인은 그 비극적인 삶의 원인을 다른 곳에서 찾지 않습니다. 그들의 가난을 계급의식과 관련시켜서 적대 감정으로 연결지을 법도 한데, 그러한 통념과는 상관없이 뻐꾸기 소리로 결구를 매듭짓고 있습니다. 이러한 그의 시작 태도는 노장사상(老莊思想)과도 연결되는 초탈의식에서 기인되는 것으로 보입니다.

이제 김인섭 시인의 시 「버들강아지」를 살펴보고자 합니다. 앞에서 소개한 이 시인의 시 「분해와 결합 43613」을 상기하면 이 시의 이해가 빠를 것입니다. 앞의 시에서는 자기 군번을 짓고 땡으로 보면 일곱 끗(7)밖에 안 된다며 스스로 비하하고 있습니다. 이 시에서는 '버들강아지'를 하찮은 존재로 보면서도 봄이 오면 매력이 넘치는 면을 십분 드러냄으로써 자신을 포함하여 존재감이 없는 사물에 대한 연민과 함께 보상심리가 작용하는 것으로 보입니다. 이제 낭송하겠습니다.

꽃도 아닌 것이 / 잎사귀도 뭐도 아닌 것이 / 눈보라 겨울 길을 / 빈 호랑버들 가지로 나면서 / 밤이고 낮이고 / 풀쐐기처럼 하고 앉아 / 올올히 까끄라기 톱니 같은 / 속눈썹만 키우다가 / 봄이 오면 / 뒷동산 새소리 / 소소리패랑 함께 / 온 산천들판으로 / 하얗게 하얗게 바둥거릴 / 하늘동네 바람둥이.

이 시가 재미있게 읽혀지는 까닭은 언어 선택의 적절성에 있다고 보입니다. 가령 "풀쐐기처럼 하고 앉아"라든지, "속눈썹만 키우다가" "온 산천들판으로 / 하얗게 하얗게 바둥거릴 / 하늘동네 바람둥이"가 그것입니다. '풀쐐기'는 '버들강아지'를 닮은 사물이고, '속눈썹' 얘기는 봄맞을 준비를 은근히 은폐하고 있기 때문입니다. 그리고 마지막 결구는 자기세상 만난 듯이 자유천지를 구가하겠다는 바람을 보이고 있습니다. 이제 김복희 시인의 시 「차돌」을 살펴보겠습니다.

발길에 채이어도 / 부서지지 않은 단단한 돌 // 어미가 되면서 / 더욱 단단해지는가. // 산다는 건 적응하는 일 // 눈물 콧물 다 쏟고 / 세파에 쓸리면서 견고해진 석질 // 노을빛 시려도 / 거듭나는 인생 / 발길에 차여도 서럽지 않다.

이 시인은 차돌처럼 단단해지고 싶어합니다. 그렇게 하지 않으면 존재할 수 없다고 여기기 때문입니다. 그에게는 존재하기 위한 존재의 힘이 필요했던 것입니다. 이 시를 읽다 보면 문득, 여인은 약해도 어머니는 강하다는 말이 생각납니다. 어머니는 자식을 위해서 못할 게 없기 때문입니다. 발길에 채일수록, 세파에 쓸릴수록 더욱 단단해질 수밖에 없겠지요. 발길에 차여도 서럽지 않다고 했는데, 왜 서럽지 않을까요? 자식이 있기 때문입니다. 어떤 수모나 어떤 아픔, 어떤 욕됨도 견디어낼 수 있다는 모성애의 절실한 의지가 보이는 시라 하겠습니다.

어번(W.M.Urban)은 언어 발달의 과정을 사실적 단계와 유추적 단계, 그리고 상징적 단계로 분류했습니다. 원시인이나 아이들의 언어처럼 대상을 흉내 내고 묘사하는 언어를 사실적 단계라고 한다면, 비유적 언어의 용법을 유추적 단계, 그리고 언어의 가장 높은 차원의 형태를 상징적 단계라고 할 수 있겠습니다.

상징이란 불가시적(不可視的)인 것을 암시하는 것을 말합니다. 이러한 경우, 불가시적인 것이 원관념(元觀念)이고, 가시적인 것은 보조관념(補助觀念)입니다. 상징이란 비유에서 원관념을 떼어버리고 보조관념만 남아있는 형태를 말합니다. 비유에서 원관념과 보조관념은 서로 이질적이면서도 유사성을 근거로 하여 결합하게 됩니다. 원관념이 숨고 보조관념만 작품의 표면에 나타나 있다는 상징의 존재양식도 양자의 완전한 결합을 의미합니다.

상징은 감춤의 성질만도 아니고 드러냄의 성질만도 아닙니다. 상징은 감춤과 드러남의 이중적인 성격 때문에 신비로운 여운이 항상 남아있기 마련입니다. 따라서 상징의 성공은 드러냄과 감춤의 조화에 있다고 할 수 있겠습니다. 어떠한 사상(事象)이나 개념을 상기시키거나 연상시키는 구체적인 사물이나 감각적인 말로 바꾸어 나타내는 일을 상징이라 한다면, 은유는 원관념은 숨기고 보조관념만 드러내어 묘사하는 표현 방법을 말합니다. 방금 사상이라는 말을 했는데, 생각 사(思)자 사상이 아니고 일 사(事)자, 형상 상(象)자 사상(事象)입니다. 개념의 혼란을 막기 위해서 확인해 드립니다.

사람이라면 누구를 막론하고 무엇인가를 독창적으로 표현하고자 하는 창조성을 지닙니다. 항상 새로운 세계를 추구하며 또 표현되는 작품을 감상하고 이해하여 보다 높은 가치를 추구합니다. 비교적 창작하는 쪽이 주관성을 띤다면 비평하는 쪽은 객관성을 띤다고 말할 수 있겠습니다. 물론 여기에서 말하는 주관도 어디까지나 타인에게 수긍될 수 있는 보편타당성을 띤 진리를 전제로 한 바탕 위에서의 주관성을 말합니다.

비평의 경우, 객관성을 띠면서도 그것이 개성이라든지 독창성을 무시한 객관성이 아닙니다. 비평은 객관적 평가를 중요시하면서도 그 대상이 예술 작품인 까닭에 개개인의 독특한 개성이라든지, 독창성을 배제할 수는 없습니다. 시나 소설 등의 장르가 다른 장르에 비하여 더 많은 상상을 필요로 합니다. 그 까닭은 사회의 반영에 그치지 않고, 사실 이상의 것, 현실 이상의 세계를 추구하는 데에 있어서 상상의 언어로 문학 작품이라는 '언어의 집'을 지으려 하기 때문입니다.

문학에 있어서 창작품을 가리켜 상상의 언어로 지은 집이라고 합니다. 비평은 논리적 언어로서 그 작품이라는 언어의 집에 가치를 부여하는 것과도 같다고 말할 수 있겠습니다. 그래서 문학을 가리켜 하이데거는 '언어의 집짓기'라고 하였습니다. 시인이나 작가는 상상의 힘을 빌려서 이 세상에 실제로 존재하지 않는 허구적인 언어의 집을 실감나게 사실적(寫實的)으로 그리려고 합니다. 그것은 이 세상에 이미 있어온 것이 아니라 있지 않은 언어의 집, 그러면서도 모든 사람들이 갖기를 원하는 집, 있을 수 있다고 믿고 싶어 하는 집, 그래서 있을 법한 집을 창조하기도 하고 비평하기도 합니다.

일상에서는 맛볼 수 없는 행복을 이 상상의 집, 언어의 집을 통해서 감지하고자 합니다. 인간들의 세상은 상대적이기 때문에 종교나 예술을 통해서 절대적인 가치를 추구합니다. 사랑도 보다 높은 가치의 영원한 사랑을 추구합니다. 삶도 보다 높은 가치의 영원한 삶을 추구하게 됩니다. 문학은 창작적 요소이건 비평적 요소이건 이러한 인간의 욕구와 그 궤를 같이 하는 방향성을 지닙니다. 시 작품의 깊은 이해를 위해서는 충분한 감상이 요구됩니다. 충분한 감상을 거치지 않은 형해적(形骸的) 분석도, 분석과 평가의 정당한 판단 능력을 갖추지 않은 편벽(偏僻)도 바람직하지 못합니다. 이제는 자작시 「산중문답」을 살펴보기로 하겠습니다. 우선 낭송하겠습니다.

진달래 꽃물이 번지는 / 진달래 능선에서의 점심 한 때 / 도시락을 진설하는 여류시인과 // 여류시인 도마 위에 놓인 남류시인이 / 봉우리 같은 소리와 골짜기 같은 소리로 / 노닥이고 있었다. // "제 고추도 잡쉬보셔유." / "고추는 웬 고춥니까?" / "크지는 않아도 맵거든요." // "매운 고추 좋아하십니까?" / "그러믄요. 통째로 먹거든요." / "다음 산행땐 제가 가져올까요?" / "약이 오른 고추는 너무 매워유." / "비닐하우스 고추는 암시랑토 않아요." / "그게 무슨 이야기대유?" / "풋고추 이야기지요."

고추 이야기가 무르익어 갈수록 진달래 능선은 발그레하게 상기되고 숫기 진한 바람이 살랑댈수록 출렁이던 능선이 몸서리를 치더라. / 뻐꾸기는 뻑뻑꾹 쑤꾸기는 쑥쑥꾹 / 산바람은…… / 골바람은……

자작시 「산중문답(山中問答)」이었습니다. 여기에서 우리는 '고추'의 상징성과 그 뒤를 이어 전개되는 은유의 입체성을 감지하게 됩니다. 여기에는 관심을 갖고 주의 깊게 살펴보면서 눈치챌 수 있는 여지가 있습니다. '능선' '봉우리' '골짜기' '고추' '매운 고추' '약이 오른 고추' '비닐하우스 고추' '산바람' '골바람' 등등 상징과 은유의 입체적인 효과를 눈치 채기에 어렵지 않을 것입니다. 1교시 수업은 여기까지입니다.

## 2교시 詩로 쓰는 詩論

(「시론3」「추일서정」「雪夜」「바다2」「공작」「봄」「멧새」「선운사 단풍」)


3주차 2교시는 자작시 「시론3」부터 시작하고자 합니다. 윤오영 수필가가 「양잠설」이라는 수필로 '문장론'을 설파했고, 피천득 시인이 「수필」이라는 제목의 수필로 '수필론'을 피력했다면, 저는 「시론」이라는 시작품으로 '시론'을 강설하는 셈이 되겠습니다. 「시론」이라는 시를 여러 편 썼는데, 그 중에서도 세 번 째인 「시론3」이 마음에 듭니다. 이 시는 편안하게 '시론'을 이야기할 수 있기 때문입니다.

시를 위시해서 모든 예술작품은 아름다움의 표현입니다. 그렇다면 아름다움이란 무엇일까요? 우선 균형과 조화를 들 수 있겠습니다. 균형이 깨어지지 않고 조화로우면 어떻게 될까요? 마음이 즐거워지고 편안해집니다. 이것을 뒤집어 말하면, 마음이 즐겁고 편안한 시는 좋은 시라고 말할 수 있겠습니다. 무슨 말을 하는 건지 그 의도조차도 파악할 수 없는 시를 좋은 시라고 할 수는 없습니다. 이제 「시론3」을 감상하기로 하겠습니다.


마음 편한 식물성 바가지 같은 시 / 단기를 쓰던 달밤 교교한 음력의 시 / 사랑방 천장에선 메주가 뜨던 / 그 퀘퀘한 토속의 시를 쓰고 싶다.

인정이 많은 이웃들의 모닥불 같은 시 / 해질녘 초가지붕의 박꽃 같은 시 / 마당의 멍석 가에 모깃불 피던 / 그 푸르스름한 실연기 같은 시를 쓰고 싶다.

겨울엔 춥고 여름엔 머리 벗겨지는 / 빨강 페인트의 슬레이트 지붕은 말고, / 나일론 끝에 목을 맨 플라스틱 바가지는 말고, / 뚝배기의 숭늉 내음 안개로 피는 / 정겨운 시, 푸짐한 시, 편안한 시, / 더운 김이 모락모락 피어오르는 / 고구마 한 소쿠리씩의 시를 쓰고 싶다.

고추잠자리 노을 속으로 빨려드는 시, / 저녁연기 얕게 깔리는 꿈속의 시, /

어스름 토담 고샅길 돌아갈 때의 / 멸치 넣고 끓임직한 은근한 시, / 그 시래깃
국 냄새나는 시를 쓰고 싶다.

　자작시 「시론3」이었습니다. 묵은 김치찌개가 맛있듯이, 익은 시도 맛있습
니다. 이번 3주차는 '자연관조의 시'를 감상하고 이해하는 시간입니다. 이 시
에는 자연환경도 있고 사회환경도 있습니다. 이러한 사물들을 정겹고 따뜻한
시선으로 바라볼 줄 알아야 하겠습니다. 그래야 좋은 시가 생산될 수 있습니
다. 불가에서는 삼독(三毒)을 경계합니다. 삼독이라면 세 가지 독이 있는 탐진
치貪嗔侈, 탐심貪心 진심嗔心 치심侈心을 말하지요. 기독교에서는 이웃을 네
몸같이 사랑하라 하고, 범사에 감사하라고 하지요. 이런 마음을 가지면 시가
저절로 풀려납니다.

　푸르스름한 실연기 같은 시를 쓰고 싶다고 했는데, 그게 어떤 시일까요? 시
래깃국 냄새나는 시를 쓰고 싶다고 했는데, 그게 어떤 시일까요? 시래기 많이
들어있는 빠가사리 매운탕 맛을 설명할 수 있겠습니까? 먹어봐야 되겠지요.
역시 시를 많이 읽고 많이 써보셔야 합니다.

　다음은 김광균 시인의 시 「추일서정」과 「설야(雪夜)」를 감상하기로 하겠습
니다. 김광균 시인은 이미지를 능숙하게 효용합니다. 이미지(image)란 마음
속에 그려지는 사물의 감각적 영상(映像)을 말합니다. 이를 심상(心象)이라고
도 합니다. 그것은 꼴, 즉 모양을 지닌 어떠한 영상으로서의 모습을 말합니다.
그것은 어떤 형태를 나타낸다 하겠습니다. 그것은 마음속에 떠오르는 형상 상
자 상(像), 마음의 그림이라는 뜻입니다. 과거에 경험한 바 있는 경험의 잔상
들을 재생시키는 겁니다. 눈으로 보는 시각(視覺)이라든지, 귀로 듣는 청각(聽
覺), 몸의 촉각(觸覺) 등을 기억에 의해서 마음속에 재생시키는 것이라고 정의
할 수 있겠습니다. 어떤 그림을 보듯이 회화적 표현을 통해서 이미지를 선명
히 드러내는 시에는 김광균의 시 「추일서정(秋日抒情)」을 들 수 있겠습니다.
우선 낭송부터 하겠습니다.

　落葉은 폴란드 亡命政府의 紙幣 / 砲火에 이즈러진 도룬市의 가을 하늘을 생각

케 한다 / 길은 한 줄기 구겨진 넥타이처럼 풀어져 / 日光의 폭포 속으로 사라지고 / 조그만 담배 연기를 내어뿜으며 / 새로 두 시의 急行車가 들을 달린다. / 포푸라나무의 筋骨 사이로 / 工場의 지붕은 흰이빨을 드러내인 채 / 한 가닥 꾸부러진 鐵柵이 바람에 나부끼고 / 그 위에 세로판지로 만든 구름이 하나 / 자욱한 풀벌레소리 발길로 차며 / 호올로 荒凉한 생각 버릴 곳 없어 / 허공에 띄우는 돌팔매 하나 / 기울어진 風景의 帳幕 저쪽에 / 고독한 半圓을 긋고 잠기어 간다.

김광균의 시 「추일서정」이었습니다. 여기에서는 낙엽에서 지폐로, 길이 '구겨진 넥타이'로, '구름'이 '세로판지'로 유추되는 이미지의 효용을 이해하게 됩니다. 시에 있어서 이미지, 심상(心象)이라고 하는 것은 말하자면, 언어가 그리는 그림, 또는 영상이라 할 수 있습니다. 이미지를 심상이라고도 하고, 영상(映像)이라고도 하며, 형상(形象)이라고도 합니다. 간단히 말하면 언어가 그리는 꼴, 모양, 형태라 하겠습니다. '신선한 충격'이라는 말이 가능해지도록 하는 이미지의 참신성이란 서로 간에 전혀 다른 것처럼 느껴지는 사물들 가운데에서 유사성을 발견하는 데에서부터 가능하게 되겠습니다.

언어에는 인간의 감성을 나타내는 정서적인 기능이 있는가 하면, 인간의 생각이나 관념 등을 나타내는 사상의 기능도 있습니다. 이미지는 언어가 그려내는 그림이라 하더라도, 거기에는 눈으로 볼 수 있는 시각적 색채의식이나 형태의식이라든지, 바람이 산들산들 불고 있다거나 새가 지줄지줄 뱃쫑뱃쫑 울고 있다고 하는 청각적 음향의식도 있으며, 달디 단 아침 공기라고 할 때의 미각의식이나 후각의식 내지는 촉각의식도 있습니다.

또한 이미지라 하더라도 단순히 감각적 기능만 하는 게 아니고 사랑이라든지, 기쁨이나 공포 등의 정서적 기능도 있고, 인간이 지닌 바의 어떤 사상이나 인생관 같은 관념도 있습니다. 이러한 요소들은 현대시를 이루는 데에 있어서 중요하게 기능을 발휘합니다. 김광균 시인의 시 「설야(雪夜)」를 살펴보기로 하겠습니다.

어느 먼 곳의 그리운 소식이기에 / 이 한밤 소리 없이 흩날리느뇨. // 처마 끝에 호롱불 여위어가며 / 서글픈 옛 자취인 양 흰 눈이 내려 // 하이얀 입김 절로 가슴에 메어 / 마음 허공에 등불을 켜고 / 내 홀로 밤 깊어 뜰에 내리면 // 먼 곳에 女人의 옷 벗는 소리 / 희미한 눈발 / 이는 어느 잃어진 추억의 조각이기에 / 싸늘한 추회(追悔) 이리 가쁘게 설레이느뇨. // 한줄기 빛도 향기도 없이 / 호올로 차단한 의상을 하고 / 흰 눈은 내려 내려서 쌓여 / 내 슬픔 그 위에 고이 서리다.

김광균의 시 「설야」였습니다. 청각적 이미지를 시각화한 시라 할 수 있겠습니다. 김기림 시인은 "그가 전하는 의미의 비밀은 임화씨도 지적한 것처럼 그의 회화성에 있는데, 사실 그는 소리조차 모양으로 번역하는 기이한 재조를 가졌다."라고 말했습니다.

감각적 이미지는 널리 사용되지만 약점도 있습니다. 감각적 이미지에 독자들이 쉽게 반응한다는 장점도 있긴 하지만, 감각적 이미지가 상투적으로 화할 때에 시는 그 내적 깊이를 상실하고 피상적으로 흐를 위험성이 있기 때문입니다.

이 시에서 특히 주목되는 구절은 "먼 곳에 女人의 옷 벗는 소리"입니다. 먼 곳에 있는 女人의 옷 벗는 소리가 들릴 리 만무지요. 그런데 왜 이렇게 썼을까요? 그만큼 고요하다는 이야기입니다.  먼 곳에 있는 女人의 옷 벗는 소리가 들릴 정도라면 현실적으로는 있을 수 없는 고요함의 극치지요. 그래서 시는 사실이나 현실에 안주하거나 만족치 않고 그 이상의 세계를 추구합니다. 다음은 정지용 시인의 시 「바다2」입니다.

바다는 뿔뿔이 / 달아나려고 했다. / 푸른 도마뱀 떼같이 / 재재발렀다. // 꼬리가 이루 / 잡히지 않았다. // 흰 발톱에 찢긴 / 산호보다 붉고 슬픈 생채기! // 가까스로 몰아다 부치고 / 변죽을 둘러 손질하여 물기를 시쳤다. // 이 앨쓴 海圖에 / 손을 씻고 떼었다. // 찰찰 넘치도록 / 돌돌 굴르도록 // 회동그란히 받쳐 들었다! / 地球는 연잎인 양 오므라들고…펴고….

정지용의 시 「바다 2」였습니다. 모더니즘 시인다운 주지적 감각이 번득이는 시라 하겠습니다. 바다로 향하는 상상력이 놀라울 정도로 신선하고 신비롭습니다. 여기에서 주목되는 말은 "푸른 도마뱀 떼"입니다. 연신 나아가는 물결과 포말을 일으키기도 하는 그 뛰어난 감각으로 형상화하고 있기 때문입니다.

모더니즘은 기성도덕과 권위를 반대하고 자유와 평등, 도시의 시민 생활과 기계 문명을 구가하는 사상적 예술적 사조로서 한국의 시단에 큰 영향을 끼쳤습니다. 20세기에 크게 유행한 상징주의, 인상주의, 야수주의, 입체파, 미래파, 다다이즘, 쉬르리얼리즘 등이 그것인데, 이러한 예술적 철학적 사상의 근저에는 허무주의라든지, 불연속적이라는 단절의 세계관, 개인주의 등이 자리하고 있는 공통점을 지니고 있습니다.

우리나라에서는 1930년대에 영 · 미 주지주의의 영향을 받고 일어난 문학사조이기 때문에 모더니즘은 이 주지주의와 동의어로 통합니다. 영 · 미 주지주의는 반낭만주의적 태도로서 지성을 중시한다거나 시각적 이미지를 중시할 뿐 이니라 어떤 대상에 대하여 감정을 억제하는 시인의 태도를 중시하는데, 이 정지용의 시 「바다 2」에도 그것이 여실히 드러나고 있음을 알 수 있습니다. 다음은 진을주 시인의 시 「공작(孔雀)」입니다. 낭송하겠습니다.

장마가 개인 아침 / 무지갯살로 꼬리 펴고, // 御前會議에 나서는 / 大王의 金冠을 꿈에 본 / 몸짓, // 〈正一品〉 장미꽃도 / 고개 숙여 물러서고 / 〈從一品〉 카나라아 목청도 / 꺾여 뒷거름치리라. // 이따금 / 분부를 내려도 보고……

진을주의 시 「공작」이었습니다. 연상을 통한 유추능력이 뛰어나다고 여겨지는 작품입니다. 윌리엄 블레이크는 "공작의 거만은 神의 영광이다."라고 말했습니다. 공작의 부챗살 모양의 우관(羽冠)은 비길 데 없는 권위를 상징한다하겠습니다. 공작의 날개에서 무지갯살을 연상하고, 공작의 우관(羽冠)에서 대왕의 금관(金冠)을 연상하며, 색채와 소리에 있어서 화려한 장미꽃과 카나리아도 그 앞에서는 쩔쩔맨다는 발상이 경이롭습니다. 시는 이처럼 그 누구도 미처 생각하지 못한 낯선 내용을 포착하여 재창조해야 합니다.

다음은 엄한정 시인의 시 「봄」을 살펴보고자 합니다. 낭송하겠습니다.

　소문 들었냐며 / 숲속에서 기다린다고 / 가보면 안다고 / 바람이 속삭인다.
// 나른한 몸을 깨워 / 숲속을 서성대면 / 청설모는 나무 위에 / 솔방울을 따 던
진다.// 밝은 날 / 양지에 향긋한 솔씨 / 산고(産苦)로 / 가랑잎이 들먹인다. //
바람은 겨울 이불을 걷고 / 동천(冬天)에서 날아온 새는 / 이제 모두들 일어나라
고 / 물오른 실가지를 흔들고 있다.

　엄한정의 시 「봄」이었습니다. 즐겁고 편안함을 주는 시입니다. 시인이면서
아동문학가인 엄한정 시인은 박목월 시인에게서 동시를, 서정주 시인에게서
자유시를 사사했습니다. 염소(念少)라는 호도 서정주 시인께서 염소처럼 생겼
다고 지어준 아호(雅號)입니다. 시가 이처럼 편안함을 주기 위해서는 우선 시
인 자신부터 편한 사람이 되어야 하겠습니다.

　다음은 막스다우텐다이의 시 「멧새」인데, 여기에 관련된 이야기부터 하겠
습니다. 실용적인 언어란 일상생활에서 약속되어진 좁은 개념으로서의 언어
를 말합니다. 문학적인 언어, 예술적인 언어란 일상성을 초월한 언어를 말합
니다. 우주 만물에 내포된 넓은 개념으로서의 언어를 말합니다. 다시 말해서
일상적인 언어가 인간 사회에서 통용되는 언어라면, 문학적인 언어란 보다 넓
은 개념으로서의 언어를 말한다 하겠습니다. 그러므로 편지를 쓴다거나 공문
을 기안하는 따위의 행위는 일상적 실용적인 언어를 누리는 것이라면, 문학작
품을 창작하는 행위는 창조적(문학적)언어를 누리는 셈이 되겠습니다.

　인간은 누구를 막론하고 창조성을 지니고 있습니다. 인간이 지닌 바의 창조
성이 예술을 가능케 하고 문학을 가능케 합니다. 우리가 일상적인 생활에서
필요로 하는 일상적, 실용적인 언어라고 하는 것은 단순히 자기의 사상·감정
을 상대방에게 전달하기 위한 매개적 역할로서의 표현기능에 불과합니다. 보
다 차원을 달리해서 문학 예술 형태를 모색하는 경우에 있어서는 상식적인 일
상성을 탈피해야 합니다. 일상적 언어와 문학적 언어, 실용적 언어와 창조적
언어, 좁은 개념으로서의 언어와 넓은 개념으로서의 언어로 크게 나누어 볼

수도 있겠습니다.

따라서 문학에 관심을 갖고 좋은 글을 써보려는 사람은, 넓은 개념으로서의 언어, 대자연의 언어에 귀를 기울일 줄도 알아야 하겠습니다. 물소리, 바람 소리도, 넓은 의미로서의 대자연의 언어요, 별들의 반짝임도 우주적인 언어인 까닭에 그 계시적인 언어에는 소리도 있고 빛깔도 있습니다. 사물이 지닌 바의 상징적인 언어, 계시적인 언어를 놓치지 말고 포착하였다가 작품으로 형상화해야 합니다.

멧새가 해를 따 먹어서 / 정원마다 노래가 터져 나옵니다. // 멧새가 가슴마다 집을 지어서 / 가슴은 모두가 정원이 되어 / 다시 다시 꽃이 핍니다./ 땅덩이에 커다란 나래가 돋히고/ 새로 나는 깃마다 꿈을 가져왔습니다.// 사람은 모두 새가 되어 / 하늘에 집을 짓습니다. // 나무는 푸른 군중 속에서 이야기하고 / 태양을 향하여 노래 부르고, / 태양은 모든 영혼 속에서 목욕하고 / 물이란 물은 불꽃같이 피어 옵니다. // 봄이 물과 불을 좋아하여 / 한꺼번에 가져왔습니다.

막스 다우텐다이의 시 「멧새」였습니다. 여기에서 우리는 상징적인 언어가 갖는 비실용적이요, 비일상적인 문제에 직면하게 됩니다. 이 시에서는 '해를 따먹는 멧새'나 '사람의 가슴마다 집을 짓는 멧새'가 나오는가 하면, 그 가슴은 정원이 되고 꽃이 핀다고 하였습니다. 그뿐인가요. 땅덩이에 커다란 나래가 돋히고, 새로 나는 깃마다 꿈을 가져온다고 했습니다. 또한, 사람은 모두 새가 되어 하늘에 집을 짓는다고 했습니다. 이게 현실적으로 가능하겠습니까. 여기에 일상적 언어와 문예적 언어의 차이가 있습니다. 현실적으로는 도저히 불가능하지만 시에서는 가능하게 됩니다. 왜 그럴까요, 왜 그게 가능할까요.

시란 현실을 그대로 반영하는 게 아니라, 그 시인이 상상으로 언어의 집을 짓기 때문입니다. 상상의 날개, 언어의 날개로 집짓기, 생각의 집짓기, 이게 바로 시의 창작과정입니다. 그러니까 멧새가 해를 따먹어서 정원마다 노래가 터져 나온다는 얘기는 그 시인 자신이 마치 멧새가 해를 따먹기라도 할 정도로 부풀어 올라 충일된 감정을 표현한 것이라 하겠습니다.

멧새가 가슴마다 집을 지어서, 가슴은 모두가 정원이 되어, 다시 다시 꽃이 핀다는 이 시는 기막히게 충일된 기쁨을 상징적 언어로 표현한 것입니다. 그러므로 이와 같은 좋은 시를 쓰려면 일상적인 실용적 언어에만 얽매어있을 게 아니라, 넓은 개념의 언어를 자유롭게 쓸 줄 알아야 하겠습니다. 다음은 마지막 작품으로 자작시 「선운사 단풍」을 낭송하겠습니다.

바람난 선녀(仙女)들의 귓속말이다. / 발그레한 입시울 눈웃음이다. // 열이 먹다 죽어도 모를 / 선악과의 사랑궁이다. // 환장하게 타오르는 정념의 불꽃 / 합궁 속 상기된 사랑꽃이다. // 요염한 불꽃 요염한 불꽃 / 꽃 속에서 꿀을 빠는 연인끼리 / 꽃물 짜 흩뿌리며 열꽃으로 내지르는 / 설측음이다 파열음이다 절정음이다.// 빛깔과 소리가 바꿔치기 하는 / 첫날밤 터지는 아픔의 희열이다. // 꽃핀 끝에 아기 배었다는 / 모나리자의 수수께끼다.

자작시 「선운사 단풍」이었습니다. 이 시는 에로틱한 느낌을 줍니다. 선정적이고 색정적인 느낌을 줍니다. 여기에도 명료성과 모호성이 섞여있어서 아리송한 느낌을 줍니다. '어쩐지'라는 느낌을 주기 위해서도 모호성이 필요합니다.

모나리자의 표정이야말로 '어쩐지'라고 하는 모호성의 대표적인 사례라 하겠습니다. 도무지 종잡을 수 없는 표정, 알 수 없는 표정이지요. 여러 가지 설이 있지만, 그 중에서도 공덕룡 교수의 지론이 그 애매모호한 표정읽기에 접근된 말로 보입니다. 그는 모나리자가 처녀의 몸으로 아기를 배었다고 생각합니다. 흐뭇하게 좋기는 한데 불안하기도 하고, 기쁨과 슬픔 등의 희로애락이 싸잡혀서 종잡을 수 없는 것처럼 이 「선운사 단풍」도 은폐시키고 싶었지만, 불타는 단풍의 정열로 인해서 노출된 셈이라 하겠습니다. 2교시 수업은 여기까지입니다. 좀 쉬었다가 3교시에 만나지요.

# 3교시 시각 이미지

(「그리움1」「그리움2」「눈의 나라」「첫눈 이미지」「지리산」「청보리밭에 오는 봄」「저 하늘 아래」「조각보」「가슴앓이」「숲으로 가리」)


이제 3주차 3교시 강의를 시작하겠습니다. 먼저 「그리움1」과 「그리움2」를 살펴보고, 겨울의 눈이라든지 봄의 청보리밭, 산이나 숲의 이미지 등 다양한 안목으로 자연 관조의 시를 살펴보고자합니다. 우선 「그리움1」과 「그리움2」를 낭송하겠습니다.

그리움은 / 해묵은 동동주, / 속눈썹 가늘게 뜬 노을이다. // 세월이 가면 / 고이는 술, / 꽃답게 썩어가는 / 눈물어림이다. // 눈물을 틀어막는 / 쐐기의 아픔이다. // 뜬구름 같은 / 가슴에 / 삭아 괴는 한(恨), / 떠도는 동동주다.

여기에서는, "그리움은 해묵은 동동주"라고 했습니다. 왜 '동동주'라고 했을까요? 노을은 노을이지 속눈썹 가늘게 뜬 노을은 또 뭡니까? 그 궁금증이 2연에서 풀리기 시작하지요. "세월이 가면 / 고이는 술, / 꽃답게 썩어 가는 / 눈물어림이다." 그리움의 대상은 멀리 있겠지요. 그리고 많은 세월이 흘러가겠지요. 그렇게 되면 해묵은 동동주가 익듯이, 참고 지내는 동안에 속맛이 들겠지요. 3연에 "쐐기의 아픔"이라는 말이 나오는데, 남자들은 이해가 빠를 것입니다. 어떤 대상을 보내야 할 때, 또는 보내고 났을 때, 공허하게 텅 비게 되는 틈서리에 쐐기를 지릅니다. 사정없이 때려 박는 거지요. 이제 「그리움2」를 낭송하겠습니다.

고향이 그리운 날 밤엔 / 호롱에 불이라도 켜보자. // 말 못하는 호롱인들 / 그리움에 얼마나 속으로 울까. // 빈 가슴에 / 석유를 가득 채우고 / 성냥불을 붙여주자. // 사무치게 피어오르는 향수의 불꽃 / 입에 물고 / 안으로 괸 울음 밖으로 울리니 // 창호지에 새어드는 문풍지 바람 / 밤새우는 물레소리 그리워 그리워 / 졸아드는 기름 소리에 / 달빛도 찾아와 쉬어 가리니……

　제가 어린 시절에는 전기가 풍족하지 못했습니다. 시골 산간벽촌에는 아예 전기가 없이 등잔에 얹힌 호롱불, 석유기름으로 밝히는 그 호롱불에 살았습니다. 전국적으로 전기가 들어오게 된 것은 새마을운동 이후입니다. 그때는 그 호롱불 밑에서 공부를 했는데, 할머니 어머니들은 물레를 돌리시고 베를 짰습니다. 그러니 호롱불을 보면 고향이 그리울 수밖에 없지요. 다음으로 김후란 시인의 시 「눈의 나라」를 살펴보기로 하겠습니다. 낭송하지요.

　　겨울이면 나는 눈의 나라 시민이 된다. / 온 세상 눈이 다 이 고장으로 몰린다. / 고요하라 고요하라. / 희디흰 눈처럼 / 차고도 훈훈한 눈처럼 / 고요하라는 계율에 순종한다. / 사랑을 하는 이들은 / 안개의 푸른 발 / 이사도라 던컨의 맨발이 되어 / 부딪치는 불꽃이 되기도 한다. / 겨울이면 나는 눈의 나라 시민이 되어 / 유순하게 날개를 접는다. / 그러나 이따금 불꽃이 되고 / 허공에서 눈물이 / 되려 할 때가 있다 / 슬픔이 담긴 눈송이들끼리.

　金后蘭의 시 「눈의 나라」입니다. 여기에서 눈길을 끄는 구절은 "이사도라 던컨의 맨발이 되어 / 부딪치는 불꽃이 되기도 한다."는 구절입니다. 자유로운 영혼을 소유했던 현대 무용의 어머니로 알려진 "이사도라 던컨의 맨발"을 끌어들임으로써 눈의 나라 이미지를 순백의 환상적 아름다움과 자유와 혁명적 모험 등의 새로운 가치 추구욕을 보이는 것으로 여겨집니다. 말하자면 눈을 빙자해서, 이사도라 던컨을 빙자해서 높은 가치를 추구하는 창작의도를 보인 것으로 여겨집니다. 이제 박명자 시인의 시 「첫눈 이미지」를 낭송하겠습니다.

　　오늘 가까운 숲에서 누가 / 첫사랑을 가슴 밑에 앓고 있나보다. // 화선지 두

루마리 떨리는 사연을 / 마른 가지 위에 겹겹이 끼워 두었네. // 하느님께서는 그동안 꽉 움켜잡았던 커튼을 / 저녁 답에 스르르 풀어 내리시며 / 은밀한 공간을 그들에게 지어주시지 // 새들도 오늘은 낮게 비행하고 / 국기 게양대 위에 떠있던 애드벌룬도 / 반쯤 이미 눈꺼풀이 흘러내렸어 // 참을 수 없는 기다림의 무게를 버티고 / 엉거주춤 엉덩이를 빼고 선 나무들도 / 더듬더듬 자기네끼리 하얀 홑이불 속으로 / 손목을 이미 잡아버렸어.

박명자의 시 「첫눈 이미지」였습니다. 시인 자신의 바람대로 눈을 인 겨울 나무들을 재구성하고 있습니다. 하얗게 눈을 인 숲을 "화선지 두루마리 떨리는 사연"으로 연상하고, 눈이 내리는 광경을 하느님이 커튼을 내리셔서 사랑하기 좋은 은밀한 공간을 만들어주시며, 결국은 "엉거주춤 엉덩이를 빼고 선 나무들도 / 더듬더듬 자기네끼리 하얀 홑이불 속으로 / 손목을 이미 잡아버렸어."라고 코믹한 즐거움을 주게 됩니다. 마지막 결구인 "하얀 홑이불 속으로 / 손목을 이미 잡아버렸어."가 그것입니다. 이제 권천학 시인의 시 「지리산」을 낭송하겠습니다.

부지런한 산안개 / 화개사 벚꽃잎들과 살 섞어 / 몽정의 아침 피워올리고 / 해탈의 구름무늬 휘감아 내리는 / 산바람. / 이름을 말하지 않는 산새 서넛 / 밤새 다듬어낸 목청 돋구더니 / 은실 올올이 뽑아내어 / 지리산의 아침을 짜고 있는데. // 더덕 냄새 나는 산채의 사내 품에서 / 취해 어지러운 살냄새 씻어내느라 / 밤새도록 불일폭포 오르내린 // 고단한 늦잠 // 까닭을 알기나 할까? 새는 / 속세의 것들은.

權千鶴의 「지리산」이었습니다. '화개사의 아침'이라는 부제가 붙은 이 시는 산의 냄새와 여자의 냄새를 풍기고 있습니다. 이 여류시인은 성속(聖俗), 성과 속을 자유롭게 넘나들고자 하는 심리가 작용하고 있습니다. 인간과 자연을 일치시키면서 자연스럽게 동화시키고 있습니다. "벚꽃 잎들과 살 섞어"라든지, "몽정의 아침 피워올리고" 등이 그것입니다. "더덕 냄새 나는 산채의 사내 품에서 취해 어지러운 살냄새"도 역시 인간과 자연을 얼버무려서 아리송하게 하고 있습니다. 이처럼 아리송한 암유(暗喩)를 통해서 시의 매력이 살아나기도 합니다. 이제는 손해일 시인의 시 「청보리 밭에 오는 봄」을 낭송하겠습니다.

> 진눈깨비 날리던 겨울엔 / 생솔가지 군불 지핀 / 아랫목 뜨신 맛에 살았다. // 이불 호청을 벗기듯 / 청보리밭 / 살얼음 녹이는 / 돌개울 물소리 // 비늘 돋친 바람에 실리는 / 씀바귀의 봄 몸살 / 은쟁기 보습에 / 뭉툭뭉툭 / 겨울이 잘려 나간다. // 젖은 나목의 가지마다 / 불을 켜는 눈망울들 / 오요요 / 기지개 켜는 버들개지 / 夢精하는 들녘 / 내 이제 들로 나가 / 더운피 흐르는 흙살을 보듬고 / 꽃씨를 뿌리리라.

손해일의 시 「청보리 밭에 오는 봄」이었습니다. 봄이 오는 전원에서 향토정서가 물씬 풍기는 시입니다. 첫 연부터 "진눈깨비 날리던 겨울엔 / 생솔가지 군불 지핀 / 아랫목 뜨신 맛에 살았다."가 그것입니다. 자연 속의 향토정서는 친밀감을 더합니다. 그것은 생활문화를 통해서 약속되어 있는 언어이기 때문입니다. "은쟁기 보습에 / 뭉툭뭉툭 / 겨울이 잘려 나간다."는 표현에도 호감이 갑니다. 역시 시는 표현되어야 하기 때문입니다. 이제는 자작시 「저 하늘 아래」를 살펴보기로 하겠습니다.

> 아침을 들다가도 문득, 올려보는 하늘 /저 하늘 아래 보이는 땅이 내 고향이다. // 대밭엔 비비새 울고 / 하얀 연기 얇게 깔리는 꿈속의 마을 / 부르면 부를수록 청국장 냄새가 난다. // 청국장을 잘 끓여 주시던 어머니, / 시골 어머니는 가슴에 활활 / 솔가리불을 지피신다.

자작시 「저 하늘 아래」이였습니다. 1976년에 일본 나고야에서 쓴 시입니다. 한국일보에 게재된 바 있는 이 시는 향토정서가 물씬 풍기는 시로서 애향의 그리움을 일깨운 시라 하겠습니다. 젊은이들은 '솔가리불'을 잘 모르실 겁니다. 소나무의 잎사귀, 그 침엽수도 겨울엔 떨어지게 되는데, 그걸 시골에서는 땔감으로 썼습니다. 청국장이건 시래깃국이건 시골에서는 그 가리나무로 밥을 지었지요. 이제는 김상화 시인의 시 「조각보」를 살펴보겠습니다.

상처투성이 조각 천들이 / 하나의 모자이크를 이루고 있네. // 한잎 두잎 연결된 조각밥상보 / 한평생 함께 사는 / 실과 바늘이 배필이라네. // 정교한 기능으로 / 한 땀 한 땀 수를 놓았으리. // 칠남매 조각보 하나하나 / 모성의 정성이 스미 있다네. // 세월이 흘러도 변함없는 삼베밥상보 / 가슴에 안고 눈물 흘리네.

여기에서는 헝겊과 헝겊을 이어 붙여서 만든 조각보가 의인화되고 있습니다. 조각보를 이루는 헝겊들은 다양한 색채와 형태라는 공간을 차지하는 사물입니다. 피상적으로 얼핏 보면 버려질 수밖에 없는 하찮은 편린에 불과하지만, 모성애에 불타는 어머니의 정성어린 손을 거치게 되면 아름다운 조각보가 된다고 하는 신선한 충격을 받게 됩니다.

조각보라고 하는 하나의 모자이크는 상처를 어루만지는 모성애에서 거듭나게 됩니다. 요즘 편리를 쫓는 속도전시대에는 접할 수 없는 고풍스런 생활문화재에 향하는 애착에서 발현되는 구체적 형상화라 하겠습니다. 사물을 투시하는 통찰력이 예사롭지 않습니다. 이 「조각보」는 아픔의 조각들을 모아서 하나의 아름다운 모자이크 형태를 이루는 조화와 집합, 통일의 발상에서 기인된다 하겠습니다. 다음은 이인숙 시인의 시 「가슴앓이」를 살펴보겠습니다.

동네 아짐들 / 가슴에 우물이 깊어 / 돌을 던지면 울림이 아뜩했어. // 새터 아짐 셋째 딸 / 마루에서 떨어져 곱사등 부풀고 / 매아니 아짐 안방엔 / 공방 호롱불 가물거렸어. // 사창 아짐 기침소리에 / 안산이 쩌렁쩌렁 울던 밤 / 징용에 끌려간 큰아이이 / 재가 되어 돌아왔어. // 북으로 끌려간 막내 기다리다 / 쪽풀이 된 아짐네 / 가슴앓이 석유기름 부어대도 / 손바닥 발바닥에 / 쪽꽃이 피어 / 고샅에 쪽꽃만 무성했어.

전란에 자식 잃은 조선여인의 한이 '가슴앓이'라는 병으로 고통을 받는다는 사연입니다. 전쟁에 남편 잃고 자식 잃은 여인의 잠자리는 공방(空房)이기 마련입니다. 여자 혼자 자는 빈방에서 잠 못 이루는 미망인의 정한이 손에 잡힐 듯합니다. 이 시에는 전라도 방언이 많지만, 토속성 짙은 향토정서가 살아나는 장점을 살려서 모호성은 접어두고 넘어가는 것도 좋겠다고 여겨지는 시라 하겠습니다. 이제 마지막으로 최은하 시인의 시 「숲으로 가리」를 감상하기로 하겠습니다.

숲으로 가리. / 우리 사랑이 자리 잡을 때 / 얼싸안고 숲으로 가리. / 숲속으로 걸어 걸어서 / 들어서서는 황혼을 맞으리./ 돌아올 길을 잃으면 더없이 좋으리. // 나의 사랑이 꽃인갑다 싶을 때 / 그 불씨 욱여안고 숲으로 가리. / 숲속으로 들어가선 아침을 맞으리. / 바다나 강이 보이는 숲속에서 눈을 뜨리.

숲으로 가리. / 우리네 사랑이 어두워지기 전에 / 눈 내리는 겨울 숲, 숲으로 가리. / 숲속으로 깊이 들어 / 교회당의 종소리 들으리. / 내 맨 처음과 마지막의 기도를 떠올리리. // 오늘 하루가 다 가기 전에 / 까마귀 떼 우짖다 잠든 숲으로 가리. / 숲속으로 들어가서 나도 잠드리. / 허구한 꿈속의 꿈으로 고이 잠드리.

숲으로 가리. / 이 세상 태어나 배우고 익힌 / 사랑이란 말 허뜨려버리기 전에 / 이제 어둡게 우거진 숲으로 가리. / 숲속에서 숲과 함께 바람을 맞아 / 사라지는 바람이 되리. / 한줄기 바람소리로 남으리.

최은하의 시 「숲으로 가리」였습니다. 감상하는 데는 어렵지 않겠습니다만, 더러 은폐시켜놓아서 눈치를 채야할 곳이 보입니다. 가령 "돌아올 길을 잃으면 더없이 좋으리."라거나 "교회당의 종소리 들으리.", 그리고 마지막 결구인 "사라지는 바람이 되리. / 한줄기 바람소리로 남으리."가 그것입니다. "돌아올 길을 잃으면 더없이 좋으리."라고 했는데, 왜 좋을까요? 사랑하는 사람과 함께 있다고 가정하고 여러분의 상상에 맡깁니다. 그 다음 "교회당의 종소리 들으리."는 이 시인이 기독교인이기 때문에 인생의 중요한 생사문제에는 종교를 찾기 마련이지요. 그래서 마지막에는 "사라지는 바람이 되리. / 한줄기 바람소리로 남으리."라고 아름다운 종명(終命)이기를 바라고 있습니다. 그러니까 이 시는 아름다운 사랑과 죽음을 표현하고 있다 하겠습니다.

최은하 시인은 「성북동 비둘기」라는 시로 유명한 김광섭 시인의 제자입니다. 이 시인은 기독교 신앙을 바탕으로 한 구원과 그 영광을 주제로 시를 써왔습니다. 3주차 3교시 수업은 여기까지입니다. 이 최은하 시인은 저와 함께 황금찬 시인을 모시고 우리나라에서 가장 오래된 보리수시낭송모임의 상임시인으로 활동해 오신 분입니다. 제가 시 「숲으로 가리」를 노래로 만들었습니다. 최은하 작시, 최삼명 작곡, 김홍도 노래로 된 노래 「숲으로 가리」를 들으면서 수업을 마치겠습니다.

# 제4강

# 사색하게 하는 시

# 제4강 사색하게 하는 시

## 1교시 존재론적 자화상

(「능선」「자화상」「논개」「가정」「일기」「5월」「존재」)

안녕하십니까? 이제 4주차 1교시 시간이 되었습니다. 이 시간은 사색하게 하는 시를 감상하고 이해하는 시간입니다. 시간은 어김없이 흘러갑니다. 우리에게 주어진 이 시간과 공간은 소중합니다. 일본에서 유학할 때인데 학기마다 한차례 학생들을 도자기 굽는 마을에 풀어놓고 흙 한 덩이씩 줍니다. 도예연구소에서 들려주는 말을 열심히 귀담아듣고 물레를 돌려서 작품을 만드는 학생이 있는가 하면, 잡담을 지껄이면서 선머슴 미나리 다듬듯 하다가 잘못된 흙덩이를 다시 뭉치고 뭉치곤 하다가 빈손으로 돌아온 학생도 있습니다.

나중에 여러 형태의 도자기를 구워서 학교로 보내어옵니다. 가마 주인이 일러준 대로 따라한 학생들은 도자기건 다기이건 화병이건 자기가 사인한 그릇을 기념으로 받습니다. 그러나 해찰을 한 학생은 기념물이 없습니다. 빈손입니다. 제가 여러분에게 수시로 글을 써보라고 했고, 12주와 13주에는 가장 잘 된 작품을 골라내어서 첨삭지도를 받으라고 했습니다. 그런데 첨삭지도를 받지 않은 학생이 한둘이 아닙니다. 이 정도만 얘기해도 무슨 말을 하는지 알게 될 것입니다. 이 시간과 공간은 진흙 한 덩이씩 똑같이 주어진 시간입니다. 이제 자작시 「능선(稜線)」을 낭송하겠습니다.

오르기 위해서 내려가는 나그네의 / 은밀한 탄력의 주막거리다. // 옷깃을 스치는 바람결에도 / 살아나는 세포마다 등불이 켜지는 / 건널목이다, 날개옷이다. / 음지陰地에 물드는 단풍같이 / 부끄럼을 타면서도 산뜻하게 / 웃을 적마다 볼이 패이는 / 베일 저쪽 신비로운 보조개…… // 주기적으로 수시로 물이 오르는 / 뿌리에서 줄기 가지 이파리 끝까지 / 화끈거리면서 서늘하기도 한 / 알다가도 모를 숲 그늘이다. // 불타는 단풍을 담요처럼 깔고 덮고 / 포도주에 얼근한 노을을 올려보는 / 女人의 무릎과 유방 사이의 / 어쩐지 아리송한 등산광이다. // 개살구를 씹어 삼킬 때의 / 실눈이 감길 듯이 시큰거리는 / 봉우리에서 봉우리로 이어지는 / 산등성이의 곡선曲線…… // 쑤시는 인생의 마디마디 / 오르기 위해서 쉬어 가는 / 주막거리의 재충전이다. // 창백한 형광등 불빛 아래 / 기침을 콜록이던 일상(日常)에서 / 어쩌다 눈뜬 저 건너 무지개 / 나무꾼과 선녀의 감로주 한 모금이다.

제가 산행을 하다가 앞사람의 말을 들었습니다. 그는 "능선에 오르면 양쪽을 다 볼 수 있어서 좋다."고 그래요. 저는 그때 산의 능선 얘기를 좀 다르게 받아들였습니다. 저는 인생의 능선을 생각한 거지요. 우리는 시간과 공간의 제약을 받기 때문에 경험하지 못한 세계는 알 수 없어요. 옛날에 좋아했던 여인은 잘 살고 있는지. 어느 인생의 여울목에서 흐르고 있는지 궁금하지만 알 수 없습니다. 그런데 산의 능선처럼 양쪽을 다 볼 수 있다고 하니 얼마나 좋겠습니까? 그러나 인간은 시간과 공간의 제약을 받기 때문에 다 볼 수 없지요. 이런 생각을 하면서 「능선」을 감상하시면 이해가 빠를 것입니다.

지리산 천왕봉을 오르신 분들은 쉽게 수긍할 것입니다. 산이 높으면 골짜기도 깊습니다. 오르기 위해서는 한참 내려가야 합니다. 이 시에는 '재충전'이라는 말도 나오고, '감로주'니 '무지개'니 하는 말도 나옵니다. 현실에서는 불가능하지만, 상상의 세계에서는 감주를 맛보게 됩니다. 그리하여 선녀와 나무꾼 설화까지도 누리고 싶어합니다. 그리고 그 후로는 여러분에게, 또는 독자에게 맡깁니다.  이제는 윤동주 시인의 시 「자화상」을 살펴보겠습니다.

산모퉁이를 돌아 논 가 외딴 우물을 홀로 찾아가선 가만히 들여다봅니다. //

우물 속에는 달이 밝고 구름이 흐르고 하늘이 펼치고 파란 바람이 불고 가을이 왔습니다. // 그리고 한 사나이가 있습니다. / 어쩐지 그 사나이가 미워져 돌아 갑니다. // 돌아가다 생각하니 그 사나이가 가엾어집니다. / 도로 가 들여다보니 사나이는 그대로 있습니다. // 다시 그 사나이가 미워서 돌아갑니다. / 돌아가다 생각하니 그 사나이가 그리워집니다. // 우물 속에는 달이 밝고 구름이 흐르고 하늘이 펼치고 파란 바람이 불고 가을이 있고 추억처럼 사나이가 있습니다.

신약성서 로마서 7장 끝부분이 떠오릅니다. 사도 바울의 고백이지요. '자화상'이라 해도 말이 되겠습니다. "내 속사람은 하나님의 법을 즐거워하되 내 지체 속에서 한 다른 법이 내 마음의 법과 싸워 내 지체 속에 있는 죄의 법 아래로 나를 사로잡아 오는 것을 보는도다. 오호라 나는 곤고한 사람이로다. 이 사망의 몸에서 누가 나를 건져내랴.…내 자신이 마음으로는 하나님의 법을, 육신으로는 죄의 법을 섬기노라."

이러한 구조로 살펴보기로 한다면, 일제 식민지시대 지식인 윤동주 시인의 마음도 둘이라 할 수 있겠습니다. 자기가 바라는 본래의 마음이 있겠고, 자기가 싫어하는 비 본래적인 마음이 있는 것 같습니다. 나 자신에 대한 사랑과 미움이라는 애증(愛憎)을 통하여 식민지 백성의 슬픔을 표현하고 있습니다. 여기에 나오는 한 사나이는 우물에 비친 자기의 얼굴이지요. 그런데 그 얼굴이 본래의 자기 모습이 아닌 겁니다. 그래서 미워 돌아가지요.

본래의 자기 얼굴과 비 본래적인 자기 얼굴, 이상적인 자기 모습과 현실적인 자기 모습 사이에는 엄청난 간격이 있다는 것을 알게 된 것입니다. 결국 현실에 일그러진 비 본래적인 자기의 모습을 미워하다가 그리워하게 된다는 자기혐오와 자기연민의 고백으로 이해하시면 되겠습니다. 하나님과 유태민족에게 향하는 사도 바울의 고백이나 역시 하나님과 조선백성에게 향하는 윤동주 시인의 시 「자화상」은 신앙인으로서 진솔한 고백이라 하겠습니다. 이제는 서정주 시인의 시 「자화상」을 낭송하겠습니다.

애비는 종이었다. 밤이 기퍼도 오지 않았다. / 파뿌리같이 늙은 할머니와 대

추꽃이 한 주 서 있을 뿐이었다. / 어매는 달을 두고 풋살구가 꼭 하나만 먹고
싶다 하였으나……흙으로 바람벽한 호롱불 밑에 / 손톱이 깜한 에미의 아들. /
甲午年이라든가 바다에 나가서는 돌아오지 않는다 하는 外할아버지의 숱많은
머리털과 // 그 커다란 눈이 나는 닮았다 한다. / 스물세 햇 동안 나를 키운 건
八割이 바람이다. / 세상은 가도 가도 부끄럽기만 하드라. / 어떤 이는 내 눈에
서 罪人을 읽고 가고 / 어떤 이는 내 입에서 天痴를 읽고 가나 / 나는 아무것도
뉘우치진 않을란다. // 찬란히 틔워 오는 어느 아침에도 / 이마 우에 언친 詩의
이슬에는 / 몇 방울의 피가 언제나 서껴있어 / 빛이거나 그늘이거나 혓바닥 느
러트린 / 병든 숫캐만양 헐덕어리며 나는 왔다.

徐廷柱의 「자화상(自畵像)」이었습니다. 첫 행부터 치열합니다. 마지막 행도
역시 치열합니다. 첫 행은 자기 아버지가 종이었다고 과감히 폭로하는 강세를
보였고, 마지막 행에서는 "병든 숫캐만양 헐덕어리며 나는 왔다."고 떠외고
있습니다. 이러한 정서의 강렬한 분출은 댐의 수문을 한꺼번에 많이 여는 경
우처럼 독자를 격하게 합니다. '종'이란 한국의 봉건사회에서는 천민이라 하
여 인간 대우를 받지 못하는 계층에 속하는 사람을 가리킵니다. 이런 야성이
서정주의 시세계를 확장시키는 에너지로 작용한 것으로 보입니다. 먼저 시의
색채의식을 파악하기 위해 탐미적 정신지상주의 시인인 변영로(卞榮魯) 시인
의 시 「논개(論介)」를 낭송하겠습니다.

거룩한 분노(憤怒)는 / 종교(宗敎)보다도 깊고 / 불붙는 정열(情熱)은 / 사랑
보다도 강하다. / 아, 강낭콩꽃보다도 더 푸른 / 그 물결 위에 / 양귀비꽃보다도
더 붉은 / 그 마음 흘러라. // 아릿답던 그 아미(娥眉) / 높게 흔들리우며 / 그
석류(石榴) 속 같은 입술 / 죽음을 입맞추었네! // 아, 강낭콩꽃보다도 더 푸른
/ 그 물결 위에 / 양귀비꽃보다도 더 붉은 / 그 마음 흘러라 // 흐르는 강물은 /
길이길이 푸르리니 / 그대의 꽃다운 혼 / 어이 아니 붉으랴. // 아, 강낭콩꽃보
다도 더 푸른 / 그 물결 위에 / 양귀비꽃보다도 더 붉은 / 그 마음 흘러라!

이 시는 기생 논개(論介)가 진주 남강에서 왜장을 끌어 안고 투신한 그 불타는 애국충절을 찬양한 작품입니다. 논개를 그리는 데 있어서 '석류 속 같은 입술', '양귀비꽃보다도 더 붉은 마음'이라고 아름답게 표현했습니다. 특히 여기에서 두드러지게 나타나는 것은, 시각적 색채의식과 함께 사물로 연결되는 시적 이미지의 대구법의 형상화라 하겠습니다. 다음은 박목월의 시「가정(家庭)」입니다. 낭송하겠습니다.

地上에는 / 아홉 켤레의 신발. / 아니, 玄關에는, 아니, 들깐에는 / 아니, 어느 詩人의 家庭에는 / 알電燈이 켜질 무렵을 / 文數가 다른 아홉 켤레의 신발을. // 내 신발은 / 十九文半, 눈과 얼음의 길을 걸어, / 그들 옆에 벗으면 / 六文半의 코가 납작한 / 귀염둥아 귀염둥아, / 우리 막내둥아. // 미소하는 / 내 얼굴을 보아라. / 얼음과 눈으로 壁을 짜올린 / 여기는 / 地上, 憐憫한 삶의 길이어. / 내 신발은 十九文半. // 아랫목에 모인 / 아홉 마리의 강아지야. / 강아지 같은 것들아. / 屈辱과 굶주림과 추운 길을 걸어 / 내가 왔다. / 아버지가 왔다. / 아니, 十九文半의 신발이 왔다. / 아니, 地上에는 / 아버지라는 어설픈 것이 / 存在한다. / 미소하는 / 내 얼굴을 보아라.

박목월의 시「가정」이었습니다. 이 시「가정」은 박목월 시인이 의도하는 바가 독자로 하여금 이해하기 수월하도록 명료하게 드러나 있습니다. 여기에서는 신발을 통해서 의도하는 바가 여실히 나타나 있습니다. 신발의 이미지가 특이합니다. 초기에는 자연을 즐겨 다루던 박목월 시인이 50대 이후, 후기로 들어서면서는 생활시를 쓰기도 했습니다. 이 시는 몰인정한 사회 현실 속에서 많은 식솔들을 거느리고 힘겹게 살아야 하는 고달픈 시인의 모습이 실감 있게 다가오는 작품입니다. 자녀들을 지극히 사랑하는 아버지로서의 고뇌와 연민의 자의식이 여실히 나타나는 시라 하겠습니다. 다음은 허세욱 시인의 시「일기」를 살펴보기로 하겠습니다.

내가 새 책을 사고 / 새 책 갈피에다 / 모월 모시 어디서 샀노라 / 기록하면,

그것은 낙서가 아니라 / 영원에 등기하는 일이다. // 내가 오늘 청산에 올라 / 매봉까지 뚜벅뚜벅 / 층계 밟는 것을 기록하면, 나의 오늘은 / 일기에 살아남는다. // 그 날들은 / 예의 썰물이 아니라 / 책갈피와 일기에 남아 / 내가 쓸모없이 허전할 때 / 나를 거듭나게 한다.

許世旭의 시「日記」였습니다. 동양적 정서와 철리를 한시적인 의경(意境)으로 표현한 허세욱 시인은 이 작품에서도 그런 느낌을 갖게 합니다. 일기를 쓰게 되면 그것은 낙서가 아니라 영원에 등기하는 일이며 나를 거듭나게 한다는 어떤 철리(哲理)라고 하는 현묘한 이치를 느끼게 합니다. 다음은 김동수 시인의 시「5월」입니다. 낭송하겠습니다.

강나루 물살로 / 여울지는 / 5월의 언어 // 눈 비비고 올라선 / 신록의 계단에 / 윤기 흥건한 상념의 가지 // 내 물이 오른 / 풀피리로 / 사랑을 연주하면 // 그대 가늠할 수 없는 / 미소로 다가오는 / 아침 물안개 // 5월은 / 벅찬 약속으로 / 샘물을 길어 올리는 / 능금빛 소녀의 숨결.

이 시는 인생의 오전에 해당되는 청춘을 다양하게 표현하고 있습니다. '여울지는 강나루 물살'이라든지, '윤기 흥건한 신록의 계단', 시인이 '물이 오른 풀피리로 사랑을 연주하면', '가늠할 수 없는 미소로 다가오는 아침 물안개'는 마지막 결구(샘물을 길어 올리는 / 능금빛 소녀의 숨결)로 보아 '신록'이나 '물안개'가 의인화되고 있음을 알겠습니다. 이제 마지막으로 자작시「존재」를 낭송하겠습니다.

당신이 하늘이라면 / 나는 그 속에 떠도는 구름 // 당신이 바다라면 / 나는 그 속에 출렁이는 물결 // 당신이 땅이라면 / 나는 하나의 작은 모래알 // 당신의 손바닥 위에 / 숨쉬는 나는 / 당신의 영원 속의 순간을 / 풀잎에 맺혀 사는 이슬 // 한나절 맺혔다가 / 사위어가는 / 목숨……

자작시 「존재」입니다. 종교적 상상과 철학적 발상이 맞물려있는 듯한 느낌을 주는 작품입니다. 시간적으로 공간적으로 무한한 어떤 절대존재에 비하면 미미하기 그지없는 인간의 한계상황이 그려져 있습니다. 이러한 인생과 우주, 나아가서는 우주를 창조한 절대존재에게 향하는 종교적 내지는 철학적 상상력이나 인식은 시의 영역을 확장하거나 심화하는 문제에 있어서 긴요한 요소가 됩니다.

　4주차 1교시 강의는 여기까지입니다. 김경애 작곡에 마복자 안룡수 두 가수의 노래로 만들어진 노래를 들으면서 수업을 마치겠습니다. 저의 시는 「존재」지만 노래 음반은 「당신이」로 되어있습니다. 노래 만들 때 제목을 바꾸었습니다.

## 2교시 청보리 정신과 칡차의 의미

(「청보리」「보리피리」「손가락 한마디」「나」「세월이 가면」「고장난 시계」「칡차」)

2교시는 「청보리 정신과 칡차의 의미」입니다. 2교시 시들도 생각하게 하는 시로 채웠습니다. 좀 철학적인 얘기입니다만, 사색(思索)은 줄거리를 세워서 깊이 생각하는 것을 말합니다. 그렇다면 어떻게 줄거리를 세워서 깊이 생각하게 하는지 자작시 「청보리」부터 감상하기로 하겠습니다.

청보리의 / 푸른 정신으로 살고 싶다. // 가난한 나라에 태어나 살아도 / 가난한 줄 모르게 / 수천 톤의 햇살을 받아들이는 / 양지바른 토양에서 / 보란 듯이 살고 싶다. // 국어보다 영어를 더 잘 가르치는 / 그런 사대(事大)의 사내새끼가 아니라, / 자가용 열쇠를 빙글빙글 돌리면서 / 어깨를 으쓱거린다거나, // 면사포를 쓰고 / 불독 같은 놈에게 들리어가면서도 / 하이힐 코빼기를 까딱거리는 / 정신 티미한 계집의 헤픈 웃음은 말고, // 짓밟히면서도 일어서는 / 청보리의 사상, / 농부의 뚝심으로 살아나는 / 그 푸른 정신으로 살고 싶다.

이 시는 선비정신을 생각나게 하는 시입니다. 선비란 학덕을 갖춘 이를 예스럽게 이르는 말입니다. 옛날의 선비는 옳은 것 옳다하고 그른 것 그르다고 바른말을 했습니다. 심지어는 직간을 하였다가 간신들에게 몰려서 망나니의 칼춤에 목이 날아가는 경우도 있었습니다. 시를 너무 설명하면 오히려 감상에 방해가 되기 때문에 여러분께서 음미하시기 바랍니다. 이제는 한하운 시인의 시 「보리피리」부터 감상하기로 하겠습니다.

보리피리 볼며 / 봄 언덕 / 고향(故鄕) 그리워 / 피-ㄹ 닐리리. // 보리피리 볼며 / 꽃 청산(靑山) / 어린 때 그리워. / 피-ㄹ 닐니리. // 보리피리 불며 / 인환(人寰)의 거리 / 인간사(人間事) 그리워 /피-ㄹ 닐니리. / 보리피리 불며 / 방랑(放浪)의 기산하(幾山河) / 눈물의 언덕을 지나 / 피-ㄹ 닐니리.

한하운(韓何雲)의 시 「보리피리」였습니다. 이 시에는 인간이 그리운 한 방랑시인의 슬픔이 '피-ㄹ 닐니리' 하는 보리피리의 애절한 가락을 통해 절실히 울려나고 있습니다. 그것은 문둥이라는 천형환자(天刑患者)가 지닌 숙명적인 아픔의 연소이기도 합니다. 이 원색적인 슬픔의 표현은 '꽃 靑山'이라는 한국적인 정서를 배경으로 한층 절실한 울림을 주고 있습니다. 어린 시절의 고향과 인간사를 뼈에 사무치게 하는 보리피리 가락은 천형(天刑)의 벌(罰)로 자학하는 정한(情恨)의 정서로서 읽는 이들에게 공감의 여울을 이루게 합니다. 이어서 「손가락 한 마디」를 낭송하겠습니다.

간밤에 얼어서 / 손가락이 한 마디 / 머리를 긁다가 땅 위에 떨어진다. // 이 뼈 한 마디 살 한 점 / 옷깃을 찢어서 아깝게 싼다. / 하얀 붕대(繃帶)로 덧싸서 주머니에 넣어둔다. // 날이 따뜻해지면 / 南山 어느 陽地 터를 가려서 / 깊이 깊이 땅파고 묻어야겠다.

한하운의 「손가락 한 마디」였습니다. 이 시는 극한 상황에 처한 나병 환자의 절실한 정서적 비감이 밖으로 표현되고 있습니다. 이 시는 크게 소리치기보다는 조금씩 내보이는 방식을 취하고 있습니다. 그러나 다음에 소개하는 「삶」이나 「나」라는 시는 그 격정적인 감정을 밖으로 쏟아놓고 있습니다. 두 편의 시를 계속해서 낭송하겠습니다. 먼저 한하운 시인의 시 「삶」부터 낭송을 하지요.

지나가버린 것은 / 모두가 다 아름다웠다. // 여기 있는 것 남은 것은 / 욕(辱)이다 벌(罰)이다 문둥이다. // 옛날에 서서 / 우러러 보던 하늘은 / 아직도 푸르기만 하다마는, // 아 꽃과 같던 삶과 / 꽃일 수 없는 삶과의 / 갈등(葛藤) 사잇

길에 쩔룩거리며 섰다. // 잠깐이라도 이 낯선 집 / 추녀 밑에 서서 우는 것은 / 욕(辱)이다 벌(罰)이다 문둥이다.

한하운의 「삶」이었습니다. 이제는 「나」라는 시를 낭송하겠습니다.

아니올시다. / 아니올시다. / 정말로 아니올시다. // 사람이 아니올시다. / 짐 승이 아니올시다. // 하늘과 땅과 / 그 사이에 잘못 돋아난 / 버섯이올시다 버 섯이올시다. // 다만 / 버섯처럼 어쩔 수 없는 / 정말로 어쩔 수 없는 목숨이올 시다. / 억겁(億劫)을 두고 나눠도 나눠도 / 그래도 많이 남을 벌(罰)이올시다 벌 (罰)이올시다

韓何雲의 시 「나」였습니다. 이 시들은 점진적인 강세를 보이고 있습니다. 나병환자로서 느끼는 지극히 처절한 감정이 그 울분과 함께 직접적으로 토로 (吐露)되고 있기 때문입니다. 앞의 시 「삶」의 마지막 결구는 "낯선 집 / 추녀 밑에 서서 우는 것은 / 욕(辱)이다 벌(罰)이다 문둥이다."라고, 처절한 울분을 격정적으로 토로하고 있습니다. 그리고 다음의 시 「나」는 스스로를 '버섯'으 로 비유해서 잘못 돋아난 버섯, 버섯처럼 어쩔 수 없는 목숨이라고 비하하며 스스로를 자학하고 있습니다.

왜 스스로 '버섯'이라는 사물에 빗대서 말할까요. 버섯은 꽃이 피지 않는 음 지식물이기 때문입니다. 이처럼 적합한 언어 선택은 매우 중요합니다. 이제는 박인환 시인의 시 「세월이 가면」을 낭송하겠습니다.

지금 그 사람의 이름은 잊었지만 / 그의 눈동자 입술은 / 내 가슴에 있네. // 바람이 불고 / 비가 올 때도 / 나는 / 저 유리창 밖 가로등 / 그늘의 밤을 잊지 못하지. // 사랑은 가고 / 옛날은 남는 것 / 여름날의 호숫가 가을의 공원 / 그 벤치 위에 / 나뭇잎은 떨어지고 / 나뭇잎은 흙이 되고 / 나뭇잎에 덮여서 / 우리 들 사랑이 / 사라진다 해도 // 지금 그 사람 이름은 잊었지만 / 그 눈동자 입술 은 / 내 가슴에 있네. / 내 서늘한 가슴에 있네.

박인환의 시 「세월이 가면」이었습니다. 이 시에서는 논리적인 모순이 없습니다. 또 논리적인 모순을 필요로 하지 않는 것으로 여겨지기도 합니다. 그만큼 이 시는 기교가 아닌 것처럼 순수하게 보입니다. 실은 기교가 없는 것처럼 보일 뿐이지 기교적이 아니라고 단적으로 말할 수는 없습니다. 그러면서도 이 시는 기교 이상으로 매력이 넘쳐납니다.

논리적인 언어로 질서 정연하게 잡혀 있으면서도 이 시가 논리 이상의 매력을 주는 것은 이 시인의 시풍이 현대적 낭만성에 있기 때문입니다. 논리적 언어로 되어 있으면서도 그 논리 이상으로 시적 묘미를 살려내는 까닭은 미적 기능이라든지, 표현 기능을 살려내고 있기 때문입니다.

샹송 스타일의 곡을 붙여 대중의 많은 사랑을 받아온 이 시는 낭만적 서정의 매력을 보이고 있습니다. 박인환 시인은 31세 젊은 나이에 요절했습니다. 이 선천적으로 타고난 낭만성의 재질에도 기인되겠지만, 전쟁과 빈곤의 황폐한 사회 분위기에서 따스한 인간애가 그리웠을 것이고, 멀어져간 사랑이 그리웠을 것입니다. 그래서 그는 우리들 사랑이 사라진다 해도, 그 눈동자 입술은 언제까지나 서늘한 가슴에 있을 것이라고 노래하고 있습니다. 다음은 권운지 시인의 시 「고장난 시계」를 낭송하겠습니다.


고장난 시계를 고치려고 시계점엘 들렸더니 잃어버린 시간들이 그곳에 다 있었다. 그 집 주인은 낡은 내 시계를 열어 보더니 건전지를 갈아 끼워야 한다고 했다. 내 시계의 건전지를 갈아 끼우는 동안 그 집의 뻐꾸기 시계가 뻐꾹, 뻐꾹 크게 울었다. 아슴푸레 뻐꾸기 소리를 따라가다가 나는 그만 길을 잃고 만다.

뻐꾸기 소리의 길은 고장난 시계 속의 길, 그 길은 小路다. 나는 몸을 구부려 그 길로 들어섰다. 긴긴 회랑 끝에서 한 아이가 걸어 나왔다. 산 밭으로 가는 길에는 우유빛 안개가 끼어있고 아직은 찔레순이 여리다. 찔레순을 잡는 아이의 손등에 투명한 이슬이 맺혔다. 주인은 웃으며 야구르트를 권한다. 야구르트의 빨대 속으로 찔레꽃 향기가 빨려나왔다.

주인은 가느다란 핀셋으로 낡은 내 시계 속에서 찔레꽃 한 잎을 들어냈다. 내 시계의 건전지를 갈아끼우는 동안 내가 만난 아이의 몸에는 찔레꽃이 피고 있었

다. 꽃피는 시간 속으로, 시간을 맞추어 드릴까요? 건전지를 교환한 내 시계를
그 집 주인이 건네줄 때 뻐꾸기 소리의 밖으로 문을 열고 나오지만 나는 다시 길
을 잃는다.

권운지의 시 「고장난 시계」였습니다. 역시 설명문처럼 쓴 산문시이지만, 여
기에서는 단순히 설명에 그치지 않고 무엇인가를 암시하고 있습니다. '고장
난 시계'와 '잃어버린 시간'이라는 현실적인 상태는 '길을 잃어버린 나'와 '고
장난 시계 속의 길'로 들어섰다가 '다시 길을 잃는다'로 결말짓는 입체적 암유
로 가리워져 있음을 알 수 있습니다. 이 시에서는 생산적 상상을 종횡무진으
로 굴려서 어떤 입체적 의미를 나타내려는 의도가 내비치고 있습니다. 이 시
는 설명되어있으면서도 단순하게 설명하는 게 아니라 의미의 세계를 천착하
는 묘미를 보여주고 있습니다. 마지막으로 자작시 「칡차」를 낭송하겠습니다.

오늘은 내 나라 칡차를 들자. / 조상의 뼈가 묻힌 산 / 조상의 피가 흐른 산 /
조상 대대로 자자손손 / 뼈중의 뼈, 살중의 살이 묻힌 산 / 그 산 진액을 빨아올
려 / 사시장철 뿌리로 간직했다가 / 주리 틀어 짜낸 칡차를 받아 마시고 / 내가
누구인가를 생각하자. // 칡뿌리같이 목숨 질긴 우리의 역사 / 칡뿌리 같이 잘
려 나간 우리의 강토 / 내 흉한 손금 같은 산협에 / 죽지 않고 살아남은 뿌리의
정신, / 흙의 향기를 받아 마시자. // 어제는 커피에 길들어 왔지만 / 어제는 정
신없이 살아 왔지만 / 오늘은 내 나라 칡차를 들자.

자작시 「칡차」였습니다. 민족적 자성을 따끔하게 일깨우는 문명비판의 시
작품이라 하겠습니다. 커피로 상징되는 외래사조에 휩쓸려 살아온 우리들에
게는 망각된 제자리 찾기라고 할까 민족 고유의 뿌리 찾기에 관심을 갖게 하
는 작품이라고 말할 수 있겠습니다. 이것은 우리의 정체성에 관한 내용입니
다. 말이 나온 김에 생각해 볼까요? 대한민국, 이름은 참 좋습니다. 그런데 이
나라의 나이가 몇 살입니까? 반만년입니까, 70년입니까? 해마다 국경일이라
해서 개천절 행사를 하지요? 국무총리만 참석하고 대통령은 왜 참석하지 않

습니까? 옛날엔 왕이 제사지내지 않았습니까?

우리나라의 아름다운 말이 있는데, KBS MBC 할 것 없이 모든 방송들은 뉴스 시작할 때마다 '헤드라인 뉴스'에요. '머리소식'이나 '머리기사'라고 하면 안 됩니까? 모든 미장원 간판은 '헤어'로 되어있고, 음식점 이름은 '가든'으로 되어있어요. 상점을 '오픈'했다하고, 음료수를 '드링크'했다고 하지요. 말도 안 되는 영어를 끼워 넣은 아파트 이름은 어찌 그렇게도 많습니까?

문장이란 사상의 옷입니다. 아무리 좋은 사상도 문장이라는 옷을 제대로 입지 않으면 효과적인 전달 기능을 발휘할 수 없습니다. 그러므로 문장은 작자의 사상이나 감정에 따라서 그에 맞는 언어를 선택하여 적재적소에 배열하지 않으면 안 됩니다. 우리나라 사람들이 문장을 소홀히 하는 경향이 있는데, 이는 마땅히 지양되어야 할 문제입니다. 자기의 모국어로 편지를 쓰다 틀리는 것은 예사로 알면서도, 영어 단어 하나 틀리면 큰 수치로 아는 것도 은연중 사대주의에 빠진 정신에서 나온 소산이라 할 수 있겠습니다.

물론 새로운 사상을 담으려고 할 때는 새로운 방법과 기술이 요구된다는 것은 말할 나위도 없지만, 정확한 문장의 바탕 위에서 표현의 길을 개척해 나가는 게 문장 도(道)의 정석이라 하겠습니다. 좋은 글을 쓰기 위해서는 곧은 인생관 내지 철학적 사고가 요구되겠지만, 우선 문장에 대한 이론을 캐고, 거기에 따른 지식을 터득해야 하겠습니다.

하이데거는 말하기를 "우리는 신(神)의 언어의 집에서 살아야 한다"고 했습니다. 신의 언어의 집, 그것은 인간이 소망하는 최대로 행복한 집입니다. 시를 쓴다는 것은 언어에 의한, 언어에 있어서의 존재의 창조라 하겠습니다. 존재의 창조, 있음의 창조, 그것은 언어의 집짓기입니다. 신의 언어의 집에서 살려면 그 아름다운 언어, 그 잘 구워진 언어의 벽돌 하나하나를 제대로 조립하여 집을 지어야 합니다.

하이데거는 모든 사물을 그 참된 존재상(存在相)에서 명명(命名)할 때, 즉 이름을 지어줄 때 그러한 사물의 본질을 나타낸다고 했습니다. 결국 글을 쓴다는 것, 문학을 한다는 것은 사물의 본질을 캐어가는 것이라고 말할 수 있겠습니다. 우리는 언어를 통해서 인생과 우주에 관해서 또는 인간으로서 사고

(思考)할 수 있는 모든 영역에 대해서 탐구하며, 그 본질에 접근해 나가야 하겠습니다.

이 시 「칡차」 중간 쯤에 "주리 틀어 짜낸 칡차를 받아 마시고, 내가 누구인가를 생각하자."는 구절이 있습니다. 주리를 튼다는 얘기는 옛날의 고문을 말합니다. 이 '주리'라는 말은 형벌을 말합니다. 어떤 형벌이겠습니까? 지난 날, 죄인을 심문할 때 두 다리를 한데 묶고, 그 사이에 두 개의 주릿대를 끼워서 비틀던 형벌을 말합니다. 죄인만 이런 형벌을 받은 것은 아닙니다. 죄가 없어도 몰리게 되면 억울하게 당하는 경우도 있었습니다.

임진왜란 때 나라 위해 목숨을 바친 충무공 이순신 장군도 억울하게 그런 형벌을 당했습니다. 병자호란 때 청나라에 잡혀가서 죽어도 청제에게 절을 아니 하고 죽은 삼학사라든지, 이또 히로부미라는 이등박문을 쏘아죽인 안중근 의사, 대마도에서 굶어죽은 최익현, 동학의 전봉준 등등 억울하게 형벌을 당한 분들이 한 둘이겠습니까?

저는 이 「칡차」라는 시에서 주리 틀어 짜낸 칡차를 받아 마시고 내가 누구인가를 생각하자는 것은, 주리를 틀리면서도 굴하지 않았던 선조들의 선비정신이 그리웠던 겁니다. 이 정도 얘기했으면 「칡차」의 창작의도를 파악하셨을 줄 알겠습니다. 2교시 강의는 여기까지입니다. 3교시에 만나지요.

# 3교시 현미경적 눈과 망원경적 눈

(「이장」「바람 그 뒷모습이」「콩나물을 다듬으면서」「이사」「기원에서」「그 먼 나라를 알으십니까」)

이제 4주차 3교시가 되었습니다. 사색하게 하는 시를 음미해 보는 마지막 시간입니다. 요즘 사람들은 도무지 깊은 생각을 하지 않습니다. 그저 즐기면서 살려고만 합니다. 지하철에서 보면 책 읽는 사람이 하나도 없습니다. 동창회 모임에서 물어보았는데, 작년 1년 열두 달 동안에 책 한 권 이상 읽은 사람이 한 사람도 없었습니다. 그 후로는 그 모임에 나가지 않습니다. 우선 말이 되지 않으니 재미가 없지요. 먼저 자작시 「이장(移葬)」을 낭송하겠습니다.

우렁 같이 진액을 빨리고 / 빈 깍지로 떠나간 / 할머니 잔해(殘骸)를 어루만지며 / 나는 죽음을 접골(接骨)한다. // 세월에 삭은 뼈다귀와 / 두골(頭骨)을 들어올려 / 솔뿌리로 털어내는 / 흙 속에 / 사람의 향기가 젖어 있다. // 스무 해 만에 햇볕을 받는 해골 / 뻥 뚫린 눈 뼈 속으로 / 명주실 같은 뿌리가 어지러워 / 목뼈와 갈비뼈와 다리뼈 / 내려가면서 흙을 털면 / 뼈 속에 내가 만져진다. // 내가 할머니의 뼈를 어루만지듯 / 언젠가는 자식이나 손자들이 / 내 뼈를 어루만질 때 / 내 정신은 어디에 있을까. // 시인은 죽어서 파랑새가 된다는데 / 내 이름자 닮은 솔가지에 내려와 / 松松松松, 지줄 뱃쫑 松松, / 영겁(永劫)을 노래 부르며 / 상징시라도 한 곡조 뽑을 수가 있을까.

이 시는 할머니의 뼈를 이장하고 나서 쓴 작품입니다. 이 시는 숨겨놓은 게 없기 때문에 감상하거나 이해하기에 편하겠습니다. 다만 저의 생각 한 자락을 얘기하겠습니다. 외할머니께서 돌아가신지 20년 만에 이장을 했습니다. 외할머니의 뼈를 만질 때 생각나는 것은 "언젠가는 자식이나 손자들이 내 뼈를 어루만질 때 나의 정신은 어디에 있을까 하는 것입니다. 평소에도 그런 생각을 하게 되지요. 사람이 죽으면 저승이라는 내세가 있는 것인가. 있다면 어떻게 있는 것인가. 그게 아니라면 지수화풍(地水火風)으로, 흙과 물과 불과 바람으로 풍비박산(風飛雹散)하고 마는 것일까?

신을 부정하는 무신론자야 죽으면 풍비박산, 사방으로 날아 흩어진다고 믿겠지만, 유신론자도 반신반의하는 경우가 있습니다. 저 역시 그럴 때가 있습니다. 손가락이 열 개씩 어김없이 태어날 뿐 아니라 목소리도, 심지어는 무릎 정강이 털까지도 닮는 것을 보면 신의 실존을 부정할 수 없는데, 지진의 해일로 죽도 먹지 못한 채 굶주린 아프리카 어린이들이 몰사죽음을 당한 것을 보면 신이 살아있는지, 아니면 방관하는 건지 헷갈리게 됩니다.

한하운 시인은 시에서 시인은 죽어서 파랑새가 된다고 했지요. 그런데 제가 죽으면 파랑새가 되어 저의 이름자 닮은 솔가지에 내려와서 松松松松, 지줄뱃쫑 松松, 하고 영겁(永劫)을 노래 부르며 상징시라도 한 곡조 뽑을 수가 있을까 하고 궁리해 본 겁니다. 여기애서는 저의 이름자 중에 소나무 송(松)자가 있지 않습니까? 이 松자는 나무 木변에 귀인 公자 하는 글자입니다. 소나무는 나라의 나무라고 할 정도로 우리 겨레의 사랑을 받는 나무입니다. 그 귀하고 아름다운 소나무 가지에 와서 상징시라도 노래 부를 수 있다면 얼마나 좋을까 하는 생각으로 이 「이장」이라는 시를 쓰게 되었습니다.

여기에는 기지(機智)라는 재치(才致)가 필요합니다. 그러니 평소에 빠르게 생각하고 대응하는 기지와 재치를 기르시기 바랍니다. 다음엔 허세욱 시인의 시 「바람 그 뒷모습이」를 감상하겠습니다.

　　하늘이 깜깜하게 / 눈보라 보라치는 날 / 나는 멀리 타관 가는 / 기차를 타고 싶다. // 바다가 보이는 / 작은 정거장에 내려 / 그 눈송이 우러러 / 두 손을 모으고 싶다. // 뉘집 싸리 울타리 / 건넛방 아궁이에 / 청솔가지 태우는 / 송진 냄새를 마시고 싶다. // 이마를 때리고 / 뒤를 힐끔거리며 / 어디론지 도망가는 / 바람 그 뒷모습이 보고 싶다.

허세욱(許世旭)의 「바람 그 뒷모습이」었습니다. 이 시는 향토정서가 물씬 풍기는 작품입니다. 이 「바람 그 뒷모습이」에는 동경과 향수가 향토정서로 내비치고 있으나 결구에 나타나는 '바람'의 진면목은 독자의 상상이나 해석에 맡겨두어야 하겠습니다. 이 토속적인 언어는 성급히 결론을 내리지 않는 동양적 여백을 생각하게 합니다. 특히 "뉘집 싸리 울타리 / 건넛방 아궁이에 / 청솔가지 태우는 / 송진 냄새를 마시고 싶다."에서 경험 여부에 따라 감상이나 이해 정도가 판이하게 다르게 나타날 수 있다고 여겨집니다. 이제 이향아 시인의 시 「콩나물을 다듬으면서」를 감상하겠습니다.

콩나물을 다듬으면서 나는 // 나란히 사는 법을 배웠다. // 줄이고 좁혀서 같이 사는 법 / 물 마시고 고개 숙여 / 맑게 사는 법 / 콩나물을 다듬다가 나는 / 어우러지는 적막감을 알았다. // 함께 살기는 쉬워도 / 함께 죽기는 어려워 / 우리들의 그림자는 / 따로 따로 서 있음을 // 콩나물을 다듬으면서 나는 / 내가 지니고 있는 쓸데없는 것들 / 나는 가져서 부자유함을 깨달았다 // 콩깍지 벗듯 벗어버리고 싶은 / 물껍데기 뿐, / 내 사방에는 물껍데기뿐이다. // 콩나물을 다듬다가 나는 비로소 / 죽지를 펴고 멀어져 가는 / 그리운 내 뒷모습을 보았다.

이향아의 시 「콩나물을 다듬으면서」였습니다. 이향아 시인은 범상한 일상을 소재로 하여, 인생에 대한 깊은 성찰을 표현하고 있습니다. 단아한 언어 유려한 가락으로 수식어를 쓰지 않고도 진솔한 감동이 일게 합니다. 사물을 유정한 언어로 형상화하는 데에 탁월하여, 엄정한 언어구사로 환상적 꿈의 공간을 깔기도 합니다.

보통사람들이 일상생활에서는 지나치기 쉬운 소재를 이 시인은 재빠르게 포착하여 의미 있는 시작품으로 형상화합니다. 콩나물을 다듬으면서 나란히 사는 법을 배웠다고 했습니다. 그리고 줄이고 좁혀서 같이 사는 법, 물을 마시고 맑게 사는 법을 배웠다고 했습니다. 콩나물이 시루에서 촘촘히 살아도 불평 없이 곱게 자란 것을 보고 착상을 얻은 겁니다. 그리고 콩깍지를 버리면서 버리고 싶은 물껍데기가 많다는 자성의 시를 쓰게 된 것으로 여겨집니다. 이제는 원동우 시인의 시 「이사」를 감상하겠습니다.

> 아이의 장난감을 꾸리면서 / 아내가 운다. / 반지하의 네 평 방을 모두 치우고 / 문턱에 새겨진 아이의 키 눈금을 만질 때 풀썩 / 습기 찬 천장벽지가 떨어졌다. // 아직 떼지 않은 아이의 그림 속에 / 우주복을 입은 아내와 나 / 잠잘 때는 무중력이 되었으면 / 아버님은 아랫목에서 주무시고 / 이쪽 벽에서는 당신과 나 그리고 / 천장은 동생들 차지 / 지난번처럼 연탄가스가 새면 / 아랫목은 안되잖아. 아, 아버지 // 생활의 빈 서랍들을 싣고 짐차는 / 어두워지는 한강을 건넌다(닻을 올리기엔 / 주인집 아들의 제대가 너무 빠르다) 갑자기 / 중력을 벗어난 새때처럼 눈이 날린다. / 아내가 울음을 그치고 아이가 웃음을 그치면 / 중력을 잃고 휘청거리는 많은 날들 위에 / 덜컹거리는 서랍들이 떠다니고 있다. // 눈발에 흐려지는 다리를 건널 때 아내가 / 고개를 돌렸다, 아참 / 장판 밑에 장판 밑에 / 복권 두 장이 있음을 안다. / 강을 건너 이제 마악 변두리로 / 우리가 또 다른 彼岸으로 들어서는 것임을 / 눈물 뽀드득 닦아주는 손바닥처럼 / 쉽게 살아지는 것임을 // 성냥불을 그으면 아내의 / 작은 손이 바람을 막으러 온다. / 손바닥만큼 환한 불빛

원동우의 시 「이사」였습니다. 이 시는 1993년 세계일보 신춘문예 당선작입니다. 빈궁한 살림을 꾸려가는 가장이 가솔을 이끌고 변두리 지역으로 이사를 가는 생활의 한 단면을 포착하여 시화한 작품입니다. 남편의 성냥불이 꺼지지 않도록 아내의 작은 손이 바람을 막으러 온다는 얘기는 아내의 남편에 대한 갸륵한 내조를 의미합니다. "손바닥만큼의 환한 불빛"은 소박한 행복의 바람이라는 것을 독자들은 눈치채었을 줄 압니다. 시는 설명이 아니고 표현이기 때문에 우리는 은폐되어있는 모호성 속에서 창작 의도나 주제의 의미를 캐내어야 합니다.

아버지와 아이와 부부와 동생들, 이 여러 식구가 한 방에서 비좁게 살아야 하는 극빈 현실이 너무도 힘들기 때문에 행여나 하고 복권 두 장을 사둔 가장의 "우주복을 입은 아내와 나 / 잠잘 때는 무중력이 되었으면"하는 상상에서

지순한 시인의 소박한 행복을 감지하게 됩니다. 이제는 자작시 「기원(棋院)에서」를 살펴보기로 하겠습니다.

바둑이란 무엇입니까? / 인생을 살펴 가는 것이다. // 인생이란 무엇입니까? / 정석(定石)을 놓아 가는 것이다. // 정석이란 무엇입니까? / 인지당행지도(人之當行之道)니라. // 도(道)란 무엇입니까? / 시(詩)와 같은 것이다. // 시란 무엇입니까? / 죽은 수를 찾는 것이다. // 바둑을 어떻게 두어야 합니까? / 잘못 둔 인연은 단념해야 한다. // 왜 단념해야 합니까? / 인정에 이끌리면 갇히어 죽는다. // 죽는다는 것은 무엇입니까? / 무(無)다. // 무는 무엇입니까? / 유(有)다.// 유(有)와 무(無)는 무엇입니까? / 있다가도 없는 바둑판이다. / 바둑판은 무엇입니까? / 인생이다. // 인생이란 무엇입니까? / 정석(定石)이다.

자작시 「기원에서」였습니다. 기원은 바둑을 두는 장소지요. 바둑 두는 것을 보면 인생과 닮았다는 생각이 듭니다. 축으로 몰리게 되면 조속히 단념하고 다른 곳을 두어야지요. 바둑의 백과 흑, 흰색과 검은 색은 낮과 밤을 상징하기도 하는데, 여기에 시간 개념이 있지요. 바둑을 다 두게 되면 인생을 어떻게 살았는지 계산의 집나기를 하게 됩니다. 그리고 백은 백대로, 흑은 흑대로 무덤 같이 둥근 통속으로 들어갑니다. 그리고는 그 후의 바둑판은 새로 태어난 자손들이 두기 시작합니다. 새로운 질서가 생기게 되는 거지요. 이제 마지막으로 신석정 시인의 시 「그 먼 나라를 알으십니까」를 감상하겠습니다. 낭송부터하지요.

어머니, / 당신은 그 먼 나라를 알으십니까? // 깊은 삼림대를 끼고 돌면 / 고요한 호수에 흰 물새 날고 / 좁은 들길에 야장미(野薔薇) 열매 붉어 / 멀리 노루 새끼 마음 놓고 뛰어 다니는 / 아무도 살지 않는 그 먼 나라를 알으십니까? // 그 나라에 가실 때에는 부디 잊지 마셔요. / 나와 같이 그 나라에 가서 비둘기를 키웁시다. // 어머니, / 당신은 그 먼 나라를 알으십니까? // 산비탈 넌지시 타고 내려오면 / 양지 밭에 흰 염소 한가히 풀 뜯고 / 길 솟는 옥수수밭에 해는 저

물어 저물어 / 먼 바다 물소리 구슬피 들려오는 / 아무도 살지 않는 그 먼 나라를 알으십니까? // 어머니, 부디 잊지 마셔요. / 그때 우리는 어린 양을 몰고 돌아옵시다. // 어머니, / 당신은 그 먼 나라를 알으십니까? // 오월 하늘에 비둘기 멀리 날고 / 오늘처럼 촐촐히 비가 내리면 / 꿩 소리도 유난히 한가롭게 들리리다. / 서리가마귀 높이 날어 산국화 더욱 곱고 // 노오란 은행잎이 한들한들 푸른 하늘에 날리는 / 가을이면 어머니! 그 나라에서 / 양지 밭 과수원에 꿀벌이 잉잉거릴 때 / 나와 함께 고 새빨간 능금을 또옥 똑 따지 않으렵니까?

신석정의 시 「그 먼 나라를 알으십니까」 였습니다. 신석정의 처녀시집 『촛불』(1939)에 실려 있는 이 시는 일제의 질곡에 묶인 암흑기에 쓰여진 작품입니다. 이 시는 이상향을 그리는 전원시이지만, 그가 그린 전원은 이상향으로서의 특별한 나라가 아닙니다. 고요한 호수에 물새가 날고, 들에는 장미꽃이 피며, 노루새끼가 마음대로 뛰어다니는 곳을 말합니다. 염소가 풀을 뜯고, 은행잎이 날리며, 과수원에 꿀벌이 잉잉거리는 곳은 우리들이 흔히 볼 수 있는 시골의 일상적 삶 그 자체입니다.

신석정 시인은 왜 이처럼 그 당시 한국인이면 누구나 시골에서 흔히 볼 수 있는 그 일상적인 평범한 소재를 특별한 이상향처럼 그렸을까요? 그 평범한 우리의 일상적 삶이 일제의 침탈로 인해서 상실되었기 때문입니다. 사물의 형태는 변한 게 없으나 주권을 빼앗긴 식민지 백성의 뼈아픈 소외의식을 내비치고 있는 것입니다. 그래서 이 시는 평범함 속의 비범함을 넌지시 내비치고 있다 하겠습니다.

일본의 명치시대 소설가 나쓰메 소세키(夏目漱石)도 「풀베개(草枕)」라는 소설에서 이 세상이 아닌 다른 세상으로 이사를 가고 싶다고 했습니다. 그러나 이 인간들의 세상 말고는 이사를 가서 살 수 있는 나라는 없다고 했습니다. 그런 어떤 귀신들의 세상이 있다고 할지라도 인간들의 세상만은 못할 것이라고 했습니다. 우리가 사는 세상을 어느 정도 고쳐서 살 수밖에 없다고 했습니다. 그러면서도 그는 허술하게 보이는 이웃들에 의해서 아름다운 그림이 그려지고 시가 나온다고 했습니다.

그도 이상향을 꿈꾸었지만 인간의 한계상황을 절실히 깨닫고 '잠시 동안의 생명'을 잠시 동안이라도 살기 좋게 할 수밖에 없다고 토로하고 있습니다. 이처럼 어느 시대에서나 어느 나라에서나 '그 먼 나라'는 영원히 '저만치의 세계'로 남겨둔 채 유보되고 있습니다. 김소월도 그의 시 「산유화」에서 "산에 산에 피는 꽃은 저만치 혼자서 피어 있네"라고 '저만치'를 역설하지 않았던가요. 그래서 인간의 삶이란 영원한 저만치의 과정의 연속이라고들 말하기도 합니다.

우리들의 꿈, 우리들의 이상은 시대에 따라서 변개되어 왔습니다. 21세기에 당면한 우리들의 바람은 선진국이요 통일된 나라일 것입니다. 그러나 신석정 시인이 '그 먼 나라'라 명명했듯이 우리로서는 '선진국'이나 '통일국'이 된 나라는 아직도 '먼 나라'일 수밖에 없습니다. 돈을 많이 벌어서 흥청망청 쓴다고 선진국이 되는 것은 아니지요. 선진국은 국민 개개인이 자기 관리를 제대로 하여 기본 질서가 잡혀있는 나라라는 것을 망각하는 것 같습니다.

4주차 3교시 수업은 여기까지입니다. 신석정 시인의 시를 감상했는데, 제가 제작한 음반이 있습니다. 신석정 작시에 최삼명 작곡, 김지협 노래로 된 「서정가」를 감상하면서 마치고자합니다.

▶ 신석정의 〈서정가〉 - 흰 복사꽃이 진다기로서니 // 빗날같이 뚝뚝 진다기로서니 / 아예 눈물짓지 마라 아예 눈물짓지 마라 // 너와 나의 푸른 꿈도 / 강물로 강물로 흘러갔거니 아- 아- 아- / 그지없이 강물로 흘러갔거니 // 흰 복사꽃이 날린다기로서니 / 낙엽처럼 휘날린다 하기로서니 / 서러울 리 없다 서러울 리 없어 / 너와 나는 봄도 없는 흰 복사꽃이여 / 빗날같이 지다가 낙엽처럼 날려서 / 강물로 강물로 흘러가버리는 / 강물로 강물로 흘러가 버리는 흘러가 버리는 // 흰 복사꽃이 날린다기로서니 / 낙엽처럼 휘날린다 하기로서니 / 서러울리 없다 서러울 리 없어 / 너와 나는 봄도 없는 흰 복사꽃이여 / 빗날같이 지다가 낙엽처럼 날려서 / 강물로 강물로 흘러가버리는 / 강물로 강물로 흘러가버리는 흘러가버리는 / 강물로 강물로 흘러가버리는 강물로 강물로 / 강물로 강물로 흘러가버리는 흘러가버리는

# 제5강

## 동심童心 농심農心 시심詩心

# 제5강 동심童心 농심農心 시심詩心


## 1교시 이야기하는 시

(「윤동주 시인 무덤의 풀잎」「과수원과 꿈과 바다 이야기」「마음」「내 마음」「나의 시」「시를 읊는 의자」)


안녕하십니까. 5주차 1교시를 시작하겠습니다. 이번 과제는 동심, 농심, 시심입니다. 성서에 어린아이 같지 않으면 천국에 갈 수 없다고 했습니다. 그러니까 아름다운 시를 쓰려면 어린아이 같아야 한다는 말이 되겠습니다. 그리고 농심도 그렇습니다. 농심은 농부의 마음이지요. 돈을 번다거나 부자가 되기 위해서 농사를 짓는 게 아니고, 농작물이 자라는 기쁨을 보기 위해서 농사를 짓는 그런 농부의 마음이라야 아름다운 시를 쓸 수 있다는 얘기가 되겠습니다.

자작농작물이 자라는 재미에 취해 사는 농부는 비료값도 건지지 못한다거나 이익이 없어도 불평 없이 농사를 짓지만, 돈을 벌 목적으로 농사를 짓는 사람은 이익이 없으면 그만두게 됩니다. 좀 야한 말로 하자면 때려치우는 거지요. 농한기에는 도박을 합니다. 돈이 목적인 사람은 그렇게 됩니다.

시심(詩心)을 시정(詩情)이라고도 합니다. 시의 정이 솟는 겁니다. 시심이 솟는 심경을 말합니다. 그것은 맑고 고요한 경지를 말합니다. 마음속에서 샘물처럼 용솟움치고, 불꽃처럼 타오르는 시심이란 저절로 생겨나지 않습니다. 우선 자기가 존재할 수 있도록 도움을 준 모든 존재에 대해서 감사하는 마음을 지녀야 합니다. 그래야 시심이 샘솟게 됩니다. 우선 시작품을 살펴가면서 이야기를 깊여가고자 합니다. 자작시 「윤동주 시인 무덤의 풀잎」을 낭송하겠습니다.

1991년 7월 장마철 백두산 가는 길에 용정에 내려 윤동주 시인의 무덤을 찾기로 하였습니다. 여름 장마철에 조선족 동포가 운전하는 지프에 올랐습니다. 윤동주 시인의 무덤을 안다던 운전기사가 공동묘지에 있다는 것밖에 모른다고 했습니다. 지프는 마치 뱀장어처럼 이리저리 지그재그로 꿈틀거리다가 공동묘지까지 가지도 못했습니다.

빗물이 흥건한 경사언덕 진흙이 찰거머리처럼 구두에 달라붙어서 공동묘지로 향하는 콩밭 사이 길은 팔열지옥을 방불케 했습니다. 진흙에 붙들린 구두는 천근만근 여간 힘겨운 게 아니었습니다. 콩밭 참외밭 사잇길을 지나고 진흙의 늪을 지나 드디어 공동묘지에 이르렀습니다.

아아, 그런데, 팥죽 끓듯 솟아있는 그 많은 무덤들 속에서 윤동주 시인의 무덤을 찾기란 사막에서 바늘을 찾기처럼 그렇게 난감할 수가 없었습니다. 그러나 팔열지옥 팔한지옥을 거쳐 온 내가 이대로 돌아갈 수 없다는 생각에 무덤을 찾아 이름이 새겨진 푯말을 살펴보며 헤매 다녔습니다. 내가 모처럼 여기까지 찾아왔는데, 윤동주 시인이 나를 그냥 보내지는 않을 것이라는 신념에 그에게 바치려고 들꽃을 꺾으면서 어둑어둑 어둠이 깔리는 공동묘지를 헤매었습니다.

천지신명께서 굽어 살피셨던지, 꿈결처럼 그 어둡고 무서운 공동묘지에서 윤동주 시인의 무덤을 발견했을 때는 밤 8시 12분이었습니다. 쏟아지는 눈물을 어쩌지 못하면서 풀꽃을 무덤 앞에 바치고 큰절을 하였습니다. 절을 하다가 문득 떠오르는 생각은 「별 헤는 밤」 마지막 구절이었습니다. "내 이름자 묻힌 언덕 위에도 자랑처럼 풀이 무성할 게외다."를 되뇌며 머리를 들고 보니 무덤에는 정말 무성한 풀이 보였습니다.

그 풀잎을 잘라가지고 돌아와 재어보니 30cm나 되었습니다. 기념으로 가져왔던 그 풀잎은 세월이 흘러서 간 곳이 없지만, 내 가슴속에는 언제나 그 풀잎이 살아서 숨을 쉬고 있습니다. 어릴 때 어머니가 새벽마다 물동이에 그 맑은 물을 길으시던 향나무 샘은 사라졌어도 도시에 사는 우리들은 그 향나무 샘을 마음속에 간직하며 살듯이 윤동주 시인 무덤의 풀잎을 간직하며 살아갑니다.

「윤동주 시인 무덤의 풀잎」이었습니다. 산문시 형태로 썼기 때문에 어떤 예술적인, 또는 시적인 운치는 기대할 수 없겠습니다. 그러나 제가 윤동주 시인의 무덤을 찾아낸 자초지종은 수월하게 이해할 수 있겠습니다. 어떤 주제나 소재에 따라서 그 방법을 달리하게 됩니다. 자기의 경험이라는 보석을 가지고 무엇을 어떻게 만들 것인가 하고 궁리해야 합니다.

시로 쓸 것인가, 소설로 쓸 것인가, 수필로 쓸 것인가, 궁리해야 합니다. 작품의 효과를 위해서 그렇습니다. 저는 산문시를 잘 쓰지 않습니다. 산문시로는 시적 감흥을 살리기가 어렵기 때문입니다. 그러나 「윤동주 시인 무덤의 풀잎」같은 내용은 이런 형식에 담을 수밖에 없겠다는 생각이 들어서 이렇게 썼습니다.

제가 만일 윤동주 시인의 무덤을 찾은 이야기로 끝냈다면, 별로 의미가 없을 것입니다. 시다운 시라고 할 수 없겠지요. 그렇기 때문에 그 결말에 "어릴 때 어머니가 새벽마다 물동이에 그 맑은 물을 길으시던 향나무 샘은 사라졌어도, 도시에 사는 우리들은 그 향나무 샘을 마음속에 간직하며 살듯이 윤동주 시인 무덤의 풀잎을 간직하며 살아갑니다."라고 의미부여로 매듭을 지었기 때문에 시로서의 체면을 유지하게 된다고 봅니다. 다음으로 전봉건 시인의 시 「과수원과 꿈과 바다 이야기」를 감상하겠습니다.

이 / 창가에서 / 들어요. / 둘이서만 만난 오붓한 자리 / 빵에는 쨈을 바르지요 / 오 아니예요. / 우리가 둘이서 빵에 바르는 / 이 쨈은 쨈이 아니라 과수원이예요 / 우리는 과수원 하나씩을 / 빵에 얹어 먹어요.

이 / 불빛 아래서 / 들어요. / 둘이서만 만난 고요한 자리 / 잔에는 포도주를 따르지요 / 오 아니에요. / 우리가 둘이서 잔에 따르는 / 이 포도주는 포도주가 아니라 꿈의 즙 / 우리는 진한 꿈의 즙을 가득히 / 잔에 따라 마셔요.

나는 / 당신 앞에 당신은 / 내 앞에 / 둘이서만 만난 둘만의 자리 / 사실은 아무것도 먹지 않아도 / 오 배가 불러요 / 보세요 우리가 정결한 저를 들어 / 생선의 꼬리만 건들어도 / 당신과 내 안에 들어와서 출렁이는 / 이렇게 커다란 바다 하나를.

전봉건의 시 「과수원과 꿈과 바다 이야기」였습니다. 이 시에는 설명되는 일상적 언어와 표현되는 예술적 시어가 공존하고 있습니다. 설명되는 일상적 언어는 구태여 설명할 필요가 없거니와 표현되고 있는 시어, 가령 첫 연 뒷부분 4행, 우리가 둘이서 빵에 바르는 / 이 쨈은 쨈이 아니라 과수원이예요 / 우리는 과수원 하나씩을 / 빵에 얹어서 먹어요."라든지, 2연의 뒷부분 4행, "우리가 둘이서 잔에 따르는 / 이 포도주는 포도주가 아니라 꿈의 즙 / 우리는 진한 꿈을 가득히 / 잔에 따라 마셔요."는 일상적 상식의 범주 내에 있는 사고가 아니라 비일상적이며 비상식적인 비인과율로서의 사고로서, 시창작이라는 미적 목적을 위한 '낯설게하기'로서 예술적 시어를 도모하고 있습니다.

이 시는 종래의 고정관념을 깨뜨린 새로운 사고와 기법으로서 구성되어 있습니다. 이 시에서는 "빵에 바르는 쨈은 쨈이 아니라 과수원이예요"하고 낯설게 할 뿐 아니라, "과수원 하나씩을 빵에 얹어 먹어요." 하고 일상적 상식선의 공간관념을 파괴하는 동시에 새로운 낯설게하기를 도모함으로써 새로운 싱싱한 시어로 신선한 충격을 주고 있습니다.

이 시에서 핵심이 되는 시정신은 '우리가 둘이서'입니다. 사랑에 젖는 심상에서는 이러한 비일상적인 공간관념이 시어로 통하게 됩니다. 둘이서 도모하는 사랑에는 되지 않을 게 없다고 하는 시정신이 결말에 가서 해명되고 정리됩니다.

"둘이서만 만난 둘만의 자리 / 사실은 아무것도 먹지 않아도 / 오 배가 불러요. / 보세요 우리가 정결한 저를 들어 / 생선의 꼬리만 건들어도 / 당신과 내 안에 들어와서 출렁이는 / 이렇게 커다란 바다 하나를.

이 결말 부분은, 둘이서만 만난 둘만의 자리에서는 아무것도 먹지 않아도 배가 부르다고 하는 심정적인 치열성이 내비치고 있습니다. 종교와 교육과 언론과 문화가 제 구실을 못하는 차제에 물신주의와는 상관이 없는 연인과의 사랑은 위로가 된다는 얘기가 되겠습니다. 사랑하는 사람끼리 아름다운 창가에 앉아서 빵에 쨈을 발라서 먹게 되는데, 사랑하는 사람끼리 빵에 바르는 쨈은

잼이 아니라 과수원이라는 착상, 그리고 빵에 과수원 하나씩 얹어서 먹는다는 창조적 상상력은 물질보다는 정신을 우위에 두려는 파격적 전도현상이라 하겠습니다. 다음은 김광섭 시인의 시 「마음」을 살펴보기로 하겠습니다.

김광섭 시인의 시 「마음」은 보조관념을 잘 활용한 작품입니다. 원관념이란 비유법에서, 표현하고자 하는 사물을 이르는 말입니다. 가령 샛별 같은 눈동자라고 했을 경우, '샛별'은 보조관념이고, '눈동자'는 원관념입니다. 이와는 달리, 보조관념은 수사(修辭)에서, 나타내고자 하는 내용이 잘 드러나도록 돕는 관념을 말하는데, 가령 '내 마음은 호수'라고 했을 때 원관념인 '내 마음'을 잘 드러나게 하기 위해서 '호수'라고 하는 보조관념이 차용됩니다. 이를 위해서는 적합한 언어를 적절히 끌어 쓸 수 있는 유사안식(類似眼識)이 요구된다 하겠습니다. 유사안식이란 유사성을 찾아내는 눈을 말합니다.

나의 마음은 고요한 물결 / 바람이 불어도 흔들리고 / 구름이 지나도 그림자 지는 곳 // 돌을 던지는 사람 / 고기를 낚는 사람 / 노래를 부르는 사람 // 이 물가 외로운 밤이면 / 별은 고요히 물위에 내리고 / 숲은 말없이 잠드나니 // 후여 白鳥가 오는 날 / 이 물가 어지러울까 / 나는 밤마다 꿈을 덮노라

김광섭의 시 「마음」이었습니다. 여기에 나오는 '고요한 물결'은 원관념인 '내 마음'을 나타내기 위해서 차용된 보조관념입니다. 이 보조관념에 의해서 이 시인의 마음의 상태가 구체적이면서도 효과적으로 나타내어지므로 표현을 위해서는 이 보조관념은 필요 불가결의 것입니다. '구슬이 서 말이라도 꿰어야 보배'라는 말이 있습니다. 아무리 좋은 사상 감정을 지녔다 할지라도 그 마음 세계를 구체적으로 형상화하지 않으면 안 됩니다. 그러므로 내가 말하고자 하는 그 원관념을 효과적으로 드러내기 위해서 보조관념을 차용할 줄 아는 유추능력(類推能力)이 요구됩니다.

유추란 어떠한 사실을 근거로 하여, 그것과 같은 조건 아래에 있는 다른 사실을 미루어 헤아리는 일을 가리킵니다. 이는 유비(類比)라고도 하는데, 서로

다른 사물이 상호간에 대응적으로 존재하는 유사성 또는 동일성을 가리키기도 합니다. 유사성이나 동일성이란 사물을 바라보고 인식하는 주체적 시인이나 그 대응관계에 있는 대상적 사물 사이에 내재하는 상사성(相似性)을 전제로 합니다. 이 상사성이라는 말은 서로 상(相)자에 닮을 사(似)자, 성품 성(性)자 상사성(相似性)입니다. 서로 비슷하거나 서로 닮은 원관념과 보조관념을 말합니다.

현대시에는 이미지(image)라든지, 隱喩(metaphor) 象徵(symbol) 類似또는 類推(analogy)가 유기적으로 공존합니다. 이러한 요소들은 현대시 작법에 절대적으로 필요한 방법들입니다. 이러한 요소들을 제대로 부려 쓰는 게 중요합니다. 시인은 자기만이 가진 바의 체험을 바탕으로 상상력을 도출해야 합니다. 자기만이 가지는 개성적 특수성을 중요시하면서도 보편성을 망각해서도 안 됩니다. 특수성과 보편성의 균형 있는 조화가 요구됩니다. 시인은 표현의 자유를 누리고자 하는 욕구를 충족할 뿐 아니라 전달기능도 살려야 하기 때문입니다.

시어(詩語)는 일정한 원칙이나 법칙에 따름이 없이 제멋대로 되거나 이루어지는 자의성(恣意性)과 복합기호성(複合記號性)을 지닙니다. 이러한 기반에 의해서 시어(詩語)는 감동을 주는 심미적인 차원의 언어로 부활하게 됩니다. 일상적인 언어가 전달기능을 강조하는 지시기능에 그치는 동안 시어는 이를 초월합니다. 우리는 이러한 시어의 성질을 인식할 필요가 있겠습니다. 다음엔 김동명 시인의 시 「내 마음은」을 살펴보기로 하겠습니다.

내 마음은 호수요 / 그대 저어 오오 / 나는 그대의 흰 그림자를 안고, / 옥같이 그대의 뱃전에 부서지리다. // 내 마음은 촛불이요, / 그대 저 문을 닫아 주오. / 나는 그대의 비단 옷자락에 떨며, 고요히 / 최후의 한 방울도 남김없이 타오리다.// 내 마음은 나그네요. / 그대 피리를 불어주오. / 나는 달 아래 귀를 기울이며, 호젓이 / 나의 밤을 새이오리다. // 내 마음은 낙엽이요, / 잠깐 그대의 뜰에 머무르게 하오. / 이제 바람이 일면 나는 또 나그네같이, 외로이 / 그대를 떠나오리다.

김동명의 시 「내 마음은」 이었습니다. 여기에서의 내 마음은 호수를 가리키고 있습니다. 마음의 상태를 나타내는 호수는 넓고, 깨끗하고, 고요하고, 서늘하고, 푸르고, 깊다고 하는 다양한 성격으로 나타나 있습니다. 호수와 마음의 공통점은 이런 상식적인 이유에서가 아니라 마음의 호수에 님이 탄 배가 저어오면 뱃전에 부서지는 물결이 되고자 하는 이유에서 발견됩니다. 여러분은 이러한 공통점을 찾기 이전에 말로 간단히 설명할 수 없는 타당성을 이유 없이 받아들이게 됩니다.

여기에서의 '내 마음'은 추상적인 불가시(不可視), 또는 비가시(非可視)의 존재입니다. 그것은 눈으로 볼 수 없는 성질의 것이기 때문입니다. 이 볼 수 없는 불가시 비가시의 추상개념을 구체적으로 형상화하기 위해서는 '호수'라고 하는 객관적인 상관물(相關物)이 필요하게 되었습니다. 이 '호수'는 기억을 불러일으키는 환기력(喚起力)을 통해서 '마음'으로부터 유추하게 됩니다. 이런 경우를 '마음'과 '호수' 사이의 연결고리라 할까 상상작용에 의해서 치환(置換)하는 치환은유(置換隱喩)라고 합니다.

시에 있어서의 은유는 전쟁에 있어서의 로켓포처럼 막강한 위력을 발휘하는 성격의 것입니다. 시뿐 아니라 산문에 있어서도 그 효과는 인정되어 왔습니다. 가령 '그 남자의 성질은 날카롭다'고 하는 경우에는 설명에 그치지만, 그 남자의 성질은 '칼날이다'거나 '불칼이다'라고 하는 경우에는 은유적 표현이 되겠습니다. 언어의 불완전성에도 불구하고 우리는 그 불완전한 언어로 아름다움을 노래해야 합니다. 이제는 서정주 시인의 시 「나의 시」를 감상하기로 하겠습니다.

어느 해 봄이던가, 머언 옛날입니다. / 나는 어느 친척(親戚)의 부인을 모시고 城안 冬柏꽃나무 그늘에 와 있었습니다. / 부인은 그 호화로운 꽃들을 피운 하늘의 部分이 어딘가를 아시기나 하는 듯이 앉아계시고, 나는 풀밭 위에 흥근한 落花가 안씨러워 줏어 모아서는 부인의 펼쳐든 치마폭에 갖다 놓았습니다. / 쉬임 없이 그 짓을 되풀이 하였습니다. // 그 뒤 나는 年年히 抒情詩를 썼습니다만 그것은 모두가 그때 그 꽃들을 주서다가 디리던 그 마음과 별로 다름이 없었습니다.

그러나 인제 웬일인지 나는 이것을 받아줄 이가 땅 위엔 아무도 없음을 봅니다. / 내가 주워 모은 꽃들은 제절로 내 손에서 땅 우에 떨어져 구을르고 / 또 그런 마음으로밖에는 나는 내 詩를 쓸 수가 없습니다.

徐廷柱의「나의 詩」였습니다. 평범함 속의 비범함이 보이는 시입니다. 특별한 형식적인 구성미에 신경을 쓰지 않으면서도 시를 이루는 까닭은 그의 순후한 정서에 있다 하겠습니다. 순후한 정서가 강세를 보이기 때문입니다. 이 시에는 우아미(優雅美)를 지닌 친척 부인에 대한 소년의 특별한 정서가 은근히 내비치고 있습니다. 그리고 그 정서는 평생을 경영해 온 시업(詩業)과 연결되어 있습니다. 은근하게 고여 있는 정서를 넌지시 약간씩만 내비침으로써 독자로 하여금 궁금증과 함께 일종의 신비의식을 자아내게 하고 있음을 보게 됩니다. 1교시 마지막으로 자작시「시를 읊는 의자」를 감상하기로 하겠습니다.

톱으로 / 오동나무를 베어내었는데, / 그 밑동에서 싹이 나고 자랐다. // 시인이 그 등걸에 앉았을 때 / 하늘엔 구름 꽃이 피고 / 땅엔 나뭇잎이 피어났다. // 자연은 신(神)의 말씀 / 시인이 말하기 전에 / 의자가 한 말은 상징과 은유였다. // 하늘에는 구름이 꽃피고 / 땅에는 나뭇잎이 피어나고 / 나무의 뿌리와 줄기와 가지 / 종자(種子)가 구조를 형상화하고 있었다. // 부산히 오르내리는 도관과 체관, / 뿌리와 줄기의 수력발전소에서 / 가지와 이파리의 화력발전소에서 / 탄소동화작용으로 시를 읊고 있었다.

자작시「시를 읊는 의자」였습니다. 처음 1연은 현실적으로 있는 사실이고, 그 이후부터는 생산적 상상에 의해서 꾸며진 언어의 집입니다. 잘려진 오동나무에서 가지가 나올 수 있지요. 그리고 탄소동화작용이 이루어질 수 있지요. 그런데 표현을 거창하게 한 겁니다. 자연은 신(神)의 말씀이라는 말이 틀린 말이 아니지요.

그런데 결말에 가서 "부산히 오르내리는 도관과 체관, / 뿌리와 줄기의 수력발전소에서 / 가지와 이파리의 화력발전소에서 / 탄소동화작용으로 시를 읊고 있었다."에서는 입을 벌리게 됩니다.

왜 그럴까요? 윌리엄 블레이크가 말한 대로 한 순간에 무한소(無限小)의 현미경과 무한대(無限大)의 망원경이 동시에 작동한 겁니다. 톱에 잘려진 한그루의 오동나무 곁가지에서 위대한 태양광선과 공존하여 뿌리와 줄기에서는 수력발전을, 가지와 이파리에서 화력발전을 일으킨다는 창조적 상상에 있다 하겠습니다. 5주차 1교시 수업은 여기까지입니다. 2교시에 만나기로 하고 마치겠습니다.

## 2교시 종교적 상상력

(「할머니는 감나무에 거름을 주셨느니라」「내음」「눈물」「무관심의 죄」
「강강수월래」「인연설」「풀잎」)


2교시 수업은 자작시 「할머니는 감나무에 거름을 주셨느니라」부터 감상하기로 하겠습니다. 먼저 낭송하겠습니다.

> 할머니는 돼지 족발을 삶을 때마다 / 우리에게는 고기만 주시고 / 국물은 국물도 없었느니라. / 절로 가지고 가시곤 하셨기 때문이었느니라. // 국물도 먹고 싶었는데 / 한 방울도 주는 법이 없이 / 족발 살코기만 주시곤 하셨느니라. // 할머니는 국물을 어디다 쓰느냐고 / 궁금증이 동해서 여쭈었더니 / 감나무에 거름을 주었다고 하셨느니라. // 할머니가 입적(入寂)하신 후 / 그 절을 찾아갔더니 / 연로하신 큰스님이 암자에서 반기셨느니라. // 너희 할머니는 큰 보살이었느니라. / 오실 때마다 약을 가져오셔서 / 나의 무릎 관절, / 골다공증을 치유하셨느니라. // 감나무 열매 홍시처럼 / 떫은 기 없는 말씀으로 / 윤회로 윤회로 윤회전생으로 / 감나무 밑거름을 되뇌시었느니라.

이 시를 정리하자면, 돼지족발 삶은 물을 절로 가지고 가시곤 하시는 할머니에게 손자가 궁금해서 국물을 어디에 쓰느냐고 여쭈었더니 감나무에 거름을 준다고 하셨습니다. 할머니가 돌아가신 후 절을 찾은 손자에게 큰스님이 반기면서 하는 말이 할머니가 준 약물로 골다공증을 치유하셨다고 하시면서 감나무열매인 홍시처럼 떫은 기 없는 말씀으로 윤회전생을 설했다는 이야기입니다. 그러니까 할머니는 감나무를 빙자해서 스님에게 약을 주었고, 그 감나무 상징인 스님은 손자에게 홍시 같은 말씀으로 인과응보라든지, 윤회전생의 이치를 바탕에 깔고 있는 시작품이라 하겠습니다. 이제는 김영랑 시인의 시 「가늘한 내음」을 감상하겠습니다.

내 가슴 속에 가늘한 내음 / 애끈히 떠도는 내음 / 저녁 해 고요히 지는 제 / 먼 산 허리에 슬리는 보랏빛 // 오! 그 수심띈 보랏빛 / 내가 잃은 마음의 그림자 / 한이틀 정열에 뚝뚝 떨어진 모란의 / 깃든 향취가 이 가슴 놓고 갔을 줄이야 // 얼결에 여윈 봄 흐르는 마음 / 헛되이 찾으려 허덕이는 날 / 뻘 위에 처얼썩 갯물이 놓이듯 / 얼컥니이는 훗긋한 내음 // 아! 훗긋한 내음 내키다 마는 / 서언한 가슴에 그늘이 도오나니 / 수심 뜨고 애끈하고 고요하기 / 산허리에 슬리는 저녁 보랏빛

여기에서의 '내음'은 '냄새'를 정서적으로 품위 있게 바꾸어 표현한 말이라 하겠습니다. '냄새'라는 말보다 '내음'이 한결 품위가 있으면서도 아름답기 때문입니다. 이와 같이 순수한 서정시는 잡다한 일상어 가운데에서 주옥같이 가려내는 듯한 묘미가 있어야 하겠습니다. 이제는 김현승 시인의 시 「눈물」을 살펴보기로 하겠습니다.

더러는 / 옥토(沃土)에 떨어지는 작은 생명이고저…… // 흠도 티도 / 금가지 않은 / 나의 전체는 오직 이뿐! // 더욱 값진 것으로 / 드리라 하올제, / 나의 가장 나아종 지니인 것도 오직 이뿐! // 아름다운 나무의 꽃이 시듦을 보시고 / 열매를 맺게 하신 당신은, // 나의 웃음을 만드신 후에 / 새로이 나의 눈물을 지어주시다.

김현승의 시 「눈물」이었습니다. 기독교 정신을 기조로 인간 내면의 진실성에 관심을 쏟은 김현승 시인의 작품입니다. 종교적 차원은 이처럼 겸허하면서도 지고지선의 진실성을 바탕으로 절대가치에의 치열성을 보이게 됩니다. 이 시는, 1960년대 이후부터 타계할 때까지 기독교적인 바탕 위에 선 인간으로서의 고독의 세계를 추구하는 작업을 계속한 그의 종교적 차원의 시세계가 응축되어 있는 듯한 느낌을 주는 작품이라 하겠습니다. 다음은 김후란 시인의

시 「무관심의 죄」를 감상하기로 하겠습니다.

　　나는 자선(慈善)을 베풀지 않았다 / 구둣발 먼지를 먹으면서 / 인형 같은 아기를 안고 / 자선을 강요하는 / 지하도(地下道) 층계의 노란 얼굴의 / 그 여인을 미워하였다. // 걸레 같은 그 여인을 / 미워하고 원망하면서 / 선심처럼 동전(銅錢)을 던져주었다.// 〈그러나 때로 무관심하게 지나쳤다 / 한번은 잔돈을 찾다가 성가셔 그냥 와버렸다.〉

　　그날 저녁 지하도 층계의 / 노란 얼굴은 / 나를 따라왔다. / 곧바로 내 방으로 들어와 / 여전히 침묵하는 강요를 계속하였다 // 식탁(食卓)에 그림자가 무너져 내린다 / 위(胃)가 아파오기 시작하였다 // 창밖엔 비가 오는가? / 꼭 감은 눈 속의 내 의식(意識)하기 싫은 / 의식(意識)에 또렷이 좌정(坐定)한 / 노란 얼굴 선량한 듯 무지한 듯 교활한 듯 / 말없는 침입자의 가면(假面)을 / 벗기고 싶다.

　　〈그러나, 그러나 무능력은 지붕 밑에 재워야 한다.〉 한밤 내 꿈속에서 / 층계를 구르고 구르고 / 한없이 굴러 내리면서 후회하였다. // 나는 지식인(知識人)이 아니다. / 나는 지성인(知性人)이 아니다. / 나는 죄인(罪人)이다. / 무관심은 살인 같은 악덕(惡德)이다. / 지폐가 든 지갑을 / 바닷물에 던지려고 / 허우적거렸다.

　　오늘 층계는 / 비어있었다. / 먼지 속 지하도 층계 / 그 셋째 줄에 / 지난 몇 달 판박이처럼 남아있던 / 나의 우상은 보이지 않는다. // 쏟아지는 햇살에 밀려 / 차디찬 난간을 꽉 잡았다. / 새까만 눈동자 하나가 / 발길에 채여 굴러간다.

　　김후란의 시 「무관심의 죄」였습니다. 기독교를 신봉한 신앙인이 이웃을 네 몸 같이 사랑하라고 했는데, 그렇게 말씀대로 살지 못하고 때로는 무관심의 죄를 범한데 대한 자책의 심리가 진솔한 고백으로 드러난 작품이라 하겠습니다. 김후란 시인은 여성 특유의 섬세하고 세련된 면을 보이면서도 삶에 대한 깊이 있는 응시와 탐구라든지 생명의 존엄성과 아름다움을 추구해온 것으로 보입니다. 이 시를 통해서 우리는 자신을 돌아보는 자성의 계기로 삼을 필요가 있겠습니다. 이 자성이란 종교와 예술의 본질과 통하기 때문입니다.

인간은 피조물이기 때문에, 스스로 생겨난 존재가 아니라 어떠한 다른 존재에 의해서 생겨나 존재한다는 사실을 부정할 수 없습니다. 이 엄연한 사실을 인정한다면, 종교에서 말하는 신이라든지, 과학에서 말하는 조물주, 철학에서 말하는 근본이라는 용어의 그 창조주를 부정할 수도 없습니다.

인간과 만물을 왜 창조했는가 하는 창조의 목적과 시인이 시를 왜 쓰는가 하는 창작 의도를 함께 생각해 본다면 절대자와 인간의 존재 목적이라든지, 시작품의 존재가치도 확연히 드러날 것입니다. 인간은 홀로 있을 때는 기쁠 수 없습니다. 기쁨이란 독자적으로는 생겨나지 않기 때문입니다. 기쁨이란 어떠한 대상과의 교감을 통해서만이 가능한 성격의 것입니다. 가령 시인의 기쁨은 시를 지었을 때 나타납니다. 그가 말하고 싶고 쓰고 싶은 구상이 구체적인 작품으로 형상화되었을 때 기쁨이 옵니다. 작자의 구상이 시작품으로 나타났을 때, 그 대상으로부터 오는 자극으로 말미암아 비로소 기쁨을 상대적으로, 또는 타각적으로 느끼게 됩니다.

시인이 상상을 통한 어떠한 구상만으로는 기쁠 수가 없습니다. 이러한 인간의 심성은 절대자인 창조주에게서 나왔다고 보기 때문에 신이나 인간이나 모두 동질의 소성(素性)의 소유자로서 희열도 역시 상대적일 수밖에 없다는 논리가 성립됩니다.

따라서 예술론이 성립되는 희열의 원리적 근거는 인간과 만물 등 모든 존재 세계가 기쁨의 대상으로 창조되었다는 점입니다. 그 다음으로 추론할 수 있는 점으로서 인간을 비롯한 모든 피조물은 신의 기쁨의 대상이므로 그 절대존재의 섭리에 역행해서는 안 된다는 점과 자기가 처한 사회라든지, 민족 국가 인류 등 보다 전체적인 목적을 위한 가치실현 욕구를 지닌다는 점입니다.

인간을 가리켜 소우주라고 합니다. 이 말은 우주의 축소체라는 말도 되겠습니다. 우주를 총합한 실체상(實體相)이라는 말도 있습니다. 이와 같이 만물은 인간의 기쁨의 대상으로 창조되었으므로 인간은 그 만물을 보고 희열을 느끼게 되어 있습니다. 따라서 인간은 만물을 통하여 기쁨을 얻으려는 가치 추구 욕구를 지닙니다. 여기에서부터 예술 활동은 시작되고 천태만상의 조화의 미가 전개된다 하겠습니다.

신이 인간에게 부여한 선물 가운데 가장 값진 선물은 가치추구 내지는 가치 실현을 위한 창조성 발휘라 하겠습니다. 여기에서 존재와 인식에 대한 특별한 사고(思考)가 요구되겠습니다. 앞에서 말한 바와 같이, 인간은 우주를 총합한 실체상입니다.

가령 시인이라는 인간에게는 우주의 모든 소성이 잠재되어 있기 때문에 한 송이의 꽃을 바라보는 데 있어서도 그 꽃이 지닌 바의 형태나 색채나 향기나 부드러움 등의 원형이 관조자 자신에게도 내재되어 있는 바, 그 원형과 현실적으로 존재하는 꽃이 상호 교감을 통하여 합치되는 체험의 인식, 그 주체자 시인과 대상적 존재인 꽃과의 사이에 교감되는 일치점에서 비로소 희열이 솟구쳐 오르게 됩니다. 이제는 이동주 시인의 시 「강강술래」를 감상하겠습니다.

여울에 몰린 은어 떼. // 삐비꽃 손들이 둘레를 짜면/ 달무리가 비잉빙 돈다. // 가아웅 가아웅 수우워얼래애/ 목을 빼면 설움이 솟고…… // 백장미 밭에 / 공작이 취했다. // 뛰자 뛰자 뛰어나 보자/ 강강술래. // 뇌누리에 테프가 감긴다. / 열 두 발 상모가 마구 돈다. // 달빛이 배이면 술보다 독한 것 // 기폭이 찢어진다. / 갈대가 쓰러진다. // 강강술래 / 강강술래

이동주의 시 「강강술래」였습니다. 여인들의 민속놀이를 통한 생활의 애상과 아름다움을 청각적 음향의식과 시각적 색채의식과 형태의식을 발휘하여 가작을 이룬 작품입니다. '여울' '은어 떼' '달무리' '백장미' '공작' '테프' '상모' '갈대' 등이 시각적 색채의식 내지 형태의식을 일깨웠다면, "가아웅 가아웅 수우워얼래애"나 '강강술래'는 그 절묘한 소리의 완급(緩急)으로 청각적 음향의식을 일깨우기에 충분하다 하겠습니다. 여기에 "달빛이 배이면 술보다 독한 것"이라는 절묘한 구절까지 합세하여 시의 음악성과 회화성에 독특한 서정성의 경지를 보여주고 있습니다. 이제 마지막으로 문덕수 시인의 시 「인연설(因緣說)」과 「풀잎」을 살펴보겠습니다. 「인연설」부터 낭송하겠습니다.

어느 연둣빛 초봄의 오후 / 나는 꽃나무 밑에서 자고 있었다. / 그랬더니 꽃잎 하나가 내려와서는 / 내 왼 몸을 안아보고서는 가고, / 또 한 잎이 내려와서는 /

입술이며 이마를 한없이 부비고 문지르고, / 또 한 잎이 내려와서는 / 손톱 끝에 먼지를 닦아내고, / 그리하여 어느덧 한 세상은 저물어 / 그 꽃나무는 시들어 죽고, / 나는 한 마리의 나비가 되어 / 그 꽃이 가신 길을 찾아 홀로 / 아지랑이 속의 들길을 꿈인 듯 / 날아가고 있었다.

문덕수의 시 「인연설」이었습니다. 이 시는 장자(莊子)의 '호접지몽(胡蝶之夢)'을 연상케 하는 작품입니다. 인간이 나비인가, 나비가 인간인가. 그것은 은유적이면서도 상징적입니다. 이런 시는 독자의 감상에 맡기는 게 바람직하겠습니다. 독자에 따라서 상상의 진폭이 다르기 때문입니다. 다음에는 「풀잎」을 낭송하겠습니다.

나는 아무런 바람이 없네. / 그대 가슴속 꽃밭의 후미진 구석에 / 가녀린 하나 풀잎으로 돋아나 / 그대 숨결 끝에 천년인 듯 살랑거리고 / 글썽이는 눈물의 이슬에 젖어 / 그대 눈짓에 반짝이다가 / 어느 늦가을 자취 없이 시들어 죽으리. / 내사 아무런 바람이 없네. / 지금은 전생의 숲속을 헤매는 한 점의 바람 / 그대 품속에 묻히지 못한 씨앗이네.

이 시 역시 독자의 감상에 맡기는 게 바람직하겠습니다. 모호한 언어로 본의(本意)를 은폐시키고 있기 때문입니다. 모호하면서도 무언가 주는 그 느낌이 중요하다 하겠습니다. 제가 이 시도 노래 동영상 음반을 만들었습니다. 문덕수 작시에 최삼명 작곡, 김지협 노래를 들으면서 2교시 수업을 마치겠습니다.

# 3교시 극미極美와 귀여운 욕설

(「조선소」「여운」「내 노래에 날개가 있다면」「키 큰 남자를 보면」「지리산 시」「여인」「풋마늘」「동백꽃」)

5주차 3교시는 자작시 「조선소」부터 살펴보기로 하겠습니다.

흰 소금을 몰고 오는 / 원시의 땀 속으로 / 목수(木手)의 수건이 빨려드는 바다. // 수건에 걸린 하늘로 / 완성의 못질이 떨어지면 / 맨발로 뛰는 심장이 / 어둠을 털고 일어나 / 바다와 관계할 것이다. // 무덤은 사라질 것이다. / 부서지기만 하는 뼈도 / 메마른 어둠으로 가득 찬 / 항구를 뚫고 달리는 / 오, 바다 / 지줄대는 바다. // 파도를 불러일으키는 /신(神)의 찬란한 허릿짓 / 알몸끼리 출렁이는 / 바다여

자작시 「조선소(造船所)」였습니다. 이 시는 생명의 의욕이 바다로 넘치면서 표현의 예술성을 찾아내고 있습니다. 처음에 흰 소금을 몰고 온다고 표현했는데, 소금은 생명과 노력의 결정체입니다. 또한 무한한 바다의 입방체입니다. 바다를 지향하는 의욕이 땀에 밴 수건을 하늘에 걸고 완성의 못질을 하는 위대한 공상이라 하겠습니다. 생활건조의 상상입니다. 심장이 바다와 함께 뛰는 건조자의 의지가 배어있습니다. 이 건조자의 의지가 항구를 뚫고 달리는 바다가 되어 신(神)의 찬란한 허릿짓으로 승화하면서 어둠과 무덤을 극복하는 것으로 표현되고 있습니다. 이제 조지훈 시인의 시 「여운(餘韻)」을 감상하겠습니다.

물에서 갓 나온 여인이 / 옷 입기 전 한때를 잠깐 / 돌아선 모습 / 달빛에 젖은 塔이여! // 온몸에 흐르는 윤기는 / 상긋한 풀 내음새라 / 검푸른 숲 그림자

가 흔들릴 때마다 / 머리채는 부드러운 어깨 위에 출렁인다.

　희디흰 얼굴이 그리워서 / 조용히 옆으로 다가서면 / 수줍음에 놀란 그는 / 흠칫 돌아서서 먼데 산을 본다. // 재빨리 구름을 빠져나온 / 달이 그 얼굴을 엿보았을까. / 어디서 보아도 돌아선 모습일 뿐 / 영원히 얼굴은 보이지 않는 / 塔이여!

　바로 그때였다 그는 / 람갑사(藍甲紗) 한 필을 허공에 펼쳐 / 그냥 온몸에 휘감은 채로 / 숲속을 향하여 / 조용히 걸어가고 있었다. // 한 층 / 두 층 / 발돋움하며 나는 / 걸어가는 여인의 그 검푸른 / 머리칼 너머로 / 기우는 보름달을 / 보고 있었다. // 아련한 몸매에 바람 소리가 / 잔잔한 물살처럼 / 감기고 있었다.

　조지훈의 시 「여운」이었습니다. 여기에서는 탑의 전체적인 모습을 마치 물에서 금방 나온 여인의 알몸으로 연상하고 있습니다. 그리고 탑에서 흐르는 윤기는 상긋한 풀 내음새로 비유하고 있습니다. 그런데 풀냄새로 끝나는 게 아니고, 출렁이는 여인의 머리카락으로 전이하기도 합니다. 여기에서는 탑과 여인이 동일시되고 있습니다. 물에 젖은 탑인가하면 물에서 나온 여인이고, 물에서 나온 여인인가 하면 어느새 물에 젖은 탑으로 보이곤 합니다. 여기에서는 탑과 여인이 관능적인 몸짓으로 신비감을 머금게 합니다.

　이제는 빅톨 위고의 시 「내 노래에 날개가 있다면」을 감상하겠습니다.

　시에 있어서 사상이 배제된 작품은 감상의 나열에 그칠 가능성이 높습니다. 그에 반하여 사상을 너무 지나치게 내세우게 되는 경우에는 관념의 나열에 그칠 가능성이 높습니다. 시에 있어서 사상의 수용은 그 형식과 내용이 균형 있게 조화되지 않으면 안 됩니다.

　시란 사물 인식을 통한 상상력의 소산이므로, 사물 속에서도 그 사물이 지닌 바의 성격(사상)을 인식과 사유의 과정을 거쳐서 걸러내게 됩니다. 사물의 인식과정에 있어서 새로운 상상의 날개를 달아주고, 정서의 옷을 입혀서 새로운 차원으로 탄생시키게 됩니다.

　감정이 사상을 앞지르게 되면 감상적이고 낭만적인 작품이 되기 쉽습니다.

또한 사상이 감정을 밀어내게 되면 설교적이고 계몽적인 작품이 되기 쉽습니다. 그러므로 문학 작품 뿐 아니라 모든 예술 작품에 있어서는 사상과 감정이, 또는 사상성과 예술성이 조화되지 않으면 안 됩니다. 빅톨 위고의 시 「내 노래에 날개가 있다면」을 낭송하겠습니다.

> 내 노래에 날개가 있다면 / 여름과 같이 아름다운 나의 노래를 / 그대 꽃밭에 보내줄 것을 / 하늘로 날아가는 새들처럼 // 내 노래에 날개가 있다면 / 내 노래에 날개가 있다면 // 공중에서 번득이는 번갯불처럼 / 그대 웃음짓는 화롯가를 찾아갈 것을 / 저 하늘의 천사들처럼 / 내 노래에 날개가 있다면 / 내 노래에 날개가 있다면 / 그대 집 등넝쿨 아래에 가서 / 밤이 새도록 기다릴 것을 / 길을 재촉하는 사랑의 날개가 있다면.

빅톨 위고의 시 「내 노래에 날개가 있다면」이었습니다. 제목도 좋지요? 제목도 창작입니다. 독자를 유인하는, 끌어당기는 흡인력이 있어야합니다. 선을 보이는 첫 얼굴이니까요. 이 시는 능숙한 시적 표현 기교를 발휘하고 있습니다. 예술성을 살려내면서도 치열한 사랑의 내용으로서의 의식을 담뿍 담고 있는 작품입니다. 여기에서는 사상성과 예술성이 균형 있게 조화되어 있음을 알 수 있습니다.

다음은 문정희 시인의 시 「키 큰 남자를 보면」입니다. 낭송하겠습니다.

> 키 큰 남자를 보면 / 가만히 팔 걸고 싶다 / 어린 날 오빠 팔에 매달리듯 / 그렇게 매달리고 싶다 / 나팔꽃이 되어도 좋을까 / 아니, 바람에 나부끼는 / 은사시나무에 올라가서 / 그의 눈썹을 만져 보고 싶다 / 아름다운 벌레처럼 꿈틀거리는 / 그 눈썹에 / 한 개의 잎으로 매달려 / 푸른 하늘을 조금씩 갉아먹고 싶다 / 누에처럼 긴 잠 들고 싶다 / 키 큰 남자를 보면.

文貞姬의 「키 큰 남자를 보면」이었습니다. 아름다운 빛깔의 정감에다가 놀라운 상상력으로 이뤄진 맛과 멋이 조화되어 매력을 풍기는 작품입니다. 은사

시나무에 올라가서 키 큰 남자의 눈썹을 만져본다거나 그의 눈썹에 한 개의 잎으로 매달려 푸른 하늘을 조금씩 갉아먹고 싶다고 했습니다. 누에처럼 긴 잠 들고 싶다는 착상은 낭만의 극치 바로 그것입니다. 이러한 시는 쭈뼛거리지 않고 속이 시원하게 쭉쭉 뻗는 정감에다가 풍부하면서도 기발한 상상력 때문에 가능하다 하겠습니다. 기발한 상상력의 발상이 아니고는 이러한 시가 탄생될 수 없습니다.

다음은 문효치 시인의 시 「지리산 詩」입니다. '달'이라는 부제가 붙은 이 시는 상상의 소산임을 직감하게 합니다. 낭송하겠습니다.

> 화개재 위에 솟은 달은 / 혼자 보기로 했다. // 초로에 내 가슴을 / 아직도 충분히 울렁거리게 하는 / 예쁜 여인 배시시 웃는 모습이어서 // 근일이도 남일이도 / 텐트 속으로 등밀어 보내고 // 숲속으로 데리고 들어가 / 혼자만 가만히 안아 보았다.

文孝治의 시 「지리산 詩-달」이었습니다. 앞에서도 시는 상상력의 소산이라고 하였는데, 여기에서도 역시 시에 있어서 상상의 중요성을 강조하지 않을 수 없습니다. 지리산 자락에 솟아 있는 달을 보고 어느 여인으로 연상하여, 그 여인과 달을 동일선상에 두고 그 여인을 안아보듯이 아무도 몰래 달을 안아본다는 착상은 주제를 위한 상상력의 수련이 없고서는 불가능한 일이라 하겠습니다. 그러므로 시인뿐 아니라 모든 예술가들은 상상력을 살려나가기 위해 진력합니다. 최선을 다해야 좋은 작품을 생산할 수 있기 때문입니다.

이제는 조기호 시인의 시 「여인」과 「풋마늘」을 감상하겠습니다. 「여인」부터 낭송하겠습니다.

> 여인 하나 갖고 싶다 // 서양 동냥아치 같은 겉멋에 / 이발난초로 홀랑 까진 여자 아니고 // 온 마을 / 봄 익을 때 // 놋요강에도 소리 없이 / 소피볼 줄 아는 여인 // 청치마 단속곳마냥 / 이파리 깊은 곳에 // 다소곳이 숨어 피는 / 감꽃 같은 사람 / 그런 꽃 하나 깨물어보고 싶다

조기호의 시 「여인」이었습니다. 조기호 시인은 이 시에서 창조적 상상으로서의 단술을 즐기고 있습니다. 에둘러 표현하기보다는 직설적이고 관능적인 감각을 살려내고 있습니다. 그러면서도 다소곳한 여인을 유추하고 있습니다. 그가 그리는 여인은 "놋요강에 소리 없이 소피보는 여자"입니다. 인간은 물론 생리적인 면을 떠나서 살 수 없거니와 인격적인 면을 떠나서도 살 수 없게 되어 있습니다. 여인이 놋요강에 소피를 보면 소리가 나게 마련입니다. 그러나 이 시인은 여인이 오줌을 눈다 할지라도 소리가 나지 않을 정도로 '다소곳한' 여인, 정숙한 여인을 희구하고 있습니다. 이것은 현실적인 실정이 아니라 어디까지나 상상의 세계에 있어서의 감주라 하겠습니다. 이 시인은 시어로서의 단술을 즐기고 있는 셈입니다. 이어서 「풋마늘」을 감상하겠습니다.

겨우 아지랑이 배냇눈 뜬 이른 봄날 / 외상값 많이 달린 술청에 앉아 / 손님상에 내보낼 풋마늘을 // 우리 텃밭에서 한 소쿠리 뽑아다 주겠다며 / 술집 아가씨를 얼러서 / 몽땅 훔쳐다 놓고 / 여릿여릿 톡 쏘는 풋마늘 대궁을 / 찹쌀고추장에 쿡 찍어 / 술 한 잔 맛나게 깨무는 판에 / 수금 나갔다 돌아온 주인 여자 / 야! 이 썩을 년아 / 그 화상 낯바닥을 좀 봐라 / 저 웬수가 텃밭에 마늘 농사 지어먹고 살 / 위인 짝으로 보이냐? / 에라이 오사 서 빼 죽일녀러 가시내야, 쯧쯧쯧 / 악담을 퍼붓더니만 / 술상 모서리에 털푸덕 주저앉으며 / 아, 목말라, 어여 술 따라 이 도둑놈의 화상아 / 빈 술잔을 불쑥 내미는 / 저 웃음 베어 문 낯꽃이라니

조기호의 시 「풋마늘」이었습니다. 이 시에서는 욕설을 육두문자(肉頭文字)로 퍼붓고 있습니다. 이제부터의 문세(文勢)는 의기양양합니다. 주모의 발성과 속내가 다르게 표로되어 있습니다. 그의 속내는 마치 지하수처럼 따뜻한 인정이 흐르지만 발성은 걸걸한 욕설로 이루어져있습니다. 악담도 보통 악담이 아닙니다. 그러면서도 그 내면에는 다정다감한 인정미가 흐르고 있습니다.

입으로는 거칠게 욕설을 퍼붓고 있지만, 주모의 행동은 딴판입니다. 술상 모서리에 털푸덕 주저앉아 빈 잔을 내밀며 목마르니 어서 술이나 따르라고 합니다. 그것도 입가에 웃음을 베어 물면서 말입니다. 주모가 베어 물은 웃음은

술꾼이 아니더라도 누구에게든지 곱기만 한 '낯꽃'으로 보일 것입니다.

염치 좋은 손님도, 욕하는 주모도, 욕먹는 아가씨도 다 신산한 삶에 부대끼는 사람들입니다. 그러나 그들은 어떤 권세가나 부자보다도 여유와 웃음이 있습니다. 순박하고 인정 많은 착한 민초들입니다. 특히 마늘을 도둑맞고도 웃으며 술 한 잔 따르라고 하는 주모의 모습이 여간내기가 아닙니다. 귀한 꽃이라 하겠습니다. 인정 많은 그리운 꽃이라 하겠습니다.

이 「풋마늘」이라는 시는 실로 귀여운 욕설이라 하지 않을 수 없습니다. 마음과 언행이 따로따로 노는 듯 하면서도 그 인정 많은 익살이 미묘한 쾌감이라 할까 재미를 돋우고 있습니다. 이제는 김승동 시인의 시 「동백꽃」을 살펴보기로 하겠습니다.

> 혹독한 엄동설한에도 / 꺾인 적 한번 없다. // 추우면 추울수록 / 단단하고 질겨지는 봉오리 / 어느 동장군도 / 꺾을 수가 없다. // 파고드는 칼바람 / 매울수록 영글어 가는 / 천지를 수놓는 꿈은 / 영달(榮達)로도 빼앗지 못한다.

조선조의 지절(志節) 높은 날선비나 논개 같은 의기(義妓)가 연상되는 시입니다. 영달을 쫓는 풍조에서 부정부패가 만연한 사회 현실에서 옷깃을 여미게 합니다. 매서우리만치 절개가 곧은 동백꽃 이미지를 잘 살려낸 작품이라 하겠습니다. 마지막으로 오봉옥 시인의 시 「임이기에」를 감상하겠습니다.

> 임이기에 발목까지 엎드렸지 / 떠나지만 말아주길 빌고 빌었지 / 임이기에 한번은 돌아보지 않을까 / 한번은 손짓이라도 하지 않을까 / 십년 세월 목을 빼고 기다렸지 / 임이기에 밤마다 꿈을 꾸었지 / 눈물이 되고 꽃이 되는 임이기에

이 시는 제가 설명하기보다는 여러분이 노래를 듣는 편이 바람직하겠다고 여겨집니다. 오늘 5주차 3교시 수업은 오봉옥 작시 최연숙 작곡 임향숙 노래로 제작된 「임이기에」를 감상하면서 마치겠습니다. 앞으로 더 듣고 싶은 학생은 스마트 폰 음원에서 들으시기 바랍니다.

제6강

# 선풍仙風 禪風과 꿈의 시

# 제6강 선풍仙風 禪風과 꿈의 시

## 1교시 선풍仙風과 선풍禪風

(「선풍」「바위」「가정」「날개옷」「사리」「시인의 연대표」「남산성벽아래서」「여로」「미당문답」)

안녕하십니까? 6주차 1교시를 시작하겠습니다. 이번 주에는 '선풍과 꿈'에 관한 시를 살펴보고 음미(吟味)하기도 하고, 반추(反芻)하고자 합니다. 선풍이란 신선 仙자 仙風도 있고, 고요할 禪자 禪風도 있습니다. 신선 仙자 仙風은 선인과 같이 뛰어난 풍모를 말합니다. 그리고 고요할 禪자 禪風은 불교와 관련이 있는 고요함을 말합니다. 그러나 시정신은 도교적 仙風이나 불교적 禪風이나 구분하지 않습니다. 그저 고요하고 고상한 경지를 가리키면 그만입니다. 우선 자작시 「선풍(禪風)」부터 낭송하겠습니다.

노을이 물드는 산사(山寺)에서 / 스님과 나는 법담(法談)을 한다. // 꽃잎을 걸러 마신 승방(僧房)에서 / 법주(法酒)는 나를 꽃피운다. // 스님의 모시옷은 구름으로 떠있고 / 나의 넥타이는 번뇌(煩惱)로 꼬여있다. // "자녀를 몇이나 두셨습니까?" / "사리(舍利)는 몇이나 두셨습니까?" // "더운데 넥타이를 풀으시죠." / "더워도 풀어서는 안 됩니다." // 목을 감아 맨 십자가 / 책임을 풀어 던질 수는 없다. // 내 가정과 국가와 세계 / 앓고 있는 꽃들을 버릴 수는 없다.

이 시 전체를 감싸는 해학성(諧謔性)은 독자들로 하여금 웃음을 머금게 합니다. 한 사람은 속세의 인간이고 한 사람은 도를 닦는 스님입니다. 각기 자기의 내공(內功)으로 선문답(禪問答)을 주고받습니다. 그런데 스님의 선문(禪問)을 받아내는 속세 인간의 내공이 만만치 않습니다. 우리가 흔히 만나는 시들은 이런 경우 대개 고승(高僧)의 내공에 굴복하여 탈속의 경지에 이르지 못하는 자신을 탓하거나, 마침내는 그 경지에 도달하기를 열망하는 초월과 비상의 의지를 발현하는 것으로 마무리를 하게 됩니다.

그러나 이 시의 화자는 대덕(大德)의 고승(高僧) 앞에 흐트러지지 않은 자세로 똑바로 앉아서 속세 인간의 자세를 끝내 포기하지 않는, 아니 포기할 수 없다고 당당히 맞서게 됩니다. 이런 당당함은 어디서 생겨나는 것일까요? 대덕의 고승이 산중에서 내공을 닦았다면 속세의 이 넥타이를 맨 사람은 바로 탁세(濁世), 탁한 세상, 어지러운 세상에서 내공을 닦은 것이 아니겠습니까.

그리고 시적 화자(話者)가 절대 포기할 수 없는 것은 그 탁세에는 "앓고 있는 꽃"들이 가득하니 이 시는 끝내 탈속의 시가 아니라 세속의 시임을 확인케 합니다. 그리고 저자거리에서 다진 그 내공이 단지 남루한 속세 인간의 오욕에 멈춘 것이 아니라 그 이상의 시적 통찰을 담고 있음에 괄목하는 순간이기도 합니다.

이 시는 마지막 연인 "내 가정과 국가와 세계 / 앓고 있는 꽃들을 버릴 수는 없다."는 구절을 넣지 않았다면 시적인 운치가 살아났을 텐데 왜 넣었을까요? 그것은 "가정과 국가와 세계"라는, 자기가 속한 속세를 보다 더 소중하게 여기는 겁니다. 이 시 전체를 관류하고 있는 속세 인간의 인생철학에 마땅히 주목할 필요가 있겠습니다. 다음으로 유치환 시인의 시「바위」를 감상하겠습니다.

내 죽으면 한 개 바위가 되리라. / 아예 애련(愛憐)에 물들지 않고 / 희로(喜怒)에 움직이지 않고 / 비와 바람에 깎이는 대로 / 억 년(億年) 비정(非情)의 함묵(緘默)에 / 안으로 안으로만 채찍질히여 / 드디어 생명도 망각(忘却)하고 / 흐르는 구름 / 머언 원뢰(遠雷), / 꿈꾸어도 노래하지 않고, / 두 쪽으로 깨뜨려져도 / 소리하지 않는 바위가 되리라.

유치환의 시 「바위」였습니다. 어떠한 일이 닥쳐도 조금도 흔들리지 않는 의지를 보여준 작품입니다. 이 '바위'는 유치환 시인이 자기의 절대의지를 나타내는 데에 좋은 소재가 되겠습니다. 이 시인은 우선 소재의 선택에서부터 성공하고 있다 하겠습니다. 바위는 어떤 의지나 이념을 표상하는 사물로서 외부의 자극에도 움직이지 않는 초탈의 경지를 상징하는 요지부동의 사물이기 때문입니다.

이 시는 "내 죽으면 한 개 바위가 되리라."로 시작합니다. 처음부터 장엄한 선언을 토합니다. 그리고는 애련(愛憐), 희로(喜怒), 원뢰(遠雷) 등의 자극을 비정(非情), 함묵(緘黙), 망각(忘却) 등으로 스스로 안으로만 채찍질하여 한 개 바위처럼 자신을 엄격하게 관리하겠다는 염원을 내비치고 있습니다. 이제는 이상(李箱) 시인의 시 「가정(家庭)」을 살펴보기로 하겠습니다.

門을 암만 잡아다녀도 안 열리는 것은 안에 生活이 모자라는 까닭이다 밤이 사나운 꾸지람으로 나를 졸른다 나는 우리집 내 門牌 앞에서 여간 성가신 게 아니다 나는 방속에 들어서서 제웅처럼 자꾸만 감減해간다 食口야 봉封한 窓戶 어디라도 한구석 터놓아다고 내가 收入되어 들어가야 하지 않나 지붕에 서리가 내리고 뾰족한 데는 침鍼처럼 月光이 묻었다 우리 집이 앓나보다 그리고 누가 힘에 겨운 도장을 찍나보다 壽命을 헐어서 典當 잡히나보다 나는 그냥 門고리에 쇠사슬 늘어지듯 매어달렸다 門을 열려고 안 열리는 門을 열려고

이상(李箱)의 시 「家庭」이었습니다. 이상의 시 「가정」의 경우는 상징과 은유적 언어가 암유에 가리워져 모호성을 짙게 드리우고 있습니다. 이미지란, 어떠한 대상을 인식하는 하나의 스타일, 양식이라든지, 의식의 하나의 틀로서, 폼(frame)이긴 하지만, 대상의 부재로 말하면, "어떤 대상의 이미지를 보는 것이 아니라 이미지에 의해 대상을 본다."는 사실에 유의해야 한다는 말을 귀담아 들을 필요가 있겠습니다.

대상의 공무화(空無化)란 그 대상 자체보다는 사물을 바라보는 자의 주체적 인식을 중요시하는 데에서 비롯된다고 할 수 있겠습니다. 실제적인 사물이 있

건 없건 간에 이미지는 떠올릴 수 있습니다. 여기에서의 대상적 이미지는 먼저 바라보는 관조자로서의 시인의 관심이나 의식이 선행됩니다. 그 시적 동기는 대상적 사물 자체에서 비롯될 수 있지만, 주체적인 시인의 자아 내부에 표현하고자 하는 욕구가 충일되어 있었다가 그 의식이 어느 동기에 나타나게 된 것이라 할 수 있겠습니다. 이제는 유안진 시인의 시 「날개옷」과 「사리(舍利)」를 감상하겠습니다.

작은 애를 업고 / 큰 애 손을 잡으면 / 天方地方 어디로든 / 날아가고 싶어라 // 하늘 아래/ 하늘 위에 / 달나라 별나라로 // 꿈에도 본 적 없는 / 날개옷이 그리워 / 철딱서니 없이 / 서성대는 나의 中年.

유안진의 시 「날개옷」입니다. 구전으로 전승되어 내려온 「선녀와 나무꾼」 설화에서 착상을 얻어 패러디한 작품입니다. 두 아이를 둔 중년 여인으로서의 내면의식을 표현한 작품입니다. 두 아이의 어머니인 중년여인으로서 이와 같은 시상(詩想)을 떠올린 그 동기는 '선녀와 나무꾼' 설화입니다.

그것은 현실을 초탈하고자 하는 이상의 꿈꾸기라 하겠습니다. 이상의 꿈꾸기, 그것은 아이 셋을 낳기 전에는 그래도 포기하지 않고 하늘로 날아오르고자 하는 '날개옷'의 소유자, 선녀로서의 '꿈꾸기'를 의미합니다. 이러한 꿈꾸기는 허망한 공상이 아니라 구체적 형상화를 통해서 시작품이라는 새로운 가상적 현실 속에서 추구하는 시적 이상이라 하겠습니다.

인간은 누구를 막론하고 이상을 추구합니다. 현실 사회에서 흔히 체험하게 되는 일시적인 가변적 행복이나 사랑이 아닌, 영원 불변의 절대행복, 절대사랑을 추구합니다. 그러나 이것은 모든 인간이 갖게 되는 희망사항에 불과합니다. 이러한 희망, 이러한 꿈이 있기에 인간은 정신세계에서 상상의 감주(甘酒)를 즐기게 되는지도 모릅니다.

사람의 마음 가운데 자리 잡은 지(知)와 정(情)과 의(意)라고 하는 내적인 욕망은 외적인 진(眞)과 미(美)와 선(善)으로 나타나게 됩니다. 여기 「날개옷」에서는 일상적 현실에서 초탈하고자 하는, 즉 '하늘'이라는 지극히 높은 공간의식이 상징하는 이상 추구의 상승의식(上昇意識)이 선명하게 나타나 있습니다.

이 시의 결구(結句)에 "철딱서니 없이 서성대는 나의 중년"이라 표현한 것은 현실의식으로 돌아온 자각을 의미합니다. 선녀의 날개옷을 입고 하늘나라, 이상세계로 날아보고 싶어 하다가 겸연쩍어하는 중년 여성의 심리가 여실히 드러나는 부분입니다. 이 시가 공감을 주는 까닭은, 모든 사람이 갖게 되는 보편적인 진리가 여기에 내재되어 있기 때문이라 하겠습다. 이어서 「사리(舍利)」를 감상하겠습니다.

가려 주고 / 숨겨 주던 / 이 살을 태우면 // 그 이름만 남을 거야 / 온 몸에 옹이 맺힌 / 그대 이름만 // 차마 / 소리쳐 못 불렀고 / 또 못 삭여낸 // 조갯살에 깊이 박힌 / 흑진주처럼 // 아아 高僧의 / 舍利처럼 남을 거야 / 내 죽은 다음에는.

柳岸津의 시 「사리」였습니다. 이 시인은 어떠한 대상을 향한 지극한 사랑이라 할까, 절대적이며 숭고한 집념을 지니고 있음을 시를 통해 알 수 있습니다. 그 사랑과 집념은 시인 자신에게 고승들이 입적(入寂) 뒤에 남기는 사리 같은 결정체일 것이라는 착상이 시를 돋보이게 하고 있습니다. 다음으로 김창직 시인의 시 「시인의 연대표(年代表)」를 살펴보기로 하겠습니다.

44킬로의 체중에 / 신장 160 // 알맞은 몸 / 알맞은 키다. // 무종 불합격 당한 후로부터 / 상잔(相殘)의 대열에서 후송되었다. // 콩나물에 물을 끼얹는 소망(素望)으로 / 늘 손바닥을 펴 낙서만 하다가 / 아내 성화에 목욕탕을 찾아 무갤 재확인했다. // 40킬로에 / 160 / 이젠 가장으로도 실격자다. // 도둑맞은 이웃들과 / 어깰 겨뤄 서봐도 역시 매한가지. // 불행한 연대(年代)의 정확한 통계학이다.

"6·25 동란에 부쳐"라는 부제가 붙은 시입니다. 김창직 시인의 자화상이라고도 할 수 있겠습니다. 체중 미달로 무종 불합격되어 군에 입대하지 못하고 후송되어 글만 쓰다가 몸무게를 달아보니 4킬로가 줄어들어 40킬로라는 초라한 모습을 담담한 필치로 그려나가고 있습니다. 자기를 적나라하게 드러내는 진솔성에 관심이 갑니다. 이제는 황동기 시인의 시 「남산성벽 아래에서」를 살펴보고자 합니다.

> 노송 우거진 산마루 / 잡초 우거진 성벽 아래에서 / 피 묻은 역사를 반추한다. // 부귀영화를 떠올리기도 하고 / 비극의 참상을 떠올려보아도 / 세상사 뜬구름 같기만 하더라. // 산 아래 밤마다 피어나는 / 휘황찬란한 불꽃들은 / 어디서 왔다가 어디로 가는가. / 허무한 구름 아래 갈대만 울더라.

이 시는 역사의 파편을 붙들고 그 부침(浮沈)을 회상하면서 허무하고도 창연(悵然)함을 드러낸 작품입니다. 여기에 나오는 '성벽'은 피 묻은 역사의 파편 같은 것입니다. 여기에 '구름'과 '갈대'가 허무를 더욱 절실하게 합니다. 다음은 이인숙 시인의 시 「여로(旅路)」입니다.

> 사람은 누구나 가슴에 / 숲을 가꾼다. / 유록(柳綠)의 숲 담록(淡綠)의 숲 청록(靑綠)의 숲을. // 한여름 잡초 우거져 자귀나무 꽃그늘에 / 길이 막혀도 / 돌아오는 길목에 노둣돌을 놓는다. // 사람은 누구나 가슴에 / 바다를 기른다. / 柳綠의 바다 淡綠의 바다 靑綠의 바다를. // 끝없이 보채는 파도 앙탈하며 일탈하며 / 허망을 꿈꾸다가 산허리로 감돌아 / 돌아오는 길목에 거룻배를 놓는다. // 우리는 모두 가슴에 무엇을 기른다. / 천둥 먹구름 속 빈 하늘 헤매다가 / 푸른 안개 걷어내고 새벽을 연다.

이인숙의 시 「여로(旅路)」였습니다. 자유롭게 살고 싶어 하는 의지가 치열한 희망의 빛으로 나타납니다. 柳綠과 淡綠과 靑綠을 차용해서 노둣돌과 거룻배를 취사선택하여 적소에 배치하는 품이 바둑의 정석과 같다 하겠습니다. 마치 난분 아래로 쳐진 난초 한두 잎의 끝이 위로 향해 향일하듯이 "푸른 안개 걷어내고 새벽을 연다."로 소망을 내비치고 있습니다.

이제 마지막으로 자작시 「미당문답(未堂問答)」을 살펴보기로 하겠습니다. 미당(未堂)은 서정주 시인의 호입니다. 아주 오래 전에 성권영 시인과 함께 사당동 예술인마을로 서정주 시인을 찾아갔을 때의 사연입니다. 성권영 시인이 미당의 사후 묘비명을 얘기한 것은, 시인으로서 가장 높은 봉우리에 계신 분이 뭐가 아쉬워서 사회 현실에 신경을 쓰시느냐는 암시가 깔려있는 말이었습니다. 시를 낭송하겠습니다.

옛날 옛날 아득한 옛날에 / 영남의 성권영 시인과 / 호남의 황송문 시인이 / 서울보통시 사당리 시절 예술인마을 / 서정주 선생님께 세배를 하고 있었느니라. // 미당 선생님은 세계 산 이름들을 헤아리시고 / 성권영 시인은 사후의 묘비를 설하고 / 황송문 시인은 신석정 시인을 논하고 // 李白의 山中問答과 / 夕汀의 山中問答과 / 未堂의 몽블랑 신화로 유추하다가 / 설산의 신랑신부 이야기에서 / 초록 재 다홍 재로 폭삭 내려앉은 / 신부 패러디로 전이하였느니라. // 선생님, 돌아가시면 묘지에는 / 詩人 未堂 徐廷柱 하는 게 옳습니까? 무슨 부의 무슨 원장 서정주 하는 게 옳습니까? / 그야 물론 시인 미당 서정주 하는 게 옳지 / 그러시면 그냥 가만히 계시지요. // 신석정 시인은 염소가 떠받는다고 / 어머니에게 일러바쳤었는데, / 서정주 시인은 엄한정 시인의 호를 念少라 짓고 / 염소처럼 겸손하게 웃으셨느니라.

이 시는 표현을 위한 기교에 신경을 쓰지 않았기 때문에 이해하는 데에 어려움이 없을 것입니다. "의식의 프리즘에 한 줄기 빛으로 새어들면, 잠잠하던 기억과 상상의 먼지들이 핵반응을 일으켜 신기루 현상이 빚어진다."고 성권영 시인이 말한 대로 언어의 깊이갈이로서의 밀도 있는 정밀성(靜謐性)을 보였습니다. 6주차 1교시는 여기까지입니다. 마치겠습니다.

## 2교시 생활과 탈속脫俗

(「돌」「돈황의 미소」「호도 두 알」「촛불연가」「감잎 엽서」「물 끓는 소리」
「도마소리」「단추」)

2교시 수업은 자작시 「돌」을 감상하면서 시작하겠습니다.

불 속에서 한 천년 달구어지다가 / 산적이 되어 한 천년 숨어 살다가 / 칼날
같은 소슬바람에 염주(念珠)를 집어 들고 // 물 속에서 한 천년 원 없이 구르다
가 / 영겁의 돌이 되어 돌돌돌 구르다가 / 매촐한 목소리 가다듬고 일어나 // 神
仙峰 花潭先生 바둑알이 되어서 / 한 천년 운무(雲霧) 속에 잠겨 살다가 / 잡놈들
들끓는 속계(俗界)에 내려와 / 좋은 詩 한 편만 남기고 죽으리.

자작시 「돌」이었습니다. 이 시는 절대 세계를 추구하고 있습니다. 우리들의
현실은 절대적일 수가 없고 상대적일 수밖에 없습니다. 그러나 인간은 보다
완전하고 완벽한 절대적인 세계를 부단히 추구합니다. 시라고 하는 것, 문학
이라고 하는 것, 예술이라고 하는 것은 사실적이거나 일상적인 상식을 초월하
여 비일상적인 현실이나 상식 이상의 것을 자유롭게 추구하고자 하는 성질을
지닙니다.

그것은 어떤 문제에 대하여 성급하게 메스를 가하는 성질의 것도 아닙니다.
그것은 가령 어떤 환자가 있다고 가정할 때 성급하게 메스를 가하기보다는 병
실에 커튼을 드리운다거나 화병을 장식하고 음악이 흐르게 하는 등 편안한 분
위기를 조성하여 마음의 평화로써 치유를 기다리는 성질을 지닙니다.

이러한 맥락에서 보게 될 때 시는 세탁비누나 하이타이와도 같은 성격의 것
으로 말할 수 있을 것입니다. 그것은 언어를 통하여 마음을 빨래합니다. 승화
된 시어로써 더럽혀진 마음을 빨래하고 곱게 펴나가는 작용을 전개합니다. 그

리하여 결국에는 영혼을 빨래하고 곱게 다림질하여 반듯이 펴나가게 됩니다.

그것은 잘 익은 술이나 간장과도 같은 성질의 것입니다. 술이나 간장이 완성되는 과정은 한 편의 시가 완성되는 과정과도 흡사합니다. 간장이 모든 음식에 들어가 맛을 내듯이, 우리가 이 세상을 맛들게 하기 위해서는 잘 썩어야 하는 메주와 부패를 막는 소금의 정신으로 조화롭게 융합되어야 합니다. 다음은 자작시「돈황(敦煌)의 미소」입니다.

햇빛도 들지 않는 / 밀폐된 막고굴 속에서 / 천년 먼지 속에 꽃핀 미소를 바라본다. // 배시시 웃는 영산홍은 아니고 / 미소 살짝 스치는 살구꽃 언저리 // 뭐라 말할 수 없는 침묵의 꽃 / 세상 번뇌가 먼지를 먹고 거듭난 끝에 / 바위의 기지개가 미소 꽃을 피웠네. // 아무리 어두운 흑암지옥에서도 / 아무리 숨막히는 무간지옥에서도 / 빙그레 미소하는 대자대비의 꽃 // 노을 한 자락 스치는 미소의 극락 / 접시의 참기름 불 / 가물가물 스치는 극락 한나절 / 천 년 전 고승의 꽃노을을 보았네.

제가 중국 돈황 여행에서 가장 큰 수확은 막고굴에서 미소하는 불상을 본 것입니다. 1천 3백 년 전에 만들어졌지만, 밀폐된 채 어둠에 갇혀 있다가 최근에야 발굴이 되어서 본모습이 드러나게 된 것입니다. 그 흙먼지를 뒤집어쓴 채 어둠속에서 갇혀 있다가 이제 겨우 빛을 보게 되었는 데도 어쩌면 그렇게 평화롭고도 고매한 미소를 보여주는지 탄복하지 않을 수 없었습니다.

그날 제가 감명 받은 느낌을 그대로 표현하지는 못했습니다. 언어란 불완전하기 때문입니다. 소리문자는 자연의 소리나 음악만 못하고, 상형문자는 회화만 못하기 때문입니다. 다만 접근할 따름입니다. 이제는 허세욱 시인의 시「호도 두 알」을 감상하겠습니다.

어느 날 / 북한산에서 굽어본 / 서울은 / 작은 바둑판 / 어느 밤 / 비행기에서 만난 / 서울은 / 출렁이는 불바다. / 언젠가 / 우주선에 찍힌 / 조선 반도는 / 바람처럼 뛰어가는/ 토끼 한 마리 / 꿈속에 잡힌 / 지구와 달이 / 머얼리 굴러가는

/ 작은 호도 두 알 / 손바닥 / 장심에 쥐고 / 뽀드득뽀드득 / 놀고 싶다.

허세욱의 시 「호도 두 알」이었습니다. 이 시는 절제된 언어의 간결미와 함께 시각적 형태의식에의 점진적 확대를 꾀하다가 달마의 미소처럼 단순하면서도 입체적인 해학적 선풍(禪風)을 보이는 작품입니다. 허세욱 시인은 북한산에서 굽어본 서울, 비행기에서 본 서울, 우주선에서 찍힌 조선반도, 꿈속에서 잡힌 지구와 달로, 현미경적 눈에서 망원경적 눈으로 확대하다가 결국에는 지구와 달을 두 개의 호도알로 축소 유추하여 '놀고 싶다'는 마무리로 단순화하면서 동양적 달관을 내비치고 있습니다. 이는 부처님 손바닥 위의 손오공이 연상되는 동양적 호연지기(浩然之氣)와 통하는 일면을 암유(暗喩)한다 하겠습니다. 허세욱 시인은 대학교수, 중국문학자로 알려진 분입니다. 다음은 한승원 작가의 시 「촛불 연가2」와 「도선사 가는 길 28」을 살펴보기로 하겠습니다. 한승원은 소설가로 알려진 분입니다.

혼자서 / 허공을 향해 / 두 손의 엄지와 검지 끝을 맞붙이면 그것은 / 그냥 손가락들의 만남일 뿐이더니 / 너를 향해 앉아 눈을 감고 / 엄지와 검지 끝을 맞붙여 동그라미를 그리면 / 모든 세상이 그것 안에 다 들어와 담긴다. / 그것을 풀면 언제 그랬냐는 듯 다시 모든 것들이 / 제자리로 돌아간다. // 의도 속에 담는 것보다는 / 풀어서 제자리로 돌려보내는 것이 얼마나 마음 편한 일인지를 또한 / 너에게서 배운 다음부터 나는 / 이것저것 조급해하며 / 짓기(業)를 삼가기 시작했다.

한승원의 시 「촛불 연가(戀歌) 2」이었습니다. '불바퀴(光輪)'라는 부제(副題)가 붙은 「촛불 연가 2」의 경우, 손가락을 사용하여 동그라미를 그리면 모든 세상이 그것 안에 다 들어와 담긴다고 하는, 경치 경(景)자 경(景)에서 사랑 정(情)자 정(情)으로 유도(誘導)하고 유추하는 묘미를 보이고 있습니다. 그가 꾀어서 이끌어낸 시어의 형상화는 하나의 형태를 경치 경(景) 그 자체에 머무르지 않고 그리고자 하는, 또는 말하고자 하는 내면의식(情·知·意)으로 표출

합니다. 이제 「도선사 가는 길 28」을 낭송하겠습니다.

우리 집 앞 골목 비좁아서 대문 앞까지 장의차 못 들어올 터인데 / 얼마나 고생들을 할까 내 관을 멘 사람들 / 내 무덤 고향 바다 내려다보이는 산언덕에 만들어달라고 하고 싶은데 / 나와 인연했던 사람들 / 그 인연의 빚 갚겠다고 / 한시간 반 시내버스에서 시달리고 / 8시간 고속버스에서 흔들리고 / 가파른 그 고향 산언덕까지 내 무덤 찾아가느라고 얼마나 고달플까

에라 / 나하고 불행하게도 인연했던 사람들아 / 그 뼈다귀 무얼 하게 거기까지 끌고 갈 것이냐 / 벽제 화장장에서 태워 날리고 뼛가루는 / 너희들이 뿌리고 싶은 데다 뿌려라 / 구름되고 눈비되고 안개비 몇알 되어 / 산과 들의 나무에 / 들풀 위에 / 논밭의 곡식과 바다와 강에 내려 / 소나 돼지나 닭이나 말이나 뱀이나 풍덩이나 새들의 피와 살 되고 / 사람들의 영혼 속으로 스며들어 너울거리고 뛰어다니고 출렁거리게 / 나와 인연한 만큼의 빚졌다고 생각할 사람들아 / 나 보고 싶고 그 빚 갚고 싶거든 그냥 / 구름 강 바다 산천초목에 / 들꽃 한 포기한테 절하고 / 눈길 맞추고 입맞추고 말아라.

한승원의 시 「도선사 가는 길 28」였습니다. '내 무덤'이라는 부제가 붙은 「도선사 가는 길 28」의 경우, 불교의 무사상(無思想)이라든지, 윤회전생의식(輪廻轉生意識)이 녹아들어있습니다. 어떤 종교의 카테고리에 매이지 않은 초탈한 상태에서의 달관의 멋스러움을 보이고 있습니다. 이러한 달관의 경지는 불교적 요소라든지, 노장사상(老莊思想)에서 얘기되고 있는 허무의식과도 연결됩니다. 허무를 우주의 근원으로 보고 무위자연(無爲自然)의 도(道)를 중히 여기는 자세 뿐 아니라, 한국인의 심층 저변에 깔려 있는 정한(情恨)의 요소가 합세하여 초탈(超脫)의 멋스러움을 가미하고 있다 하겠습니다. 다음은 임미옥 시인의 시 「감잎 엽서」입니다. 낭송하겠습니다.

감잎 낙엽 한 장 / 벤치에 앉아 쉬고 있다. // 귀퉁이가 움푹 벌레에 갉혔고 / 골 붉은 다홍에 드문드문 카키색 / 서너 군데 바람에 할퀸 상처를 지녔다. // 바

람보다 멀리 떠나고 싶었으며 / 햇볕만큼 따사롭게 머무르길 원했으나 / 바람에게 무심과 체념을 배우고 / 햇빛에 사랑과 감사를 익혔다. // 모순을 끌어안고 살아온 / 치열한 불꽃이 한 장 / 먼 길에 가쁜 숨을 고르고 있다. / 바람과 햇빛을 사모했던 시인이 / 적갈색 코트를 걸친 채 / 마지막 시상(詩想)을 고르고 있다.

임미옥의 시 「감잎 엽서」였습니다. 이 시는 평범한 소재에 비범한 주제로 생명을 불어넣은 작품이라고 말할 수 있겠습니다. 이 시인은 벤치에 떨어져 있는 감잎을 보면서 시상을 떠올립니다. 벌레에 갉혔고, 바람에 할퀸 상처를 보고 자신의 삶에 대비합니다. 인생이란 고락을 떠나 살 수 없기 때문에 원망과 감사, 애증이 교차하기 마련입니다. 이 시의 절정은 "모순을 끌어안고 살아온 / 치열한 불꽃이 한 장 / 먼 길에 가쁜 숨을 고르고 있다."가 되겠습니다. 소설의 경우는 클라이맥스지요. 그리고 "바람과 햇빛을 사모했던 시인이 / 적갈색 코트를 걸친 채 / 마지막 시상(詩想)을 고르고 있다."고 대단원의 막을 내립니다. 이제는 신동춘 시인의 시 「물 끓는 소리」를 감상하겠습니다.

주전자의 물이 끓는다. / 싸늘하게 식어가는 하루의 체온을 데우는 소리 / 빈 들에서 이삭을 줍다가 / 미궁(迷宮)에서 너를 찾아 헤매다가 / 문득 뒤돌아보고 싶어질 때 되살아오는 소리 / 에밀리 디킨슨의 잠을 깨우는 소리 // 자정(子正)이 넘은 교수실에서 물을 끓이면 / 에밀리 디킨슨이 책갈피를 떠나온다. / 황제(皇帝)에게도 무릎을 꿇지 말자더니 / 기둥 뒤에 숨어서 詩만 쓰더니 / 그녀가 이 밤 / 활짝 갠 웃음을 웃으며 내게로 온다. // 한 모금의 훈기를 위해 / 단 한 번의 우연을 기다리며 물을 끓일 때 / 우리는 홀로 있어도 혼자가 아니다.

申東春의 「물끓는 소리」였습니다. 시문학상 수상작품이기도 한 이 시는 여류시인이면서 대학교수인 지은이의 심회가 여실히 드러난 작품입니다. 자정이 넘은 교수실에서 한 모금의 훈기를 위해 주전자의 물을 끓이며 우연을 기다리는 여류시인의 고독이 미국의 여류시인 에밀리 디킨슨을 닮았다는 생각이 들 정도로 그 상사성(相似性)이 짙게 드러난 작품이라 하겠습니다. 이제 마지막으로 김길순 시인의 시 「도마소리」와 「단추」를 살펴보겠습니다.

어느 숲속을 거쳐 / 솔바람 새소리 머금은 나이테 / 아름다운 무늬로 주방을 찾아왔었지. // 녹음테이프에서 노래를 풀어내듯 / 칼이 닿으면 싹둑 싹둑 / 초여름 애호박 썰어지는 소리 들렸지. // 식칼에 쫑쫑 썰리는 / 어머님 손놀림 몰고 오는 소리 / 명절이면 그 소리 담을 넘어 / 빠른 리듬으로 이어졌었지 // 잠시 쉬어가는 시간 햇살 아래 / 교신하는 소리 / 기쁘나 슬프나 생을 함께 하며 / 반찬거리로 리듬을 타는 소리.

이 시는 생활 속에서 제재를 끌어낸 작품입니다. 식욕을 살리는 생활의 건강한 상상력이 청각적 음향의식으로 의성어를 살려내고 있습니다. 여기에서 쉬어가는 햇살과 교신하는 소리는 시각심상과 청각심상이 경쾌하면서도 따뜻하게 교차함으로써 가정적 평화를 도모하고 있습니다. 다음은 「단추」입니다.

바닷가에 서면 / 해변에 반짝이던 그대 / 야자수 그림의 남방셔츠에 / 귀여운 단추로 매달리고 싶습니다. // 당신 가슴 열고 닫을 때 / 미소로 다가오며 / 옷깃 스쳐오는 바람결에 / 귀엽게 실려 가고 싶습니다. // 지금은 반짇고리에 / 버려진 채 세월을 보내지만 / 그대 셔츠에 붙게 되는 날 / 순간에서 영원으로 이어지는 / 사랑의 징표가 되고 싶습니다.

김길순의 시 「단추」였습니다. 지창영 시인은 이 시에 대해서 "단추는 흔히 대단하게 여기지 않는 물건인데, 시인이 여기에 착안하여 소박한 바람을 노래하고 있다."고 했습니다. 남방셔츠가 주체라면 단추는 하나의 부속품이지요. 자그마한 단추의 처지에서도 만족할 수 있는 것은 사랑이라는 연결고리가 있기 때문이라고 합니다.

이 시인은 부속물의 소중함을 알고 있지요. 아무리 보잘 것 없어 보여도 제자리에 있을 때 가치가 드러나는 진리를 이야기하고 있다고 말합니다. 단추가 없으면 셔츠도 완전하지 못하지요. 사랑의 고리 안에서 셔츠와 단추는 하나가 됩니다. 소박하지만 우주의 원리이기도 하지요. 천지 자연 만물에 어느 하나 귀하지 않은 게 있던가요?

　지창영 시인은 "소박한 존재의 가치에 대한 관심과 더불어 기다림의 미덕이 잘 표현되어있다."고 하면서 "지금은 반짇고리에 / 버려진 채 세월을 보내지만 / 순간에서 영원으로 이어지는 / 사랑의 징표가 되는 날을 기다리며 인내하는 자세가 담겨있다."고 했습니다. 2교시 수업은 여기까지입니다. 마치겠습니다.

# 3교시 붓과 연필에서 펜과 컴퓨터까지

(「몽블랑 스페어잉크」「빛을 기억하라고」「세숫대야論」「손을 흔드는 것은」「키질」「장롱」「시인」「포장마차에서」)

3교시는 자작시 「몽블랑 스페어잉크」부터 감상하겠습니다.

할아버지는 붓으로 상소문(上疏文)을 쓰시고 / 아버지는 연필로 서한문(書翰文)을 쓰시고 / 나는 초등학교 때부터 / 연필로 한글과 한문(漢文)을 쓰다가 / 중학교 다닐 때부터는 / 펜으로 잉크를 찍어서 쓰다가 / 펌프 만년필과 주부 만년필 / 조강지처(糟糠之妻) 같은 만년필을 애지중지하다가 / 첩실(妾室) 같은 볼펜과 떨어져 살 수 없게 되었다.
그러나 / 한 눈 똥그란 볼펜은 나를 노려보다가 / 생활의 기름이 다 떨어지면 / 쓰레기통 아무데나 버림을 받았다. // 세월은 바야흐로 컴퓨터가 들어와 / 워드프로세서로 글을 쓰게 되었다. / 그러나, 그러나 세상은 아무리 변해도 / 조강지처를 버릴 수는 없다.
전당포 먼지처럼 / 해묵은 만년필을 찾아내고 / 남대문수입물품 상가를 찾았다. / 몽블랑 스피어 잉크를 찾았으나 / 하늘색 잉크가 보이지 않았다. // 어두운 세상 같은 / 검은 잉크를 사서 들고 / 지하도 층계를 내려가고 있었다.

필기도구의 변천사라고 여겨질 정도로 다양한 변화를 보이는 시라 하겠습니다. 할아버지는 붓으로 글을 썼고, 아버지는 연필로 썼으며, 시인인 화자는 펜에서 만년필로 진화 발전합니다. 그런데 빠르고 편리함을 쫓는 1회용 시대로 변하게 됩니다. 싸고 편리한 볼펜이 각광을 받는 시대에서 만년필은 소외될 수밖에 없었습니다. 그러나 조강지처를 버릴 수 없는 것처럼 만년필을 언제까지나 버려둘 수 없다고 생각한 나머지 남대문수입물품 상가를 찾았지만

하늘색 파랑 잉크는 구하지 못하고 검정색 잉크만 사들고 지하도 층계를 내려
간다는 이야기입니다.

여기에서 하늘색 잉크는 구하지 못하고 검정색 잉크만 구했다는 얘기는 어
두운 그늘이라는 상징성을 띠게 됩니다. 그리고 지하도 층계를 내려간다는 것
도 하강(下降)이라는 의미가 더해져서 주제에 도움을 줍니다. 다음은 손필영
시인의 「빛을 기억하라고」입니다.


1

소백산 양지자락에 가을까지 벌을 모으다 윙윙거리며 돌아온 벌통집 산5—
707호. / 새우잡이 떠난 아버지를 기다리며 멍텅구리 배에 떠있는 708호. / 하
루 종일 방에 들어앉아 감감 무소식을 감감 희소식으로 바꾸고 수틀마다 물소리
에 야생화를 촘촘히 벼랑 끝에 자리 잡는 710호. 711호.


2

東大門에서 東小門으로 가시는 길을 아시나요. 뒷길로 벼랑을 끼고 몸하나 간
신히 빠져나가는 동네로 오시면 거기서 가깝습니다. 마주오는 사람끼리 비켜서
지 않고 서로 스며들면 바로 거기가 東大門洞이지요. 그곳은 해가 동네사람 하
나 하나를 다 거쳐야 산을 넘어갑니다.

제가 처음 이곳으로 왔을 때는 東小門을 들어가지 못하고 그 문전에서 어른거
렸습니다. 자전거를 타고 가는 계란 아저씨와 야쿠르트 아주머니는 서로 스며
東大門에 들어섰습니다. 아무일도 일어나지 않았습니다. 자전거는 아래로 내려
가고 아주머니는 언덕을 올라가고.


3

두부 할아버지가 종소리를 앞세워 저쪽 골목 끝에서 오고 있습니다. 모판에
그대로 핀 서광꽃도 종소리에 맞춰 일렁거리고, 나도 그 소리에 맞춰 마주 걸어
갑니다. 할아버지와 내가 서로 스며들다 보니 할아버지의 왼쪽 가슴이 무척 밝
았습니다. 아직 해를 품고 계시군요. 어느새 나도 東小門洞 주민이 될 것일까요.

가늘게 뻗쳐오는 황금빛 한 줄기 잠들어가는 시간에 쫓기는 나는 709호에 살고 있네요 구민회관 옆 넓은 마당을 좁게 걸어 들어오면 706—7호로 기울던 해가 710—11호로 줄지어 넘어가네요. 709호는 거치지 않네요. 빛을 기억하라고. 빛을 내라고?

손필영의 시 「빛을 기억하라고」였습니다. 이 시는 1999년 조선일보 신춘문예 당선작입니다. 마치 무비 카메라를 서서히 이동시키면서 동대문 주변의 환경이라든지 아파트촌 가가호호를 촬영하는 방식으로 이동해 가는 형식을 취하고 있습니다. 모든 사물에 대한 치밀한 관찰력이라든지 묘사력이 돋보이거니와 사물을 보는 따뜻한 시선도 호감이 갑니다. 특히 호감이 가는 시어(詩語)를 들자면 "계란 아저씨와 야쿠르트 아주머니는 서로 스며 동대문에 들어섰습니다"라 하겠습니다. 이때의 그 '스며'나, "할아버지와 내가 서로 스며들다 보니 할아버지의 왼쪽 가슴이 무척 밝았습니다" 할 때의 그 '스며들다'를 들 수 있겠습니다. 이 시어는 인간을 비롯한 모든 사물을 따뜻한 눈길로 바라보는 인생의 순후한 자세를 단적으로 나타내는 말이기 때문입니다. 다음은 김호균 시인의 시 「세숫대야論」을 살펴보겠습니다.

세숫대야를 보면 / 징을 닮았다는 생각이 든다. / 세수를 하고 비누거품으로 가득 찬 물을 버리면 / 무엇인가 말하고 싶다는 투로 그려진 / 세선의 물결무늬 // 물속에 네 육신이 흔들리고 / 어푸어푸 물먹은 네 육신이 흔들리다 멈추어 섰을 때 / 지나온 네 꿈보따리를 뒤적이다 보면 / 나 또한 너처럼 사무친다.
우리 모두 울고 싶은 거다 혹은 / 말하고 싶은 거다 / 우리가 가는 여행에 대해 아무도 / 증거하지 않았지만 / 대개는 자신의 억울함에 대해 / 눈시울 적시며 살아왔고 살아가고 있는 거다. // 징, 하고 울린 적 없지만 너처럼 / 속으로 감춘 말줄임표가 / 한없이 가슴속에 그려져 있는 거다.

김호균의 시 「세숫대야論」이었습니다. 이 시는 1994년 세계일보 신춘문예 당선작입니다. 세숫대야에서 징을 떠올리고, 그 징에서 무언가 말하고 싶고 울고 싶은 충동을 내밀하게 절제하면서 섬세한 시어의 구사로 여운을 남길 줄 아는 그 조절 능력이 강점이라 하겠습니다. 그러나 '있는 거다'로 끝나는 그 '거다'가 거슬리기도 합니다. 단정 짓는 그 어투가 여운을 감소시키고, 또 차단하기 때문입니다. 이제는 이창년 시인의 시 「손을 흔드는 것은」을 감상하겠습니다.

우리는 손을 흔든다. 헤어지면서 / 흔드는 손이 아스라할 때까지 / 고개 돌려 보고 또 돌리고는 / 뒷걸음치다가 사라진다. / 우리의 거리는 보이지 않는 만큼 멀어지고 / 문득 보고 싶을 때 / 해질녘 강가 미루나무도 예사롭지 않더라. // 손을 흔드는 것은 얼마만큼의 시간 뒤에 / 만날 것을 약속하지만 더러는 영영 못만날 수도 있다는 것을 / 나이 들면서 알게 되고 / 잊혀져 가는 사람들 가운데 저미는 그리움 있다면 / 얼마나 고맙고 소중한 것이냐 / 이제는 외로움이 나의 것만이 아니라는 걸 / 떠가는 구름 보고 알 수 있듯이 / 한번쯤 헤어졌던 곳에 와서 / 어두운 밤 별을 헤어도 보고 / 손을 흔들어 보는 것도 야속한 것만은 아니야 / 흰 머리 바람에 날리며 / 주름잡힌 눈에 핑그르르 고이는 것 있어 / 별빛이 흐리다

李昌年의 시 「손을 흔드는 것은」이었습니다. 인생에서 느껴지는 황혼(黃昏)의 애상(哀想)을 다룬 작품입니다. "해질녘 강가 미루나무도 예사롭지 않더라"에서 느껴지는 바와 같이, 나이가 들면서 사물들이 하나 하나 눈여겨 보여지는 현상에서 이 시인이 가난한 시간에 기대고 있음을 알 수 있습니다. 얼핏 보면 말하듯이 수월하게 설명조로 쓴 것 같이 보이지만, 다시 들여다보면 마치 해장국에 시래기 녹아지듯 그렇게 언어가 자연스럽게 녹아져 있음을 발견하게 됩니다. 김태옥 시인의 시 「키질」과 「장롱」을 살펴보기로 하겠습니다.

홀홀 / 공중에 높이 띄워 / 바람 든 건 / 바람으로 날려 보냅니다. // 벌레 먹은 쭉정이 / 쓸모없는 빈 콩깍지는 / 키질로 가려내지요. // 알맹이도 없는 것들 / 요란하게 까불리면 / 쭉정이로 버려집니다. // 아무리 그럴듯하게 / 속을 숨

기려고 해봤자 / 모두 다 들통 나고 말지요. // 잘난 척 잔머리 굴리는 족속들 / 우리 할머니의 매서운 키질에 / 바람과 함께 사라지지요.

여기에서는 풍유기법이 재미있습니다. 말하고자 하는 대상 본체를 드러내 보이지 않고, 어떤 사물의 비유에 의해서 본체를 미루어 볼 수 있게 하는 방법입니다. 어떤 사물이나 이미지를 드러냄에 있어서 본체를 직접적으로 드러내기 보다는 그 요구하는 윤리나 교훈 같은 것으로 많이 쓰이게 됩니다. 김태옥 시인은 어떤 비판의 대상에 대하여 직접적으로 말하지 않고 '키질'이라는 사물을 통하여 통쾌하게 표현하고 있다는 것을 알 수 있겠습니다. 다음 시는 '장롱'입니다.

묵직하게 / 안방에 앉아 / 밤낮 없이 입을 꼭 다물고 // 보고도 못 본 척 / 듣고도 못 들은 척 / 왜 속을 감추느냐. // 그 속에 / 무엇이 들어있기에 / 보여주지 않고 // 한평생 / 너도 / 모르쇠 시집살이 하느냐?

여기에서는 '장롱'이 의인화되어있습니다. 그도 사람처럼 간주되어서 나타내고 있습니다. 이 시인은 '장롱'이라는 사물에서 말이 없는 과묵(寡黙)한 성격을 발견하고 형상화하였습니다. 이처럼 시인은 사물에서 주제에 도움이 될 수 있는 성격을 발견하고 거기에 적합한 언어를 취사선택하여 조립하게 됩니다. 여기에서는 "모르쇠 시집살이"라는 말이 재미있습니다. '모르쇠'란 아는 것이나 모르는 것이나 다 모른다고 잡아떼는 말인데, 여기에 '시집살이'를 덧붙였기 때문입니다. 즉 '모르쇠'와 '시집살이'의 결합이 미묘한 뉘앙스를 창출하기 때문입니다. 다음은 이정록 시인의 시 「詩人」을 감상하겠습니다. 시의 제목이 '시인'입니다.

몽당연필처럼, / 발로 쓰고 머리로는 지운다. / 면도칼쯤이야 피하지 않는다. // 夢堂의 생, / 자투리에 끼운 볼펜대를 冠이라 여긴다. / 하얀 뼈로 세운 사리탑! / 끝까지 黑心 품고 산다. // 한 사람의 손아귀, / 그 작은 어둠을 적실 때까지. / 검게 탄 맘의 뼈가 말문을 열 때까지.

이정록의 시 「詩人」이었습니다. 인사는 만사라는 말이 있는데, 시의 창작에도 그와 다르지 않다는 생각이 듭니다. 이 시인은 우선 관찰력이 뛰어나고, 언어의 취사선택능력도 뛰어납니다. 이정록 시인은 몽당연필과 시인을 동일시하고 있습니다. 몽당연필도 아랫부분은 연필심이라는 흑연이 있고 윗부분엔 지우개가 있을 테니까 "몽당연필처럼, 발로 쓰고 머리로는 지운다."는 말에 수긍하게 됩니다.

"夢堂의 생"도 적절한 표현인데, 절묘하게 맞아 떨어집니다. 몽당연필의 그 '몽당'을 꿈 夢자 집 堂자, 夢堂. 꿈의 집이니 바로 시인을 의미하게 됩니다. 그리고 끼우는 볼펜대를 冠으로, 연필심을 검을 흑(黑)자 마음 심(心)자 黑心으로 명명(命名)하는 순발력에 놀라움을 금치 못하게 합니다. 이제 마지막으로 자작시 「포장마차에서」를 감상하겠습니다.

그녀는 시를 쓰고 나는 잡문을 끄적였다. // 잔잔한 눈으로 말하는 / 그녀의 시는 꿈이었다. // 그녀가 호수 같은 눈으로 / 꿈꾸듯 속삭일 때 / 나는 허튼 소리를 하고 있었다. // 그녀의 옥합(玉盒) 속 깊은 / 수심(水深)을 알지 못한 나는 / 참새처럼 짹짹거리고 있었다. // 그녀가 내 입을 막을 때 / 내 의식하기 싫은 의식의 세포들이 / 굴러 떨어지고 있었다. // 군참새를 씹으면서 / 짹짹거릴 때 / 그녀는 몸서리를 쳤다.

내 입에 들어가는 생활의 모래주머니 / 내 입에서 나오는 / 허튼소리를 변명하지 말았어야 했다. // 교감(交感)의 불은 꺼지고 / 싸늘하게 식어버린 멍든 가슴 / 씽씽 아파 우는 찬바람 야멸차도 / 차라리 변명하지 말았어야 했다. // 생활의 거름자리 후비던 발톱을 / 차라리 변명하지 말았어야 했다.

짹짹거리면 시가 되지 않는 공복에 / 술을 마시다가 / 검정 넥타이를 쓰다듬는다. // 내 목을 감아 맨 / 내 상장(喪章)을 펴들고 / 내 제사(祭祀)를 지내는 / 내 영혼을 쓰다듬는다. // 시의 불감증으로 죽어지내는 / 나의 제전(祭典)에 / 그녀는 술을 따르고 / 나는 부끄러운 잔을 받아 마셨다.

시가 길기 때문에 일일이 다 살필 수는 없겠습니다. 중요한 곳을 짚어가면서 감상하도록 하겠습니다. 여기에서는 놓쳐서 안 될 곳이 있습니다. "생활의 모래주머니"라는 말과 "생활의 거름자리 후비던 발톱" "검정 넥타이" "내 상장(喪章)을 펴들고 / 내 제사(祭祀)를 지내는" "시의 불감증" 등이 그것입니다. "생활의 모래주머니"나 "생활의 거름자리 후비던 발톱"이라는 표현에서 눈치를 채어야 할 것은 본연의 자아상실에서 오는 고뇌라 하겠습니다. 이럴 때는 침묵이 필요합니다. 그런데 화자는 침묵하지 않고 참새처럼 쩍쩍거립니다.

이것은 어긋난 데서 오는 괴리입니다. 그래서 화자는 자기의 죽음을 스스로 제사지내려고 합니다. 자기 제사를 자기가 지내려고 하는 겁니다. "검정넥타이"나 "상장(喪章)"은 죽음을 의미하는 것들이니까요. 6주차 3교시 수업은 여기까지입니다. 마치겠습니다.

제7강

절대 사랑의 시

# 제7강 절대 사랑의 시

## 1교시 성聖과 속俗의 자유왕래

(「까치밥」「기도」「진달래꽃」「님의 침묵」「동짓달 기나긴 밤을」「고백성 사」「간장」)


안녕하십니까? 이번 7주차는 '절대사랑의 시'입니다. '절대사랑'이란 인간 세상에서 불가능한 일이지요. 그런데 왜 인간은 '절대사랑'을 추구할까요? '절 대행복'을 바라기 때문이겠지요. 그런데 그게 가능하겠습니까? 물론 불가능하 겠지요. 그래도 종교나 예술은 무지개를 잡으려고 합니다. 그런데 그 자리에 가보면 무지개는 다시 저만치의 거리에 있습니다. 그래서 인생은 영원한 과정 이라고 말합니다. 이제부터 시인들이 어떤 무지개를 잡으려고 하는지, 절대사 랑의 시'를 살펴보기로 하겠습니다. 자작시 「까치밥」을 먼저 낭송하겠습니다.


　우리 죽어 살아요. / 떨어지진 말고 죽은 듯이 살아요. / 꽃샘바람에도 떨어지 지 않는 꽃잎처럼 / 어지러운 세상에서 떨어지지 말아요. // 우리 곱게 곱게 익 기로 해요. / 여름날의 모진 비바람을 견디어 내고 / 금싸라기 가을볕에 단맛이 스미는 / 그런 성숙의 연륜대로 익기로 해요. // 우리 죽은 듯이 죽어 살아요. / 메주가 썩어서 장맛이 들고 / 떫은 감도 서리 맞은 뒤에 맛 들듯이 / 우리 고난 받은 뒤에 단맛을 익혀요. / 정겹고 꽃답게 인생을 익혀요. // 목이 시린 하늘 드높이 / 홍시로 익어 지내다가 / 새 소식 가지고 오시는 까치에게 / 쭈구렁바 가지로 쪼아 먹이고 // 이듬해 새봄에 속잎이 필 때 / 흙 속에 묻혔다가 싹이 나 는 섭리 / 그렇게 물 흐르듯 순애(殉愛)하며 살아요.

자작시 「까치밥」이었습니다. 이 시는 절대사랑을 내비치는 작품입니다. 고난을 선량하게 극복하지 않고는 인격의 완성으로 거듭날 수 없다고 하는 성숙의 각성이 종교적, 철학적 차원으로 승화된 작품입니다. 인생이 재생이나 부활로 거듭나게 될 때, 순애(殉愛)하는 삶 속에서 그 성숙된 인격의 완성으로 인하여 참된 삶의 존재가치를 찾을 수 있다는 점을 강조함으로써 문학의 예술성과 영원성을 고양하고 있습니다.

이 「까치밥」의 갈래는 자유시이면서 서정시이고, 구성은 기승전결(起承轉結)의 4연으로 짜이어져 있습니다. 서정적인 향토정서를 바탕으로 은유와 상징 기법을 활용하고 있습니다. 시상의 전개 과정을 보면, 제1연의 일어날 기(起)자 기(起)는, 아무리 세상이 어지러워도 실족하거나 좌절하지 말자는 내용을 감나무의 감꽃을 끌어들여 '떨어져서는 안 된다'고 강변하고 있습니다.

2연의 이을 승(承)자 승(承)에서는, 인생의 성숙을 가을볕에 단맛이 스미는 감나무의 열매에 비유하여 인내를 통한 아름다움의 승화를 표현하고 있습니다. 여기에서는 시적 자아와 제재의 일체화를 통하여 선량한 마음으로의 고난 극복을 표현하고 있습니다. '모진 바람'은 현실적인 고난을, '단맛'은 고난 극복 후에 나타나는 성숙의 진수를 상징합니다.

그리고 3연의 구를 전(轉)자 전(轉)에서는, 정겹고 꽃다운 아름다움으로 인생을 익히기 위해서는 온갖 인고를 슬기롭게 겪어 내야 한다고 겸허한 마음으로 토로하고 있습니다. 여기에서는 '자기희생'과 시련 극복 후의 성숙을 형상화하고 있습니다. 마지막 4연 맺을 결(結)의 결(結)의 경우, 늦가을 서리 맞은 뒤에 맛이 드는 홍시(紅柿)처럼, 절대사랑의 순애를 통한 부활, 다시 거듭나는 재생이야말로 절대가치의 진수임을 예시하고 있습니다. 여기에서의 '까치'는 고난 극복 후의 성숙한 인간에게 희망을 가져다주는 전령사를 상징합니다. '순애(殉愛)'는 절대사랑을 추구하는 자기희생의 극치를 표상합니다.

이 시는 감나무의 감꽃이 감열매가 되고, 마침내 홍시의 상태로 완숙하게 되는 그 성숙과정을 통하여, 고난과 시련을 극복하고 절대가치를 향유하게 되는 인생을 상징적으로 표현하고 있습니다. 1연의 1~2행은 겸손한 삶을, 3~4행은 고난의 세계에 실족하지 않기 위한 인내를 역설하고 있으며, 2연은 떫은 맛은 다 빠지고 단맛이 드는 감나무 열매처럼 성숙의 연륜을 따라 인격이 완성되어 가는 인생을 '모진 비바람'과 '금싸라기 가을볕'이라는 두 대립적 갈등 구조로써 형상화하여 인내와 조화를 통한 완성을 노래하고 있습니다.

3연은 잘 썩음으로써 장맛이 드는 메주처럼, 서리 맞은 뒤에 맛이 드는 까치밥 같은 인생은 '고난'의 극복을 통해서만이 가능하다는 교훈을 제시하고 있습니다. 4연에서의 '까치'는 희망의 새 소식을 가지고 오시는 '님'을 상징합니다. 희망의 새 소식을 염원하는 상징물의 표상인 '까치밥'은 희망의 상징인 '까치'를 불러들이고, 까치밥은 까치에게 희생, 봉사하고 순애함으로써 절대 사랑으로 다시 사는 부활을 형상화하고 있습니다.

이 시는 현실의 고난 속에서도 좌절하지 않고 새 희망을 염원하는 우리 민족의 전통적인 정서를 까치밥과 까치라는 토속적 소재를 통하여 명징한 언어로 형상화한 작품입니다. 이 시는 중국 '조선족고급중학교교과서 조선어문(필수1)' 교과서 13쪽에 실려있습니다. 이 책의 「열독제시」에는 다음과 같은 글이 실려 있습니다.

이 시에서 시인은 일부 사람들이 핏대를 세워 목소리를 높여야 제 몫을 찾을 수 있다고 주장할 때 '다른 목소리'를 내고 있다. 조용하지만 확신에 찬 메시지, '죽어 살면서' 인생을 익히는 삶의 자세를 권장하는 이 목소리는 톤은 낮지만 울림이 깊다. 확고한 철학적 사고가 배경이 되어있음을 느낄 수 있어 그냥 지나칠 수 없는 '목소리'이다. 이 시에서 "죽어 살아요"라는 말은 얼핏 보면 조용히 고생을 견디며 살아야 한다는 것 같지만 곰곰이 음미해 보면 고난을 딛고 새로운 차원으로 거듭나 살아야 한다는 말이다.

다음은 존 웨슬리의 「기도」를 낭송하겠습니다.

내 가난한 마음을 가지소서. / 그리하여 영원토록 / 당신만을 향하여 열려있게 하옵소서. / 내 가슴에 당신의 도장을 찍으소서. / 그리하여 영원토록 / 사랑의 맹세만 아로새기게 하옵소서.

이 글은 설명되어 있는 기도문입니다. 그런데, "내 가슴에 당신의 도장을 찍으소서"와 "사랑의 맹세만 아로새기게 하옵소서"로 표현되어 있어서 시라해도 무방할 정도로 매력을 주고 있습니다. 표현은 이처럼 기도답게 하고 시답게 합니다. 그러므로 이 글은 시작품이면서 동시에 기도문이기도 합니다. 다음으로 김소월 시인의 시 「진달래꽃」을 감상하겠습니다.

나 보기가 역겨워 / 가실 때에는 / 말없이 고이 보내드리우리다. // 寧邊에 藥山 / 진달래꽃 / 아름 따다 가실 길에 뿌리우리다. // 가시는 걸음걸음 / 놓인 그 꽃을 / 사뿐히 즈려밟고 가시옵소서. // 나보기가 역겨워 / 가실 때에는 / 죽어도 아니 눈물 흘리우리다.

김소월의 시 「진달래꽃」이었습니다. 여기에서는 이 시인의 순후한 마음 세계가 품위 있고 세련된 말씨로 잘 나타나 있습니다. 여기에서의 '역겨워서'는 '싫어서'라든지, '미워서' '기분이 나빠서' 등등의 성격의 거친 말을 아름답게 정화하여 표현하고 있음을 알 수 있습니다. 임께서 자기를 버리고 떠난다 할지라도 자기는 임에게 앙탈을 부리거나 원망하지 않고 고이 보내드리면서, 죽어도 눈물을 흘리지 않겠다는 표현은, 죽도록 울 수밖에 없는 심정을 더욱 고조시키면서 뒤집어 강조한 표현이라 하겠습니다.

소월의 시 세계에 한의 정서가 응축되어 있는 갈등구조는 저만치의 이상세계와 이만치의 현실세계의 좁혀질 수 없는 간격에서 나타난다 하겠습니다. 원망하고 증오할 수밖에 없는 임을 사랑해야 하고, 고이 보내드리면서 또다시 만나려고 하는 역설 내지는 모순된 감정의 아이러니가 바로 그것입니다.

소월에 있어서 저만치의 세계는 그가 꿈꾸던 문학의 세계였으나, 현실이 이를 용인하지 않았습니다. 그에게 있어서 이만치의 세계는 자폐적(自閉的) 생활에 빠져들 수밖에 없는 욕구불만의 현실 상황을 의미합니다. 따라서 소월에 있어서의 저만치의 세계는 자신의 정신 영역을 넓히고 해방시키는 시의 세계요, 이만치의 세계는 현실적인 생활이라는 가정과 사회의 끈으로 자신이 책임져야 하는 현실의 세계로 가름할 수 있겠습니다. 다음엔 한용운 시인의 시

「님의 침묵」을 살펴보고자 합니다.

님은 갔습니다. 아아 사랑하는 나의 님은 갔습니다. / 푸른 산빛을 깨치고 단풍나무 숲을 향하여 난 작은 길을 걸어서 참어 떨치고 갔습니다. / 황금(黃金)의 꽃같이 굳고 빛나던 옛 맹세(盟誓)는 차디찬 티끌이 되어서 한숨의 미풍(微風)에 날아갔습니다. / 날카로운 첫 키스의 추억(追憶)은 나의 운명의 지침(指針)을 돌려놓고 뒷걸음쳐서 사라졌습니다.

나는 향기로운 님의 말소리에 귀먹고 꽃다운 님의 얼굴에 눈멀었습니다. / 사랑도 사람의 일이라 만날 때에 미리 떠날 것을 염려하고 경계하지 아니한 것은 아니지만, 이별은 뜻밖에 일이 되고, 놀란 가슴은 새로운 슬픔에 터집니다. / 그러나 이별은 쓸데없는 눈물의 원천(源泉)을 만들고 마는 것은 스스로 사랑을 깨치는 것인 줄 아는 까닭에, 걷잡을 수 없는 슬픔의 힘을 옮겨서 새 희망의 정수박이에 들어부었습니다.

우리는 만날 때에 떠날 것을 염려하는 것과 같이 떠날 때에 다시 만날 것을 믿습니다. / 아아 님은 갔지마는 나는 님을 보내지 아니하였습니다. / 제 곡조를 못이기는 사랑의 노래는 님의 침묵(沈黙)을 휩싸고 돕니다.

한용운(韓龍雲)의 시 「님의 침묵」이었습니다. 읽거나 들어서 느낄 수 있듯이, 이 시는 물이 흐르듯 자연스러운 언어로 유로(流露)되고 있습니다. 잔잔하게 속삭이듯 흐르다가도 때로는 격정적으로 구비치는 음악적인 호소력이 대단한 공감대를 형성합니다. 여기에서 사무치게 하는 '님'은 무엇일까요? 그것은 떠나가 버린 그 무엇의 정체입니다. 그것은 불타요, 자연이요, 일제에 빼앗긴 조국의 표상입니다. 그러므로 그 '님'이 상징하는 이미지는 보다 신비로운 차원으로 승화됩니다.

우주의 진상(眞相)을 종교에서 찾았고, 자연법칙을 생성하는 생물의 생태에서 관조했습니다. 불타는 조국애를 생활철학의 실천으로 꽃피우려 했습니다. 그는 조국의 애한(哀恨)과 동거하면서 신비로운 시어로 향수를 달래다 사라진 민족의 별이요, 불타의 사리요, 순수이념의 영토였던 것입니다. 다음은 황진

이의 시조「동짓달 기나긴 밤을」을 살펴보고자 합니다.

> 동짓달 기나긴 밤을 한 허리를 버혀 내어 / 춘풍 니불아래 서리서리 너헛다가
> / 어론님 오신날 바미여든 구뷔구뷔 펴리라.

황진이(黃眞伊)의 시조입니다. 이 시조가 세계적인 명시로 꼽히는 것은 그 시조가 지니는 묘미로서 휘늘어지듯 휘돌아 감기는 가락뿐만이 아니라, 시에 있어서 중요한 은유(隱喩)라든지 뛰어난 상상력에 있다 하겠습니다.

이 시조를 깊이 생각해 볼 필요가 있겠습니다. 밤을 어떻게 자르겠는가, 자를 수 없는 시간과 공간, 그 동짓달 기나긴 밤을 잘라 가지고 무엇을 하겠는가. 봄바람처럼 다사롭고 부드러운 이불 아래 차곡차곡 쟁여 두었다가, 님께서 오시는 날 밤에는 구비구비 펴겠다는 내용입니다.

기나긴 밤을 간직해 두었다가 임께서 오시는 밤에는 길게 편다면, 우선 날이 쉬이 새지 않을 것입니다. 날이 새지 않는 밤 동안은 임께서 떠나지 않을 테니까요. 떠나지 않을 테니까 이별이 없는 행복한 사랑을 누릴 수 있는 겁니다. 그 당시, 기생의 신분으로 누릴 수 있는 사랑의 행위는 아내 있는 남자와 오다가다 짧은 기간에만 가능했기 때문에, 날이 새면 이별이므로 날이 새는 게 싫었을 것입니다.

날이 더디 새게 하기 위해서 긴 밤을 잘라가지고 저장해 두었다가 임께서 오시는 날 밤에는 굽이굽이 펴겠다는 그 은유는 세계적인 명시라 할 만합니다. 왜냐하면 세계적인 유명 시인 중에도 황진이처럼 이런 상상력으로 메타포 처리를 한 경우는 드물기 때문입니다. 다음 시는 김여정 시인의 시「고백성사(告白聖事)」입니다.

> 신부님, / 세례 받고 반 년 만입니다. / 천주님, / 세례 받고 반 년 만입니다. / 천주님을 알고부터 유난히 낙엽소리 우수수 뼛속을 울리는 이 가을에 감히 두렵게도 저는 / 천주십계 중 여섯 번째인 '간음하지 말라'는 그 계율만은 / 영 지킬 수가 없습니다. 아니 / 영 지키기가 싫습니다. // 신부님, / 제 일생일대 딱

한 번만 간음하고 싶습니다. / 천주님, / 제 일생일대 딱 한 번만 간음하고 싶습니다. / 우수수 잎 다 떨구어 내고 / 훌훌 옷 다 벗어버리고 / 외롭게 서있는 / 저 캄캄한 너도밤나무 가지에 / 불붙는 노을이 되어 걸리고 싶습니다. / 노을이 되어 / 저 너도밤나무 속에 불고 있는 / 번쩍이는 번개바람과 / 번개 같이 만나고 싶습니다. / 우수수 잎 다 떨구어내고 / 훌훌 옷 다 벗어버리고 / 광야에 홀로 선 너도밤나무와 / 하나가 되고 싶은 제 음심(淫心)에 / 신부님, 돌을 던지라 하시렵니까. / 천주님, / 벌을 내리라 하시렵니까. / 제 일생일대 딱 한번만 / 간음이 익은 감이 되어 / 하늘을 향해 떨어지게 허락하소서. / 제 일생일대 딱 한번만 / 간음이 성긴 빗방울이 되어 / 바다로 향해 떨어지게 하락하소서.

김여정의 시 「고백성사」였습니다. 이 시는 시인 자신의 내면의식을 토로할 수 있는 직정적인 동기에서 기인된 것으로 보입니다. 이 시 「고백성사」는 시인 자신의 열정적인 내면의식의 표출이 동기가 된다 하겠습니다. 외적 사물에 기인하건 내적 자아의식의 분출에서 기인하건 간에, 어느 쪽을 막론하고 시의 무의식적 동기에 관하여 프로이드의 소망 충족의 이론이나 융의 집단무의식의 이론으로 비춰보게 될 때 억압된 무의식의 폭로라든지 유아기의 성적 경험, 공격적 또는 본능적 에너지 등을 생각할 수 있으나 지나친 이론적 분석은 창작에 별로 도움이 되지 않습니다.

시 창작의 욕망이 일어나는 것은 사물을 지각할 때라든지 과거를 회상할 때, 또는 명상하거나 미묘한 심리적 분위기에 빠질 때 등입니다. 이러한 요소들은 끊은 듯이 그렇게 따로 따로일 수는 없고, 동기의 선후의 차이는 있겠으며 복합적으로 일어나는 경우도 많습니다.

이 시를 처음 접할 때 여러분은 어리둥절했을 것입니다. 신부님, 천주님께 간음하고 싶다면서 허락해 달라는 기도가 말이 됩니까. 그런데 뒤로 가면서는 이해가 되지요. 상대가 인간이 아니고 자연이기 때문입니다. 자연만물에는 하느님의 신성(神性)이 내재되어 있지요.

그렇게 본다면 이 시는 신(神)과 일체 합일을 이루는 셈이 되겠습니다. 그러면 왜 이렇게 시를 썼을까요. 독자를 유인하는 방법 중의 하나로 여겨집니다.

소설에서의 복선(伏線)처럼 대단히 용기 있는 발상으로 보입니다. 이제는 마지막으로 자작시「간장」을 살펴보기로 하겠습니다.

우리 조용히 썩기로 해요 / 우리 기꺼이 죽기로 해요 / 토속의 항아리 가득히 고여 / 삭아내린 뒤에 / 맛으로 살아나는 삶, / 우리 익어서 살기로 해요. // 안으로 달여지는 삶, / 뿌리 깊은 맛으로 / 은근한 사랑을 맛들게 해요 / 정겹게 익어 가자면 / 꽃답게 썩어 가자면 / 속맛이 우러날 때까지는 / 속 삭는 아픔도 크겠지요. // 잦아드는 짠 맛이 / 일어나는 단맛으로 우러날 때까지, / 우리 곱게 곱게 썩기로 해요 / 우리 깊이 깊이 익기로 해요 / 죽음보다 깊이 잠들었다가 / 다시 깨어나는 부활의 윤회, // 사랑 위해 기꺼이 죽는 人生이게 해요 / 사랑 위해 다시 사는 再生이게 해요.

자작시「간장」이었습니다. 이 시를 써서 발표했을 때 어느 여류시인이 자기가 써야할 시를 왜 남류 시인이 썼느냐고 그래요. 등잔 밑이 어두운 거지요. 여성들은 간장을 끼고 살면서도 별 관심이 없지요. 그런데 간장 그 자체가 중요한 게 아닙니다. 간장을 바라보는 내가 중요한 거지요. 간장을 바라보면서 무슨 생각을 하느냐가 중요합니다. 그 여류시인은 제가 생각한 차원의 생각을 못한 것으로 볼 수 있겠습니다.

간장이 모든 음식에 들어가 맛을 내듯이, 우리들이 이 세상을 맛들게 하기 위해서는 잘 썩어야 합니다. 이 시는 잘 썩어야 하는 메주와 부패를 막는 소금의 정신으로 조화롭게 융합되어야 한다는 내용이 형상화된 작품입니다. 여기에서는 간장이 지닌 그 이미지를 통해서 사상으로까지 심화시키고 있음을 엿볼 수 있습니다.

이제까지 여러 작품을 소개하면서 거기에 해당되는 의미를 덧붙였습니다. 이러한 내용을 우선 감상하고 이해하며, 분석 비평한 다음에 창작적 기능을 살리는 방향으로 전개하는 게 바람직하겠습니다.

하이데거는 말하기를, '언어란 존재의 집'이라고 하면서, '우리는 신(神)의 언어의 집에서 살아야 한다'고 했습니다. 우리가 말하는 것이나 글을 쓰는 행위는 바로 이 '언어의 집짓기'가 되겠습니다. 좋은 집은 좋은 벽돌로 이루어지듯이, 훌륭한 글은 아름다운 마음씨와 거기서 비롯되는 승화된 언어에서 이루어집니다.

김귀숙 시낭송가의 낭송으로 「까치밥」을 감상하면서 1교시 수업을 마치겠습니다.

## 2교시 사랑법과 사는 법

(「꽃잎」「연어」「사랑의 말」「사는 법」「水月觀音圖」「박넝쿨타령」「새우와의 만남」「신발論」

2교시에는 자작시 「꽃잎」부터 시작하겠습니다.

내가 바라볼 때 너는 피어났고 / 내가 외면할 때 너는 시들었다. // 나의 눈길에 너는 불이 붙었고 / 나의 손길에 너는 악기처럼 소리를 내어 // 꿀벌들을 불러 모았다. // 네가 잉잉거리는 벌떼들을 불러들일 때 / 별은 빛나고, / 내가 너의 꿀물에 젖을 때 / 달은 부끄러워했다. // 네가 피어날 때 나는 살고 / 네가 시들 때 나는 죽었다.

누구를 막론하고 꽃을 싫어하는 사람은 없을 것입니다. 꽃은 언제나 웃고 있기 때문입니다. 꽃이 찡그리면서 활짝 피지는 않습니다. 인간들의 세상에서도 꽃잎처럼 언제나 밝을 수는 없을까요. 이 시는 결국 마지막 "네가 피어날 때 나는 살고 / 네가 시들 때 나는 죽었다."는 결구(結句)처럼, 상대방 위주로 사는 데서 절대사랑, 절대행복을 추구한다고 할 수 있겠습니다. 다음은 자작시 「연어」입니다. 우선 이 시를 감상하기로 하겠습니다.

산란을 서두르던 연어가, 산란을 위해 상류로 거슬러 오르던 연어가 시멘트 턱을 넘지 못하고 옆으로 튕겨지고 떨어져 죽었다. 지느러미로, 꼬리로 시멘트를 치며 파닥이다가 몸을 바르르 떨면서 생을 마쳤다. 한 마리가 죽기가 무섭게 다음 또 한 마리가 눈을 감지 못한 채 아가미를 움직여보다가 죽게 되자, 또 다른 연어가 자살을 흉내 내기라도 하는 듯이 애처롭게도 나가 떨어져 죽는다. 태평양 바다를 누비며 행복의 꿈에 부풀어 돌아온 고향에서 산란도 하지 못한 채 최후를 마친 연어는 한둘이 아니다. 이름 좋은 대한민국에서 휴지처럼 버려지고 썩어간 목숨이 한둘이 아니라고 허공으로 연신 뻐끔거린다.

숭례문이 불에 타 죽던 날 최저생계비로 연명하던 상해 임시정부 지도자의 유일한 혈손이 병원 문턱을 넘지 못한 채 숨을 거두고 말았다. 중국 대륙, 만주 대륙을 누비며 일본군과 맞서서 싸우던 독립투사가 씨를 퍼뜨리지 못한 채 생을 마감했다. 반 지하에서 옥탑방으로, 다시 반 지하로 옮겨 다니며 남루한 생을 연명하던 애국지사 무덤도 행방불명인데, 혈육의 무덤을 찾아 북만주를 누비던 유일한 후손도 병원 문턱을 넘지 못한 채 최후를 마치고 말았다. 대한민국은 고향 찾는 연어의 수난 중. 가난의 턱을 넘지 못한 채 쪽방촌에서 불에 타죽은 일일 품팔이 노동자 중국동포들도 까만 숯덩이가 된 채 산란을 멈추었다.

1연은 태평양 바다를 누비며 행복의 꿈에 부풀어 돌아온 고향에서 산란도 하지 못한 채 최후를 마친 연어는 한둘이 아니라는 사연입니다. 시멘트 턱을 넘지 못한 채 나동그라지고 바르르 떨면서 죽어가는 상태를 실감 있게 그렸습니다. 그런데 1연 마지막은 "이름 좋은 대한민국에서 휴지처럼 버려지고 썩어간 목숨이 한둘이 아니라고 허공으로 연신 뻐끔거린다."로 이것은 단순히 연어 이야기만이 아니라 인간 사회와도 밀접한 관련이 있는 것으로 암시를 깔아놓은 상태라 하겠습니다.

2연은 불에 탄 숭례문이 나오고, 독립투사의 혈손이 나옵니다. 귀향하는 연어처럼 모국이라고 찾아온 애국자의 후손은 병원 문턱을 넘지 못한 채 쪽방촌에서 불에 타죽었다는 얘기가 되겠습니다. 태평양을 떠돌다가 산란을 위하여 귀향한 연어가 시멘트 턱을 넘지 못하고 떨어져 죽는 것처럼, 북만주로 상해임시정부로 떠돌던 애국지사의 후손이 혈육의 뼈를 찾아 헤매다가 모국이라고 찾아왔으나 무관심 속에 버려져 불탄 숭례문처럼, 존재감 없이 생을 마감한다는 이야기가 되겠습니다.

이러한 앙가주망, 참여시는 측은지심(惻隱之心)도 일으키지만 수오지심(羞惡之心)을 발동하게 함으로써 인의(仁義)의 도를 생각하게 하고 자성하게 합니다. 인의(仁義)란 어짐과 의리로써 맹자의 사단(四端) 중에서도 으뜸가는 덕목(德目)이 되겠습니다. 이제 김남조 시인의 시 「사랑의 말」을 감상하겠습니다.

사랑은 / 말하지 않는 말 / 아침 해 단잠을 깨우듯 / 눈부셔 못 견딘 / 사랑 하나 환한 영혼의 내 사랑아 / 쓸쓸히 검은 머리 풀고 누워도 / 이적지 못 가져본 / 너그러운 사랑 // 너를 위하여 / 나 살거니 / 소중한 건 무엇이나 너에게 주마 / 이미 준 것은 잊어버리고 / 못다 준 사랑만을 기억하리라 / 나의 사람아.

이 시 역시 상대방을 위해서 이타정신으로 사는 삶을 말하고 있습니다. 말하지 않는 말도 이타정신의 사랑이요, 준 것을 잊어버리는 것도, 못다 준 사랑만을 기억하는 것도 이타정신으로 사는 삶을 반영하는 말이라 하겠습니다. 자기가 베푼 사랑은 잊어버리고, 못다 준 사랑만을 기억한다면 그런 사랑은 영속됩니다. 이런 사람은 사람의 마음을 편안하게 하고, 풍부하게 하며 행복하게 합니다. 이제는 홍윤숙 시인의 시 「사는 법 2」를 감상하겠습니다.

날지 못할 날개를 떼어 버려요. / 지지 못할 십자가는 벗어놓아요. / 오척 단신 분수도 모르는 양심에 치어 / 돌아서는 자리마다 비틀거리는 / 무거운 짐수레 죄다 비우고 / 손 털고 일어서는 빌라도로 살아요. / 상처의 암실엔 침묵의 쇠 채우고 / 죽지 못할 유서는 쓰지 말아요. / 한 사발의 목숨 위해 / 날마다 일심으로 늙기만 해요 / 형제여 지금은 다친 발 동여매고 / 살얼음 건너야 할 겨울 진군 / 되도록 몸을 작게 숨만 쉬어요. / 바람 불면 들풀처럼 낮게 누워요 / 아, 그리고 혼만 깨어 혼만 깨어 / 이 겨울 도강(渡江)을 해요.

홍윤숙의 시 「사는 법 2」였습니다. 앞의 김남조의 시 「사랑의 말」과는 대조가 되는 작품입니다. 김남조의 시를 정원에 피어있는 아름다운 꽃으로 비유한다면, 홍윤숙의 시는 설악산 바위틈에 뿌리 뻗은 풍악(風岳)의 소나무로 비유할 수 있겠습니다. 이 시 「사는 법 2」는 마치 부상당한 몸으로 일본군에 쫓기는 독립군에게 보내는 격문(檄文)처럼 읽힙니다.

여기에서는 손 털고 일어서는 빌라도로 살라고 했는데, 왜 그럴까요. 빌라도는 유대를 통치한 로마 총독이지요. 예수의 재판관으로 무죄라는 사실을 알면서도 유대인 민중의 압력에 굴복하여 십자가형(十字架刑)을 내린 사람이지요. 빌라도처럼 왜 그래야 할까요? 살아야하기 때문입니다. 왜 살아야 할까요? 당장에 사라지면 앞날을 기대할 수 없기 때문이지요. 이런 치욕스런 인욕(忍辱)이 없지요. 이렇게까지 해서 살아남아야할 이유가 어디에 있을까요? 지금은 이해가 되지 않지만 이 시를 다 읽게 되면 이해가 될 것입니다. 경이로운 복선이 깔려있기 때문입니다.

"형제여 지금은 다친 발 동여매고 / 살얼음 건너야 할 겨울 진군 / 되도록 몸을 작게 숨만 쉬어요. / 바람 불면 들풀처럼 낮게 누워요 / 아, 그리고 혼만 깨어 혼만 깨어 / 이 겨울 도강(渡江)을 해요." 바로 이것입니다. 이 말을 하기 위해서 그 치욕스런 인욕도 감내하라는 겁니다. 잃어버린 나라를 되찾기 위해서는 일분군의 가랑이 밑으로도 기어갈 수 있어야 한다고 격문을 띄운 것으로 이해하시면 되겠습니다. 일본군 가랑이 밑으로 기어가라면 양심이 허락하겠습니까? 그래서 이 시의 제목이 '사는 법'입니다. 다음에는 정진규 시인의 시 「수월관음도(水月觀音圖)」를 감상하겠습니다.

고려 佛畵 水月觀音圖를 보러 갔다 다른건 보이지 않고 그 분의 맨발 하나만 보였다 도톰한 맨발이셨다 그런 맨발을 나는 처음 보았다 연꽃 한 송이 위에 놓이신 그 분의 맨발, 요즈음 말로 섹시했다 열려 있었다 들어가 살고 싶었다 버릇없이 나는 만지작거렸다 1310년, 687년 전에도 섹시가 있었다 419.5 X 245.2! 장대하셨으나 장대하시지 않음이 거기 있었다 당신을 뵈오려고 전생부터 제가 여기까지 맨발로 걸어왔어요 제 맨발은 많이 상해 있어요 말하려 하자 그 분의 손이 내 입술 위에 가만히 얹히었다 무슨 뜻이셨을까 돌아오는 길 나는 가슴이 답답했다 함께 갔던 미스 김과 차를 마시면서 혼자 중얼거렸다 당신을 뵈오려고 전생부터 제가 여기까지 맨발로 걸어왔어요 그게 화근이었다 순간! 미스 김이 관음보살이 되고 말았다 지울 수 없었다 미스 김은 나를 굳게 믿었다 그 날 이후 나는 관음보살 한 분을 모시고 살게 되었다 내 사는 일이 이 지경이 되고

말았다. 맨발로 나를 마음대로 걸어다니시는 감옥 하나 지어드렸다 실은 관음보
살께서 미스 김이 되셨다

　　鄭鎭圭의 시 「水月觀音圖」였습니다. 이 시는 미스 김과 함께 수월관음도를
보다가 그 그림을 섹시하게 보는 데서 이야기는 재미있게 진전됩니다. 관음보
살의 맨발에서 성속(聖俗)을 넘나들게 됩니다. 화자는 관음보살에 반하여 "당
신을 뵈오려고 전생부터 제가 여기까지 맨발로 걸어왔어요 제 맨발은 많이 상
해 있어요."하고 말하려는데 입을 막습니다. 미스 김과 차를 마시면서 말못했
던 그 말을 혼자 중얼거리기를 "당신을 뵈오려고 전생부터 여기까지 맨발로
걸어왔어요" 그 말을 미스 김이 자기에게 하는 말인 줄 알고 믿게 되어 결국
미스 김은 관음보살이 되고 관음보살은 미스 김이 되므로 이 시인과 미스 김
사이에는 뗄 수 없는 인연이 맺어지게 되었다는 이야기입니다. 산문시인 데도
소설처럼 줄거리가 있어서 코믹한 재미를 줍니다. 다음은 김소월 시인의 시
「박넝쿨타령」입니다.

　　박넝쿨이 에헤이요 벋을 적만 같아선 / 온 세상을 얼사쿠나 다 뒤덮는 것 같
　더니 / 하드니만 에헤이요 에헤이요 에헤야 / 초가집 삼간을 못 덮었네. // 복숭
　아꽃이 에헤이요 피일 적만 같아선 / 봄동산을 얼사쿠나 도맡아 놀 것 같더니 /
　하드니만 에헤이요 에헤이요 에헤야 / 나비 한 마리도 못 붙잡데. // 박넝쿨이
　에헤이요 벋을 적만 같아선 / 가을 올 줄 얼사쿠나 아는 이가 적드니 / 얼사쿠나
　에헤이요 하룻밤 서리에 에헤요 / 잎도 줄기도 노그라붙고 둥근 박만 달렸네.

　　김소월의 시 「박넝쿨타령」이었습니다. 이 시는 인생을 체념과 함께 달관한
듯한 내면의식을 드러내 보이고 있습니다. 우리의 전통적인 4 · 4조 율조를
활용하여 효과음을 내고 있습니다. 젊은 시절에는 청운의 뜻을 품고 기고만장
하지만, 늙고 병들면 빈손이 되고, 홍보처럼 새끼들만 주렁주렁 줄줄이 남겨
둔다는 암시를 남기는 작품이라 하겠습니다. 물론 독자에 따라서 차이가 있을
수 있겠지만 우선 감상과 이해를 위해서는 이 정도 말하는 게 바람직하겠습니

다. 다음에는 문정희 시인의 시 「새우와의 만남」을 감상하겠습니다.

손에 쥔 칼을 슬며시 내려놓는다. / 선뜻 그에게 칼을 댈 수가 없었다. / 파리로 가는 비행기 안 기내식 속에 / 그는 분홍 반달로 누워 있었다. / 땅에서 나고 자란 내가 / 바다에서 나고 자란 그대가 / 하늘 한가운데 3만5천 피트 / 짙푸른 은하수 안에서 만난 것은 / 오늘이 칠월 칠석이어서가 아니다 / 그대의 그리움과 나의 간절함이 / 사람의 눈에는 잘 안 보이는 / 구름 같은 인연의 실들을 풀고 풀어서 / 드디어 이렇게 만난 것이다 / 나는 끝내 칼과 삼지창을 대지 못하고 / 내가 가진 것 중 가장 부드럽고 뜨거운 / 나의 입술을 그대의 알몸에 갖다 대었다. / 내 사랑 견우여.

문정희의 시 「새우와의 만남」이었습니다. 이 시는 창조적, 생산적 상상의 소산이라 하겠습니다. 지은이는 파리로 가는 비행기 안에서 기내식을 먹으려다가 반달처럼 누워있는 새우를 보게 됩니다. 시인이 새우를 보는 순간 문득 떠오른 착상, 그것은 하늘 한 가운데 3만5천 피트 고공(高空), 드높은 하늘에서 새우와의 만남은 특별한 의미가 있을 것이라는 예감입니다. 하늘나라에서 견우와 직녀가 만난다고 하는 설화를 차용하는 데서부터 구체적 형상화는 이루어집니다.

여기에 불교의 윤회 환생설까지 가미되어 상상은 확대되고 심화됩니다. 상상력을 통한 시간과 공간의 자유왕래는 윌리엄 블레이크의 말을 떠올리게 합니다. 시간과 공간, 무한소(無限小)와 무한대(無限大)의 절충, 미시적(微視的) 현미경적(顯微鏡的)인 눈과 거시적(巨視的) 망원경적(望遠鏡的)인 눈이라는 그 안목(眼目)은 연인관계로 비약하게 됩니다. 상상(想像)을 통한 유추(類推)로 인해서 선뜻 그 새우에게 칼을 댈 수가 없게 됩니다.

하늘나라 은하수 속에 있음직한 견우(牽牛)와 직녀(織女) 설화(說話)를 끌어들여서 시(詩)로 재구성(再構成)하기에 이릅니다. 여기에서는 인연설(因緣說)이 한 몫을 하기도 합니다. 뛰어난 상상력이 놀랍습니다. 이 시인은 새우가 연인(戀人)일 수도 있겠다는 불교적(佛敎的) 인연설(因緣說)을 활용하고 있습니다. 적절한 시어(詩語) 선택과 조립능력(組立能力)도 능숙합니다. 먹는 자와 먹히는 자를 단순한 식사의 약육강식(弱肉强食)을 지나서 견우와 직녀 같은 연인관계로 보았다는 것은 창조적 상상의 소산이라 하겠습니다. 그러니 선뜻 칼을 댈 수가 없다는 것입니다. 기발한 상상력의 발상이 아니고는 이러한 시가 탄생될 수 없습니다. 마지막으로 마경덕 시인의 시 「신발論」을 살펴보겠습니다.

> 2002년 8월10일
> 묵은 신발을 한 보따리 내다 버렸다.
>
> 일기를 쓰다 문득, 내가 신발을 버린 것이 아니라 신발이 나를 버렸다는 생각을 한다. 학교와 병원으로 은행과 시장으로 화장실로, 신발은 맘먹은 대로 나를 끌고 다녔다. 어디 한번이라도 막막한 세상을 맨발로 건넌 적이 있는가. 어쩌면 나를 싣고 파도를 넘어 온 한 척의 배. 과적(過積)으로 선체가 기울어버린. 선주인 나는 짐이었으므로,
>
> 일기장에 다시 쓴다.
> 짐을 부려놓고 먼 바다로 배들이 떠나갔다.

마경덕의 「신발論」이었습니다. 이 시는 2003년 세계일보 신춘문예 당선작입니다. 묵은 신발들을 버리면서 발상의 전환을 가져오게 됩니다. 그것은 지은이가 신발을 버리는 게 아니라 신발이 지은이를 버렸다는 생각입니다. 그런 착상이 어떻게 떠올랐을까? 신발의 처지에서 보면, 과적을 힘겹게 감당해 왔다는 생각이 드는데 그 점이 경이롭습니다. 이 시를 살펴보면, 지은이가 신발처럼 무거운 십자가를 지고 살아왔음을 알 수 있습니다. 그로 말미암아서 신발이 과적을 감당해 온 것으로 유추할 수 있었음이 짐작됩니다. 화자가 그런 과적의 경험을 하지 않고는 과적의 신발이 보이지 않기 때문입니다. 2교시는 여기까지입니다.

## 3교시 절대 사랑 눈물

(「눈물」「저녁밥을 지으며」「석탄」「하늘」「아침」「뉴튼과 사과나무」「미문일기 다비식」「사막을 거쳐 왔더니」)

7주차 3교시 수업을 시작하겠습니다. 최문자 시인의 시 「눈물」부터 감상하겠습니다.

어릴 적 외할머니가 이불 빨래하는 날은 / 뒷마당에서 잿물을 내렸다. / 금이 간 헌 시루 밑에서 뚝뚝 떨어진 / 재의 신음소리 / 꼭 독한 년 눈물이네. / 열아홉에 혼자된 외할머니 독한 잿물에 / 덮고 자던 유년의 얼룩들은 한없이 환해지면서 / 뒷마당 가득 흰 빨래로 펄럭였다. / 하나님은 내가 재가 되기를 기다렸다.
하루 종일 재가 되고 났는 데도 / 아직 남아있는 뭔가 있을까? 하여 / 쇠꼬챙이로 뒤적거리며 나를 파보고 있었을 때 / 재도 눈물을 흘렸다. / 어제의 재에다 / 새로 재가 될 오늘까지 얹고 / 독한 잿물을 흘렸다. / 조금도 적시기 싫었던 사랑까지 / 한없이 하얘져서 / 세상 뒷마당에 허옇게 널려있다. / 재는 가끔 꿈틀거렸다. / 독한 눈물을 닦기 위하여.

최문자의 시 「눈물」이었습니다. 여기에서의 '눈물'은 독한 눈물인 동시에 인생을 빨래하는 눈물이라 하겠습니다. '잿물'도 마찬가지입니다. 그 독한 잿물도 역시 세탁물을 세탁하는 재료인 동시에 '인생의 빨래'를 의미하기 때문입니다. 여기에서의 "꼭 독한 년 눈물이네."라고 할 때는 물론 외할머니 자신을 가리키는 말입니다. 여기에서의 '눈물'과 '잿물'은 동일시되고 있습니다. 그것은 고난을 통하여 인생을 빨래한다는 지순한 의지를 내포하고 있기 때문입니다.
열아홉에 혼자된 외할머니가 절개를 지키며 딸을 길러온 과정이 얼마나 눈물겨웠겠는가 하는 고난의 한 끝자락이 내비쳐지기도 합니다. 여기에서의

'재'는 '빨래'의 재료가 됩니다. 그리고 그것은 눈물과도 연결됩니다. "재도 눈물을 흘렸다."는 얘기는 독한 재가 눈물이라는 고난과 순화를 통하여 거듭 난다는 얘기가 되겠습니다.

조금도 적시기 싫었던 사랑까지 한없이 하얘진다는 얘기는 지극히 높고 거룩한 지고지선(至高至善)을 의미합니다. 여기에서 저는 「사랑과 슬픔의 볼레로」를 떠올립니다. 세계대전 때 독일병사에게 끌려가던 유태인 연주자가 아기를 플랫폼에 두고 기차에 오르는 장면과 구사일생으로 살아난 후 그 아이의 아름다운 노래가 방송을 타고 온 세상에 퍼지는 장면은 정화의지의 극치를 말합니다. 만고풍상을 겪은 후에 잿물빨래처럼 거듭나서 뒷마당 가득 흰 빨래로 펄럭이는 것처럼, 고난을 통과한 연후의 하얗게 바래지는 모습은 최고선(最高善)의 상징이라 하겠습니다. 다음은 김원명 시인의 시 「저녁밥을 지으며」를 감상하겠습니다.

진종일 시(詩)밭에 쏘다니다 / 어두움이 탱탱하게 당기는 저녁 길, // 쌀통에서 / 딱, 한 끼니만큼의 / 모래알 같은 쌀을 퍼 / 쿠쿠에 넣고 / 뻐꾸기 울기만을 기다리는데 / 서쪽 하늘 개밥바라기 / 오래도록 몸에 배어 있는 허기를 / 그윽한 눈길로 내려 보고 있다. // 언젠가 꼭 다시 만나야 하는 / 우리, 빈 둥지에 그리움만 가득한 채 / 한 번도 붙이지 못해 쌓아둔 / 억새꽃 손짓 같은 수많은 시(詩) / 오늘밤은 / 그 시를 가득 끌어안고 은하를 건너는 / 한 척의 배이고 싶다. // 끝내는 빛으로 / 너를 찾아가는 별이고 싶다.

부인을 저 세상으로 보내고 이승에 남은 시인이 내자를 그리워하며 쓴 시입니다. 진종일 부인에게 바칠 시를 찾아 쏘다니다가 돌아와 저녁을 짓는데, 어둠별이라는 금성 쪽에서 부인께서 안쓰러운 눈길로 내려보는 것으로 느끼게 됩니다. 부인도 없이 혼자서 저녁을 짓는 남편이 얼마나 측은해 보이겠습니까. 청춘시절에는 항만청장까지 지낸 분이 어설프게 보이겠지요. 이 시는 결국 부인에게 바치고 싶었던 "시를 가득 끌어안고 은하를 건너는 한 척의 배이고 싶다."로 마무리합니다. 아내의 곁으로 찾아가는 별이고 싶다는 겁니다.

이런 심정이면 절대사랑이라고 할 수 있겠지요. 다음은 정공채 시인의 시 「석탄」입니다.

### 1

어쩌다 우리 인생들처럼 바닷가에 쌓여 있다. / 부두(埠頭)는 검은 무덤을 묘지(墓地)처럼 이루고 / 그 위로 바람은 흘러가고, 검은 바람이 흘러가고 / 아래론 바닷물이 악우(惡友)처럼 속삭이고 / 검은 물결이 나직이 속삭이고 / 어쩌다 우리 인생들처럼 / 바닷가에 쌓여 있다.

### 2

억만년의 생성(生成)의 바람소리와 / 천만년의 변성(變成)의 파도소리와 / 하늘을 덮고 땅을 가린 원시림의 아우성과 / 화산(火山)이 그때마다 구름같이 우우, 달리던 둔(鈍)한 / 동물들이 // 캄캄한 지층(地層)으로 지층으로 흘러온 뒤로 / 용암(熔岩)과 산맥(山脈)의 먼 먼 밑바닥에서 / 귀머거리 되고, 눈머거리 되어 검은 침묵 속에 죽었노라. / 검은 침묵 속에 생성하는 꽃이었노라.

### 3

출발을 앞둔 부두가나 / 마지막 여낭(旅囊)을 둔 종착역에서 / 우리가 조용히 돌아갈 곳은 / 사람이여, 당신도 딸기밭 / 나도 빠알간 불타는 딸기밭 / 당신이 나를 태우던 불타는 도가니에 / 내가 당신을 태우니까, / 우리가 돌아갈 고향은 / 온통 딸기밭으로 빨갛게 불타오르는 / 강렬하게 딸기가 완전히 익는 / 끓는 밭 연옥(煉獄)이다.

鄭孔采의 시 「석탄(石炭)」이었습니다. 첫 연에 "어쩌다 우리 인생들처럼 바닷가에 쌓여 있다."고 표현한 것처럼, 이 시인은 혼돈한 시대적, 정신적 상황을 배경으로 석탄 등의 소재를 원시적, 또는 행동적 힘의 응결로 다루고 있음을 알 수 있습니다. 여기에서는 석탄이 지니는 이미지나 그 성격을 '묘지'라든지 '딸기' '연옥'등 다양하게 유추하여 고양된 의식을 내비치고 있습니다. 처음엔 석탄이 우리 인생들처럼 쌓여있다고 했습니다. 그 다음엔 석탄의 생성과정이 표현되어있습니다. 원시림, 화산, 동물들, 지층, 용암, 산맥, 그리고 검은 침묵 속에 생성하는 꽃이 그것입니다.

그리고 마지막에는 석탄불의 이미지를 딸기밭으로 유추하고, 불타오르는 남녀의 사랑을 끓는 밭 연옥(煉獄)으로까지 비약하고 있습니다. 그것은 흑암의 불꽃이기 때문이겠습니다. 이 연옥이란 죄를 범한 사람의 영혼이 천국에 들어가기 전에, 불에 의한 고통을 받음으로써 그 죄가 씻어진다는 곳을 말합니다.

마지막 3연 끝의 " 당신도 딸기밭 / 나도 빠알간 불타는 딸기밭 / 당신이 나를 태우던 불타는 도가니에 / 내가 당신을 태우니까, / 우리가 돌아갈 고향은 / 온통 딸기밭으로 빨갛게 불타오르는 / 강렬하게 딸기가 완전히 익는 / 끓는 밭 연옥(煉獄)이다."에서 이 시인이 무엇을 말하고자 하는지를 눈치채시기 바랍니다. 다음엔 정중수의 시 「하늘」을 감상하겠습니다.

하늘을 닦네요. / 새벽마다 일찍 하늘을 닦네요. / 순이랑, 철이랑, 남이랑, / 마을의 아이들이 훨훨 날아가 / 푸르게 푸르게 하늘을 닦네요. // 공장 연기에 / 그을린 하늘을 / 어른들은 모두 잠든 새 / 온 마을 아이들이 / 서로서로 하늘을 닦네요. // 고운 손으로 / 푸른 맘으로 / 호호 입김 불어가며 / 닦는 하늘 / 하늘은 아이들의 꿈모양 티 하나 없이 / 마을 높이 높이 펄럭이네요. // 교실 창유리 닦듯이 / 매일 매일 새벽에 닦는 하늘, / 어른들이 알까요 / 아침마다 하늘이 푸르는 까닭을 / 순이랑, 철이랑, 남이랑, / 마을의 아이들이 하늘을 닦네요.

정중수의 시 「하늘」이었습니다. 이 시는 1970년 한국일보 신춘문예에 당선된 작품입니다. 동시(童詩)에 가까운 작품입니다. 그러나 동시에 가까운 작품이라 하더라도 시에까지 끌어올린 그 순수한 마음 세계와 솜씨를 인정하지 않을 수 없습니다.

사상이나 정서가 빈약하고 메마른 오늘의 시들이 매끄럽지 못한 채 부질없이 어지럽고 까다로워, 그 난해성을 탈피하지 못하는 현실이라든지, 공연히 목에 힘주고 핏대를 세우면서 혈기를 부리는 어설픈 시작 풍토(詩作風土)에서, 이 작품은 시의 원형(原型)을 되돌아보게 하는 자성(自省)의 기회를 제공하게 될지도 모른다는 생각이 들게 합니다.

이 시는 특히 동심(童心)에서 오는 천진난만(天眞爛漫)함이 시의 본질이라고 하는 그 고향이라 할까, 원적지(原籍地)를 생각하게 합니다. 현대시가 아무리 실험과 변모를 거듭한다 할지라도 시의 원형, 그 본질을 외면한다거나 놓쳐서는 안 되기 때문입니다. 다음은 이상(李箱) 시인의 시 「아침」을 살펴보겠습니다.

캄캄한 空氣를 마시면 肺에 害롭다 폐벽(肺壁)에 끄스름이 앉는다. 밤새도록 나는 엄살을 앓는다. 밤은 참 많기도 하더라 실어 내가기도 하고 실어 들어오기도 하고 하다가 잊어버리고 새벽이 된다 肺에도 아침이 켜진다 밤사이에 무엇이 없어졌나 살펴본다 관습(慣習)이 도로 와 있다 다만 내 사치(奢侈)한 책이 여러 장 찢겼다 초췌(憔悴)한 결론 위에 아침 햇살이 자세(仔細)히 적힌다 영원히 그 코없는 밤은 오지 않을 듯이

이 상(李箱)의 시 「아침」이었습니다. 이 시는 그의 시작품 중에서도 비교적 난해하지 않은 작품에 속할 뿐 아니라 그 이미지도 선명합니다. 독자의 상상력이나 해석 방식에 따라서 다양하게 해석될 수 있는 여지는 남겨놓고 있지만 그래도 의도하는 바를 짚어낼 수 있는 방향성은 일치할 것입니다. 시의 감상과 이해는 여러분의 취향에 맡길 일이겠지만, 시인의 처지에서는 시를 쉽게 쓰려고 노력하면서도 높은 차원의 품격을 잃지 않는 자세를 견지해야 하겠습니다. 이제는 전재승 시인의 시 「뉴튼과 사과나무」를 살펴보고자 합니다.

물리 시간에 편지를 썼다. 깡마른 K선생은 만유인력의 법칙을 분필가루로 흑판에 날리면서 두터운 검정 안경테 너머로 뉴튼의 사과나무 이야기를 했다. 계속해서 눈은 내리고, 성에 낀 교실 유리창 밖에서 그가 아련한 얼굴로 웃고 있었다. 철지난 나뭇가지에 매달려있는 추억처럼 삭정가지의 이파리들이 이따금씩 바람에 흔들렸다. 산골 우체부가 눈 속에 파묻혀 죽었다는 기사가 석간신문에

났다. 남몰래 쓰는 일기처럼 밤새도록 써서 보냈지만, 잊어버릴 만하면 오는 답장은 언제나 시들했다. 사과 한 알이 나무에 매달려 있다가 힘없이 떨어질 때처럼 지금도 창밖엔 당장이라도 눈이 내릴 듯싶다. 석유난로에 불꽃이 다 타오를 때까지는……

전재승(田宰承)의 「뉴튼과 사과나무」이었습니다. 이 시는 스며있는 분위기로 만족해야 될 것 같습니다. 눈이 오는 겨울 교실의 분위기와 편지 왕래의 사연, 그리고 추억처럼 눈이 내릴 듯 한데, 명멸하는 석유난로의 불꽃이 과거를 회상케 하면서 여운을 남기고 있습니다.

이제 마지막으로 자작시 「미문일기 다비식」을 감상하겠습니다.

　　나의 생애 중 1년을 태웠다. / 365일을 10여 분에 태웠다. // 언젠가는 나도 태울 그 날을 위하여 / 예행연습을 아름답게 하였다. // 북한강 기슭에서 / 문우들과 함께하는 일기 다비식(茶毘式) / 불꽃 속에서 내 청춘 한 때가 날아갔다. // 장작불 가에서 마지막 남은 재를 / 누군가가 종이컵에 담는다. // 미진한 온기 속에서 / 나의 청춘이 저문다.

다비(茶毘)라는 말은 불에 태운다는 뜻입니다. 불교에서 화장(火葬)을 다르게 이르는 말입니다. 그래서 시체를 화장하는 것을 다비식(茶毘式)을 한다고 합니다. 제가 일기를 오랫동안 썼기 때문에 일기책이 많았습니다. 그런데 쓰레기로 버리기에는 아깝기 때문에 다비식을 한 겁니다. 한자로는 양수리(兩水里), 우리말로는 두물머리에서 저의 일기책 다비식을 하였습니다. 제자들과 함께 모닥불을 피워놓고 일기책을 불에 던지는 겁니다. 저도 언젠가는 불에 던져지게 되겠지요. 그렇게 보면 저 자신의 화장에 대한 예행연습이 되는 셈이 되겠습니다. 허무한 일이지요. 그래도 받아들이지 않을 수 없습니다. 결국 불타는 일기책과 함께 저의 청춘도 저물어가고 사라져가는 거지요.

마지막으로 자작시 「사막을 거쳐 왔더니」를 감상하겠습니다. 이 시는 곡을 붙여서 노래로도 만들었습니다. 이 시간에는 시와 함께 노래까지 음미하기로 하겠습니다. 시부터 낭송하지요.

사막을 거쳐 왔더니 / 쓰레기 같은 잡념이 타버렸어요 // 사막을 거쳐 왔더니 / 갈증 심한 욕심이 타버렸어요 // 사막을 거쳐 왔더니 / 번식하던 미움이 타버렸어요 // 사막을 거쳐 왔더니 / 타버린 재에서 살아나는 그리움…… // 사막을 거쳐 왔더니 / 그리움은 모래처럼 산이 되었어요.

이 시는 1987년 8월 9일, 미국 마이애미 사하라 호텔에서 쓴 작품입니다. 미국 마이애미는 사막을 거쳐서 갑니다. 장시간 사막을 거치게 되면 마음이 편안해집니다. 그리고 미움이 사라지게 됩니다. 그리고 그게 그리움으로 바뀝니다. 사막을 가로질러 가는 동안에 마음속에 남아있는 미움을 태웁니다. 잡념을 태웁니다. 욕심도 태웁니다. 번뇌의 박테리아도 다 태웁니다. 번식하던 미움도 태우고 마음을 비웁니다. 그렇게 마음을 태우고 비우면 편안해지면서 그리움이 살아납니다. 그리고 그 그리움은 산이 됩니다. 이종록 작곡에 송기창 노래로 제작된 노래 「사막을 거쳐 왔더니」를 감상하면서 7주차 3교시 수업을 마치겠습니다.

# 제8강

# 인포멀 에세이 1

1교시
「설해목」(법정)
「팔싸리」(황송문)

2교시
「특급품」(김소운)
「수필」(피천득)

3교시
「강마을」(김규련)
「보리」(한흑구)

# 제8강 인포멀 에세이 1

## 1교시 「설해목」(법정)「팔싸리」(황송문)

안녕하십니까? 8주차 1교시 수업을 시작하겠습니다. 이 시간의 과제는 인 포멀 에세이(informal essay)입니다. 이 인포멀 에세이는 가벼울 경(輕)자 경 수필(輕隨筆), 부드러울 연(軟)자 연수필(軟隨筆)을 말합니다. 우리나라에서 일반적으로 쓰는 수필을 말합니다. 몽떼뉴가 많이 썼다고 해서 '몽떼뉴적인 수필'이라고 합니다. 개인적인 신변문제에서 출발한 내용이므로 개인적이며 주관적인 표현이 많습니다.

글을 쓰는 필자 자신인 '나'가 드러나 있기 마련인 수필을 가리킵니다. 개인 의 감정이나 심리 등이 중심이 되어 짜이어지는 글이라 하겠습니다. 개인적인 신변문제가 노출되기 때문에 신변잡기적인 성격을 띠기도 합니다. 시에 가까 운 정서적인 문장으로서 문인을 비롯하여 각종 예술가들이 쓴 글에 이 인포멀 에세이, 경수필과 연수필이 많습니다.

여기에 '신변잡기'라는 말이 나오는 데, 수필의 소재가 신변잡사(身邊雜事) 가 대부분이라는 점이 문제될 것은 없겠습니다. 문제는 신변잡사에서 얻은 소 재가 신변잡기(身邊雜記)에 그치는 데에 있습니다. 수필을 신변잡기에 그칠 게 아니라, 수필다운 수필, 문예작품으로 승화시켜야 합니다. 어떻게 하면 신 변잡기에 머무르지 않고 수필다운 수필을 생산할 수 있을까가 문제라 하겠습 니다. 수필다운 수필이 되기 위해서는 자기 나름대로 인생에 대한 새로운 해 석이 주어져야 하겠습니다. 이것은 새로운 의미부여라 하겠습니다.

수필이 문학의 한 장르로서 확고한 위치를 차지하기 위해서는 작자가 어떤 소재를 보고 느낀 감정과 생각이 심미적인 가치와 철학적인 의미를 담고 우선 언어로 형상화해야 하겠습니다. 수필을 쓰게 되는 경우, 어떠한 사물을 보거나 사건에 접했을 때, 또는 어떤 상념(想念)이라든지, 이미지가 떠올랐을 때 어떤 달무리 같이 막연한 관념이나 개념에서 구상이나 구성으로 점차 구체화되어 가면서 주제가 설정됩니다. 주제가 설정되는 단계는 마치 암탉이 계란을 품거나 씨앗을 밭에 뿌리는 파종(播種)처럼, 계란은 병아리가 되어 가고, 씨앗은 싹이 나고 잎이나 꽃이 피듯이 구체적으로 형상화되어 가게 됩니다.

그러니까 수필의 구성이란, 소재 가운데에서 제재를 선택하고, 그것이 동원되어 주제에 기여할 수 있도록 유기적인 관련성을 지으면서 주제에 어긋나지 않도록 취사선택하고 배열하며 결합을 시도하는 등 언어의 질서화를 꾀하는 것을 말합니다.

수필은 소설에서처럼 그렇게까지 단순구성이니 복합구성이니 산만구성, 긴축구성 등의 구성법을 애초부터 필요로 하지 않습니다. 그러나 처음과 중간과 끝이라는 그 삼단 형식마저 필요로 하지 않는 것은 아닙니다. 최소한 머리가 되는 서두 부분과 몸통이 되는 본문 부분과 꼬리에 해당되는 결말부분에 대하여 생각하지 않을 수는 없습니다. 시조에도 초장 중장 종장이 있고, 시문의 격식으로 기(起)·승(承)·전(轉)·결(結)이 있는데, 이러한 형식을 적용해도 무방할 것입니다.

김진섭은 수필을 "산만(散漫)과 무질서의 무형식(無形式)을 그 특징"으로 삼는다고 했습니다. 이 말은 다른 장르와 비교해서 비교적 그런 성격을 가늠한 것이지, 산만해도 된다는 말은 아닙니다. 수필은 시나 소설에 비해서 산만하거나 무질서하게 보일 수도 있다는 정도로 이해하시면 되겠습니다. 그러나 수필도 문학의 한 장르인 이상 언어의 질서화를 꾀해야 하는 것은 당연하다 하겠습니다.

수필 문장을 가리켜 '무형식(無形式)의 형식', '무기교(無技巧)의 기교'라고 합니다. 수필은 형식이 없는 것 같으면서도 있고, 기교가 없는 것 같으면서도 있다는 말씀입니다. 수필 창작을 위한 구상(構想) 단계에서부터 이러한 요소는 모름지기 이루어지지 않을 수 없습니다. 수필의 내용이나 표현 형식 등에 대하여 생각을 정리하지 않으면 안 되기 때문입니다. 생각을 이리 저리 정리해 보지도 않고 어떻게 잡다한 소재 등등의 취사선택과 언어의 질서화를 꾀할 수 있겠습니까.

작자가 쓰고자 하는 수필에 대한 전체적인 내용이나 규모라든지, 실현시키기 위한 방법에 대하여 이리저리 궁리해 보지 않을 수 없겠습니다. 이때 주제의 역할이 중요시됩니다. 주제란 전체를 균형과 조화롭게 이끄는 통일원리가 되기 때문입니다. 주제는 작자가 수필이라는 형태를 통해서 그리려고 하는 중심 제재(題材)나 사상이기 때문입니다. 낱낱의 단어를 모아서 문장을 이루고, 문장을 모아서 단락을 만들며, 단락을 모아서 한 편의 수필로 조립하게 됩니다. 그것을 취사하고 선택해서 배열하고 조립하는 데에는 주제의식이 작용하지 않을 수 없습니다.

수필에 있어서의 구성이란 서술하는 순서를 정해 나간다거나 사실을 진실로 승화시키는 미적 여과과정, 그리고 소재에서 걸러낸 제재를 효과적으로 배열한다거나 조립하여 질서화시키는 과정을 말합니다. 법정 스님의 수필 「설해목(雪害木)」을 참고로 얘기를 깊여가고자 합니다.

해가 저문 어느 날, 오막살이 토굴에 사는 노승(老僧) 앞에 더벅머리 학생이 하나 찾아왔다. 아버지가 써 준 편지를 꺼내면서 그는 사뭇 불안한 표정이었다. 사연인즉, 이 망나니를 학교에서고 집에서고 더 이상 손댈 수 없으니, 스님이 알아서 사람을 만들어 달라는 것이었다. 물론 노승과 그의 아버지는 친분이 있는 사이였다. 편지를 보고 난 노승은 아무런 말도 없이 몸소 후원에 나가 늦은 저녁을 지어 왔다. 저녁을 먹인 뒤, 발을 씻으라고 대야에 가득 더운 물을 떠다 주는 것이었다. 이때 더벅머리의 눈에서는 주르륵 눈물이 흘러내렸다. 그는 아까부터 훈계가 있으리라 은근히 기다려지기까지 했지만 스님은 한 마디 말도 없이 시중만 들어주는 데 그만 크게 감동한 것이었다.

훈계라면 진저리가 났을 것이다. 그에게는 백 천 마디 좋은 말보다는 따사로운 손길이 그리웠던 것이다. 이제는 가 버리고 안 계신 노사(老師)로부터 들은 이야기다. 내게는 생생히 살아 있는 노사의 상(像)이다. 산에서 살아 보면 누구나 다 아는 일이지만, 겨울철이면 나무들이 많이 꺾이고 만다. 모진 비바람에도 끄떡 않던 아름드리 나무들이, 꿋꿋하게 고집스럽기만 하던 그 소나무들이 눈이 내려 덮이면 꺾이게 된다. 가지 끝에 사뿐사뿐 내려 쌓이는 그 하얀 눈에 꺾이고 마는 것이다. 깊은 밤, 이 골짝 저 골짝에서 나무들이 꺾이는 메아리가 들려올 때, 우리들은 잠을 이룰 수가 없다. 정정한 나무들이 부드러운 것에 넘어지는 그 의미 때문일까. 산은 한 겨울이 지나면 앓고 난 얼굴처럼 수척하다. 사아밧티의 온 시민들을 공포에 떨게 하던 살인귀(殺人鬼) 앙굴리마알라를 귀의(歸依)시킨 것은 부처님의 불가사의한 신통력(神通力)이 아니었다. 위엄도 권위도 아니었다. 그것은 오로지 자비(慈悲)였다. 아무리 흉악무도한 살인귀라 할지라도 차별 없는 훈훈한 사랑 앞에서는 돌아오지 않을 수 없었던 것이다. 바닷가의 조약돌을 그토록 둥글고 예쁘게 만든 것은 무쇠로 된 정이 아니라, 부드럽게 쓰다듬는 물결인 것을.

법정 스님의 「설해목」이었습니다. 이 수필은 인간과 자연의 깊은 통찰을 바탕으로, 약해 보이는 부드러운 것이 오히려 더욱 강한 힘을 발휘할 수도 있다는 이치를 명징하게 밝힌 가작이라 하겠습니다. 여기에는 노승과 더벅머리 학생의 이야기라든지, 눈의 무게에 꺾이는 소나무 이야기, 부처님의 자비와 사랑에 귀의한 살인귀 이야기, 부드러운 물결이 만든 조약돌 이야기 등을 나열하고 있습니다. 강하고 억센 사물과 부드러운 사물의 대립구도를 통해서 주제를 형상화하고 있습니다. 여러분이 수월하게 감상하고 이해할 수 있는 작품입니다. 여기에서는 감각적인 언어를 구사하여 산속의 정경과 삶에 대한 예지를 생생하게 묘사하고 있습니다.

이 글의 마지막 결말은 "바닷가의 조약돌을 그토록 둥글고 예쁘게 만든 것은 무쇠로 된 정이 아니라, 부드럽게 쓰다듬는 물결인 것을."로 되어있습니다. 이 글이 만일 "부드럽게 쓰다듬는 물결이다."로 끝을 맺었다면 어떻게 되겠습니까? 여운이 사라지지요. 운치가 죽는 겁니다. 그렇기 때문에 작품의 여운을 위해서 되도록이면 단정을 피하는 게 바람직하겠습니다. 여기에 "되도록이면"이라는 단서를 붙이는 까닭은 수필문장이 무조건 단정을 피할 수는 없기 때문입니다. 다음은 자작수필 「팔싸리」를 살펴보고자합니다.

　화투 노름에 팔싸리라는 것이 있다. 팔싸리는 흑싸리 넉 장과 홍싸리 넉 장을 합한 여덟 장의 제구를 말한다. 그런데 이 여덟 장을 차지하지 못하는 경우, 마흔여덟 장으로 된 노름제구 가운데 가장 매력 없는 것이 바로 이 흑싸리와 홍싸리이다. 무엇보다도 우선 구미가 당기는 것은 한 장에 스무 곳이 계산되는 광(光)과 칠십 약이 되는 칠피, 그리고 석 장씩 모으면 삼십 약이 되는 청단과 홍단이다. 그 다음으로 이십 약을 하는 비약과 풍약과 초약이다.

　여기에 비하여 흑싸리와 홍싸리는 오 피와 열 곳씩밖에 계산되지 않기 때문에 가장 인기가 없는 제구에 해당된다. 물론 흑싸리 넉 장과 홍싸리 넉 장을 합한 여덟 장의 팔싸리를 하게 되면 팔십 약이 되지만, 이것은 거의 불가능에 가깝기 때문에 애당초부터 기대하는 법이 없다. 그래서 대개의 사람들은 따 먹어갈 게 없을 때는 이 별 볼일 없는 흑싸리와 홍싸리 껄짝, 껍질부터 바닥에 내어던지게 된다.

　나에게는 팔싸리에 얽힌 얘기로서 잊혀지지 않는 기억이 하나 있다. 그게 벌써 언제 적 일인가. 삼십 년 전의 일이다. 그 당시만 하더라도 시골아이들은 모이기만 하면 어른들 몰래 화투 노름을 곧잘 하였다. 아이들이 화투 노름에 거는 것은 주로 성냥꼴이었다. 그 성냥꼴 하나라도 더 따려고 안간힘을 쓰던 아이들의 모습이 지금도 눈에 선하다.

　어쩌다가 한번은 나에게 흑싸리 껄짝들과 홍싸리, 그리고 비광인가가 들어 왔었다. 잘못 들어온 화투짝을 집어 들게 된 나는 하기 싫은 화투 노름을 하지 않을 수가 없었다. 다른 아이들은 솔광 오동 광을 먹어 가는가 하면, 단약을 먹어 가는데 나는 아무것도 물어오지 못하고 있었다. 시간이 가면 갈수록 다른 아이들 앞에는 눈을 끄는 것들이 수북히 쌓여 가는데, 나의 앞에는 싸리 껄짝만 초라하게 놓여 있을 뿐이었다.

　그래도 나는 이미 시작된 그 화투 노름을 단념할 수도 포기할 수도 없었다. 그래서 나는 그렇게 초라할 수가 없는 싸리 껄짝을 불끈 쥔 채 바닥에서 제발 일어나 주기를 은근히 기다리고 있었다. 이 기다리는 마음을 천지신명께서 굽어 살피셨던지 거짓말같이 바닥표가 일어나서 팔싸리를 하게 되었다.

팔싸리를 하기 위해서는 때때로 알짝을 내어던지는 경우도 생기게 된다. 황금 같은 비광을 떨어 버린다는 것은 여간한 모험이 아니다. 화투표가 잘못 들어와서 팔싸리밖에 다른 것을 기대할 수 없게 되는 경우에는 정말 물어다 놓은 화투란 보잘 것이 없게 마련이다.

송동월(松桐月) 알짝 광을 움켜쥐듯, 욕심 많은 친구들은 돈도 벌고 출세들을 해서 의기양양 거들먹거리며 앞서 가는데, 나는 이제까지 싸리 껍질만 쥐고 있는가 싶어 서글픈 느낌이 들 때도 있었다. 때로는 승산이 없을 것 같은 싸리 껍질을 내어던져 버리고도 싶지만, 인생이란 화투 노름처럼 그렇게 단순하지가 않다.

나는 이날까지 돈이 되지 않는 시를 붙들고 살아왔다. 나의 시, 그것은 화려한 송동월 광이 아니다. 그것은 버리고 싶은 흑싸리 껍질에 불과하다. 나는 어찌하여 다른 것을 다 내어 주어가면서 싸리 껍짝만을 움켜쥐고 살아온 것일까. 그것은 아무래도 가장 초라하게 보이면서도 가장 값진 것이 바로 이 팔싸리라고 믿어왔기 때문이리라.

팔싸리, 그것은 나의 시다. 나의 시는 바로 팔싸리다. 고집스럽게도 팔싸리의 기대를 버리지 못한 채 흑싸리·홍싸리 껍짝을 쥐고 있는 나에 대해서 아내는 못마땅하게 생각한다. 아내는 송동월 광 같은 돈이나 단약 같은 실속을 요구한다. 여기에 나의 고민이 있다. 끝내 단념하지 못하는 내 시의 고민이다. 싹수가 노오란 것은 빨리 떨어 버리고 새 길을 찾는 게 상책이지만, 그러지를 못한 채 살아온 게 내 인생이다.

나는 1982년도에 문학상을 받은 일이 있다. 시상식은 그 해 12월에 실시되었는데, 나는 상패를 받고 아내는 상금을 받았다. 나는 좀 더 고상하고 품위 있는 말을 하고 싶었지만 어찌된 일인지 주변머리 없게도 엉뚱한 팔싸리 얘기가 튀어 나오게 되었다. 세상살이가 어려워질 때마다 살기 좋은 곳으로 이사를 가고 싶지만, 이 인간들의 세상 말고는 갈 만한 곳이 없는 까닭에 하는 수 없이 시와 더불어 살아온 나에게 있어서 팔싸리는 나의 하나밖에 없는 마지막 보루인 셈이다.

이 수필의 제목을 왜 하필이면 「팔싸리」로 정했을까요? 좀 특이하기도 하고 이상하지 않습니까? 여기에는 창작의도가 있다고 보시면 되겠습니다. 수필 작품을 이루려고 마음속으로 꾀하는 생각을 창작 의도(意圖)라고 한다면, 그 의도한 만큼 표현할 수 있느냐가 문제가 되겠습니다. 말로는 청산유수(靑山流水)인데, 막상 글을 쓰려고 하면 마음 먹은 대로 되지 않는 게 현실이기 때문입니다. '수필'이라는 언어 형태가 문학성, 또는 예술성을 지니기 위해서는 수필문장이 설명되기보다는 표현되어야 합니다. 수필다운 수필이 되기 위해서는 문학성이라든지 예술성을 살려서 표현해야 한다는 얘기가 되겠습니다.

수필이 왜 표현되어야 하는가. 설명하는 경우는 마치 보고서처럼, 개념의 전달에 그치지만, 표현하는 경우에는 구체적인 형상화가 이뤄져서 실감을 자아내기 때문입니다. 작자의 사상 감정이 막연한 개념의 나열에 그치지 않고 구체적인 새로운 형태로 나타나기 때문입니다. 시나 소설에서는 구체적인 형상화가 중요시되고, 수필에서는 그게 별로 필요 없는 것으로 여겨지는데, 수필도 문학 장르인 이상, 수필 쓰는 행위 역시 창작이라 한다면, 수필은 사물이나 현실의 기계적 복사일 수는 없습니다.

구체적인 형상화란 어떤 사물에 대한 미적 표현을 위해 상상을 통해 형상화하는 것을 말합니다. 그것은 수필도 구체적인 형(形)을 취한 상(像), 즉 형상을 그리는 일임을 뜻합니다. 이는 마치 거미가 줄을 늘여 집을 짓듯이, 구체적으로 모양을 만들어내는 것을 의미합니다.

모든 예술, 모든 문학 작품 생산을 위해서는 상상이 필요 불가결의 것입니다. 상상을 거치지 않은 예술이나 문학 창작은 있을 수 없습니다. 다만 여기에서 특히 간과할 수 없는 것은 '재생적 상상'과 '생산적 상상'에 관한 문제라 하겠습니다. 시나 소설의 경우는 재생적 상상을 지나서 생산적 상상을 시도하지 않으면 안 됩니다.

그러나 수필의 경우는 다릅니다. 경험의 잔상을 분해하고 결합하며 변화시켜서 얻어지는 생산적 상상을 통하지 않은 채 기억을 회상하는 정도의 재생적 상상만 가지고도 훌륭한 작품을 생산할 수 있다는 점입니다. 의도한대로, 또는 의도한 만큼 표현하기 위해서는 재생적 상상이라 할지라도 그 상상력의 작

용으로 우선 마음속에 형상을 그리는 의도(意圖)가 선행되어 구상되지 않으면
안 됩니다.

수필에는 어떠한 형식도, 어떠한 허구도, 어떠한 기교도 필요로 하지 않는
다는 말을 더러 듣게 되는데, 우리가 아름다운 작품을 창작하려 할 때 완전한
객관적 사고가 가능할까요? 아무리 객관적으로 그린다 할지라도 완전한 객관
은 있을 수 없는 게 사실입니다. 추억은 아무리 객관적으로 그린다 할지라도
자기도 모르는 사이에 윤색이 가해지기 마련입니다.

이제 제자리로 돌아와서 수필「팔싸리」얘기로 마무리하고자 합니다. 이 수
필의 제목이「팔싸리」지만, 이 '팔싸리'에 관해서 얘기하려고 수필을 쓴 게 아
닙니다. 이 '팔싸리'는 보조관념이고 말하고자하는 원관념은 따로 있습니다.
제가 문학상을 받았을 때 수상소감 한마디 해야 하는데, 그때 떠오른 생각이
팔싸리였습니다. 민화투노름의 제구 가운데 흑싸리 껍질과 홍싸리 껍질은 약
도 아니고, 계산에 쳐주지도 않는 그야말로 빈 껍질에 불과합니다.

이게 왜 떠올랐을까요? 이 싸리는 시인을 닮았다는 생각이 들었던 거지요.
시인이 돈이 생기지 않아서 가난한 것이나 흑싸리 홍싸리가 점수를 따지 못하
는 거나 비슷한 상사성(相似性)이 있기 때문입니다. 그런데 값이 없는 그 싸리
지만 여덟장의 제구를 모두 갖추게 되면 80약이 되니까 상거지 이몽룡이 암
행어사로 신분상승한 거나 마찬가지지요. 이 글의 창작의도가 여기에 있다 하
겠습니다. 공기가 값이 없지요. 그러나 값없는 공기가 없으면 어떻게 되겠습
니까? 죽지요. 그래서 값없는 시가 제대로 시다운 시로 성공하는 날에는 아주
귀한 존재, 높은 가치의 존재로 살아나게 된다는 것을 민화투 노름의 '팔싸리'
를 빙자해서 표현했다고 이해하시면 되겠습니다. 8주차 1교시 수업은 여기에
서 마치겠습니다.

# 2교시 「특급품」(김소운) 「수필」(피천득)

8주차 2교시 수업을 시작하겠습니다. 2교시는 지난 시간에 이어서 수업을 하겠습니다. 그 연장선에서 김소운의 수필 「특급품」을 감상하고 이해하는 시간을 갖기로 하겠습니다. 앞에서도 이미 말했거니와, 좋은 글을 쓰기 위해서는 좋은 작품의 수준을 알아야 합니다. 좋은 음식을 먹어보지도 못한 사람이 좋은 음식을 만들 수 없는 이치와도 같다 하겠습니다.

김소운의 수필 특급품은 긴 편입니다. 길어도 전문을 살펴보고자 하는 까닭은 수필 창작에 좋은 본보기가 되겠다고 여겨지기 때문입니다. 그러니 좀 길더라도 이해하시고 충분히 감상하시기 바랍니다. 이제 낭독부터 하겠습니다.

일어(日語)로 「가야」라는 나무—자전(字典)에는 비(榧)라고 했으니 우리 말로 비자목(木)이라는 것이 아닐까…이 「가야」로 두께 여섯 치, 게다가 연륜이 고르기만 하면 바둑판으로는 그만이다. 오동(梧桐)으로 사방을 짜고 속이 빈—돌을 놓을 때마다 떵! 떵! 하고 울리는 우리네 바둑판이 아니라, 이건 일본식 「기반(碁盤)」을 두고 하는 말이다. 「가야」는 연하고 탄력이 있어 2,3국(局)을 두고 나면 반면(盤面)이 얽어서 곰보같이 된다. 얼마동안만 그냥 내버려 두면 반면은 다시 본디대로 평평해진다. 이것이 「가야」반(盤)의 특징이다. 「가야」를 반재(盤材)로 진중(珍重)하는 소이는, 오로지 이 유연성을 취함이다. 반면에 돌이 닿을 때의 연한 감촉—가야반이면 어느 바둑판보다도 어깨가 맞히지 않는다는 것이다. 아무리 흑단(黑檀)이나 자단(紫檀)이 귀목(貴木)이라고 해도 이런 것으로 바둑판을 만들지는 않는다.

내가 숫제 바둑줄이나 두는 사람 같다. 실토정(實吐情)이지만 내 바둑 솜씨는 겨우 7,8급, 바둑이라기보다 이건 고누다. 비록 7,8급이라 하나 바둑판이며 돌에 대한 내 식견은 만만치 않다. 흰 돌을 손으로 만져 보아서 그 산지와 등급을 알아낸다고 하면 다한 말이다. 멕시코의 1급품은 휴우가(日向)의 2급품 보다도 값이 높다. 이런 천재적인 기능을 책이나 읽어서 얻은 지식으로 대접한다면 좀 섭섭하다.

각설(却說)—「가야」반(盤) 1급품 위에 또 한층 뛰어 특급이란 것이 있다. 용재(用財)며 칫수며 연륜이며 어느 점이 1급과 다르다는 것은 아닌데, 반면에 머리카락 같은 가느다란 흉터가 보이면 이게 특급이다. 알기 쉽게 값으로 따지자면 전전(戰前) 시세로 1급이 2천원(돌은 따로 하고) 전후인데, 특급은 2천 4, 5백원……상처가 있어서 값이 내리는 게 아니라 되려 비싸진다는 데 진진한 흥미가 있다. 반면이 갈라진다는 것은 기약치 않은 불측(不測)의 사고이다. 사고란 어느 때 어느 경우에도 별로 환영할 것이 못된다. 그 균열의 성질 여하에 따라서는 1급품 바둑판이 목침 감으로 전락해 버릴 수도 있다. 그러나 그렇게 큰 균열이 아니고 회생할 여지가 있을 정도라면 헝겊으로 싸고 뚜껑을 덮어서 조심스럽게 간수해 둔다. (갈라진 균열 사이로 먼지나 티가 들어가지 않도록 하는 단속이다)

1년, 2년……때로는 3년까지 그냥 내버려 둔다. 계절이 바뀌고 추위 더위가 여러 차례 순환한다. 그 동안에 상처 났던 바둑판은 제 힘으로 제 상처를 고쳐서 본대로 유착해 버리고, 균열진 자리에 머리카락 같은 희미한 흔적만이 남는다.「가야」의 생명은 유연성이란 특질에 있다. 한번 균열이 생겼다가 제 힘으로 도로 유착 결합했다는 것은 그 유연성이란 특질을 실지로 증명해 보인, 이를테면 졸업증서이다. 하마터면 목침감이 될 뻔한 불구 병신이, 그 치명적인 시련을 이겨내면 되려 한 급이 올라「특급품」이 되어 버린다. 재미가 깨를 볶는 이야기다. 더 부연할 필요도 없거니와 나는 이것을 인생의 과실과 결부시켜서 생각해 본다. 언제나 어디서나 과실을 범할 수 있다는 가능성—그 가능성을 매양 꽁무니에다 달고 다니는 것, 그것이 인간이다.

과실에 대해서 관대해야 할 까닭은 없다. 과실은 예찬하거나 장려할 것이 못된다. 그러나 어느 누구가 "나는 절대로 과실을 범치 않는다"고 양언(揚言)할 것이냐? 공인된 어느 인격, 어떤 학식, 지위에서도 그것을 보장할 근거는 찾아내지 못한다. 어느 의미로는 인간의 일생을 과실의 연속이라고도 볼 수 있으리라……접시 하나, 화분 하나를 깨뜨린 작은 과실에서, 일생을 진창에 파묻어버리는 큰 과실에 이르기까지, 여기에도 천차만별의 구별이 있다. 직책상의 과실이나 명리(名利)에 관련된 과실은 보상할 방법과 기회가 있지나 인간 세상에는 그렇지 못할 과실도 있다. 교통사고로 해서 육체를 훼손했다거나, 잘못으로 사람을 죽였다거나……

그러나 내 얘기는 그런 과실을 두고가 아니다. 애정윤리의 일탈(逸脫)……애정의 불규칙동사……애정이 저지른 과실로 해서 뉘우침과 쓰라림의 십자가를 일생토록 짊어지고 가려는 이가 내 아는 범위만으로도 한 둘이 아니다. 어느 생활 어느 환경 속에도 「카츄샤」가 있고 나다니엘·호오돈의 비문자(緋文字)의 주인공은 있을 수 있다. 다만 다른 것은 그들 개개의 인품과 교양, 기질에 따라서 그 십자가에 경중(輕重)의 차(差)가 있다는 것뿐이다.

─남편은 밤이 늦도록 사랑에서 바둑을 두고 노는 버릇이다. 그 사랑에는 남편의 친구들이 여럿 모여 있다. 그 중 하나가 슬쩍 자리를 비켜서 부인이 잠들어 있는 내실로 간 것을 아무도 안 이가 없었다. 부인은 모기장을 들고 들어온 사내를 잠결에 남편인 줄만 알았다……그 부인은 그날로 음식을 전폐하고 남편의 근접을 허락치 않았다. 10여일을 그렇게 하다가 고스란히 그는 굶어서 죽었다……구체적인 예를 들추지 않으려고 하면서 예를 하나 들어 본다. 십수년 전에 통영(統營)에· 있었던 실화이다. (입을 다문 채 일체 설명 없이 그 부인은 죽었다는데 어느 경로로 어떻게 이 진상이 세상에 알려진 것인지, 그것은 나도 모른다.)

이렇게 준엄하게, 이렇게 극단의 방법으로 하나의 과실을 목숨과 바꾸어서 즉결 처리해 버린 그 과단(果斷), 그 추상열일(秋霜烈日)의 의미에 대해서는 무조건 경의를 표할 뿐이다. 여기는 이론도 주석도 필요치 않다. 어느 범부(凡夫)가 이 용기를 따르랴? 더우기나 요즈음 세태에 있어서 이런 이야기는 옷깃을 가다듬게 하는 청량수요 방부제이다. 백번 그렇다 하고라도 여기 하나의 여백을 남겨 두고 싶다. 과실을 범하고도 죽지 않고 살아 있는 이가 있다하여 그것을 탓하고 나무랄 자는 누구인가……

물론 여기도 확연히 나누어져야 할 두 가지 구별이 있다. 제 과실을 제 스스로 미봉(彌縫)하고 변호해 가면서 후안무치(厚顔無恥)하게 목숨을 누리는 자와, 과실의 상채기에 피를 흘리면서 뉘우침의 가시밭길을 걸어가는 이와 ㅡ. 전자(前者)를 두고는 문제 삼을 것이 없다. 후자(後者)만을 두고 하는 이야기다.

「죽음」이란 절대다. 이 죽음 앞에는 해결 못할 죄과가 없다. 그러나 또 하나의 여백ㅡ일급품 위에다 특급이란 예외를 인정하고 싶다. 남의 나라에서는 「차타레이즘」이 얘깃거리가 되어 있다. 그러나 우리들은 로렌스, 스탕달과는 인연 없는ㅡ1백년, 2백년 전의 윤리관을 탈피 못한 채 새 것과 낡은 것 사이를 목표 없이 방황하고 있는 실정이다. 어느 한쪽의 가부론(可否論)이 아니다. 그러한 공백시대(空白時代)인데도 애정윤리에 대한 관객석의 비판만은 언제나 추상같이 날카롭고 가혹하다.

전쟁이 빚어낸 비극 중에서도 호소할 길 없는 가장 큰 비극은, 죽음으로 해서, 혹은 납치로 해서, 사랑하고 의지하던 이를 잃은 그 슬픔이다. 전쟁은 왜 하는 거냐? "내 국토와 내 자유를 지키기 위해서!" 내 국토는 왜 지키는 거냐? 왜 자유는 있어야 하느냐?…… "아내와 지아비가 서로 의지하고, 자식과 부모가 서로 사랑을 나누면서 떳떳하게 보람있게 살기 위해서"이다.

그 보람, 그 사랑의 밑뿌리를 잃은 전화(戰禍)의 희생자들……극단으로 말하자면 전쟁에 이겼다고 해서 그 희생이 바로 그 당자에게 보상되는 것은 아니다. 그들의 죽은 남편이, 죽은 아버지가 다시 돌아오는 것은 아니다. 전쟁미망인, 납치미망인들의 윤락을 운위하는 이들의 그 표준하는 도의의 대용은 언제나 청교도의 그것이다. 그러나 그러한 채찍과 냉소를 예비하기 전에 그들의 굶주림, 그들의 쓰라림과 눈물을 먼저 계량할 저울대(衡)가 있어야 될 말이다.

신산(辛酸)과 고난을 무릅쓰고 올바른 길을 제대로 걸어가는 이들의 그 절조(節操)와 용기는 백번 고개 숙여 절할 만하다. 그렇다 하기로니 그 공식 그 도의(道義) 하나만이 유일무이의 표준이 될 수는 없다. 어느 거리에서 친구의 부인 한 분을 만났다. 그 부군은 사변의 희생자로 납치된 채 상금 생사를 모른다. 거리에서 만난 그 부인……만삭까지는 아니라도 남의 눈에 띌 정도로 배가 부른……그이와 차 한 잔을 나누면서 "선생님도 저를 경멸하시지요. 못된 년이라고……" 하고 고개를 숙이는 그 부인 앞에서 내가 한 이야기가 바로 이 바둑판의 예화이다.

과실은 예찬할 것이 아니요, 장려할 노릇도 못된다. 그러나 그와 동시에 과실이 인생의 '올 마이너스'일 까닭도 없다. 과실로 해서 더 커가고 깊어가는 인격이 있다. 과실로 해서 더 정화(淨化)되고 굳세어지는 사랑이 있다. 누구나 할 수 있는 일은 아니다. 어느 과실에도 적용된다는 것은 아니다. 제 과실의 상처를 제 힘으로 다스릴 수 있는 「가야」반(盤)의 탄력―그 탄력만이 '파실'을 효용한다. 인생이 바둑판만도 못하다고 해서야 될 말인가?

김소운(金素雲)의 수필 「특급품(特級品)」이었습니다. 이 작품에서 본 바와 같이 수필은 붓이 가는대로 쓰이어진 글이라고 하지만, 그렇다고 질서가 없고, 형식도 없는 혼돈된 글이 아니라는 점을 알게 되겠습니다. 질서가 없는 것 같으면서도 엄연한 질서가 있고, 형식이 없는 것 같으면서도 엄연히 형식이 존재한다는 사실을 알게 되었습니다.

김소운(金素雲)의 수필 「특급품(特級品)」은 이러한 여러 요소들을 잘 반영한 작품이라 하겠습니다. 뿐만 아니라, 인생에 있어서 새로운 해석을 제시하므로 인해서 어떠한 차원까지를 생각하게 합니다. 이 수필을 읽어나가면 깨닫게 될 것입니다. 처음부터 정석(定石)을 놓아가는 품이 비범하다는 점을 터득하게 될 것입니다. 바둑을 두는 순서가 일정하게 정해질 리 만무하지만, 자세히 들여다보면 거기에는 자로 잰 듯한 형식과 논리가 깔려있음을 알게 되는 이치와도 같다고 하겠습니다.

이 수필은 죽음을 생각할 정도로 절망적인 상황에 처한 사람에게 새로운 삶의 희망을 갖도록 하는 고차원의 작품으로 여겨집니다. 다시 말해서 인생의 카운슬러의 발성이라 하겠습니다. 그만큼 이 글은 삶의 지혜와 교훈이 담겨있는 작품이라 하겠습니다. 과실은 장려할 것이 못되지만, 인생의 올 마이너스일 까닭도 없다고 하는 지론은 인생의 교범이라 하겠습니다.

이 수필을 새김질할 필요가 있겠습니다. 처음엔 가야반이라는 바둑판에 관한 이야기가 나옵니다. 그 다음에는 흠도 티도 없는 1급품 바둑판보다 상처 자국이 있어서 오히려 값이 높은 특급품 이야기가 나옵니다. 그리고는 "남편은 밤이 늦도록 사랑에서 바둑을 두고 노는 버릇이 있었는데, 그 사랑에 온 남편의 친구가 부인이 잠들어 있는 내실로 가서 정을 통하게 됩니다. 부인은 모기장을 들고 들어온 사내를 잠결에 남편인 줄만 알고 통정한 거죠. 그 부인은 그 후로 굶어서 죽었다고 합니다.

　작자는 그 부인을 칭찬하면서도 "과실은 예찬할 것이 아니요, 장려할 노릇도 못된다. 그러나 그와 동시에 과실이 인생의 '올 마이너스'일 까닭도 없다. 과실로 해서 더 커가고 깊어가는 인격이 있다. 과실로 해서 더 정화(淨化)되고 굳세어지는 사랑이 있다. 제 과실의 상처를 제 힘으로 다스릴 수 있는「가야」반(盤)의 탄력—그 탄력만이 '파실'을 효용한다."고 합니다. 그러면서 "인생이 바둑판만도 못하다고 해서야 될 말인가?" 하고 결말에 매듭을 짓게 됩니다. 이제부터는 피천득의 수필「수필」을 살펴보고자 합니다.

　　수필(隨筆)은 청자연적(靑瓷硯滴)이다. 수필은 난(蘭)이요, 학(鶴)이요, 청초(淸楚)하고 몸맵시 날렵한 여인(女人)이다. 수필은 그 여인이 걸어가는, 숲 속으로 난 평탄(平坦)하고 고요한 길이다. 수필은 가로수 늘어진 포도(鋪道)가 될 수도 있다. 그러나 그 길은 깨끗하고 사람이 적게 다니는 주택가에 있다.

　　수필은 청춘(靑春)의 글은 아니요, 서른여섯 살 중년(中年) 고개를 넘어선 사람의 글이며, 정열(情熱)이나 심오한 지성(知性)을 내포한 문학이 아니요, 그저 수필가가 쓴 단순한 글이다. / 수필은 흥미는 주지마는, 읽는 사람을 흥분시키지 아니한다. 수필은 마음의 산책(散策)이다. 그 속에는 인생의 향기와 여운(餘韻)이 숨어 있다.

　　수필의 빛깔은 황홀 찬란(恍惚燦爛)하거나 진하지 아니하며, 검거나 희지 않고, 퇴락(頹落)하여 추(醜)하지 않고, 언제나 온아 우미(溫雅優美)하다. 수필의 빛은 비둘기 빛이거나 진주 빛이다. 수필이 비단이라면, 번쩍거리지 않는 바탕에 약간의 무늬가 있는 것이다. 무늬는 사람 얼굴에 미소(微笑)를 띠게 한다.

　　수필은 한가하면서도 나태(懶怠)하지 아니하고, 속박(束縛)을 벗어나고서도 산만(散漫)하지 않으며, 찬란하지 않고 우아하며 날카롭지 않으나 산뜻한 문학이다.

　　수필의 재료는 생활 경험, 자연 관찰, 인간성이나 사회 현상에 대한 새로운 발견 등 무엇이나 좋을 것이다. 그 제재(題材)가 무엇이든지 간에 쓰는 이의 독특한 개성(個性)과 그 때의 심정(心情)에 따라, '누에의 입에서 나오는 액(液)이 고치를 만들 듯이' 수필은 써지는 것이다.

또 수필은 플롯이나 클라이맥스를 필요로 하지는 않는다. 필자(筆者)가 가고 싶은 대로 가는 것이 수필의 행로(行路)이다. 그러나 차(茶)를 마시는 것과 같은 이 문학은, 그 차가 방향(芳香)을 가지지 아니할 때에는 수돗물같이 무미(無味)한 것이 되어 버리는 것이다.

수필은 독백(獨白)이다. 소설이나 극작가는 때로 여러 가지 성격(性格)을 가져 보아야 된다. 셰익스피어는 햄릿도 되고 오필리아 노릇도 한다. 그러나 수필가 찰스 램은 언제나 램이면 되는 것이다. 수필은 그 쓰는 사람을 가장 솔직(率直)히 나타내는 문학 형식이다. 그러므로 수필은 독자에게 친밀감을 주며, 친구에게 받은 편지와도 같은 것이다.

덕수궁(德壽宮) 박물관에 청자연적이 하나 있었다. 내가 본 그 연적(硯滴)은 연꽃 모양으로 된 것으로, 똑같이 생긴 꽃잎들이 정연(整然)히 달려 있었는데, 다만 그 중에 꽃잎 하나만이 약간 옆으로 꼬부라졌었다. 이 균형(均衡) 속에 있는, 눈에 거슬리지 않는 파격(破格)이 수필인가 한다. 한 조각 연꽃잎을 옆으로 꼬부라지게 하기에는 마음의 여유(餘裕)를 필요로 한다.

이 마음의 여유가 없어 수필을 못 쓰는 것은 슬픈 일이다. 때로는 억지로 마음의 여유를 가지려다가, 그런 여유를 가지는 것이 죄스러운 것 같기도 하여, 나의 마지막 10분의 1까지도 숫제 초조(焦燥)와 번잡(煩雜)에다 주어 버리는 것이다.

피천득의 수필 「수필」이었습니다. 이 수필 작품은 수필 문장 형식으로 쓴 수필론이라 할 수 있겠습니다. 이 글은 수필 형식으로 이루어졌지만, 글의 내용은 수필론의 성격을 띠고 있음을 알 수 있습니다. 부드러운 문체와 은유적 표현으로 간결하게 쓰이어진 이 작품은, 수필을 가리켜 청자연적, 난(蘭), 학(鶴), 날렵한 여인으로 은유하여 수필문학이 갖는 특성을 담담한 필치로 전개하였습니다. 그리하여 수필 장르가 갖는 특성을 이해하는 데 도움이 될 것으로 여겨집니다. 2교시 수업은 여기까지입니다. 마치겠습니다.

# 3교시 「강마을」(김규련) 「보리」(한흑구) 「흙의 침묵」 (황송문)

8주차 3교시 수업을 시작하겠습니다. 김규련의 수필 「강마을」부터 감상하겠습니다.

오늘 아침 출근길에 문조(文鳥) 한 마리가 죽어서 길섶에 버려져 있는 것을 보았다. 무서리가 내린 강변에 어린 물새 한 마리가 죽어 쓰러진 것을 보고 치마폭에 싸다가 양지에 묻어 주던 소녀가 생각난다. 이듬해 봄에는 그 무덤을 찾아가 풀꽃을 뿌려 주던 그 천사의 동심이 오늘 황량한 내 가슴에 강물로 출렁인다.

강마을 아이들은 강변의 물소리를 익히며 자란다. 강물 소리에도 계절이 깃들여 봄이 오고 가을이 간다. 강물에도 생명이 있다. 추운 겨울 얼음이 겹으로 강 위에 깔려도 강심 어딘가에는 숨구멍이 있다. 이 생명의 구멍으로 강물은 맑은 하늘의 정기를 호흡하며 겨우내 쉬지 않고 흐른다. 겨울의 강물 소리는 마음으로 듣는다. 차가운 강바람이 소창(素窓)을 칠 때 떨리는 문풍지에서 문득 오열(嗚咽)처럼 흐르는 강물 소리를 듣는다.

우수(雨水)가 지난 어느 날 새벽, 찡 하고 나룻터 빙판에 금 가는 소리가 나면 비로소 강마을의 한 해는 시작되는 것이다. 강이 풀리면 금조개 빛깔의 겨울 강물이 청자빛으로 변해 가고, 잠에서 깨난 물고기들은 꼬리를 쳐 본다. 강마을의 봄은 강물의 빛깔과 물소리에서 오는 것일까. 막 껍질을 깨고 난 병아리의 삐약거리는 소리가 강변에서 번져 나오면 산과 들은 곧장 강물빛깔을 닮아 간다. 강마을 아이들은 감동과 사랑으로 이 신비로운 질서에 동화(同化)하면서 기다림과 설레임으로 봄을 맞는다.

봄이 오면 이른 아침의 강나루는 아이들의 공동 소세장(梳洗場)이다. 저마다 팔다리를 걷어붙이고 김이 무럭거리는 강물을 휘저으며 묵은 때를 씻는다. 부리가 길고 몸매가 날씬한 물새가 저만치 수면을 스치고 허공을 찌르듯 솟아오른다. 가지색 날갯깃에 아침 햇볕이 부딪쳐 찬란할 때 동심은 봄이 온 기쁨에 넘쳐

물새로 비상(飛翔)한다. 기나긴 봄날을 함께 놀아 줄 동무가 찾아 온 것이다. 감격과 환희를 가득 싣고.

강마을 아이들의 놀이는 곧 강물에의 애무(愛撫)다. 조약돌을 주워 강심에 팔매질을 해 본다. 풀잎배, 나뭇잎배, 때로는 나무껍질로 만든 배를 물 위에 띄워 보낸다. 어쩌면 미지의 세계로 한없이 가고픈 동심을 띄워 보내는 것이리라. 때로는 낚시를 드리워 고기를 건져 올리고, 강조개를 캐내기도 한다. 그러나 캐내고 건져 올리는 것이 어찌 강조개며 고기뿐이랴.

아이들은 강마을에 있어야 할 자연의 일부라 할까. 강물과 모랫벌, 물새와 고기떼, 산과 들, 나룻배와 하늘 그리고 아이들, 그 어느 하나도 없어서는 안 될 자연의 조화. 이 자연의 조화에 깊은 애정을 느낄 때 아이들의 마음속에는 고향 의식이 싹튼다. 훗날 뿔뿔이 흩어져 저마다 삶의 길목을 고달프게 걷다가, 어느 날 밤 가슴속에 흐르는 강물 소리를 듣고 문득 향수에 젖으리라.

여름의 강마을은 조물주 장난이 허락된 방종(放縱)의 도시라 할까. 목이 타는 한발로 모랫벌을 사막으로 만드는가 하면, 큰 홍수가 나서 한 마을을 자취도 없이 쓸어 가기도 한다. 그러나 하동(河童)들은 그런대로 마냥 즐겁다. 열사(熱砂)의 강변에서 가뭄을 잊고 마음껏 물에서 노는 것은 즐겁다. 동화 속의 왕국을 모래성으로 쌓아 올려, 공상의 날개를 펼쳐 보는 것은 더욱 즐겁다.

홍수가 나면 산마루에 올라, 함성과 군마와 쇠북소리를 내며 밀어닥치는 바다 같은 흙탕물의 장관(壯觀)에 넋을 잃는다. 날씨가 고르면 강마을은 밤낮이 없는 이방인(異邦人)의 거리로 변한다. 낯설은 풍습이 강마을 아이들의 눈을 난시(亂視)로 만들어 놓는다. 철이 바뀌면 이방인들은 훌쩍 떠나가 버려도 그들이 버려둔 풍습의 유산은 동심의 한 모서리에 갈등 같은 묘한 멍을 오래 남겨둔다.

강마을에는 추수가 없다. 농토가 귀한 이 마을 사람들은 열심히 고기를 잡거나 목기(木器)며 죽세품(竹細品)이며 돗자리를 만들어 추수 없는 서러움을 달랜다. 그러나 아이들에게는 풍요한 추수가 있다. 강물은 많은 사연과 산 그림자를 싣고 끝없이 흐른다. 갈대가 하늘거리는 강변에 모여 앉아 강물의 여로(旅路)를 곰곰이 생각해 보면 어느덧 저마다의 가슴속에도 강물이 출렁댄다. 강 건너 아득히 먼 산 너머로 해가 지는 것을 바라보거나, 구름 사이로 깜박깜박 보이는 기러기떼를 지켜보는 것, 또는 집에 돌아갈 것을 잊고 바람소리 나는 대나무 숲을 마음껏 배회해 보는 것, 이런 것들이 모두 강마을 아이들에게 지순(至純)의 꿈을 길러주는 것이리라.

　나는 어린 시절을 강마을에서 자랐다. 남해 대교(南海大橋)에서 섬진강을 따라 70리, 뱃길로 한나절을 가면 H포구가 있다. 이 포구 어느 산기슭에 울먹이며 물새 한 마리를 묻어주던 소녀도 이제는 불혹(不惑)의 유역(流域)을 흐르고 있을 것이다. 낙엽으로 지는 세월 속에서 얼마나 많은 애환의 기슭이며 영욕의 여울목을 그녀는 지나갔을까. 사랑도 미움도 서러움과 희열도 어쩔 수 없이 흘러간다는 강물의 슬기를 사무치게 느꼈으리라. 강물의 흐름이 곧 여래(如來)의 마음인 것을.


　김규련의 수필 「강마을」이었습니다. 이 수필에는 시적인 언어가 반짝이고 있습니다. 그것은 마치 모든 철에 빛을 내는 티타늄과 같아서 모든 언어에 빛을 냅니다. 시어(詩語)가 포함되지 않은 수필이 강변의 모래밭이라면, 시어가 섞인 수필은 사금(砂金)이 반짝이는 강변의 모래밭과도 같다 하겠습니다.

　강변에 사금이 반짝이는 모래밭처럼, 시적 수필을 써온 김규련(金奎鍊) 수필가는 가슴으로 얘기하는 문사(文士)라 하겠습니다. 가슴으로 이야기를 한다는 것은 심정적 감성에 호소한다는 의미도 있지만, 고여 있는 심성을 떠낸다는 얘기도 되겠습니다. 따라서 그의 발성은 머리로 전하는 발성이 아니라, 가슴으로 전하는 뜨거움의 발성입니다. 그는 선적(禪的) 달관(達觀)의 경지에서 인생과 우주에 관해 얘기를 깊여 갑니다. 그의 얘기에 양질의 영양이 자르르 흐르는 것은 선적(禪的)인 내용과 달관(達觀)에서 오는 프리즘의 굴절에서 연유됩니다.

　그는 여백의 공간미를 즐기는 동양적 선풍(禪風)을 지닌 까닭에 채우려고 덤비는 법이 없습니다. 그러면서도 할 얘기는 다하고, 차지할 것은 다 차지합니다. 그는 맑은 상(想)이 고이기 전에 떠내지 않습니다. 그러므로 그의 언어는 언제나 제 맛을 잃는 법이 없습니다. 언제나 좋은 작품을 쓰려는 자세로 집필에 임하는 그는 마치 시를 낭송하듯, 낮은 음으로 작품을 엮어 나갑니다.

오늘 아침 출근길에 문조(文鳥) 한 마리가 죽어서 길섶에 버려져 있는 것을 보았다. 무서리가 내린 강변에 어린 물새 한 마리가 죽어 쓰러진 것을 보고 치마폭에 싸다가 양지에 묻어 주던 소녀가 생각난다. 이듬해 봄에는 그 무덤을 찾아가 풀꽃을 뿌려 주던 그 천사의 동심이 오늘 황량한 내 가슴에 강물로 출렁인다.

이 글은 「강마을」의 서두 부분입니다. 그가 관심하는 사물(事物)은 사물 그 자체부터 모자이크군(群)으로 반짝이는 특정한 사물이 됩니다. 길섶에 죽어 있는 문조(文鳥), 물새를 묻어주던 소녀(少女), 어느 날 새벽 찡하고 나루터 빙판에 금가는 소리, 금조개 빛깔, 잠에서 깨어난 물고기, 물 위에 띄우는 나무껍질로 만든 배 등등 어느 것 한 가진들 새로운 빛깔로 반짝이지 않는 것이 없습니다. 그는 관심이 가는 사물을 반짝이게 하면서 "……훗날 뿔뿔이 흩어져 저마다 삶의 길목을 고달프게 걷다가, 어느 날 밤 가슴속에 흐르는 강물 소리를 듣고 문득 향수에 젖으리라.……"고 토로합니다.

어느 산기슭에 울먹이며 물새 한 마리를 묻어 주던 소녀도 이제는 불혹(不惑)의 유역(流域)을 흐르고 있을 것이다. 낙엽으로 지는 세월 속에서 얼마나 많은 애환의 기슭이며 영욕의 여울목을 그녀는 지나갔을까.

김규련의 수필에는 리듬이 옵니다. 작은 리듬은 수시로 오고, 큰 리듬은 가끔씩 옵니다. 마치 수시로 일렁이는 파도와 두 차례씩 들고 나는 밀물과 썰물처럼. 이 「강마을」의 경우만 보아도 수필의 전체가 리듬을 타고 흐를 뿐 아니라, 큰 리듬이 서두와 결말 두 차례에 걸쳐 반복되고 있습니다. 서두에 있어서 죽은 물새를 묻어 주던 소녀의 리듬이 결말에 가서는 불혹의 여인으로 반복되어 나옵니다.

이제 동해의 검은 갈매기로 불리어지면서, 자연 속에 은거했던 선풍도골(仙風道骨)의 선비요 애국자이며 소탈한 인품의 문사였던 한흑구(韓黑鷗)의 수필 「보리」를 감상하겠습니다.

보리. 너는 차가운 땅 속에서 온 겨울을 자라 왔다. 이미 한 해도 저물어, 벼도 아무런 곡식도 남김없이 다 거두어들인 뒤에, 해도 짧은 늦은 가을날, 농부는 밭을 갈고, 논을 잘 손질하여서, 너를 차디찬 땅 속에 깊이 묻어 놓았었다. 차가움에 응결된 흙덩이들을 호미와 고무래로 낱낱이 부숴가며, 농부는 너를 추위에 얼지 않도록 주의해서 차가운 땅 속에 깊이 심어 놓았었다. "씨도 제 키의 열 길이 넘도록 심어지면, 움이 나오기 힘이 든다."

옛 늙은이의 가르침을 잊지 않으며, 농부는 너를 정성껏 땅 속에 묻어 놓고, 이에 늦은 가을의 짧은 해도 서산을 넘은 지 오래고, 날개를 자주 저어 까마귀들이 깃을 찾아간 지도 오랜, 어두운 들길을 걸어서, 농부는 희망의 봄을 머릿속에 간직하며, 굳어진 허리도 잊으면서 집으로 돌아오곤 했다.

온갖 벌레들도, 부지런한 꿀벌들과 개미들도, 다 제 구멍 속으로 들어가고, 몇 마리의 산새들만이 나지막하게 울고 있던 무덤가에는, 온 여름 동안 키만 자랐던 억새풀더미가, 갈대꽃 같은 솜꽃만을 싸늘한 하늘에 날리고 있었다. 물도 흐르지 않고, 다 말라 버린 갯강변 밭둑 위에는 앙상한 가시덤불 밑에 늦게 핀 들국화들이 찬 서리를 맞고 고개를 숙이고 있었다.

논둑 위에 깔렸던 잔디들도 푸른빛을 잃어버리고, 그 맑고 높던 하늘도 검푸른 구름을 지니고 찌푸리고 있는데, 너, 보리만은 차가운 대기(大氣) 속에서도 솔잎과 같은 새파란 머리를 들고, 하늘을 향하여, 하늘을 향하여 솟아오르고만 있었다.

이제, 모든 화초는 지심(地心) 속에 따스함을 찾아서 다 잠자고 있을 때, 너, 보리만은 그 억센 팔들을 내뻗치고, 새말간 얼굴로 생명의 보금자리를 깊이 뿌리 박고 자라왔다. 날이 갈수록 해는 빛을 잃고, 따스함을 잃었어도, 너는 꿈쩍도 아니하고, 그 푸른 얼굴을 잃지 않고 자라 왔다. 칼날같이 매서운 바람이 너의 등을 밀고, 얼음같이 차디찬 눈이 너의 온몸을 덮어 엎눌러도, 너는 너의 푸른 생명을 잃지 않았었다.

지금, 어둡고 찬 눈 밑에서도, 너, 보리는 장미꽃 향내를 풍겨 오는 그윽한 유월의 훈풍(薰風)과, 노고지리 우짖는 새파란 하늘과, 산 밑을 훤히 비추어 주는 태양을 꿈꾸면서, 오로지 기다림과 희망 속에서 아무 말이 없이 참고 견디어왔으며, 오월의 밝은 하늘 아래서 아직도 쌀쌀한 바람에 자라고 있었다. 춥고 어두운 겨울이 오랜 것은 아니었다. 어느덧 남향 언덕 위에 누렇던 잔디가 파란 속잎을 날리고, 들판마다 민들레가 웃음을 웃을 때면, 너, 보리는 논과 밭과 산등성이에까지, 이미 푸른 바다의 물결로써 온누리를 뒤덮는다.

낮은 논에도, 높은 밭에도, 산등성이 위에도 보리다. 푸른 보리다. 푸른 봄이다. 아지랑이를 몰고 가는 봄바람과 함께 온 누리는 푸른 봄의 물결을 이고, 들에도, 언덕 위에도, 산등성이 위에도, 봄의 춤이 벌어진다. 푸르른 생명의 춤, 새말간 봄의 춤이 흘러넘친다. 이윽고 봄은 너의 얼굴에서, 또한 너의 춤 속에서 노래하고 또한 자라난다.

아침 이슬을 머금고, 너의 푸른 얼굴들이 새 날과 함께 빛난 때에는, 노고지리들이 쌍쌍이 짝을 지어 너의 머리 위에서 봄의 노래를 자지러지게 불러대고, 또한 너의 깊고 아늑한 품속에 깃을 들이고, 사랑의 보금자리를 틀어 놓는다.

어느덧 갯가에 서 있는 수양버들이 그의 그늘을 시내 속에 깊게 드리우고, 나비들과 꿀벌들이 들과 산 위를 넘나들고, 뜰 안에 장미들이 그 무르익은 향기를 솜같이 부드러운 바람에 풍겨 보낼 때면, 너, 보리는 고요히 머리를 숙이기 시작한다. 온 겨울의 어둠과 추위를 다 이겨내고, 봄의 아지랑이와, 따뜻한 햇볕과 무르익은 장미의 그윽한 향기를 온몸에 지니면서, 너 보리는 이제 모든 고초와 비명을 다 마친 듯이 고요히 머리를 숙이고, 성자(聖者)인 양 기도를 드린다.

이마 위에는 땀방울을 흘리면서, 농부는 기쁜 얼굴로 너를 한아름 덥석 안아서, 낫으로 스르릉스르릉 너를 거둔다. 너, 보리는 그 순박하고, 억세고, 참을성 많은 농부들과 함께 자라나고, 또한 농부들은 너를 심고, 너를 키우고, 너를 사랑하면서 살아간다. 보리, 너는 항상 순박하고, 억세고, 참을성 많은 농부들과 함께, 이 땅에서 영원히 사라지지 않을 것이다.


보리가 추위에 얼어 죽지 않도록 씨앗을 차가운 땅속 깊이 심는 농부의 따뜻한 마음이 잘 나타나 있습니다. 한흑구는 보리 얘기를 하기 위해서 '보리'라는 사물을 선택한 게 아니고, 어디까지나 추운 겨울을 견디어 내는 보리처럼, 굽히지 않는 의지와 인고로써 조국광복이라고 하는 영광된 그날을 기다리는 우리 겨레의 억센 삶을 나타내기 위해서 차용했던 것으로 여겨집니다. 마지막으로 자작수필 「흙의 침묵」을 살펴보겠습니다.

　나는 짓밟힐 때 흙을 생각한다. 배반을 당할 때에도, 사기를 당할 때에도 말이 없이 무표정한 흙을 생각한다. 흙은 모든 사물에게서 밟힘을 당하는 피동체이면서도 거부 반응을 보이는 법이 없이 침묵을 지키다가 언젠가는 완만한 동작으로 그 능동물체를 삼킨다.

　흙을 밟고 다니는 사람들까지도 언젠가는 흙속으로 들어가게 된다. 그 흙에게 먹히기 싫으면 불구덩이로 들어가서 한줌의 재가 되는 수밖에 없다. 흙에서 자란 나무는 거목으로 무성하게 자랄수록 그 흙의 너그러움을 닮게 되어 많은 사물을 포용하게 된다. 딱따구리가 줄기를 쪼아서 집을 짓고 살더라도 흙에서 자란 나무는 조금도 불평하는 법이 없이 서늘한 숲 그늘을 폭넓게 드리워 준다.

　나 역시 흙에서 소출된 곡식을 먹고 자랐는데 쪼아대는 인간들의 입방아를 왜 좋게 보아주지 못하고 괴로워하는 것일까. 모든 것을 참으며 모든 것을 포용하는 저 거목을 길러낸 흙의 너그러움 앞에서 나는 나의 빈약한 그림자를 본다.

　너그러움이라는 명제 아래 주어지는 흙과 그 자식들의 상사성(相似性)을 나는 언제까지나 경이의 눈으로 바라보고만 있어야 하는가. 흙은 무엇이고 그의 자녀들은 또 무엇인가. 다 부질없는 한 줄기 바람인 것을. 그러나 다시 색즉시공(色卽是空) 공즉시색(空卽是色), 말없는 나무를 보면서 침묵하는 흙을 생각한다.

　이 글은 읽는 것으로 충분하겠습니다. 이 수필을 곰곰이 반추하면서 생각해 보시기 바랍니다. 8주차 3교시 수업은 여기까지입니다. 마치겠습니다.

# 제9강

# 인포멀 에세이 2

1교시
「양잠설」(윤오영)
「개구리소리」(김규련)
「연탄사상」(황송문)

2교시
「여름밤」(노천명)
「서울의 봄」(노천명)
「청춘예찬」(민태원)

3교시
「낙엽을 태우면서」(이효석)
「나의 생활설계도」(박두진)

# 제9강 인포멀 에세이 2

## 1교시 「양잠설」(윤오영) 「개구리소리」(김규련) 「연탄사상」(황송문)

9주차도 인포멀 에세이 작품들을 감상하겠습니다. 1교시 수업은 윤오영(尹五榮)의 수필 「양잠설(養蠶說)」부터 시작하겠습니다.

어느 촌 농가에서 하루 저녁 잔 적이 있었다. 달은 훤히 밝은데, 어디서 비오는 소리가 들린다. 주인더러 물었더니 옆방에서 누에가 풀 먹는 소리였었다. 여러 누에가 어석어석 다투어서 뽕잎 먹는 소리가 마치 비오는 소리 같았다. 식욕이 왕성한 까닭이었다. 이때 뽕을 충분히 공급해 주어야 한다. 며칠을 먹고 나면 누에 체내에 지방질이 충만해서 피부가 긴장되고 윤택하며 엿빛을 띠게 된다. 그때부터 식욕이 감퇴된다. 이것을 최안기(催眠期)라고 한다. 그러다가 아주 단식을 해버린다. 그리고는 실을 토해서 제 몸을 고정시키고 고개만 들고 잔다. 이것을 누에가 한잠 잔다고 한다.

얼마 후에 탈피를 하고 고개를 든다. 이것을 기잠(起蠶)이라고 한다. 이때에 누에의 체질은 극도로 쇠약해서 보호에 특별히 주의를 해야 한다. 다시 뽕을 먹기 시작한다. 초잠 때와 같다. 똑같은 과정을 되풀이해서 최안, 탈피, 기잠이 된다. 이것을 일령 이령(一齡二齡) 혹은 한잠 두잠 잤다고 한다. 오령이 되면 집을 짓고 집 속에 들어 앉는다. 성가(成家)된 것을 고치라고 한다. 이것이 공판장(共販場)에 가서 특등, 일등, 이등, 삼등, 등외품으로 평가된다.

나는 이 말을 듣고서, 사람이 글을 쓰는 것과 꼭 같다고 생각했다. 누구나 대개 한 때는 문학소년 시절을 거친다. 이 때가 가장 독서열이 왕성하다. 모든 것이 청신(淸新)하게 머리에 들어온다. 이때 독서를 많이 해야 한다. 그의 포부는 부풀대로 부풀고 재주는 빛날대로 빛난다. 이때 우수한 작품들을 쓴다. 그러나 얼마 안 가서 그는 사색에 잠기고 회의에 잠긴다. 문학서적에서조차 그렇게 청신한 맛을 느끼지 못한다. 여기서 혹은 현실에 눈 떠서 제각각 제 길을 찾아가기도 하고 철학이나 종교 서적을 읽기 시작한다. 그리고 오직 침울(沈鬱)한 사색에 잠긴다. 최안기에 들어선 것이다.

한참 자고 나서 고개를 들 때, 구각(舊殼)을 벗는다. 탈피다. 한 단계 높아진 것이다. 인생을 탐구하는 경지에 이른다. 그러나 정신적으론 극도의 쇠약기다. 그의 작품은 오직 반항과 고민과 기피에 몸부림친다. 이때를 넘기지 못하고 그 벽을 뚫지 못하고 대결하다 부서진 사람들이 있다. 혹은 그를 요사(夭死)한 천재라고 하는 사람들도 있다. 다시 글을 탐독하기 시작한다. 전에 읽었던 글에서 새로움을 발견한다. 이제 이령(二齡)에 들어선 것이다. 몇 번이고 이 고비를 거듭하는 속에 탈피에 탈피를 거듭하며 자기를 완성해 간다. 그 도중에는 무수한 탈락자들이 생긴다. 최후에, 자기의 모든 역량을 뭉치고, 글 때를 벗고, 자기대로의 세계에 안주한다. 누에가 고치를 짓고 들어앉듯 성가(成家)한 작가다. 비로소 그의 작품이 그 대소에 따라 일등품, 이등품으로 후세에 평가의 대상이 된다.

대개 사람의 일생을 육십을 일기로 한다면, 이십대가 일령이요, 삼십대가 이령이요, 사십대가 삼령이요, 오십대가 사령이요, 육십대가 되면 이미 오령이다. 이제는 크든 작든 고치를 짓고 자기 세계에 안주할 때다. 이때에 비로소 고치에서 명주실은 풀리기 시작한다. 자기가 뽕을 먹고 삭이니만치 자기가 부단히 고무되고 고초하고 탈피해 가며 지어 논 고치(境地)만큼, 실을 뽑는 것이다. 칠십이든 구십이든 가는 날까지 확고한 자기의 경지에서 자기의 글을 쓰고 자기의 말을 하다가 가는 것이다. 그러나 여기서 이십대~육십대로 예를 들어 말한 것은 육체적인 연령을 말한 것은 물론 아니다. 육체적인 년령에 대비해 보는 것이 알기 쉽기 때문이다. 우수한 문학가는 생활의 농도와 정력의 신비가 일반을 초월한다. 그런 까닭에 이 연령은 천차만별로 단축된다. 우리는 남의 글을 읽으며 다음과 같이 논평하는 수가 가끔 있다.

"그 사람 재주는 비상한데, 밑천이 없어서." / 뽕을 덜 먹었다는 말이다. 독서의 부족을 말함이다.

"그 사람 아는 것은 많은데, 재주가 모자라." / 잠을 덜 잤다는 말이다. 사색의 부족과 비판 정리가 안 된 것을 말한다. / "그 사람 읽기는 많이 읽있는데, 어딘가 부족해." / 뽕을 한 번만 먹었다는 말이다. 독서가 일회에 그쳤다는 이야기다.

"학식과 재질이 다 충분한데 그릇이 작아." / 사령(四齡)까지 가지 못했다는 이야기다.

"그 사람 아직 글 때를 못 벗은 것 같애." / 오령기(五齡期)를 못 채웠다는 말이다. 자기를 세우지 못한 것이다. "그 사람 참 꾸준한 노력이야. 대 원로지. 그런데 별 수 없을 것 같아." / 병든 누에다. 집 못 짓는 쭈구렁 밤송이다.

"그 사람이야 대가(大家), 훌륭한 문장인데, 경지가 높지 못해." / 고치를 못 지었다는 말이다. 일가(一家)를 완성하지 못한 것이다. 나는 양잠가에서 문장론을 배웠다.


윤오영의 수필 「양잠설」이었습니다. 여기에서는 문장의 기본 정도(正道)가 되는 삼요소, 즉 다독(多讀), 다작(多作), 다사(多思)가 망라되어 있습니다. 누에가 뽕을 먹고 잠을 자며 고치가 되어 가는 양잠의 과정이 수필 작법을 효과적으로 깨우치는 데에 도움이 될 것입니다. 이 글에서는 수필 창작에 도움이 되는 그 과정적인 비유도 비유지만, '글 때를 벗는다'고 하는 어떤 경지를 말해 주는 데에도 의미가 있다 하겠습니다. 이 글은 수필의 형식을 빌려서 '문장론'을 피력했다고 할 수 있겠습니다.

누에가 뽕을 많이 먹는 것은 다독, 독서를 많이 하는 것으로 비유되겠고, 오잠까지 충분히 잠을 자는 것은 다사(多思), 생각을 많이 하는 것으로 비유할 수 있겠으며, 마지막으로 고치를 생산한 것은 창작으로 비유할 수 있겠습니다. 그리고 고치를 생산하기 전에 똥을 싸서 투명하게 하는 것은 공자가 말한, 사특함이 없어야 한다는 그 사무사(思無邪)에 비할 수 있겠습니다. 다음은 김규련의 수필 「개구리소리」입니다. 감상하겠습니다.

지창(紙窓)에 와 부딪치는 요란한 개구리 소리에 끌려 들에 나와 서성거려 본다. 저녁나절 몹시 불던 바람은 잠이 들고 밤은 이미 이슥하다. / 모를 내기에는 아직 이르다. 물이 가득 잡힌 빈 논에는 또 하나의 밤하늘이 떠있다. 지칠 줄 모르는 개구리 소리는 연신 하늘과 땅 사이의 고요를 뒤흔들고 있다. 와글거리는 개구리 소리에 물이랑이 일 적마다 달과 별은 비에 젖은 가로등처럼 흐려지곤 한다. 첩첩한 산이며 수목(樹木)들은 무거운 침묵에 잠겨 있다. 그들도 이 밤에 개구리 소리에 묵묵히 귀를 모으고 서 있는 것일까.// 개골 개골 개골 가르르 가르르 걀걀걀걀.

　산골의 개구리는 진달래가 피었다가 지고 제비꽃이 논둑에 점점이 깔릴 무렵 갑자기 울기 시작한다. 그러다가 무더운 여름 어느 날 녹음 속에서 매미 소리가 울려퍼지면 개구리들은 이제 지친 듯 조용히 입을 다문다. 비가 올 때는 더러 울기도 하지만 개구리의 한 해는 이미 저물어 간 것이다.

　개구리 소리에는 가락도 없고 장단도 없다. 그저 시끄러운 울음소리의 단조로운 반복이 있을 뿐이다. 그런데도 허허로운 빈 마음으로 가만히 들어 보면 묘하게도 짜증이 나지 않고 오히려 가슴이 설레어 온다. 개구리 소리는 춥고도 긴 겨울을 땅밑에서 견디고 다시 살아난 개구리들의 환희의 목소리이기 때문일까.

　개구리 소리는 즐거운 소음이다. 만약 개구리의 요란한 울음소리가 없다면 꽃이 피고 숲이 우거지고 개울물이 흐르며 산새들이 더러는 지저귄다 해도 이 산중은 얼마나 살벌하고 적막할 것인가. 어쩌면 정적이 지나쳐서 죽음의 공포 같은 것을 느낄지도 모른다.

　나는 산중 생활에서 고독을 달래보려고 요즘은 밤마다 들에 나와 논둑을 오르내린다. 농가의 들창에서 새어나온 불빛이 무논 위에 어른거리는 것을 보면 괜히 어린 시절이 생각난다. 고향집 툇마루에서 어머니 무릎에 앉아 듣던 개구리 소리를, 등에 찬바람을 느끼는 나이에 이 산골에서 다시 들어보는 서글픈 감격. 불효한 청개구리 삼형제 얘기를 들려 주시던 어머니의 목소리며, 감꽃 목걸이를 해 걸고 철없이 뛰놀던 옛 친구들의 목소리가 금시라도 들려 올 것만 같다.

　산골에 와서 살면 맑고 은은한 자연의 목소리를 많이 듣게 된다. 메밀꽃이 피는 가을의 석양 들길에서 발바닥이 가렵도록 들려오는 뭇 풀벌레 소리. 늦가을 깊은 밤에 외양간의 소가 먹이를 되새길 때 목에 달린 요령이 흔들려서 땡그렁 땡그렁 들려오는 그윽한 요령 소리. 오뉴월 긴긴 날 진종일 앞뒤산에서 울어대는 뻐꾸기의 피울음 소리. 뜨락에 거목으로 서 있는 벽오동 잎에 여름 소나기가 후드득 듣고 지나가는 소리… 이러한 소리에는 항시 절묘(絶妙)한 여운이 감돌아 무한한 자연의 정취를 느끼게 한다.

그러나 개구리 소리는 그윽하지도 않고 은은하지도 않다. 그런데도 헤아릴 수 없이 많은 개구리떼들이 깊은 밤에 산천이 떠나가도록 개골개골 울어대는 소리를 듣고 섰으면 어느덧 가슴이 뭉클해지고 마침내 숙연해진다. 개구리 소리에는 울고웃는 생생한 여항(閭巷: 보통 사람의 집이 모여 있는 곳)의 목소리가 있다고 할까. 아니면 정한(情恨)에 사무쳐 흐느끼다 간 많은 서민의 목소리가 깔려 있다고 할까. 개구리 소리는 남의 불행과 고통뿐만 아니라 심지어 원한까지도 더불어 슬퍼하고 아파하는 공감(共感)같은 것을 느끼게 한다.

나는 젊은 시절 한때 몹시 가슴을 앓으며 수없이 각혈을 했다. 그리고 오랫동안의 안정과 약물요법으로 다시 일어설 수 있었다. 그러나 그때 무슨 인연으로 얻은 크나큰 마음의 상처는 약물 복용으로는 도저히 가시게 할 수가 없었다. 그럴 때 세월과 신앙과 음악은 구원의 신이었다. 나는 그 당시 베토벤이나 브람스의 심혼(心魂)에 열광했으며, 드뷔시와 사라사테의 분위기에 감동했었다. 음악이 주는 환희의 파도와 감격의 눈물은 마음의 상흔(傷痕)을 서서히 씻어 주었다. 음악을 듣는다는 것은 어쩌면 현실의 울타리 밖에서 즐기는 환상(幻想)과의 대화일지도 모른다. 음악의 소리에는 자기망각(自己忘却)의 묘한 선율이 있다. 그 선율은 모래 위에 깔린 많은 발자국을 지워 주는 잔잔한 물결과 같다.

개구리 소리는 들떠 있는 마음을 차분히 가라앉힌다. 무엇인가를 생각케 하고 자꾸만 깊은 곳으로 그 생각을 유도해 간다. 음악의 소리는 사람의 마음을 허공 속으로 증발시킨다면 개구리 소리는 자기의 참모습을 찾아 스스로 마음의 골짜기를 헤매게 한다.

불가(佛家)에서는 최고의 이상경(理想境)을 열반(涅槃)이라고 한다. 열반이라 함은 번뇌의 불길을 불어서 끈다는 취소(取消: nirvana)의 뜻이 아닌가. 개구리 소리를 밤이 이슥하도록 혼자 듣고 섰으면 드디어 열반의 경지에서 불사선 불사악(不思善 不思惡)을 느끼는 순간을 맛보게 된다. 개구리 소리를 들으며 이러한 순간을 느끼지 못한다면 그는 동양(東洋)의 진수(眞髓)를 안다고 할 수 없으리라.

인류의 역사는 시간의 선(線) 위에 굴러가는 소리와 모습의 함수관계라고 할까. 세상이 달라지면 소리도 변하고, 소리가 달라지면 세상도 변해 갔다. 이제 이 지상에서 자연의 소리는 차츰 문명의 소리에 밀려나고 있다. 개구리 소리는 더욱 그렇다. 문명의 소리와 자연의 소리가 조화를 잃을 때 인간 세상은 어떻게 되는 것일까.

문명의 소리가 동(動)이라면 자연의 소리는 정(靜)이다. 그리고 개구리 소리는 선(禪)일지도 모른다. 개골 개골 개골 가르르 걀걀 걀걀. 개구리떼들이 연신 울고 있다. 나는 먼 훗날 애환(哀歡)을 모르는 한 개 바위가 되어 해마다 제비꽃 필 무렵이 되면 개구리 소리에 부딪치며 무거운 침묵에 잠기고 싶다.


김규련의 수필 「개구리소리」였습니다. 별로 내용이 있을 것 같지 않은 소재를 가지고 상당한 제재를 주제로 이끌어내고 있습니다. 그리하여 평범한 소재를 가지고 비범한 주제로 이끌어내는 역량을 발휘하고 있습니다. 여기에 수필의 묘미가 있다 하겠습니다. 문명의 소리가 '동(動)'이요 자연의 소리가 '정(靜)'이라면 개구리 소리는 선(禪)일지도 모른다는 발상은 '평범을 비범으로 이끈' 단적인 예가 되겠습니다.

다음으로, 독창성이 없으면 안 되겠습니다. 가끔 '신선한 충격'이라는 말을 듣게 되는 데, 이 신선한 충격은 주로 독창성에 의해서 주어지게 됩니다. 작자의 창의력이 글 속에 스며있지 않으면 창작하는 일에 의미가 없다 해도 과언이 아닙니다.

글의 독창성은 주제와 기교에 의해서 나타나기 마련입니다. 처음 습작기에 있어서 글의 형식, 글의 틀을 모방하는 경우라면 몰라도 작품을 제대로 쓰게 될 때 다른 사람의 글을 전거(典據) 없이 그대로 옮기거나 모방해서는 안 되겠습니다. 또 누구나 다 알고 있는 상식적인 내용의 글을 써서도 안 됩니다. 이 역시 독창성이 없는 글이 되기 때문입니다.

물론, 처음부터 끝까지 시종일관(始終一貫) 독창적인 글로만 채울 수는 없겠습니다. 때로는 다른 사람의 명언(名言)이나 명구(名句)를 차용하여 쓸 수도 있습니다. 법정에서 변호사와 증인을 이용하여 자기주장을 관철시키는 것처럼, 창작하는 데에도 다른 사람의 글 중에서 필요한 부분의 출처를 밝히고 이용할 수도 있습니다. 다른 사람의 글에 대한 출처를 밝히지 않으면 표절(剽竊)이 되므로 지탄을 받게 됩니다. 남의 글을 훔친 것으로 간주된다는 얘기입니다. 다른 사람의 글을 차용해서 쓰는 자료가 너무 많아도 안 됩니다. 차용한 게 많으면 주객이 전도되는 인상을 주기 때문에 주체적인 힘을 잃게 되기 때문입니다.

이 글의 백미는 "문명의 소리가 '동(動)'이요 자연의 소리가 '정(靜)'이라면 개구리 소리는 '선(禪)'일지도 모른다."는 결구가 되겠습니다. 이런 말은 높은 경지에 이른 사람이 아니고는 이룰 수 없는 언어이기 때문입니다. 다음에는 자작수필 「연탄사상」을 음미하기로 하겠습니다. 시간이 얼마 남지 않았기 때문에 일부만을 발췌해서 들려드리겠습니다.


가파른 오르막길을 젊은 부부가 연탄수레를 끌며 밀며 오르고 있었다. 추운 겨울 날씨인데도 땀을 뻘뻘 흘리면서 잔뜩 힘을 들여 역사를 하는 두 남녀의 얼굴엔 연탄가루가 까맣게 묻어 있었다. 살을 에이는 듯한 바람이 또 한 차례 흙바람을 일구면서 지나가는 데도 눈을 내리뜬 채 소처럼 묵묵히 비탈길을 오르고 있었다.

연탄수레를 끌고 미는 이들의 젊은 가슴 속에서는 눈에 보이지 않는 사랑의 불꽃이 있음을 나는 안다. 끄는 이의 가슴과 미는 이의 가슴을 타고 쉴 새 없이 오가는 사랑의 온기를 느껴보던 나는 웬지 콧날이 찡하고 눈시울이 뜨거워지는 것을 느낀다. 겨우내 구들목 온기로 가족들을 따뜻하게 해 주게 될 연탄더미가 유난히도 검게 빛나 보였다.

바람은 을씨년스럽게 불어 제끼고, 밤 예배를 알리는 교회의 종소리가 들려온다. 바람과 종소리의 어울리지 않는 풍경 속을 두 부부는 가고 있다. 가파른 오르막길을 오르기가 힘에 겨운 것처럼, 부부가 함께 오르는 인생길은 멀고도 험하다.

부부가 인생의 길동무가 되어 가정이라고 하는 생활의 짐수레를 끌며 밀며 함께 살아가노라면, 그 가운데에서 나타나는 애환이라든지, 고난의 준령이며 영욕의 강물도 건너야 한다. 그리고 또 세월이 가면 청춘의 정오를 지나 불혹을 지나고 지천명(知天命)의 계절을 지난 다음 이순(耳順)의 강하(江河)를 건너 노을진 인생의 고갯마루에서 서로의 백발을 바라보며 황혼의 애상에 젖게 될 것이다.

어느덧, 남편과 아내는 타고 남은 연탄재가 될 무렵이면 새로이 피어오르는 아이들의 열기를 위안으로 삼을 것이다. 연탄이 타고 나면 가벼워지는 것처럼, 가벼워진 남편과 아내는 자신의 가벼워진 슬픔을 무거워지는 아이들에게서 상쇄작용(相殺作用)을 일으켜 오히려 더 큰 보람으로 삼을 것이다. 남편과 아내가 가벼워질수록 그에 반비례하여 아이들은 무거워지고, 남편과 아내의 화력이 약해질수록 아이들의 열기는 강해지기 때문이다. 깜깜한 광산에서 금이 나오고 하찮은 조개에서 진주가 나오듯이 얼핏 보아서 시시하게 보이는 이웃들에 의해서 진실한 내용의 아름다움이 나온다는 사실을 많은 사람들은 망각한 채 살아가고 있다.

나는 지금 어느 정도나 연소되어 있을까. 어느덧 불혹이니 절반은 더 탔다. 내 인생을 육십으로 치면 삼분의 이가 연소되었고, 팔십으로 계산하면 이분의 일이 타버린 셈이다. 그러니 나는 이 정도의 열량이라도 남아 있는 동안에 다른 연탄에 불을 붙이지 않으면 안 된다. 내가 완전한 재로 남을 때까지 홀로 타버리고 만다면 남은 것은 덩그러니 남은 재, 싸늘하게 식어 버린 재 밖에는 남는 것이라고는 있을 수 없기 때문이다.

그러므로 나는 나의 불기를 필요로 하는 연탄에게 불을 붙이면서 살아가는 셈이 된다. 내가 강의를 하는 시간, 글을 쓰는 시간, 기도를 드리는 시간, 아내와 아이들을 위해 퇴근하는 시간은 모두가 나의 남아 있는 불기가 나와 인연된 연탄에 옮겨 붙는 시간이라고 생각하게 될 때 비로소 내가 살아있는 존재 가치로서의 희열을 맛보게 된다.

눈이 많이 와서 우리 집 앞길이 빙판지게 되면 나는 연탄재를 깨어서 뿌려 놓는다. 그런데 곱게 잘 타고 남은 연탄재는 보기에 좋지만, 타다가 만 연탄재는 검은 연탄이 그대로 남아 있기 때문에 그렇게 꼴사나울 수가 없다. 요즈음 나의 관심은 여기에 머물러 있다. 하나님께서 나를 바수어 길바닥에 뿌리신다 하여도 나는 보기 좋을 수 있도록 잘 탄 연탄재인가, 아니면 제대로 타지 못하고 새까맣게 남아진 흉물 덩어리인가.

연탄의 가장 아름다운 모습이란 완전히 연소되어 독소가 모두 빠져 버린 상태에서 벌겋게 홍시빛으로 달아오른 상태이다. 이러한 경지에 도달하기 위해서는 마음의 문을 열어 놓아야 한다. 우리 주변에서 누가 잘못 되었다면 우선은 그 당사자에게 문제가 있겠지만, 타다 만 연탄의 독소가 있어서 질식사 현상이 나타난다는 것을 눈치챌 줄 알아야 한다. 주위가 소란한 것은 연탄이 덜 탄 증거이기 때문이다.

성인 성(聖)자가 붙은 성스러운 세상은 종교와 시와 음악의 세계이다. 이러한 세계에서는 독소가 있을 수 없다. 우리는 신의 언어의 집에서 살아야 한다. 연탄의 연소과정을 거쳐서 완전히 타고 남은 재, 빙판 아무 데나 바수어 흩뿌린다 하여도 조금도 흉해 보이지 않고 좋게만 보일 수 있는 재, 그것은 나의 천로역정(天路歷程)에서 만고풍상(萬古風霜)을 다 거쳐 오는 동안에 떫은 기는 다 가시고 단 맛이 살아남은 홍시와도 같은 결정체이다. 그것은 마지막 날, 서리 맞은 감잎마저 다 떨어지고 난 뒤에도 감나무 꼭대기 하늘 높이 매달려 있는 까치밥과도 같은 아름다움이 아니겠는가.

시간이 다 되었습니다. 해설을 붙이지 않고 9주차 1교시는 여기에서 마치겠습니다.

## 2교시 「여름밤」(노천명) 「서울의 봄」(노천명) 「청춘예찬」(민태원) 「모기장과 밤하늘과 반딧불」(황송문)

2교시 수업은 노천명(盧天命)의 수필 「여름밤」부터 시작하겠습니다. 우선 낭독부터 하지요.

앞벌 논가에서 개구리들이 소낙비 소리처럼 울어대고 삼밭에서 오이 냄새가 풍겨 오는 저녁 마당 한 귀퉁이에 범산넝쿨, 엉겅퀴, 다북쑥, 이런 것들이 생짜로 들어가 한데 섞여 타는 냄새란 제법 독기가 있는 것이다. 또한 거기 다만 모깃불로만 쓰이는 이외의 값진 여름밤의 운치를 지니고 있는 것이다.

달 아래 호박꽃이 화안한 저녁이면 군색스럽지 않아도 좋은 넓은 마당에는 이 모깃불이 피워지고 그 옆에는 멍석이 깔려지고 여기선 여름살이 다림질이 한창 벌어지는 것이다. 멍석 자리에 이렇게 앉아 보면 시누이와 올케도 정다울 수 있고, 큰애기에게 다림질을 붙잡히며, 지긋한 나이를 한 어머니는 별처럼 머언 얘기를 들려주기도 한다. 함지박에는 가주 쪄서 김이 모락모락 나는 노오란 강냉이가 먹음직스럽게 담겨 나오는 법이겠다.

쑥댓불의 알싸한 내를 싫찮게 맡으며 불부채로 종아리에 덤비는 모기를 날리면서 강냉이를 뜯어 먹고 누웠으면 여인네들의 이야기가 핀다. 이런 저녁, 멍석으로 나오는 별식은 강냉이뿐만 아니다. 연자간에서 자주 빻아온 햇밀에다 굵직굵직하고 얼숭덜숭한 강낭콩을 두고 한 범벅이 또 있겠다. 그 구수한 맛은 이런 대처의 식당 음식쯤으로는 감당할 수 없는 것이다.

온 집안에 매캐한 연기가 골고루 퍼질 때쯤 되면 쑥 냄새는 한층 짙어져서 가경으로 들어간다. 영악스럽던 모기들도 아리숭 아리숭 하는가 하면 수풀 기슭으로 반딧불을 쫓아다니던 아이들도 하나 둘 잠자리로 들어가고, 마을의 여름밤은 깊어가고 아낙네들은 멍석 위에 누워서 생초 모기장도 불면증도 들어보지 못한 채 꿀 같은 단잠이 퍼붓는다.

쑥을 더 집어넣는 사람도 없어 모깃불의 연기도 차츰 가늘어지고 보면, 여기는 바다 밑처럼 고요해진다. 굴(洞穴) 속에서 베를 짜던 마귀할미라도 나와서 다닐 성부른 이런 밤엔 헛간 지붕 위에 핀 박꽃의 하얀 빛이 나는 무서워진다.

한잠을 자고 난 애기는 아닌 밤중 뒷산 포곡새 울음소리에 선뜻해서 엄마 가슴을 파고들고, 삽살개란 놈은 괜히 짖어대면 마침내 온 동리 개들이 달을 보고 싱겁게 짖어대겠다.

노천명(盧天命)의 「여름밤」이었습니다. 비교적 가벼운 느낌과 부드러운 느낌을 주는 경수필(輕隨筆)과 연수필(軟隨筆)로서 개인적인 정서 분위기를 주관적으로 표현한 시적 수필이라 하겠습니다. 모깃불 실연기처럼 향토정서가 살아나는 수필입니다. 이어서 「서울의 봄」을 감상하겠습니다.

서울의 봄은 눈 속에서 온다. 남산의 푸르던 소나무는 가지가 휘도록 철겨운 눈송이를 안고 함박꽃이 피었다. 달아나는 자동차와 전차들도 새로운 흰 지붕을 이었다. 아스팔트 다진 길바닥, 평퍼짐한 빌딩 꼭대기에 백포(白布)가 널렸다. 가라앉는 초가집은 무거운 떡가루 짐을 진 채, 그대로 찌그러질 듯하다. 푹 꺼진 기와골엔, 흰 빈석이 디디고 누른다. 비쭉한 전신주도 그 멋갈없이 큰 키에 잘 먹지도 않은 분을 올렸다.

이 별안간에 지은 세상을 노래하는 듯이 바람이 인다. 은가루 옥가루를 휘날리며, 어지러운 흰 소매는 무리무리 덩치덩치 흥에 겨운 갖은 춤을 추어 제낀다. 길이길이 제 세상을 누릴 듯이. 그러나 보라! 이 사품에도 봄 입김이 도는 것을. 한결같이 흰 자락에 실금이 간다. 송송 구멍이 뚫린다. 돈짝만해지고, 쟁반만해지고, 멧닢만해지고, 댕기만해지고, ……그 언저리는 번진다. 자배기만큼 검은 얼굴을 내놓은 땅바닥엔 김이 무럭무럭 떠오른다.

겨울을 태우는 봄의 연기다. 두께두께 언 청계천에도, 그윽한 소리 들려 온다. 가만가만 자취없이 가는 듯한 그 소리, 사르르사르르 이따금 그 소리는 숨이 막힌다. 험한 고개를 휘어 넘는 듯이 헐떡인다. 그럴 때면, 얼음도 운다. '찡'하며 부서지는 제 몸의 비명을 친다. 언 얼음이 턱 갈라진 사이로 파란 물결은 햇빛에 번쩍이며 제법 졸졸 소리를 지른다.

축축한 담 밑에는, 눈을 떠 이은 푸른 풀이 닷분이나 자랐다. 끝장까지 보는 북악에 쌓인 눈도 그 사이 흰 빛을 잃었다. 석고색으로 우중충하게 흐렸다. 그 위를 싸고 도는 푸른 하늘에는, 벌써 하늘하늘 아지랑이가 걸렸다. 봄이 왔다. 눈길, 얼음 고개를 넘어, 서울에 순식간에 오고 만 것이다.


노천명 시인의 수필 두 편을 감상했습니다. 「여름밤」과 「서울의 봄」입니다. 1912년 황해도 장연에서 태어난 노천명 시인은 1957년에 타계했습니다. 6세 때 홍역으로 사경(死境)을 넘겼다하여 이름을 기선(基善)에서 天命으로 개명, 이화여전 영문과를 졸업했습니다. 6.25전쟁 때는 피난의 기회를 잃고 林和 등과 만나 문학가동맹에 드나든 죄로 부역의 혐의를 받고 9.28수복 후 투옥, 金珖燮 시인의 노력으로 출감했으나 생래의 고독벽과 깔끔하고 매섭고, 냉철한 성격 때문에 평생을 결혼하지 않고 혼자 살았습니다.

그의 수필은 자연의 관조에 자신의 고독과 향수를 깃들인 작품이 대세를 이룬다 하겠습니다. 그의 수필 「여름밤」에서도 시골 여름밤의 향취를 향수 어린 필치로 적어 내려가고 있습니다. 논에서는 개구리가 울어대고, 삼밭에서는 싱그러운 오이 냄새가 풍겨옵니다. 한여름 밤에 마당 한 귀퉁이에서는 모깃불로 범산넝쿨, 엉겅퀴, 다북쑥들이 섞여 타는 시골 밤의 정경이 손에 잡힐 듯이 표현되고 있습니다.

또한 매캐한 연기가 고루 퍼지면 영악한 모기들도 기운을 잃고, 반딧불 쫓던 아이들도 돌아와 잠이 든다거나 밤이 깊어가면서 모깃불도 가늘어지고 이제는 바다 밑처럼 고요해진다고 합니다. 이렇게 시골 밤의 정경을 여실히 표현해 내는 것은 여류시인으로서의 시적 감수성에 기인되는 것으로 보입니다. 점점 깊어가는 여름밤의 정경을 한 폭의 아름다운 동양화처럼 시각적 색채 이미지로 창출해낸 게 경이롭습니다.

그리고 「서울의 봄」은 대자연의 흥기(興起)하는 모습에 경이감(驚異感)을 나타낸 작품이라 하겠습니다. 이제는 민태원(閔泰瑗)의 「청춘예찬(靑春禮讚)」을 감상하겠습니다.

청춘! 이는 듣기만 하여도 가슴이 설레는 말이다. 청춘! 너의 두 손을 대고 물방아 같은 심장의 고동을 들어 보라. 청춘의 피는 끓는다. 끓는 피에 뛰노는 심장은 거선(巨船)의 기관같이 힘 있다. 이것이다. 인류의 역사를 꾸며 내려온 동력은 꼭 이것이다. 이성은 투명하되 얼음과 같으며, 지혜는 날카로우나 갑 속에 든 칼이다. 청춘의 끓는 피가 아니더면 인간이 얼마나 쓸쓸하랴? 얼음에 싸인 만물은 죽음이 있을 뿐이다.

그들에게 생명을 불어넣는 것은 따뜻한 봄바람이다. 풀밭에 속잎 나고 가지에 싹이 트고 꽃 피고 새 우는 봄날의 천지는 얼마나 기쁘며, 얼마나 아름다우냐? 이것을 얼음 속에서 불러내는 것이 따뜻한 봄바람이다. 인생에 따뜻한 봄바람을 불어 보내는 것은 청춘의 끓는 피다. 청춘의 피가 뜨거운지라 인간의 동산에는 사람의 풀이 돋고, 이상(理想)의 꽃이 피고, 희망의 놀이 뜨고, 열락(悅樂)의 새가 운다.

사랑의 풀이 없으면 인간은 사막이다. 오아시스도 없는 사막이다. 보이는 끝 끝까지 찾아다녀도, 목숨이 있는 때까지 방황하여도, 보이는 것은 모래뿐인 것이다. 이상의 꽃이 없으면 쓸쓸한 인간에 남는 것은 영락(榮樂)과 부패뿐이다. 낙원을 장식하는 천자 만홍(千紫萬紅)이 어디 있으며, 인생을 풍부하게 하는 온갖 과실이 어디 있으랴?

이상! 우리의 청춘이 가장 많이 품고 있는 이상! 이것이야말로 무한한 가치를 가진 것이다. 사람은 크고 작고 간에 이상이 있으므로 용감하고 굳세게 살 수 있는 것이다.

석가(釋迦)는 무엇을 위하여 설산(雪山)에서 고행을 하였으며, 예수는 무엇을 위하여 광야에서 방황하였으며, 공자(孔子)는 무엇을 위하여 천하를 철환(撤還) 하였는가? 밥을 위하여서, 옷을 위하여서, 미인을 구하기 위하여서 그리하였는가? 아니다. 그들은 커다란 이상, 곧 만천하의 대중을 품에 안고, 그들에게 밝은 길을 찾아주며, 그들을 행복스럽고 평화스러운 곳으로 인도하겠다는 커다란 이상을 품었기 때문이다. 그러므로 그들은 길지 아니한 목숨을 사는가 싶이 살았으며, 그들의 그림자는 천고에 사라지지 않는 것이다. 이것은 가장 현저하여 일월과 같은 예가 되려니와 그와 같지 못하다 할지라도 창공에 반짝이는 뭇별과 같이, 산야에 피어나는 군영(群英)과 같이 이상은 실로 인간의 부패를 방지하는 소금이라 할지니, 인생에 가치를 주는 원질(原質)이 되는 것이다.

이상! 빛나는 귀중한 이상, 그것은 청춘이 누리는 바 특권이다. 그들은 순진한 지라 감동하기 쉽고 그들은 점염(點染)이 적은지라 죄악에 병들지 아니하였고, 그들은 앞이 긴지라 착목(着目)하는 곳이 원대하고, 그들은 피가 더운지라 현실에 대한 자신과 용기가 있다. 그러므로 그들은 이상의 보배를 능히 품으며, 그들의 이상의 아름답고 소담스러운 열매를 맺어 우리 인생을 풍부하게 하는 것이다.

보라, 청춘을! 그들의 몸이 얼마나 튼튼하며, 그들의 피부가 얼마나 생생하며, 그들의 눈에 무엇이 타오르고 있는가? 우리 눈이 그것을 보는 때에 우리의 귀는 생의 찬미를 듣는다. 그것은 웅대한 관현악이며, 미묘한 교향악이다. 뼈 끝에 스며들어가는 열락의 소리다.

이것은 피어나기 전인 유소년(幼少年)에게서 구하지 못할 바이며, 시들어 가는 노년에게서 구하지 못할 바이며, 오직 우리 청춘에서만 구할 수 있는 것이다. 청춘은 인생의 황금시대다. 우리는 이 황금 시대의 가치를 충분히 발휘하기 위하여, 이 황금 시대를 영원히 붙잡아 두기 위하여, 힘차게 노래하며 힘차게 약동하자!

민태원의 「청춘예찬」이었습니다. 작자는 일제 식민지 치하에서의 청년, 특히 의식이 있는 이 나라 청년들에게 청춘의 가치를 역설하면서, 젊은이들이 감당해야 할 사회적 역할의 막중함을 강조하고 있습니다. 그는 청춘을 강조하면서 "이성은 투명하되 얼음과 같으며, 지혜는 날카로우나 갑 속에 든 칼이다. 청춘의 끓는 피가 아니더면 인간이 얼마나 쓸쓸하랴. 얼음에 싸인 만물은 죽음이 있을 뿐이다."라고 역설했습니다.

그는 중간 부분에서 "석가는 무엇을 위하여 설산에서 고행을 하였으며, 예수는 무엇을 위하여 광야에서 방황하였으며, 공자는 무엇을 위하여 천하를 철환하였는가?" 하고 의문을 제기하면서 "그들은 커다란 이상, 곧 만천하의 대중을 품에 안고, 그들에게 밝은 길을 찾아 주며, 그들을 행복스럽고 평화스러운 곳으로 인도하겠다는 커다란 이상을 품었기 때문이다."라고 힘주어 말하고 있습니다.

여기에서는 작자가 하고자 하는 말을 아낌이 없이, 그리고 함축하거나 암시함이 없이 모두 노출시키고 있음을 보게 됩니다. 그야말로 피를 도하는 듯한 열혈청년(熱血靑年)의 발성(發聲)을 듣게 됩니다. 다음은 자작수필「모기장과 밤하늘과 반딧불」을 살펴보고자 합니다.

어머니는 대청마루에 모기장을 치고, 나는 반딧불을 잡아 그 안에 풀어놓았다. 모기장 속 어머니 곁에 누우면 밤하늘 별밤이 아스라이 내렸다. 모기장은 하나의 우주였고, 반딧불은 그 우주 공간의 별나라를 떠도는 아기별이었다. 한동안은 말이 소용없었다. 그저 아늑하고 편안하기만 한 그 공간에서 밤하늘의 별나라로 반짝이는 반딧불에 눈을 주기만 하면 그만이었다.

"엄마, 좋지?" "그래, 좋구나!" 우리의 대화는 간결하면서도 느렸다. 급할 것이 없었다. 한동안은 그렇게 잠자코 있다가, 그 우주 공간에서 반딧불들이 여기 저기서 별처럼 반짝이게 되면, 어머니는 그제야 천천히 이야기를 꺼내시는 것이었다.

어머니는 으레 옛날 옛날 아득한 옛날, 호랑이 담배 먹던 시절에 어쩌고 하면서 얘기를 깊여갔었다. 구전으로 내려온 이야기 중에서 어느 선비 이야기는 세상을 사는 동안에 새로운 깨달음을 주곤 했다.

한양 천리 과거 보러 가던 선비가 날은 저물고 잘 곳이 없어서 숲 속을 헤매다가 깜박이는 불빛을 보고 찾아가 만난 처녀의 미모에 반했다는 데까지는 손에 땀을 쥐면서 귀를 기울이게 하는 서스펜스에 속한다.

그 선비는 과거 볼 것도 잊은 채 그녀와 함께 살았는데, 결국은 알고 보니 절세의 그 미녀는 백 년 묵은 여우였다는 이야기였다. 어머니는 이야기 끝에, 그러니 여자를 조심해야 한다고 사족을 달았다. 여자란 얼굴보다는 마음씨가 고와야 한다는 것이었다.

세월의 흐름에 따라 여자란 정말 여우의 속성을 지녔다는 것을 터득하게 되었다. 아무리 이상적인 여성이라 할지라도 함께 살다 보면 결점이 노출되어 실망하게 된다는 것도 알게 되었다.

인간의 삶 가운데 꿈이라고 하는 것, 희망이라고 하는 것은 모기장 속의 반딧불 같은 것이었다. 별들이 총총 박힌 여름 별밤에 그처럼 모기장 속의 공간을 신비의 극치로 장식하던 반딧불도 이튿날, 날이 새고 해가 뜨게 되면 보잘것없는 개똥벌레에 불과하다는 사실이다.

그것은 프리즘 같은 것이었다. 삼각 유리대롱을 돌릴 때마다 빛의 굴절에 따라 총천연색 꽃무늬를 이루던 프리즘도 시멘트 바닥에 깨어 놓고 보면 한갓 볼품없는 유리조각과 색종이에 불과하다는 것을 터득한 셈이다. 그러나 인생은 색즉시공(色卽是空) 공즉시색(空卽是色)이 아닌가. 내가 사는 동안, 나의 기억 속에 살아있는 모기장 속의 반딧불, 그것은 내 가슴속에 보석처럼 반짝이는 영원한 노스탤지어의 손수건이 아니겠는가.

자작수필 「모기장과 밤하늘과 반딧불」이었습니다. 이 글의 자초지종은 모기장 속에서 들려주던 어머니의 옛이야기로 시작됩니다. 한양천리 과거 보러 가던 선비가 날이 저물어 자고 갈 곳을 찾다가 절세의 처녀를 만나고, 살다보니 그녀는 백년 묵은 여우였다는 이야기였습니다. 그러니 여자를 조심해야 한다고 말하지요. 모기장 속에서 그렇게 아름답던 반딧불도 이튿날 해가 뜨자 보잘것없는 개똥벌레에 불과하다는 사실의 깨달음이라 하겠습니다. 그래서 문학은 인생 탐구라고 말합니다.

이 수필은 저 개인의 신변잡사에서 비롯된 것입니다. 그런데 신변잡기에 그치지 않으려고 의미를 부여하고자 했습니다. 그것은 인생에 대한 저 나름대로의 새로운 해석입니다. 이 수필의 끝에는 "인생은 색즉시공(色卽是空) 공즉시색(空卽是色)이 아닌가." 하는 구절입니다. 어머니와 함께 모기장속에서 반짝이는 반딧불을 바라볼 때의 신비감은 색(色)입니다. 그러나 해가 떴을 때의 개똥벌레는 공(空)입니다. 이것이 바로 인생이라는 해석입니다.

그러니까 수필은 하찮은 신변잡사도 좋은 소재가 될 수 있습니다. 다만 그 소재를 차원 높은 주제로 끌어올릴 수 있는 주제의식과 제재의 선택이 문제된다 하겠습니다. 9주차 2교시는 여기에서 마치겠습니다.

# 3교시 「낙엽을 태우면서」 (이효석) 「나의 생활설계도」(박두진)

3교시 수업은 이효석 작가의 「낙엽을 태우면서」부터 시작하겠습니다.

가을이 깊어지면, 나는 거의 매일 뜰의 낙엽을 긁어 모으지 않으면 안 된다. 날마다 하는 일이건만, 낙엽은 어느 새 날아 떨어져서, 또 다시 쌓이는 것이다. 낙엽이란 참으로 이 세상의 사람의 수효보다도 많은가 보다. 삼십여 평에 차지 못하는 뜰이건만 날마다의 시중이 조련치 않다(그리 쉬운 일이 아니다). 벚나무, 능금나무---제일 귀찮은 것이 담쟁이이다.

담쟁이란 여름 한철 벽을 온통 둘러싸고, 지붕과 굴뚝의 붉은 빛만 남기고, 집 안을 통째로 초록의 세상으로 변해줄 때가 아름다운 것이지, 잎을 다 떨어뜨리고 앙상하게 드러난 벽에 메마른 줄기를 그물같이 둘러칠 때쯤에는, 벌써 다시 거들떠 볼 값조차 없는 것이다. 귀찮은 것이 그 낙엽이다. 가령, 벚나무 잎같이 신선하게 단풍이 드는 것도 아니요, 처음부터 칙칙한 색으로 물들어, 재치 없는 그 넓은 잎은 지름길 위에 떨어져 비라도 맞고 나면, 지저분하게 흙 속에 묻히는 까닭에, 아무래도 날아 떨어지는 족족 그 뒷시중을 해야 한다. 벚나무 아래에 긁어 모은 낙엽의 산더미를 모으고 불을 붙이면, 속엣것부터 푸슥푸슥 타기 시작해서, 가는 연기가 피어 오르고, 바람이나 없는 날이면, 그 연기가 낮게 드리워서, 어느덧 뜰 안에 자욱해진다. 낙엽 타는 냄새같이 좋은 것이 있을까? 갓 볶아 낸 커피의 냄새가 난다. 잘 익은 개암 냄새가 난다. 갈퀴를 손에 들고는 어느 때까지든지 연기 속에 우뚝 서서, 타서 흩어지는 낙엽의 산더미를 바라보며 향기로운 냄새를 맡고 있노라면, 별안간 맹렬한 생활의 의욕을 느끼게 된다. 연기는 몸에 배서 어느 결엔지 옷자락과 손등에서도 냄새가 나게 된다. 나는 그 냄새를 한없이 사랑하면서 즐거운 생활감에 잠겨서는, 새삼스럽게 생활의 제목을 진귀한 것으로 머리 속에 띄운다. 음영과 윤택과 색채가 빈곤해지고, 초록이 전혀 그 자취를 감추어 버린, 꿈을 잃은 허전한 뜰 한복판에 서서, 꿈의 껍질인 낙엽을 태우면서 오로지 생활의 상념에 잠기는 것이다. 가난한 벌거숭이의 뜰은 벌써 꿈을 꾸기에는 적당하지 않은 탓일까? 화려한 초록의 기억은 참으로 멀리 까마득하게 사라져 버렸다. 벌써 추억에 잠기고 감상에 젖어서는 안 된다. 가을이다! 가을은 생활의 계절이다. 나는 화단의 뒷자리께를 깊게 파고, 다 타 버린 낙엽의 재를---죽어 버린 꿈의 시체를---땅 속에 깊이 파묻고, 엄연한 생활의 자세로 돌아서지 않으면 안 된다. 이야기 속의 소년같이 용감해지지 않으면 안 된다. 전에 없이 손수 목욕물을 긷고, 혼자 불을 지피게 되는 것도, 물론 이런 감격에서부터. 호스로 목욕통에 물을 대는 것도 즐겁거니와, 고생스럽게, 눈물을 흘리면서 조그만 아궁이에 나무를 태우는 것도 기쁘다. 어두컴컴한 부엌에 웅크리고 앉아서, 새빨갛게 피어 오르는 불꽃을 어린아이의 감동을 가지고 바라본다. 어둠을 배경으로 하고 새빨갛게 타오르는 불은, 그 무슨 신성하고 신령스런 물건 같다. 얼굴을 붉게 태우면서 긴장된 자세로 웅크리고 있는 내 꼴은, 흡사 그 귀중한 선물을 프로메테우스에게서 막 받았을 때, 태곳적 (아득한 옛날의) 원시의 그것과 같을는지 모른다. 나는 새삼스럽게 마음 속으로 불의 덕을 찬미하면서, 신화 속의 영웅에게 감사의 마음을 바친다. 좀 있으면 목욕실에는 자욱하게 김이 오른다. 안개 깊은 바다의 복판에 잠겼다는 듯이 동화 감정으로 마음을 장식하면서, 목욕물 속에 전신을 깊숙이 잠글 때, 바로 천국에 있는 듯한 느낌이 난다. 지상 천국은 별다른 곳이 아니라, 늘 들어가는 집 안의 목욕실이 바로 그것인 것이다. 사람은 물에서 나서 결국 물 속에서 천국을 구하는 것이 아닐까? 물과 불과---이 두 가지 속에 생활은 요약된다. 시절의 의욕이 가장 강렬하게 나타나는 것은 이 두 가지에 있어서다. 어느 시절이나 다 같은 것이기는 하나, 가을부터의 절기가 가장 생활적인 까닭은 무엇보다도 이 두 가지의 원소의 즐거운 인상 위에 서기 때문이다. 난로는 새빨갛게 타야 하고, 화로의 숯불은 이글이글 피어야 하고, 주전자의 물은 펄펄 끓어야 된다. 백화점 아래층에서 커피의 알을 찧어 가지고는 그대로 가방 속에 넣어 가지고, 전차 속에서 진한 향기를 맡으면서 집으로 돌아 온다.

그러는 내 모양을 어린애답다고 생각하면서, 그 생각을 또 즐기면서 이것이 생활이라고 느끼는 것이다. 싸늘한 넓은 방에서 차를 마시면서, 그제까지 생각하는 것이 생활의 생각이다. 벌써 쓸모 적어진 침대에는 더운 물통을 여러 개 넣을 궁리를 하고, 방구석에는 올 겨울에도 또 크리스마스 트리를 세우고 색전등으로 장식할 것을 생각하고, 눈이 오면 스키를 시작해 볼까 하고 계획도 해보곤 한다. 이런 공연한 생각을 할 때만은 근심과 걱정도 어디론지 사라져 버린다. 책과 씨름하고, 원고지 앞에서 궁싯거리던 그 같은 서재에서, 개운한 마음으로 이런 생각에 잠기는 것은 참으로 유쾌한 일이다. 책상 앞에 붙은 채, 별일 없으면서도 쉴 새 없이 궁싯거리고(이리저리 몸을 뒤척이고), 생각하고, 괴로워하면서, 생활의 일이라면 촌음을 아끼고, 가령 뜰을 정리하는 것도 소비적이니, 비생산적이니 하고 멸시하던 것이, 도리어 그런 생활적 사사(작은 일)에 창조적, 생산적인 뜻을 발견하게 된 것은 대체 무슨 까닭일까? 시절의 탓일까? 깊어가는 가을, 이 벌거숭이의 뜰이 한층 산 보람을 느끼게 하는 탓일까?

제목부터 감상적이지만, 감상으로만 일관하지는 않고 있습니다. 가을이 깊어지면 거의 매일 뜰의 낙엽을 긁어모아 태우면서 그 낙엽 타는 냄새를 즐기고, 생활의 상념에 잠기는 작자의 내면의식이 여실히 나타나 있습니다. 이 수필은 우리 문학이 감상주의 경향을 보였던 1920년대 풍조와는 달리, 창조적 생산적인 방향으로 가을을 이해하려는 자세를 보이고 있습니다. 아름다운 이 수필은 감상적이면서도 감상에만 그치지 않고 생활의 의욕으로 연결하는 점이 특이하다 하겠습니다.

이 수필은 처음에 "가을이 깊어지면 나는 거의 매일 뜰의 낙엽을 긁어모으지 않으면 안 된다."고 가까운 현재의 근처, 주변 이야기로 시작하여 '가을 절기'라든지, '백화점 아래층'으로, 시간과 공간의 확대를 보이고 있습니다. 즉 가까운 근경(近景)에서 먼 원경(遠景)으로 공간을 확대해 가고 있다는 얘기가 되겠습니다. 이러한 방식의 구성은 무리 없이 무난하기 때문에 대부분 이러한 방식을 즐겨 사용하게 됩니다.

이제부터는 박두진 시인의 「나의 생활설계도」를 감상하겠습니다.

　　詩人과 農夫를 겸할 수는 없을까? 그렇게 뛰어나게 山·水가 고운 곳이 아니래도 좋다. 수목이나 무성하여 봄 가을 여름 겨울로 계절의 바뀜이 선명(鮮明)하게 감수(感受)되는 양지바르고 조용한 산기슭이면 족하다. 이러한 곳에 나는 내가 내 손으로 설계한 한 일여덟 간쯤의 간소한 집을 짓고 내 힘으로 지을만한 얼마쯤의 田地를 마련해서 시업(詩業)과 농사를 겸한 생활을 해보고 싶다. 취미나 운치나 도피나 은둔의 일시적인 허영으로가 아니고 좀 더 투철하게 이것이 내 天業이요, 天職이니라 안심하고 조금만치의 억지나 부자유 부자연이 없이 훨씬 편하고 건실하고 즐거운 심정과 청신 발랄한 탄력(彈力) 있는 의욕으로서의 詩·農 一元살이를 해보고 싶은 것이다.

내가 다루는 논밭의 거리는 주택에서 물론 가차와야 한다. 아침저녁으로 잔손이 많이 가야 하는 밭, 農地의 거리는 논보다도 더 가까이 바로 주택 울 안팎이면 더욱 좋다. 면적은 논이 댓마지기 밭이 한 7백평쯤—주택의 정원은 별다른 인공적인 설계 조작을 필요로 하지 않는다. 자연생(自然生) 그대로의 수목을 주로 하되 적어도 한 5백평쯤은 안아 들여야 한다. 높은 곳 山에서 내려오는 골짝 물을 그대로 졸졸대며 뜰안에 흐르게 하고 음료(飮料)로 쓰는 물도 그대로 생생하게 돌틈에서 쪼개 낸다.

청대, 사철 같은 상록수를 산울로 삼되 月桂 넝쿨장미를 섞어서 올리고 창(窓) 가까이는 모란, 楓, 목련, 석류, 파초, 黃菊, 백합, 蘭들을 심어 화단을 모으고 울 안팎 혹은 밭두렁 일대로는 힘이 미치는 데까지 감, 능금, 포도, 수밀도 등의 과일을 심어 열게 하는 한편 온 주택 지대 일대에다가는 필요한 소채와 과목과 곡종(穀種)이 심기는 외에 공백마다 온갖 1년생 잡화초를 깡그리 막 노가리로 뿌려서 제대로 어울려 일대(一大) 야생화원(野生花園)이 되게 한다. 밭에는 우선 소채(蔬菜)로 무, 배추, 캬벳, 부루, 쑥갓, 시금치, 아욱, 파, 마늘, 오이, 호박, 가지, 고추를 비롯하여 감자, 토마토, 고구마, 완두콩, 참외, 수박들을 심고 잡곡(雜穀)으로 적두팥, 돔부, 녹두, 대추, 밤, 콩, 참깨, 들깨, 수수, 차조들을 되도록 골고루 다채(多彩)하게 가꿔 수확한다.

농사로는 보통 메벼뿐만 아니라 인절미와 차시루떡을 해먹는 찰벼 농사도 지어 낸다. 이렇게 해서 나는 내 손으로 이마에 땀을 흘려가며 거둔 소산물로 자급(自給)을 해가며 정결하고 검소한 불안이 없는 생활을 가져보고 싶은 것이다. 육축(六畜)으로는 젖 짜는 羊을 두 마리쯤과 흰 산란용(産卵用) 닭을 열댓 마리 쳐서 알을 내먹고 뒤안에는 꿀벌을 너댓 통 놓고 청밀을 따낸다. 이렇게 하자면 어쩌면 내가 혼자로는 좀 너무 바쁠른지도 모르지만—.

아무튼 나는 누구누구들 가까운 친구들을 청해 와도 꼭 내가 심어 가며 거둔이 自作農産物을 대접하되 아무개는 인절미, 아무개는 차시루떡, 아무개는 약밥, 아무개는 증편, 아무개는 팥단자, 아무개는 수밀도 화채, 아무개는 감주, 아무개는 수정과 또 이렇게 그 친구 친구의 즐기는 것을 주로 해서 장만해 내기로 한다. 또 온갖 할 수 있는 대로의 편의를 도모 제공하여 친구들이 며칠씩 와서 묵으며 글과 그림 구상 제작을 마음 놓고 해 갈 수 있도록 한다.

한편 내가 쓰는 글은 詩를 적어도 한 달에 力作으로 두 편, 수필 隨想이 서너 편, 다른 창작과 연구논문을 두어 달 혹은 서너 달에 한번 정도씩 쓰되 특히 농사일이 한가한 추운 三冬은 꾸욱 들어앉아 창작에만 전력한다. 또 늦가을로부터 이른 봄까지의 농한기(農閑期)에는 훌쩍 한두 번씩 저 부전고원(赴戰高原)이나 金江山 같은 곳으로 마음 맞는 친구들과 장거리 여행도 꾀해본다. 그래서 써서 발표하는 글들은 다 책이 될 만큼 모여지면 이내 척척 목곳하고 아담하게 책으로 만들어 출판이 되는 것을 즐거움으로 할 수 있도록 그렇게 순조롭게 되어 지라는 것이다.

이렇게 해서 내 지금의 계획으로는—계획이야 못할까—적어도 내 저서로 시집이 세 권 혹은 다섯 권, 단편집이 서너 권, 장편이 일곱 권, 수필 隨想集이 각서너 너댓 권, 그밖에 다른 논문이 두어 권, 이렇게 쯤은 내 생애에 가져보자는 것이다. 물론 이것도 욕심껏 말하면 최소한도다. 그러자면 나는 내가 글을 쓰는 것과 농사를 짓는 일을 병전(並全)하게 해나가되, 때로는 농사하는 재미에 취하고 골몰해서 글쓰는 일이 좀 둔해진대도 할 수가 없는 일이다.

또 그와 반대의 경우가 온대도 나는 어쩌는 수가 없다. 가령 가다가 내 사색과 번민과 숙고와 몸부림이 실로 내 유일한 생의 의의를 보람 있는 이 내 문학의 전진성과 성숙에 대한 命題에 관한 것일 때 나는 하루 밤 이틀 밤을 전전(轉輾)하며 밝혀 새워 앓아도 좋고 또는 가다가 내가 내 시와 다른 새로운 창작에의 불붙는 의욕과 야심으로 또는 피나는 각고(刻苦)와 팽팽한 긴장과 황홀한 무아의 경지에서 혹은 무엇에 둘린 것 같은 高度한 發熱狀態에서 며칠 낮 며칠 밤을 침식을 버리고 겨루어 낸단들 어떠냐 하는 말이다. 그러므로 해서 내가 짓는 田土의 농작물이 그대로 며칠쯤 성(盛)해가는 김 속에서 묵어간다 한들 또한 어쩌랴 하는 말이다.

그러나 이렇게 사노라면 자연, 나는 내가 홀로 별을 바라보는 시간, 기도를 드리는 시간, 시를 쓰는 시간, 묵상을 하는 시간, 화초와 농작물 六畜들을 가꾸는 시간이, 또는 새소리 물소리 바람소리에 귀를 기울이는 시간이 그렇게 끊은 듯이 또박또박 따로따로일 수가 없다. 그것은 실로 초라한 대로나마 내 이 시의 생활은 내 全自我와 내 全對象! 客地世界와의 머리카락 하나 만큼의 간격도 있을 수 없는 지속적이요 긴장한 대결행위로서 내가 감각, 感受, 체험되고 내 세월 속에 투영되어 오는 온갖 必·偶然 有·無意識間의 계기와 事端과 사물들의 추이과정(推移過程)은 아무리 거칠고 억세고 심각격렬하고 또는 비근하고 대수롭지 않은 말초적인 것이라 할지라도 그것은 다 저절로 나대로의 한 개성, 나대로의 주체, 나대로의 한 활달한 사고(思考) 범주 안에 잘 취사되고 섭취 순화 비약되고, 조화되고, 통일되고, 생활화된 청신하고 오직 정신 영양으로서 부단히 문학 위에 승화 發現될 것이기 때문이다.

이렇게 시를 창작하고 농산물을 애지중지 가꿔 키움으로써 어쩌면 나는 사랑으로 이 우주를 지으시고 역시 사랑의 능력으로 이를 섭리 주재하시는 하나님의 놀라우신 은총의 사업도 가장 가까운 데서 가장 생생하게 참여하여 찬앙(讚仰)할 수 있는 그러한 分外의 특권과 기쁨까지를 누려볼 수가 있는 것이다. 땀을 흘리며 밭에 엎드려 일하는 쉰 일참에 시원한 바람마저 나무그늘 밑에 앉아 도시 혹은 다른 먼데 벗으로부터 보내온 다정하고 도톰한 편지를 받아 뜯어보는 반가움이라든지 잉크 냄새도 싱싱한 신간 문예물 잡지 단권 책들을 흙 묻은 손으로 받아보는 그 맛은 지금 상상만 해 보아도 만족 이상의 것이다.

옥수수나 감자나 쩌다놓고 먹으면서 벌레 우는 여름 별 밤을 마당에 깔아논 멍석에 누워 같은 농사를 하는 이웃 친구들 혹은 老農들과 더불어 띠엄 띠엄 한 소박한 얘기들을 구수하게 깊여가는 맛은 또 어떠한가. 냇물이 있으면 냇가에 나가 이들 농사하는 이웃 친구나 또는 멀리서 가끔씩 찾아와 주는 도시의 벗

들과 더불어 잠뱅이 하나로만 훌훌 벗어 버리고, 엇! 피리피리……엇! 붕어붕
어……하고 이리 닫고 저리 따라 그물 밑이 묵근하도록 물고기를 몰아 잡아 서
늘한 숲그늘에서 천렵(川獵)놀이를 하는 맛도 또 어떨 것인가.

　一詩·農一元살이 이쨌던 먼 인류들의 첫 고향은 樹林이요 들이다. 더구나 내
가 자란 母鄕은 먼지와 기름때가 묻은 都會 구석이 아니라, 하늘이 참 맑고 바람
이 많고 별이 많고 나무가 많고 물이 많은, 새들이 많고, 꽃이 많고, 풀벌레가 많
은 저 넓고 푸른 시골들! 조용한 산기슭에 조용하게 자리 잡고 살아가보고 싶다.
땀을 뻘뻘 흘리면서 일을 해보고 싶다. 손발이 톡톡 부르트도록 일을 해보고 싶
다. 쩔쩔 끓는 들판에서 혹근 혹근한 흙냄새에만 파묻히며 일을 해보고 싶다.


박두진(朴斗鎭)의 「나의 생활설계도」였습니다. 우리는 이 한 편의 수필이
지니는 내용을 알게 됨으로써 무엇인가를 생각하게 됩니다. 무엇인가를 생각
하게 하는 그 '무엇'이 바로 내용으로서 주제가 되는 깃입니다. 우리들에게 감
동을 주는 것, 내용 안에 용해되어 있는 핵심이 바로 주제라 하겠습니다. 이
글은 길기 때문에 9주차 3교시 수업은 여기에서 마치겠습니다.

# 제10강

## 포멀 에세이

1교시
「지조론」(조지훈)
「학문의 본질과 목적」(박종홍)
「동양적 인간형」(이상은)

2교시
「민족 -서설-」(박종화)
「국가와 교리」(분수대)
「초가와 정서가치」(황송문)

3교시
「고전주의와 낭만주의」(생트뵈브)
「우주와 인간」(프랑스)
「꽃가루」(노발리스)

# 제10강 포멀 에세이

1교시 「지조론」(조지훈) 「학문의 본질과 목적」(박종홍) 「동양적 인간형」(이상은) 「철학적 인식과 작가적 양식」(황송문)

안녕하십니까? 10주차 1교시 수업을 시작하겠습니다. 이 시간의 과제는 포멀 에세이(formal essay)입니다. 이 포멀 에세이는 무거울 중(重)자 중수필 (重隨筆), 굳을 경(硬)자 경수필(硬隨筆)을 말합니다. 베이컨이 많이 썼다고 해서 '베이컨적인 수필'이라고도 합니다. 일반적 사회적인 문제에서 출발한 것이므로 객관적인 표현이 많습니다.

글을 쓰는 필자 자신인 '나'가 드러나 있지 않은 수필을 가리킵니다. 보편적 논리나 이성으로써 짜이어지는 글이라 하겠습니다. 짧은 논문이나 소논설도 여기에 해당됩니다. 사색적이고, 지적인 문장이며, 학자나 교육자, 사상가 등이 쓴 것에 많습니다. 서양에서 에세이라고 할 때는 바로 이 포멀 에세이를 가리킵니다. 조지훈(趙芝薰) 시인의 「지조론(志操論)」을 살펴보기로 하겠습니다.

지조란 것은 순일(純一)한 정신을 지키기 위한 불타는 신념이요 눈물겨운 정성이며, 냉철한 확집(確執)이요 고귀한 투쟁이기까지 하다. 지조가 교양인의 위의(威儀)를 위하여 얼마나 값지고, 그것이 국민의 교화에 미치는 힘이 얼마나 크며, 따라서 지조를 지키기 위한 괴로움이 얼마나 가혹한가를 헤아리는 사람들은 한 나라의 지도자를 평가하는 기준으로서 먼저 그 지조의 강도(强度)를 살피려 한다.

지조가 없는 지도자는 믿을 수가 없고, 믿을 수 없는 지도자는 따를 수가 없기 때문이다. 자기의 명리(名利)만을 위하여 그 동지와 지지자와 추종자를 일조(一朝)에 함정에 빠뜨리고 달아나는 지조 없는 지도자의 무절제와 배신 앞에 우리는 얼마나 많이 실망하였는가. 지조를 지킨다는 것이 참으로 어려운 일임을 아는 까닭에 우리는 지조 있는 지도자를 존경하고 그 곤고(困苦)를 이해할 뿐 아니라 안심하고 그를 믿을 수 있는 것이다.(생략)…

우리가 지조를 생각하는 사람에게 주고 싶은 말은 다음의 한 구절이다. '기녀(妓女)라도 늘그막에 남편을 좇으면 한평생 분 냄새가 거리낌 없을 것이요, 정부(貞婦)라도 머리털 센 다음에 정조를 잃고 보면 반생의 깨끗한 고절(苦節)이 아랑곳없으리라.' 속담에 말하기를 '사람을 보려면 다만 그 후반을 보라' 하였으니 참으로 명언이다. 차돌에 바람이 들면 백 리를 날아간다는 우리 속담이 있거니와 늦바람이란 참으로 무서운 일이다. 아직 지조를 깨뜨린 적이 없는 이는 만년(晩年)을 더욱 힘쓸 것이니 사람이란 늙으면 더러워지게 마련이기 때문이다.(생략)…

변절자에게도 양심은 있다. 야당에서 권력에로 팔린 뒤 거드럭거리다 이내 실세(失勢)한 사람도 있고, 갓 들어가서 애교를 떠는 축도 있다. 그들은 대개 성명서를 낸 바 있다. 표면으로 성명은 버젓하나 뜻있는 사람을 대하는 그 얼굴에는 수치의 감정이 역연하다. 그것이 바로 양심이란 것이다. 구복(口腹)과 명리(名利)를 위한 변절은 말없이 사라지는 것이 좋다. 자기 변명은 도리어 자기를 깎는 것이기 때문이다. 처녀가 아기를 낳아도 핑계는 있다는 법이다. 그러나 나는 왜 아기를 배게 됐느냐 하는 그 이야기 자체가 창피하지 않은가.

조지훈의 「지조론」중 일부였습니다. 지조를 팔고 변절한 친일(親日) 매국노(賣國奴)라든지, 해방 후 정당정치의 와중에서 변절한 이들에 대한 준엄한 비판과 따끔한 경종을 울리는 글입니다. 이러한 스타일의 글은 따끔한 비판으로 경각심을 높이는 점이 특징이라 하겠습니다.

다음은 박종홍(朴鍾鴻)의 「학문의 본질과 목적」입니다. 생각하면서 들어주시기 바랍니다.

학문이 실생활에 유용한 것도, 그 자체의 추궁(追窮)이 즐거움을 가져오는 것도, 모두가 학문이 다름 아닌 진리를 탐구하는 것이기 때문이다. 실용적이니까 또는 재미가 나는 것이니까 진리요 학문인 것이 아니라, 그것이 진리이기 때문에 인간생활에 유용한 것이요, 재미도 나는 것이다. 유용하다든가 재미가 난다는 것은 학문에 있어서 부차적으로 따라올 성질의 것이요. 그것이 곧 궁극적인 목적이라고까지 말함은 어떨까 한다.

학문의 목적은 진리의 탐구 그것에 있다. 이렇게 말하면 또 그 진리의 탐구는 해서 무엇하나 하는지 모르나, 학문의 목적은 그로서 족한 것이다. 진리의 탐구자로서의 학문의 목적이 현실생활과 너무 동떨어져서 우원(迂遠)함을 탓함직도 하다. 그러나 오히려 학문은 현실 생활로부터 유리(遊離)된 것처럼 보일 때, 가끔 그의 가장 풍부한 축복을 현실 생활 위에 내리는 수가 많다. 세상에서는 흔히 학문밖에 모르는 상아탑 속의 학구생활을 현실을 도피한 짓이라고 비난하기가 일쑤지만 상아탑의 덕택이 큰 것임을 알아야 한다. 모든 점에서 편리하여진 생활을 향락(享樂)하고 있는 소위 현대인이 있기 전에, 그런 것이 가능하기 위하여서도 오히려 그런 향락과는 담을 쌓고 진리 탐구에 몰두한 학자들의 상아탑 속에 있어서의 노고가 앞서 있었던 것이다. 그렇다고 남의 향락을 위하여 스스로는 고난의 길을 일부러 걷는 것이 학자도 아니다.

학자는 그의 진리를 탐구하기 위하여 학문을 하는 것뿐이다. 상아탑이 나쁜 것이 아니라, 진리를 탐구하여야 할 상아탑이 제 구실을 옳게 다하지 못하는 것이 탈이다. 학문에 진리 탐구 이외의 다른 목적이 섣불리 앞장을 설 때, 그 학문은 자유를 잃고 왜곡될 염려조차 있다. 학문을 악용하기 때문에 오히려 좋지 못한 일을 하는 수가 얼마나 많은가? 진리 이외의 것을 목적으로 할 때, 그 학문은 한때의 신기루와도 같아, 우선은 찬연함을 자랑할 수 있을는지도 모르나 과연 학문이라고 할 수 있을까부터가 문제다.

진리의 탐구가 학문의 유일한 목적일 때, 그리고 그 길로 매진할 때, 그 무엇에도 속박됨이 없는 숭고한 학적(學的)인 정신이 만난(萬難)을 극복하는 기백(氣魄)을 길러줄 것이요, 또 그것대로 우리의 인격 완성의 길로 통하게도 되는 것이다.

학문의 본질은 합리성과 실증성에 있고, 학문의 목적은 진리 탐구에 있다. 위무(威武)로써 굽힐 수도 없고, 영달(榮達)로써 달랠 수도 없는 학문의 학문으로서의 권위도 이러한 본질, 이러한 목적 밖에서 찾을 수 있는 것이 아니다.

박종홍의 「학문의 본질과 목적」 중 결말 부분이었습니다. 다음은 이상은(李相殷)의 「동양적 인간형」입니다.

사람은 자기를 속이면 마음 한 구석이 늘 불안하여 심적 동요가 생기기 쉽다. 그러나 자기에 충실한 사람은 마음이 항상 편하므로 심적 동요가 생기는 일이 적다. 심적 동요가 생길 때는 겉에 드러나는 행동도 안정치 못하고 혹동(或東)·혹서(或西)로 극단에서 극단으로 기울어지기 쉽다.

그러나 마음의 안정을 얻은 사람은 행동에 있어서 견정(堅定) 확고하고 광명정대(光明正大)한 기상을 보인다. 맹자(孟子)는 '직(直)' '무자기(毋自欺)'의 수양을 오래 쌓은 사람에게는 일종의 남과 다른 특이한 기개를 가진다 하였는데, 그것을 '호연지기(浩然之氣)'라 하였다. '호연지기'는 지극히 위대하고 지극히 굳센 것으로서 천지(天地) 사이에 들어 찰 만한 것이라 하였다.

공자는 '인자(仁者)는 불우(不憂)하고, 지자(知者)는 불혹(不惑)하고, 용자(勇者)는 불구(不懼)라' 하였거니와 불우(不憂)·불혹(不惑)·불구(不懼)하는 경지에 이르면, 저절로 호연지기(浩然之氣)가 생기는 것이다. 이런 호연지기를 가지는 사람이 맹자는 대장부(大丈夫)라 하여 대장부의 모습을 다음과 같이 묘사하였다.

"천하에서 가장 넓은 집(仁)에서 살고, 천하에서 가장 바른 자리(禮)에 올라앉으며, 천하에서 가장 큰 길(仁義의 道)을 걷는다. 남이 알아서 써 주면 백성들과 함께 같이 그 길을 걷고, 알아 주는 사람이 없으면 홀로 그 길을 간다. 부귀도 그 뜻을 어지럽히지 못하고, 빈천도 그의 뜻을 움직이지 못하며, 위무(威武)도 그의 뜻을 굴복시키지 못한다.

이런 대장부는 세 가지의 낙(樂)이 있다. "부모가 계시고 형제가 다 무고함이 첫째 낙이요, 우러러 하늘에 부끄럽지 않고 굽어서 사람에게 부끄럽지 않음이 둘째 낙이요, 천하의 영재(英才)를 얻어서 가르침이 셋째 낙이다." 하였다. 이 대장부형(大丈夫型)의 인간이 동양의 이상적 인간형 중에서 하나의 커다란 영향력을 가진 인간형이다.

이상은의 「동양적 인간형」 중 결말 부분이었습니다. 앞의 「학문의 본질과 목적」이나 이 「동양적 인간형」은 건조체 문장으로써 미사여구를 필요로 하지 않습니다. 여기에서는 무거운 느낌을 받을 것입니다. 그리고 딱딱한 느낌을 받을 것입니다. 그러면서도 보편적인 논리나 이성으로 짜이어져 있기 때문에 무시할 수 없는 지식이나 지혜, 교훈 등을 얻게 될 것입니다. 이런 포멀 에세이는 깊이 생각하게 합니다. 그래서 사색적인 글이라고도 합니다. 다음으로 자작 에세이 「철학적 인식과 작가적 양식」을 살펴보기로 하겠습니다.

정치철학이라는 말도 있고 예술철학이라는 말도 있다. 정치를 하거나 예술을 하거나 철학적 인식이 필요하다. 한국에서 정치를 보나 예술을 보나 철학의 빈곤을 느끼는 것은 마찬가지다. 때로는 철학의 부재를 느끼기도 한다. 왜 그럴까? 깊이 생각하지 않기 때문이다. 왜 깊이 생각하지 않을까? 책을 읽지 않기 때문이다. 우리보다 책을 세 배 이상 많이 읽는 일본인들의 사고력과 한국인들의 사고력을 비교해 보면 수월하게 이해된다.

영국인들은 신사적이고, 프랑스인들은 문화적이며, 미국인들은 실용적이라고 한다. 일본인들은 친절하고, 중국인들은 엉큼하며, 한국인들은 다혈질이라고도 한다. 걸핏하면 흥분을 잘하고 화를 잘 낸다. 그저 빨리빨리 서두르고, 편리함과 발전만을 추구할 뿐 그 이면에 도사리고 있는 함정을 살피지 않는다. 그래서 옛말에 아는 길도 물어보고 가라고 했다.

정치철학은 정치의 본질이라든지 이념, 가치 등을 연구하는 학문이라면, 예술철학 역시 예술의 본질이나 가치를 연구하는 학문이라 할 수 있겠는데, 그 본질을 거슬러 올라가면 홍익인간, 즉 사람을 이롭게 하는 데에 귀착된다. 민주주의가 발전하게 된 원인도 사람을 이롭게 하는 데에 그 궤를 같이한다. 그렇다면 정부의 관료나 정치인은 쇠고기문제는 어떻게 처리하고 한미자유무역협정은 어떻게 처리해야 하는지 그 해답은 자명하다.

지금 대한민국 호라는 배가 구멍이 났는데, 여당도 야당도 그 물이 새는 구멍을 남보다 먼저 틀어막으려 하기보다는 서로 싸움질만 하고 있다. 조선조 당파 싸움에 날 새는 줄 모르다가 일제에 나라까지 빼앗기고도 정신을 못 차리는 게 현실이다. 왜 그럴까? 역사의식과 철학의 빈곤을 지적하지 않을 수 없다. 대학들도 철학과가 장사가 안 된다고 폐과시켜놓고선 이제 와서 후회한다. 철학이 없는 실용주의는 머리 없는 몸과도 같다.

예술계에도 정치계처럼 철학의 빈곤은 마찬가지다. 소위 예술을 한다는 탤런트의 입에서 "미국의 쇠고기를 먹기보단 청산가리를 먹겠다."는 미친 소리가 나올 수 있는가. 예술 중에서도 문학한다는 사람들이 정권에 빌붙어서 뿌려주는 모이를 끼리끼리 챙겨먹는 꼴은 참으로 가관이다. 문인은 만년야당이어야 한다고 갈파한 청마 유치환 시인의 말씀이 더욱 빛나는 대목이다.

정치가는 미래 항로를 예견할 줄 아는 정치철학이 있어야 하고, 시인 작가는 마음을 다스릴 줄 아는 양식이 있어야 한다. 문예는 창작 기법만으로 되는 게 아니다. 기교는 남에게서 배울 수 있지만 사람됨은 스스로 닦아야 한다. 전통과 현대는 부자의 관계와 같고, 묵은 간장과 풋 채소의 관계와도 같다. 서로 닮았으면서도 새로운 변모가 아들에겐 보이는 법이다.

우리는 아무리 세상이 소란해도 명경지수明鏡止水로 마음을 다스리기에 게을러서는 안 된다. 그리하여 글 때를 벗어야 한다. 불을 이기고 나온 청자 백자처럼, 잔설의 여운 같은 시설柿雪이 앉은 글을 남기고 가야 한다. 부드러운 물은 강한 쇠를 자를 수 있지만, 강한 쇠는 부드러운 물을 자를 수 없다. 정치와는 차원을 달리하는 예술의 본질이 여기에 있다 하겠다.

이 글은 반추가 필요치 않을 것 같습니다. 여러분 스스로 음미하기를 바랍니다. 우리나라도 서양처럼 이러한 에세이가 많이 나오기를 바랍니다. 문학예술, 문예창작을 지망하는 학생의 처지에서는 이 포멀 에세이가 무겁고 딱딱한 느낌을 주기 때문에 인포멀 에세이와 병용할 필요가 있겠습니다. 이 포멀 에세이는 무거울 중(重)자 중수필(重隨筆), 굳을 경(硬)자 경수필(硬隨筆)이기 때문입니다.

　방금 듣고 감상해서 느끼셨을 텐데, 이 포멀 에세이는 무게는 있어도 딱딱한 느낌을 주기 때문에 가볍고 부드러운 인포멀 에세이도 써볼 필요가 있겠습니다. 이 포멀 에세이는 개인보다는 사회문제를 다루기 때문에 자성의 기회가 많을 수 없겠습니다. 인포멀 에세이는 자기 개인의 신변문제에 관심이 많고, 또 신변잡사가 소재가 되기 때문에 자성하는 기회가 많습니다. 마지막으로 파스칼이 한 말을 음미하면서 10주차 1교시 수업을 마치겠습니다.

　내 마음속에 어떤 공허감이 있다면 그것은 자기가 어떤 것을 찾고 있는 증거이다. 그러나 그 부족한 것을 외부에서 찾을 수는 없다. 사람들은 만족과 위안을 찾아 헤매지만 그것들은 결코 그 공백을 메워주지는 못한다. 왜냐하면 우리의 마음속에 생긴 공허감은 우리 내부의 생명력의 새로운 발동으로써만 치료되고 보충될 수 있기 때문이다. 내 마음속의 공허는 내 마음속의 생명력을 불러일으킴으로써만 메울 수 있을 뿐이다.

　이러한 요소들은 파스칼이 갈파한 바와 같이, 마음속의 공허를 내부의 생명력의 새로운 발동으로 치유할 수 있기 때문에 매우 긴요하다 하겠습니다. 이 시간 수업은 여기까지입니다.

## 2교시 「민족 -서설-」 (박종화) 「국기와 교리」 (중앙일보 분수대) 「초가와 정서가치」(황송문)

2교시는 박종화(朴鍾和) 작 「민족(民族)」의 서설(序說)에 나오는 글부터 살펴보기로 하겠습니다.

조선민족은 하나요 둘이 아니다. 더구나 셋도 아니요 넷도 아니다. 조선사람은 삼천만이나 조선민족은 다만 하다. 아득하고 오래기 반만년 전 송화강반 백두산 아래 성스러운 천리천평(千里千坪) 신시(神市)의 때로부터 가까이 설흔여섯 해 동안, 뜻 아니한 왜노의 잔인한 압박과 구속 밑에서 강제로 동조동근(同祖同根)의 굴레를 뒤집어씌우고 창씨와 개명까지 당했던 을유년 팔월 십사일 어제까지 조선민족은 다만 하나요 둘이 아니다. 또 다시 앞으로 조선민족은 억천만년 백겁을 감돌아 「한밝」의 밝은 광명을 동방으로부터 세계에 부어내리고, 삼천만 민족이 삼억 창생이 되는 때까지 조선민족은 다만 하나요 둘이 아니다.

민족은 조상을 같이 한다. 맥박에 뛰노는 핏줄이 본능으로 엉키니 하나요 둘이 될 수 없다. 말이 같고 풍속이 같으니 하나요 둘이 될 수 없다. 멀리 바다를 건너 동경, 하와이, 뉴욕, 런던에 외로운 그림자를 짝하여 달빛 아래 초연히 거닐어 보라. 만 가지 향수가 그대의 머리를 스치리라. 삼각산이 보이고 한강물이 그리워지리라. 모란봉이 떠오르고 대동강이 생각나리라. 다행히 남만격설지성(南蠻鴃舌之聲) 떠드는 외국사람 틈에 고향친구를 만나 방아타령이나 아리랑타령 한 곡조를 들어 보라. 그대의 눈에 까닭 모를 더운 눈물이 주루루 흐르리라.

이것이 조국애요 민족애다. 조선민족은 다만 하나요 둘이 아니다. 조선민족은 운명을 같이 할 약속을 갖는다. 한 번 나라가 거꾸러지매 그 민족의 고단한 신세 —어떠했더냐. 한 번 나라가 일어나매 그 민족의 기막힌 광영이 어떠했더냐. 신라가 일어나매 그대들의 광영이 어떠했더냐. 김유신 장군은 소정방의 무릎을 굽히게 했고, 태종 김춘추는 삼한을 통합하여 경주 서울 안에만 십칠만 팔천구백

삼십육호에 일천 삼백 육십 방이 바둑판 같이 벌어지고, 주위는 오십오정에 고래등 같은 용마름과 화조무늬 아름다운 담은 비늘처럼 연해서 백성의 집에는 초가 한 채가 없었고, 화락한 풍류와 즐거운 노랫소리는 길에 그칠 사이가 없었다한다.

고구려가 일어나매 그대들의 광영이 어떠했더냐. 을지문덕은 거만한 수나라 양제의 백만 대군을 청천강에 깨뜨려 버렸고, 우리의 안시성주 양만춘은 당나라 천자 이세민이 천만 대병을 거느려 거드럭거리고 노략질하며 들어오는 것을 백우전 한 화살로 눈알을 쏘아 애꾸눈이가 되게 했다.

고려의 운수가 미약하여 몽고 홀필렬(忽必烈)의 침략을 받았을 때, 조선 여자는 호궁(胡官)의 계집이 되고, 조선민족은 옷까지 바꾸고 이름까지 갈았다. 이몽고대 (李蒙古大)니 백안첩목아(伯顔帖木兒)니 하는 따위는 왜놈들이 최근에 우리 민족에게 준 굴욕과 수치, 그것보다 무엇이 나을 것이 있으랴!

광무, 융희에 대한제국이 오적(五賊) 칠적(七賊) 열두 놈의 손에 거꾸러졌을 때 어둡고 나약한 파멸은 그들의 죄요 허물이라, 우리 민족의 알바 아니거니와 을사년 간에 왜노에게 외교권을 빼앗긴 조선민족은 절름발이에 꼽추병신이 되었고, 경술합방—하늘이 무너지고 오장육부가 다 쏟아지는 듯한 민족의 설움과 통곡은 누가 있어 능히 우리를 위로하고 보증해 주었으랴!

이대로 사십 년이란 길고 긴 춘추에 우리는 기름과 피를 왜노에게 다 빼앗겼던 것이다. 문전옥답은 신작로로 다 들어가고, 똑똑한 자식들은 사상범이라 해서 감옥소의 귀신이 되었다. 이 지독하고 끔찍끔찍한 현실은 민족의 뼛속까지 사무쳐서 뜻없는 초수목동(樵豎牧童), 망국한을 모르는 술장수 어미의 입초수와 노랫가락에까지 오르내린 것이다.

민족은 위정자를 감시해야 한다. 민족은 뭉쳐야 한다. 절대로 배타주의가 아니다. 살기 위하여 자립을 꾀하여 한 마음 한 뜻으로 뭉쳐야 한다. 조선민족은 하나요 둘이 아니다.

이천여 년 전 한나라 무제 유철(劉徹)이 위만(衛滿)을 쫓느라고 조선을 침략하여 낙랑(樂浪), 현도(玄兎), 임둔(臨屯), 진번(眞蕃) 네 고을을 두었을 때 조선민족은 별안간 대낮에 강도놈이 들어와 염치없이 먹을 것 다 먹고 자빠진 거나 똑같은 만고에 없는 변을 당했다.

평안도와 황해도, 강원도와 함경도 지방이었다. 마치 요사이 소위 해방되었다는 조선에 남북을 금그어 갈라놓은 북위 삼십팔도 문제보다 지나친 자였다. 이로 인하여 민족의 연락은 끊어지고, 이로 인하여 경제의 파탄이 일어났고, 이로 인하여 자주사회와 만족의 연립은 파괴되고, 찢어지고, 좀먹어버리게 되었다. 얼마 안 돼서 본토의 민족들은 힘을 다하여 한 뭉치가 되어 한민족을 몰아냈나니, 이것은 다만 너와 내가 따로 없다는 다 같은 깃발 아래 대동단결—그들을 전멸케 한 민족의 항전이요 투쟁이었다.

민족을 떠나서 내가 없고 나를 떠나서 민족이 없다. 민족은 곧 나의 모체요, 나는 곧 민족의 한 분자인 것이다. 우리는 민족의 자랑을 가져야 한다. 조선민족은 내 민족이요 남의 민족이 아니다. 신라의 김유신은 제 민족을 안 사람이요, 고구려의 을지문덕은 민족애 곧 조국을 안 사람이다.

지난번 러시아의 스탈린은 나치스 독일의 육박이 바야흐로 위급했을 때 "만국외 노등계중의 해방을 위해서"라는 맹세 대신 "최후의 목숨이 붙어 있을 때까지 이름을 동포와 조국과 노동자 농민의 정부 때문에 바친다"라는 선언을 부르짖게 했다. 이것은 소비에트로도 여태까지 집어치웠던 민족을 다시 부르는 강한 소리다.

우리는 임진왜란 때 단신으로 기막힌 항전을 계속한 바다의 영웅 이순신 장군을 잊어서는 안 된다. 병자호란에 청나라에 잡혀가서 죽어도 청제에게 절을 아니한 삼학사를 잊어서는 안 된다. 을사조약에 목을 찌른 민영환(閔泳煥)을 잊어서는 아니 된다.

대마도에서 굶어 죽은 최익현(崔益鉉)도 알아두자. 할빈역머리에 이등박문을 쏘아 죽인 안중근(安重根)님께 고요히 묵도를 올리자. 삼천리강산을 뒤흔들어놓은 백수(白手)의 항전 삼일운동의 기억이 새롭구나—. 귀여운 도련님과 아가씨의 광주학생사건도 눈물겨웁다.

이것은 모두 다 민족의 항전이요 투쟁이다. 조선민족은 하나요 둘이 아니다.

解放後 西紀 1945年 10月 31日 조수루(釣水樓)에서

박종화 작 「민족」의 서설에 나오는 글이었습니다. 이와 같은 정적(情的)인 문장이 인간의 감성에 호소한 데 비하여, 논의적인 문장은 인간의 지성에 설득하려 합니다. 다음에 소개하는 글은 읽는 이의 지성에 설득하려는 논의적인 문장이므로 참고가 될 것입니다. 중앙일보 「분수대」중의 '국기와 교리'를 살펴보고자 합니다.

국기의 유래는 유사 이전부터 찾아 볼 수 있다. 「브리태니커」 백과사전에 따르면 고대 이집트에선 벌써 이와 비슷한 '심벌'이 있었다. 그러나 당시엔 엄격히 말하면 군기(軍旗)였다. 전장에서 아군과 적군을 구별할 필요가 있었다. 동양에선 고대 중국의 주왕조(周王朝) 때 이미 임금 앞에서 흰 깃발을 날렸다. 기원전 1121년의 일이다. 고대 중국에서 볼 수 있는 깃발들은 붉은 새(鳥)나 흰 호랑이 아니면 청룡(靑龍) 등을 그려 넣고 있다. 현대엔 국기가 없는 나라는 없다. 아프리카의 신흥국가들은 헌법에까지 그것을 명문화하고 있다.

대개는 관례에 따라 국기의 도안과 규격을 만드는 것이 보통이다. 국기의 색깔은 어느 나라이고 삼색 (三色)을 넘는 예가 드물다. 색깔은 국민 감정에 따라 다르다. 그러나 그것이 상징하는 의미들은 어느 경우를 막론하고 이상적인 비전을 담고 있다. 자유 평화 진리 순결 박애 평등 등……. 종교색을 포함하는 나라도 없지 않다. 타일랜드의 백색은 불교를, 이란과 사우디아라비아의 녹색은 이슬람교를 나타낸다.

우리의 태극기는 우주만물이 생긴 근원을 상징한다. 그러나 그 국기의 도안이야 어떻게 되었던 우리의 국체를 상징하는 데에 더 뜻이 있다. 동란 당시 우리는 태극기만 보면 가슴이 벅차던 기억이 새롭다. 서울을 탈환하는 국군의 소총 끝에 태극기가 매달린 것을 보고 눈물을 글썽이지 않은 사람은 없었을 것이다. 그만큼 심벌의 함축성은 강하다.

기독교의 어느 교파에서 태극기를 우상시하고 예배를 거부한 것은 난센스이다. 더구나 이 국기거부는 순수한 종교인에 의한 것도 아니고 중학 신입생에게 일방적으로 강요되었다. 물른 이 중학생들은 그 교파와는 아무런 상관도 없다. 다만 추첨에 의해서 그대로 배정된 것에 지나지 않는다. 따라서 이 학생들은 어느 종파의 강요를 받을 의무가 없다. 신앙의 자유와도 관계가 있는 것이다.

국기를 우상시하는 교리는 좀 시대착오적인 것 같다. 현대의 종교는 한 겹씩 그 배타적인 속성을 벗어가고 있다. 그렇지 않고는 오늘의 변화하는 문명세계에 적응할 수가 없기 때문이다. 보수적인 가톨릭까지도 교리해석의 혁신시대를 맞고 있는데 그 종파는 국기의 우상론에 집착하지 말고 진일보(進一步)한 교리의 해석을 보여 줄 필요가 있다. 그렇지 않고는 이 한국의 국체는 고사하고, 우선 이 지상에서 포교(布教)할 곳이 없을 것 같다. 공중에 떠있는 종교는 도대체 우리 인간과는 아무 관계도 없지 않겠는가.

중앙일보 「분수대」중의 '국기와 교리'였습니다. 앞의 월탄 박종화 선생의 글, 「민족」의 서설이 감성(感性)에 호소한 글이라면, 그 다음 「국기와 교리」는 지성(知性)으로 설득하려는 글이라 하겠습니다. 다음은 자작수필 「초가와 정서가치」를 살펴보고자 합니다.

인간은 무릇 생리적인 면과 인격적인 면을 떠나서는 존재할 수가 없다. 바꾸어 말하면, 인간이 존재하기 위해서는 생리적인 면과 인격적인 면, 이 양면의 조화와 균형이 유지됨으로써 생존할 수 있다고 하는 기본 논리가 성립된다. 왜냐하면 인간은 그 구조 자체가 생리가 요구하는 육신과 인격이 요구하는 정신의 양면성을 동시에 지니고 있기 때문이다.

인간은 이와 같이 이중구조(二重構造)로 되어 있는 까닭에 생존 번영하기 위해서는 이 양면성의 욕구를 충족시키지 않을 수 없다. 이러한 욕구 충족은 개인이나 가정이나 사회나 국가를 막론하고 마찬가지로 요구된다. 생활의 단위로서의 가정의 확대가 사회요 국가인 까닭에, 가정에서 요구되는 이 양면성의 욕구 충족은 사회나 국가도 마찬가지로 요구된다.

사회나 국가는 민족공동체의 얼을 수용한 생활의 보금자리인 까닭에 사회나 국가의 생존 번영에 관한 문제에는 마땅히 이 양면성의 욕구충족이라고 하는 기본 바탕 위에서 시도되어야 할 것이다. 이러한 양면성의 기본 요건을 왜 내세우느냐 하면, 사회나 국가의 대사(大事)를 꾀하는 어떠한 정책 결정이 이러한 양면성의 지극히 상식적인 기본 바탕 위에서 이루어지지 못하는 면이 있는 듯한 인상을 받았기 때문에, 그 원점에서 확인하고자 하는 소이가 여기에 있다.

정부는 1972년부터 1977년까지의 기간 중에 총 2백65만 채의 초가(草家)를 개량하였다. 여기에서 말한 '개량(改良)'은 초가지붕을 슬레이트 지붕이나 기와지붕으로 바꾸어 놓았다는 얘기이다. 융자와 국가지원액을 포함하여 총 3백 44억 7백60만원이라는 예산을 들여서 시도한 초가지붕 개량사업은 '민족중흥의 역사적 과업'을 위한다는 넘치는 의욕을 보였는데, 이것을 농촌근대화의 차원에서 보게 될 때 얼마만큼의 공과(功過)가 나타났는지 나는 아는 바가 없다.

다만 얘기하고자 하는 것은, 초가지붕을 개량하는 사업 그 자체를 가지고 왈가왈부하려는 게 아니고, 그 시행방법과 함께 양면성으로 본 관심의 일단을 피력하고자 하는 것이다. 단적으로 말해서 초가집보다 기와집을 장려하기를 바라면서도, 초가지붕을 슬레이트 지붕이나 기 지붕으로 모조리 개량하여 자취를 감추게 하는 데에는 문제가 있다고 본다.

초가를 가리켜 빈곤의 상징인 것처럼 극단적으로 생각하는 사고방식에 대하여, "초가를 개량하는 것은 찬성하지만, 더러는 남겨둘 가치도 있다"고 하는 절충식 사고의 논리가 자리하고 있는 셈이다. 농촌경제가 부흥이 되어 잘 살고 있는 덴마크나 일본 같은 나라들도 그들 특유의 초가가 있다. 초가지붕 때문에 가난한 게 아니라, 가난하기 때문에 초가집이 많다는 논리에 모순이 없다면 삼간초가(三間草家) 한 채에 3만원이라는 지붕개량자금을 융자해 주면서 획일적으로 개량하기보다는, 농촌경제가 부흥되도록 영농정책에 힘쓰면서, 점진적으로 개량하도록 유도, 계몽하는 편이 바람직하지 않을까.

초가에는 경제적인 가치로 따질 수 없는 정서적인 가치로서의 그 무엇이 있다. 초가집은 그 정서적인 분위기와 함께 두텁고 자연스러운 친근감과 아늑한 모성(母性)이 있기 때문이다. 초가는 또한 실제의 생활에 있어서 흙벽과 목조건물들의 구조상의 한난(寒暖)을 조화롭게 조절하는 건축상의 묘미를 무시할 수 없는 면도 있다. 인간이 지닌 바의 천부적인 심리는 자연과의 동화를 원한다. 식물성으로 이루어진 볏짚과 목조건물, 그리고 화학작용을 거치지 않은 흙벽에서 아늑한 안정감을 얻는다.(이하 생략)

농촌경제가 성장되면 초가지붕은 해마다 탄탄해지고 기와집은 늘어날 것이다. 따라서 농촌경제가 좋아져서 뼈대 좋은 기와집도 많아지는 동시에 더러는 군데군데 남아있는 초가집도 해마다 탄탄해지는 것이다. 그러나 지금의 농촌은 깡마른 슬레이트 지붕에 찬바람이 돌고 있다. 그리하여 사람들의 마음은 강퍅해져 가고 있다. 강퍅해진 마음에 새로운 훈김을 불어넣을 수는 없을까. 한 동네에 서너 채라도 민족의 생활문화재를 두고두고 사랑할 수는 없을까.

「초가와 정서가치」 중 일부였습니다. 이러한 포멀 에세이, 즉 무겁고 딱딱한 느낌을 주는 중수필은 개인의 사상 감정을 정서적으로 표현하는 경수필과는 다릅니다. 전문적인 지식이나 박식함이 요구되기 때문에 때때로 메모하는 습관을 들일 필요가 있겠습니다. 메모하는 순간이나 그 이후에 생각의 실마리를 풀어내면서 수필을 만들어 가는 기쁨은 창작자만이 감지할 것입니다.

5.16 군사정권이 들어선 후 초가집 개량사업을 벌일 당시에 저는 이 글을 써서 『월간조선(月刊朝鮮)』에 발표했었습니다. 1972년부터 1977년 사이에 2백 65만 채의 초가집을 개량하는 데에 3백 44억 7백 60만원이 소요된다는 사실도 알아내어 메모하기도 했었습니다.

다른 장르도 물론 그렇겠지만, 특히 수필은, 그 중에서도 사회적인 문제를 객관적으로 피력해야 하는 포멀 에세이, 중수필은 자기의 역량에 맞는 주제를 택해야 합니다. 축적된 지식이 얄팍한 사람의 경우에는, 철학적이고 사상적인 중수필을 쓰려고 할 때 감당하기 어려운 한계에 부딪히게 됩니다. 철학이 빈곤한 사람은 실패하기 쉽습니다. 그러므로 너무 욕심을 부릴 것이 아니라 자기가 잘 아는 바를 쓰는 게 상책입니다.

남다른 전문지식을 가지고 있거나 몸소 절실한 체험을 쌓아서 그것이 체질적으로 육화되었다고 할까, 자기화된 상태에서 미적 경로를 통한 수필화가 이루어지는 게 바람직한 길입니다. 2교시 강의는 여기까지입니다.

# 3교시 「고전주의와 낭만주의」(생트뵈브) 「우주와 인간」(프랑스) 「꽃가루」(노발리스)

3교시는 프랑스의 작가이자 비평가인 생트뵈브의 에세이 「고전주의와 낭만주의」부터 살펴보고자 합니다.

고전주의의 가장 일반적인 특성과 광범위한 정의(定義)에 비추어 볼 때 고전주의는 건강하고 행복한 시기의 문학이며, 그 시대와 사회환경, 그리고 지배계급의 원칙과 권력에 전적으로 동의하며 조화를 이루어나가는 문학이다. 우리도 잘 알다시피 고전주의는 스스로 자족하는 문학이어서 그 시대, 그 국가, 그 정치체제에 만족하는 문학이다. 그러한 가운데 고전주의 문학은 태동하고 만발한다.(정신적 기쁨은 정신적 힘을 나타내 주는 것이라고 말한다. 문학에 있어서 나 개인에 있어서 이 말은 타당하다).

그 문학 여정(旅程)에 있어서 고전주의 문학은 자기 집에 있듯이 안온하게 느낌으로써, 소외의 문학이 아니며, 고통의 문학도 아니기 때문에, 이제까지 아름다움의 원칙이 되어 본 적이 없었던 '거북살스러움'으로 그의 원칙으로 삼지도 않는다.

필자는 낭만주의 문학을 헐뜯으려 하는 것은 아니다. 괴테의 말(譯註1)과 역사적 설명에 의거하는 것뿐이다. 태어나고 싶을 때 태어날 수는 없는 일이며 부화하기 위한 시기를 선택할 수도 없는 것이다. 특히 어린 시절에는 허공에 떠돌며, 메마름과 축축함, 열기와 건강을 가져다주는 기류(氣流)를 피할 도리가 없다.

영혼에도 이와 같은 기류가 있다. 무엇보다 희망이 있어, 좌절이 개입하지 않는 첫 만족의 감정, 자기 앞에 자기보다 훨씬 길며, 자기보다 더욱 강한, 그리고 보호자 같으며 심판관 같은 시대가 놓여있다고 생각하는 첫 만족의 감정, 그리고 찬란한 햇빛을 받으며 성실하고 영광스러운 발전을 기약할 수 있는 화려한 활동 무대를 갖고 있다는 첫 만족의 감정, 그것이야말로 조화롭고 균형 잡힌 궁전과 사원을 쌓아 올리게 한 첫 원동력을 불러일으켜 준 것이다.

끊임없이 불안정한 사회에서 살아갈 때, 그리고 사회가 몇 번씩 변화하는 것을 육안(肉眼)으로 똑똑히 지켜 바라볼 때, 문학의 불멸성(不滅性)은 믿을 수 없게 되며, 따라서 모든 것을 허용하게 된다. 그렇다고 해서 지속적이며 안정된 시대에 대한 감정을 스스로 만들어가질 수는 없다. 젊은 시절에 대기와 같이 숨쉬듯 그것을 호흡해야 한다.

낭만주의 문학은 특히 돌격적이며 모험적이어서 장점도 있고 공적도 있으며, 화려한 면모도 있지만, 그 범위가 일정치 못하다. 낭만주의 문학은 두서너 시대를 말을 타고 달리는 꼴이라, 잠시도 완전히 한 곳에 정착하지 못하여, 불안해하고, 무언가를 탐색하는 듯, 본성이 괴팍하여, 의도적으로 앞으로 휙 나갔다가도 다시 휙 뒤로 돌아서는, 한마디로 유랑적인 문학이다.

고전주의 문학은 불평하지 않으며, 신음하지 않고, 권태로워하지 않는다. 때때로 고통과 함께 그리고 고통에 의해서 지독해진 때가 가끔 있지만, 아름다움은 보다 평온한 빛을 띤다.

다시 말해서, 고전주의는 많은 특징들 가운데 그 조국과 그 시대를 사랑하는 면모가 있어 더욱 아름답다든가 더 바람직하다든가 하는 것에 욕심을 내지 않는다. 합법적인 자만심을 갖고 있는 것이다. '평온 속에서의 활동'이 고전주의의 좌우명이리라. 페리클레스 시대와 아우구스투스 시대, 그리고 루이 14세 통치시대가 그러하였다. 그러한 시대의 위대한 시인과 웅변가의 말을 그들의 아름다운 하늘 아래서, 마치 창공의 둥근 지붕 아래에서이듯 들어 보라. 그들의 찬가(讚歌)가 아직도 우리의 귀에 생생하다. 너무나 열렬한 박수갈채의 환호를 그들은 받아왔다.

낭만주의 문학은 햄릿처럼 노스탈지를 갖고 있다. 낭만주의 문학은 그가 갖고 있지 않은 것을 찾는다. 구름 너머 저편에서까지 찾는다. 꿈을 꾸며, 몽상 속에 산다. 19세기 낭만주의는 중세를 찬미한다. 18세기에는 루소와 함께 낭만주의가 이미 혁명적이 되어버렸다. 괴테에 의하면, 여러 시기의 낭만주의가 있다. 크리조톰(譯註2)의 청년시절, 스타키르, 젊은 오귀스탱 등이 낭만주의자였으며, 시대를 앞질러 산 르네(譯註3)는 병자였다. 그러나 치유받기 위한 병자였다. 그리스도교가 악마를 쫓아내어 그의 병을 낫게 해주었다. 햄릿, 베르테르, 차일드 해럴드(譯註4), 순수한 르네 등은 노래하고 고통받기 위한, 그리고 그들의 아픔을 즐기기 위한 환자들이며, 말하자면 병을 위해 병을 앓는, 얼마만큼은 도락적인 낭만주의자들이다.

譯註 ①〈고전주의는 건강하며 낭만주의는 병적病的이다〉라는 괴테의 표현을 인용한 것. ②4세기의 교회 신부. ③샤토브리앙의 소설 〈르네〉의 주인공 이름. ④바이런의 작품 주인공.

이 글의 필자인 생트뵈브(1806-1869)는 프랑스의 작가이자 비평가로서 위고의 작품을 평한 것이 계기가 되어 낭만주의 운동에 가담했습니다. 그 후 낭만주의와의 관계를 끊고 인상주의 비평을 시작했습니다. 몽테뉴 이래의 프랑스 에세이를 크게 심화(深化)시킨 그는 비평가로서도 많은 저술과 업적을 남겼습니다.

다음은 프랑스의 작가이며 비평가인 프랑스의 에세이 「우주와 인간」을 살펴보고자 합니다. 낭독하겠습니다.

지구는 세계의 중심이요, 모든 천체는 그 주위를 회전한다고 확실히 믿었던 고대인의 정신 상태를 우리는 좀처럼 상상할 수 없다. 고대인은 지옥에 떨어진 자가 화염 속에서 허우적거리는 것을 발밑에 느꼈거니와 아마도 바위틈 사이에서 새어나오는 유황의 연기를 눈으로 보고 코로 맡았었는지도 모른다.

그들은 고개를 들고서 십이천(12天)을 바라보았다. 바람과 불을 안고 있는 원소계(元素界)로부터, 단테가 서기 1300년 성(聖) 금요일에 찾아갔다는 월계와 수성계(水星界)와 금성계(金星界), 그리고 태양계, 화성계, 목성계, 토성계, 다음으로는 별들이 등불처럼 매달려있는 항구불변의 천공(天空), 나아가서는 이와 같은 전망을 사색(思索)으로 이어받아, 정신의 눈으로 십이천 저편에 성자(聖者)들의 환희에 젖어 있는 제구천, 원동천(原動天) 또는 수정천(水晶天)을, 끝으로 천상계(天上界)를 발견하는 것이었다.

　이 천상계는 복 받은 자들의 세계로서 죽은 후 백의의 두 천사가(고대인은 충심으로 이를 희구했었다) 세례에 의해 씻기고 임종 성례의 향유에 적신 인간의 혼을 마치 어린애를 안듯이 데려다주는 곳이다. 그때로 말하면 신은 인간 이외의 딴 아들들이 없었고, 신의 모든 창조는 말하자면 커다란 사원(寺院)과 같이, 유치하기는 하지만 시적인 방법으로 정돈되어있었다. 이렇듯 머릿속에 그려진 우주는 이를 데 없이 단순한 것으로서, 기계처럼 조립되고 채색된 몇몇 커다란 시계 속의 틀림없는 형상과 움직임을 지닌 우주를 완전무결하게 표현할 수 있었던 것이다.

　십이천과 유성(遊星) 아래 인간은 행복하게 또는 불행하게, 쾌활하게 또는 음울하게 태어났던 것이나 이제 이 모든 것은 끝장이 났다. 천공의 견고한 천장은 파괴되고 말았다. 우리의 눈과 상념(想念)은 하늘의 무한의 심연 속으로 빠져 들어간다. 유성 저편에 우리가 발견하는 것은 택함을 받은 자와 천사들의 천상계가 아니요, 오직 눈에 보이지 않는 몽롱한 위성의 행렬을 거느리고 회전하는 수천의 태양들이다. 이 무한의 우주 앞에서 우리의 태양이란 하나의 가스등불에 불과하며, 지구란 진흙 한 방울에 불과하다.

　북극성에서 오는 광선은 반세기 전에 출발한 것이라는 것, 그럼에도 불구하고 이 아름다운 별은 우리의 이웃이요, 시리우스(天狼星)나 대각성(大角星)과 더불어 태양에서 가장 가까운 자재별이라는 말을 들을 때, 우리의 상상력은 역정이 나고 놀라움을 금치 못한다. 망원경의 시야 가운데 아직도 우리 눈에 보이지만 3천년 전에 소멸해버린 듯한 별도 있다.

　우주의 각 부분은 시시각각 태어나면서 또한 소멸해 간다. 끊임없이 태어나는가 하면 사멸한다. 그리하여 창조는 항상 불완전한 것으로서 부단한 변전(變轉) 가운데 계속된다. 별들은 소멸한다. 그러나 빛의 딸들이 이처럼 죽으면 유성이 되어 풍성한 삶을 시작하는 것은 아닌지, 그리고 이 유성들도 용해되어서 다시 별이 되는 것은 아닌지 우리로서는 단언할 수가 없다. 다만 우리가 알고 있는 것은 천공의 세계에도 지상에서와 같이 휴식이 없으며, 노동과 노력의 법칙은 무한히 우주를 지배하고 있다는 사실 뿐이다.

별 중에는 우리가 보는 앞에서 소멸한 것도 있거니와 마치 꺼져가는 촛불처럼 깜박이는 것도 있다. 항구불변의 것으로 믿어왔던 천공은 만물의 영원한 유전(流轉) 이외의 영원한 것을 알지 못한다. 유기적 생명이 우리가 살고 있는 한 방울의 진흙 속에 불행히도 발생한 하나의 사고, 하나의 불운한 우연(偶然)에 불과하다면 별문제지만.

그러나 차라리 이렇게 생각할 것이다. 즉 생명은 지구의 자매요, 지구와 같이 태양의 딸인 우리의 태양계의 여러 유성 위에 발생한 것, 그리하여 생명은 지구상에 동식물의 형태로 나타난 것과 매우 유사한 조건하에 태양계의 유성 위에 발생했다는 것이다. 하늘에서 우리에게 떨어진 운석(隕石)은 탄소를 포함하고 있다. 보다 부드럽게 우리를 납득시키기 위해서는, 성녀 도르테아에게 천국의 꽃을 가져다 준 천사가 다시 하늘의 화환을 들고 지상으로 되돌아와야만 하리라. 외견에 나타난 모든 점으로 보아 화성은 지구상의 동식물과 비교할만한 종류의 생물이 살 수 있을만한 곳이다. 살 수 있을만한 곳이라면 무엇인가 살고 있음이 분명하다. 지금 이 시각에도 서로 살육하고 있다고 생각해서 틀림이 없다.

별들의 성분이 동일하다는 것은 지금에 와서는 스펙트럼 분석법에 의해 확증되었다. 그러기에 우리의 성운(星雲)에서 생명을 발생시킨 원인은 모든 딴 성운에서도 생명을 만들어낼 수 있다고 생각함이 마땅하다. 우리가 생명이라 부를 때, 그것은 우리가 보고 있는 바와 같이 지구상에서 나타나는 조건하에서의 유기체의 활동을 의미한다. 그러나 이와 상이한 환경 안에서 몹시 높거나 낮은 온도하에, 그리고 상상할 수 없는 형태로써 생명이 발생할 수 있는 일이다. 한걸음 더 나아가 우리의 대기 바로 우리 곁에 에테르와 같은 생명체가 발생될 수도 있지 않을까? 그리하여 이렇듯 천사의 무리에 에워싸여 있으면서도 전연 알 수 없을지도 모른다. 외냐하면 인식(認識)이라는 것은 어떤 관련을 가정하는 것인데, 천사와 우리 사이에는 아무런 관련도 있을 수 없기 때문이다.

또한 이 수백만의 태양이 우리에게 보이지 않는 수억만의 태양과 합쳐진다 하더라도, 한 동물 또는 눈에 띄지도 않는 한 곤충, 우리가 생각할 수도 없는 방대한 세계 안에 태어난 이 짐승과 곤충 체내의 혈액이나 임파선액 한 방울에 불과

한 것이 될지도 모른다. 이 방대한 세계 자체도 그와 같은 딴 세계에 비하면 티끌만한 먼지와 다를 것이 없을지 모른다. 수세기의 사상과 지성도 우리 눈앞에서 단 일 분간에 원자 속에서 생멸(生滅)하는 것이라고 가정하는 것도 결코 터무니없는 일은 아니다.

　사물이란 그 자체로서는 크지도 않거니와 작지도 않다. 우주는 광대하다고 생각할 때, 그것은 전연 인간으로서의 생각이다. 가령 우주가 돌연 호두열매의 크기로 축소된다 할지라도, 만물이 그 자체의 균형을 유지하고 있는 바에야 우리는 이와 같은 변화를 어느 면에서도 느끼지 못할 것이다. 북극성도 우리와 더불어 호두 열매 속에 갇히어 과거와 다름없이 그 빛을 보내기에 50년을 필요로 할 것이다. 그리고 지구는 원자보다 더 작아지겠지만 오늘날 지구를 적시는 같은 양(量)의 피와 눈물의 세례를 받을 것이다. 경탄할 일은 별세계가 이처럼 광대하다는 것이 아니다. 인간이 그것을 측량할 수 있었다는 것이다.


　프랑스의 에세이 「우주와 인간」이었습니다. 노벨문학상까지 수상한　프랑스(1844-1924)의 본명은 자크 아나톨 프랑스와 티보입니다.

　외국인이 쓴 두 편의 에세이를 살펴보았는데, 역시 이 포멀 에세이는 필자가 박식할수록 유리하겠다는 생각이 듭니다. 전문적인 지식이 풍부한 필자일수록 좋겠습니다. 인포멀 에세이의 경우는 박식하지 않아도, 전문지식이 없어도 감성이 풍부하거나 정서가 순화되어있고, 생각이 정돈되어있으면 얼마든지 좋은 수필을 쓸 수 있겠습니다.

　이 포멀 에세이가 지성으로 설득시킨다면, 인포멀 에세이는 감성에 호소하기 때문입니다. 감성에 호소하는 경우에는 필자 개인의 신변잡사도 좋은 소재가 될 수 있겠습니다. 그러나 포멀 에세이는 사회문제를 객관적으로 다루기 때문에 개인의 신변잡사는 애초부터 배제됩니다.

　영국 같은 나라, 서양에서는 에세이 하면 이 포멀 에세이를 말합니다. 신문의 사설이라든지 시사논평 등이 여기에 해당됩니다. 그러나 우리나라에서는 수필 하면 대부분 미셀러니를 생각합니다. 인포멀 에세이를 말하는 겁니다. 가볍고 부드러운 경수필과 연수필을 선호하는 까닭은 한국인이 감성적이라서 그런 현상이 나타나는 게 아닌가 합니다. 독서량의 부족도 영향이 있을 것으로 보입니다.

한국인이 지성으로 깊이 생각해 보지 않고 감성으로 흐른 예는 적지 않습니다. 가령 도룡뇽을 보호한다고 경부고속철도 천성산 구간 관통터널 공사현장에서 지율스님이 3보1배, 단식농성 등으로 공사를 방해하여 막대한 국고를 낭비하게 한, 참으로 어처구니없게도 어리석은 처사만 보아도 단적으로 증명됩니다.

그러므로 지성과 감성, 포멀 에세이와 인포멀 에세이가 균형 있게 조화될 필요가 있겠습니다. 여러분께서는 인포멀 에세이를 다섯 편이나 열편쯤 쓸 때 포멀 에세이도 한 편이나 두 편쯤 써보는 것도 좋겠습니다. 오늘은 여기까지입니다. 10주차 3교시 수업을 마치겠습니다.

# 제11강

## 수필의 창작

# 제11강 수필의 창작

## 1교시 감상과 이해 - 「달맞이꽃」과 「원시에의 향수」

안녕하십니까? 이제 11주차 1교시를 시작하겠습니다. 여러분께서 좋은 글, 훌륭한 문예작품을 생산하시려면 우선 작품 창작에 재미를 붙여야합니다. 재미가 붙게 되면 글은 수월하게 써집니다. 대학 캠퍼스에서 풍물놀이 하는 학생들을 봅니다. 땀을 뻘뻘 흘리면서 꽹과리를 치고 장구를 치는 학생들을 봅니다. 누가 시킨 것도 아닙니다. 예술은 이렇게 자기 스스로 신바람이 나야 합니다. 저는 그런 열정이 일어나도록 자극을 주는 사람입니다. 작두우물, 펌프우물에 헛바람이 나면 마중물을 부어주어야 합니다. 저는 마중물을 부어주면서 가능성의 싹을 틔우는 사람입니다. 작품을 생산하도록 도와주는 산파입니다. 여러분이 표현의 자유를 마음껏 누릴 수 있도록 도와주는 산파라 하겠습니다. 이 시간에는 편안하게 두 편의 수필을 감상하겠습니다. 먼저 「달맞이꽃」부터 감상하겠습니다.

산사(山寺)의 밤은 달맞이꽃으로 피어난다. 밤새도록 두 팔을 벌리고 서서 정신없이 달을 바라보는 달맞이꽃…… 그 꽃이 없다면 어찌 될까. 앞뜰뿐 아니라 달빛 교교히 흘러내리는 산허리로 흐드러지게 피어나는 그 꽃이 없다면, 산사의 밤은 정말 무덤 같은 적막에 잠기고 말 것이다.

해가 서산에 기울 때부터 그 꽃은 시나브로 수줍게 피어난다. 그러다가 모두들 잠이 들고 밤이 이슥해지면 꽃잎은 중천에 떠오른 달을 향하여 사모의 눈빛을 반짝인다. 동산에서 떠오른 달이 서산으로 기울 때까지 그 달이 움직이는 대로 우러러보는 달맞이꽃, 그 꽃의 생명은 오로지 달이 떠 있을 때만이 가능하다.

여기에서 우리는 이상스러운 이 꽃의 성격을 짐작하게 된다. 그것은 숙명적으로 달밤과 더불어 존재한다는 점이다. 그는 달빛이 흐르는 그 아름다운 밤을 위하여 얼마나 많은 시간을 참고 기다려 왔는지 모른다. 그가 참고 기다려온 그 기나긴 날들에 비하여 꽃을 피우게 되는 그 하룻밤은 너무도 짧은 시간이다. 그러므로 그는 그 짧은 여름밤을 일생으로 누려야 한다.

그런데 그 하룻밤도 운이 좋아야 누릴 수 있지, 비가 온다거나 구름이 낀 장마철에는 아예 꽃을 피워 보지도 못한 채 시들어 버리고 만다. 어떻게 운이 좋아서 꽃을 피우는 밤이면, 그는 달빛을 받아 아름답게 빛난다. 그러나 달은 먼 곳에 있다.

소월(素月)이 시(詩)에서 노래한 바와 같이 그것은 저만치 홀로 피어있는 존재이다. 저만치 멀리 있는 달을 그리워하며 마냥 정신없이 바라만 보다가 져버리는 달맞이꽃 같은 사람이 이 세상에는 얼마든지 있다.

누군가를 사랑했던 여인…… 그러나 그 사랑의 대상은 사라져 버렸고, 그 멀리 있는 임을 먼빛으로 바라만 보는 여인…… 그러다가 현실로 돌아오면 시들어 버리는 여인…….

나는 달맞이꽃을 보게 되면 그처럼 쓸쓸한 여인을 생각하게 된다. 안쓰러운 그녀가 누릴 수 있는 것은 저만치 거리를 두고 바라보는 그 환상 속에서만 가능하기 때문이다. 그 환상 속에서 사는 달맞이꽃이 밤새도록 달님만을 향하여 정신없이 사모의 정을 보내고 있을 때 풍뎅이라는 놈은 안하무인격으로 그 꽃잎에 나뒹굴면서 환락을 일삼는 것이었다.

풍뎅이라는 놈은 달맞이꽃이 자기에게 웃음을 파는 줄 알고 그 둔중한 몸뚱어리로 별별 발광을 다 떠는데, 잘생긴 꽃의 이상과 못생긴 풍뎅이의 현실 사이에서 나타난 괴리, 이것 이상의 비극은 없다.

우리 사회에도 풍뎅이 같은 놈들이 얼마든지 있다. 사랑에 실패하고 돈에 속은 여인들…… 그런 여인들이 환락의 술집에서 정념의 감주에 취하는 밤이면 짓궂은 풍뎅이들은 그 꽃들을 마구 짓이겨 놓는다. 풍뎅이에게 짓이김을 당하는 달맞이꽃의 하룻밤 풋사랑…… 그녀는 도시의 빌딩 위에 떠 있는 달을 보며 하염없이 눈물을 흘린다. 날이 새면 시들어버릴 달맞이꽃, 불쌍하고 안쓰러운 달맞이꽃이…….

어떻게 느끼셨습니까? '달맞이꽃'은 식물로서의 '달맞이꽃'일 뿐입니다. '달맞이꽃'이 그런 희로애락을 느끼는지 저는 알지 못합니다. 저는 하고 싶은 말이 있는데, 그냥 말해버리면 문예작품이 되지 않기 때문에 이 '달맞이꽃'을 끌어들여 빙자해서 말한 것입니다. 이 '달맞이꽃'은 제가 말하고자 하는 가엾은 여자를 닮았다고 여겨지기 때문입니다. '달맞이꽃'은 달을 바라보지만, 달은 멀리에 있지요. 인간 세상에서도 그리움의 대상은 멀리 있게 마련입니다. 가까이에 있으면 그리울 게 없지요. 그래서 달맞이꽃을 청순가련형의 가엾은 여자로 표현한 겁니다.

여기에 끌어들인 사물 가운데는 '풍뎅이'가 있습니다. 소설로 말하면 복선(伏線)이지요. 복선은 나중에 있을 사건에 대하여 미리 넌지시 비쳐두는 기법입니다. 여기에서도 '풍뎅이'가 여러 차례 나옵니다. 앞에 두어 번 넌지시 비치다가 결말에 가서는 "우리 사회에도 풍뎅이 같은 놈들이 얼마든지 있다. 사랑에 실패하고 돈에 속은 여인들…그런 여인들이 환락의 술집에서 정념의 감주에 취하는 밤이면 짓궂은 풍뎅이들은 그 꽃들을 마구 짓이겨놓는다."고 본의를 나타내게 됩니다.

여러분들도 저처럼 하고 싶은 말을 그냥 발설하지 말고 에둘러서 표현하시기 바랍니다. 이제 저의 자작 수필 「원시에의 향수」를 감상하시기 바랍니다.

나는 청국장이나 시래깃국 같은 것을 참 좋아한다. 아무래도 어릴 적부터 길들여진 음식이기 때문이리라. 이런 음식들은 할머니의 손을 거쳐야만 제 맛이 나기 마련이었다. 그만큼 할머니의 솜씨는 나의 미각과 밀접한 관계가 있다. 그러니까 적어도 나에게 있어서는 이 청국장이나 시래깃국 같은 것은 할머니를 빼어 놓고는 얘기가 되지 않는다.

누가 들으면 귀신 씨나락 까먹는 소리 한다고 핀잔을 줄는지는 몰라도, 그것은 그렇게 여기는 사람 생각이고 나로서는 어찌할 도리가 없다. 나는 서울에 살면서도 시래깃국이나 청국장같이 시골 냄새 구수한 음식이 먹고 싶어질 때면 으레 할머니 생각부터 한다. 또 이와는 달리 할머니가 그리워질 때에도 역시 이러한 음식이 함께 싸잡혀 떠오르게 된다.

나의 할머니는 그만큼 정갈스럽고도 음식은 맛깔스러웠다. 무슨 음식이든지 할머니의 손을 거치기만 하면 그 맛은 요새 말로 그저 끝내주는 것이었다. 그리하여 나는 나의 할머니의 맛과 멋에 길들여지게 되었다.

나의 할머니는 전주 성안 이씨 집안에서 4219년(1886년)에 태어나셔서 1966년 78세를 일기로 타계하셨다. 나의 할머니만큼 파란만장한 생애를 보낸 이도 드물 것이다.

남편을 일찍 여의신 할머니께서는 마음 둘 곳이 없어서인지 일찌감치 종교에 귀의하셨다. 할머니는 반야심경이라든지 사방찬, 또는 도량찬 같은 염불을 자주 외우셨는데, 나는 지금도 그러한 기억들을 생생하게 떠올릴 수 있다. 할머니는 새벽마다 뒤란의 장독대에 정화수를 떠놓고 동서남북 사방팔방으로 향하여 굽신굽신 절을 하며 염불을 하시는 것이었다.

나의 할머니에게서는 인절미 콩고물 냄새 같은 게 나는가 하면, 들기름, 깻묵 냄새 같은 게 풍겨 나오기도 하였다. 이러한 냄새는 주로 잔치집이라든지 품앗이 집에서 묻어온 냄새였다. 할머니는 좋은 음식일수록 이 손자가 걸려서 넘기지를 못하고 손수건에 싸다 주시곤 하셨다.

우리 집은 오수(獒樹)라 불리는 농촌에 있었기 때문에 해마다 참외 농사를 지을 수 있었다. 참외 철이 되면 나는 할머니와 함께 그 참외밭에서 살다시피 하였다. 나는 그 서늘한 원두막에서 방학 숙제도 하고 할머니와 함께 염불을 외우기도 하였다.

그 당시의 참외란 오늘날처럼 그렇게 맛도 없는 노랑참외가 아니었다. 노란빛이 도는 참외가 더러 있기는 해도, 주로 검푸른 바탕에 흰줄 무늬가 있는 개구리참외가 대부분이었다. 그 개구리참외는 껍질을 깎아내면 속이 벌겠다.

그 검푸른 바탕에 흰줄 무늬 개구리참외를 통째로 깎아서 뭉턱 베어 물라치면 코끝에 외씨가 묻게 되는데, 그처럼 씨가 붙어 있는 속창까지 먹어야만이 참외 맛이 제대로 나는 것이었다.

오늘날 도시 사람들은 그런 맛도 모르고 멋도 모른다. 참외의 속을 빼어버리고 잘게 썰어서 포크로 찍어 먹는 것은 참으로 엉터리다. 너무도 재미없고 싱겁기 그지없는 노릇이다.

산그늘 내리는 해거름이면 할머니는 원두막 가에다 모깃불을 지피신다. 그 모깃불 위에 언치어진 풀더미에서는 농촌 특유의 풀향기가 그윽하게 풍겨 나오게 되는데, 그렇게 되면 모기들이 왔다가도 왱—하고 달아나기 마련이다.

모깃불 연기는 원두막에서만 피어오르는 것이 아니었다. 마을에서도 실비단처럼 얕게 깔려 퍼졌다. 이것은 한 폭의 동양화를 연상할 만큼 참으로 꿈같은 시절의 꿈같은 이야기다.

벌레 우는 여름 별밤, 모깃불 연기 피어오르는 원두막에서 할머니는 이 어린 손자에게 옛날이야기를 들려주시면서 부채를 부쳐 주시다가는 가끔씩은 그 부채 끝으로 여기저기를 툭툭 치면서 모기를 쫓으시곤 하셨다.

참으로 원시적인 생명력이 흐르는 건강한 시절의 건강한 여름이었다. 모기약이 없어도 뇌염을 모르는 여름이었고, 텔레비전이나 냉장고가 없어도 불편을 모르던 여름이었다.

나는 그 알량한 텔레비전 연속극보다는 할머니의 옛날 얘기에 더 호감이 간다. 왜 그럴까. 이것은 순수에의 향수, 원시에의 향수가 아닐까. 과학이 발달되고 물량이 풍족하다고 해서 인간이 무조건 행복할 수 없다는 것을 뼈저리게 느꼈기 때문이 아닐까. 그렇다. 인간의 행·불행은 물량에 있지 않다. 물질이라고 하는 것, 문명이라고 하는 것은 그 행복을 위한 하나의 부수적인 도구에 불과하다. 가장 한국적이요 향토적인 할머니의 훈김 속에서 자란 나 역시 한국인답게 살고 싶다. 설탕으로 쓴맛을 속이는 커피보다는 사랑방의 숭늉을 더 좋아하게 된 나는 언젠가는 시골로 내려가서 살고 싶다.

아득히 먼 옛날, 우리네 조상 적부터 즐겨해온 대로 약쑥을 생즙 내어 마시면서 건강하게 살고 싶다. 원두막에서 글도 쓰고, 냇가에 나가 천렵도 하면서 신선(神仙)처럼 그렇게 살고 싶다. 농부처럼 소박하게 살고 싶고 선비처럼 유유자적하게 살아보고 싶은 것이다.

내가 정말 그렇게 살맛나게 사노라면, 저승에 계신 할머니께서도 이 손자의 등을 다독거리시면서 "아이구 내 새끼! 내 새끼! 우리 집안 고추가 제일이네!"
어쩌고 하실 것이다.

할머니 생각을 하니 세사의 백팔번뇌가 벼 포기 스치는 바람결처럼 씻겨가는
것만 같다. 염주를 헤아리면서 염불을 하시던 할머니의 그 낭랑한 목소리가 들
리는 것만 같다.


이 수필은 제목 그대로 '원시에의 향수'입니다. 문질문명 기계문명이 발달
해서 생활이 편리해졌는데, 젊은이들은 헬 조선이라고 하지요. 이 대한민국에
자살이 많고, 이혼이 많고, 아기 출산율은 줄어들고, 노인들은 짐스러운 존재
로 전락되고, 귀족노조와 비정규직 임금격차는 더 벌어지고, 불안한 핵을 머
리에 이고 살아야하는 현대인은 그 전율하는 공포심의 반동으로 '원시에의
향수'를 떠올리지 않을 수 없게 되었습니다.

이 수필에서는 처음에 청국장이나 시래깃국 같은 음식 이야기가 나옵니다.
그러다가 할머니 얘기가 나오고, 고향 얘기, 참외밭얘기, 개구리참외 얘기, 원
두막 정경 얘기, 모깃불 피우던 이야기가 전개되면서 결국은 '원시에의 향수'
로 귀결됩니다. 마치 무비 카메라를 이동하면서 촬영하듯이 그렇게 전개하고
있습니다. 앞의 수필과 비교하면서 그 차이점을 참고하시기 바랍니다. 11주
차 1교시 수업을 마치겠습니다.

## 2교시 수필의 주제와 제재

　11주차 2교시에는 수필의 주제와 제재에 관해서 살펴보고자 합니다. 수필을 쓰려고 할 때 그 작품의 중심이 되는 사상을 주제(主題)라고 합니다. 영어나 독일어로는 테마(Theme)라고 합니다. 작품 속에 형상화된 중심사상을 뜻합니다. 따라서 그 주제가 완전히 용해되어 표현되어야 함은 물론, 말할 나위도 없겠습니다.

　주제는 작자에 의해 선택된 제재에 대한 그 나름대로의 해석인 동시에 가치평가이며, 의미부여(意味賦與)라고 보아야 할 것입니다. 글을 쓸 때에는 반드시 쓰고자 하는 무엇이 있어야 하겠는데, 그 쓰고자 하는 그 무엇이 곧 주제가 되겠습니다. 주제는 소재와 제재를 선택하고, 소재와 제재의 배열(排列)에 대하여 구체적으로 참여하고 언어의 유기적 통일성과 긴밀성을 유지해 주게 됩니다.

　대개 주제와 제목이 일치하는 수도 있지만, 그렇지 않은 수도 있습니다. 주제는 작자의 인생관이나 세계관 또는 사상에서 이루어지지만 그것이 곧 인생관이나 세계관은 아닙니다. 이는 오직 수필 속에 구체적으로 형상화된 의미이며, 독특한 작가 자신의 해석이기 때문입니다.

　문덕수(文德守) 교수는 그의 저서인 『新文章講話』에서 명확한 주제의 설정은 작문의 스타트가 된다고 전제하고, 주제 설정의 기준을 다음과 같이 말하고 있습니다. ① 주제는 되도록 한정되어야 한다고 했습니다. 범위나 성격이 한정되지 않으면 산만해지기 때문입니다. 그리고는 ② 자기가 관심을 갖고 또 자기 힘으로 처리할 수 있는 것이라야 한다고 했습니다. 당연한 말이지요. 그리고 ③ 읽는 이도 관심을 갖고 또 그것을 능히 이해할 수 있는 것이라야 한다고 했습니다. 주관의 객관화라는 말이 있습니다. 작자와 독자가 자연스럽게 소통이 되어야 하겠습니다. ④ 이미 정해놓은 분량, 매수를 초과하지 않도록 해야 한다고도 했습니다. 초과하면 산만해져서 중언부언 횡설수설하기 쉽기 때문입니다. 그리고 마지막으로는 ⑤ 주제를 드러내는데 필요한 소재를 쉽게 구할 수 있어야 한다고 했습니다.

　우리가 자기의 사상 감정을 수필로 표현하는 경우, 이는 수필이라는 형식을 통하여 독자에게 무엇인가를 전달하고 싶은 의도를 가지고 있기 때문입니다. 독자에게 전달하려는 그 '무엇'이 주제라고 한다면, 그 '무엇'은 바로 부화과정에 있는 계란의 배자(胚子), 씨눈과도 같은 핵심(사상)이므로 대단히 중요시하지 않으면 안 됩니다

　세계문예대사전(편자대표 문덕수)에는 '주제'에 대한 다음과 같은 글이 있습니다. "문장의 중심사상, 본질적 개념, 근본적 의도, 화제(話題). 작문에는 ①주제설정, ②취재, ③구상, ④기술, ⑤퇴고— 여기에 '목적, 종류의 결정, 태도의 결정'을 추가할 수 있다. 등의 차례가 있는데, 그 중의 최초의 절차. 주제는 문장의 통일성(統一性)과 긴밀성(緊密性)을 유지하는 구실이 있다."고 되어 있습니다. 그리고 "주제는 문장의 중심 사상일 뿐 아니라, 소재의 성질을 분별하여 그것을 선택함으로써 문장의 통일성을 유지하며, 선택된 소재를 다시 일정한 순위로 정하여 배열, 조직함으로써 문장의 긴밀성을 유지한다."고 되어있습니다. 그러니까 주제는 막연히 중심사상이라는 개념에 그치는 게 아니고, '문장의 통일성(統一性)과 긴밀성(緊密性)을 유지하는 구실을 한다.'는 겁니다. 주제를 위해서 선택된 소재를 질서 있게 조립을 하는 겁니다.

　수필 작자는 자기가 쓴 작품에 대하여 객관적으로 엄격하게 검증할 필요가 있겠습니다. 사람들은 대개 남에게는 엄격하고, 자기 자신에게는 너그러운 데에 길들여져 있어서 자기 작품을 엄밀하게 볼 줄 모르는 맹점을 지니고 있습니다. '자기가 작품을 통해서 무엇을 말하려고 하는가.' 또는 '그러니 어떻다는 말인가' 하고 자문해 볼 필요가 있겠습니다. 여기에 대답이 궁색하게 되면 주제가 제대로 설정되어있다고 볼 수 없겠습니다.

　한 편의 수필을 완성하기 위해서는 우선 소재(素材)가 선택되어야 하고, 그 소재를 통해서 작자가 무엇인가 말하고자 하는 주제가 설정되어야 합니다. 이 때 주어지는 소재 가운데에서 주제를 위해서 직접적으로 도움이 되는 소재를

제재(題材)라고 합니다.

수필 창작을 위해서는 우선 소재가 있어야 하는데, 그 소재는 주제를 나타내는 데에 적합한 소재, 즉 제재여야 합니다. '수필감'이라고 할 때의 그 제재는 주제에 밀접한 관계를 가지고 작품 창작이 가능하도록 기여할 수 있는 것이어야 합니다.

주제는 인간의 정신작용과도 같은 것입니다. 주제는 인간의 정신처럼, 작품에 스며있을 뿐 뚜렷하게 보이지는 않습니다. 이는 마치 정신이 육체의 신경계통과 유기적인 관련을 가지고 전달하고 지시하며 조절하는 기능을 발휘하는 것과도 흡사합니다.

정신이 전체적인 통일된 합목적대로 사지백체를 움직여 원활한 활동을 돕듯이, 주제는 인생을 이해하고 비판하여 이를 새로운 해석으로써 새롭게 표현하려는 정신적인 과제인 만큼, 제재의 배후에서 그것을 지배하는 근본적인 통일 원리라 하겠습니다. 이는 마치 식물의 씨앗에 발아하는 씨눈이라든지, 계란의 배자(胚子)와도 같은 성질의 것으로써 생명 창조의 원동력이라 하겠습니다.

제재(題材)는 주제(主題)의 재료를 말합니다. 소재(素材)는 예술작품에 있어서 재료가 되는 모든 대상을 말합니다. 그것을 원재료(原材料)라고도 합니다. 제재(題材)는 소재와 주제의 중간에서 소재를 주제에 중개(仲介)시켜 주는 역할을 합니다. 소재가 수필 창작의 기본적인 재료로서 자연이나 인간사의 경험 등 우주의 온갖 만상(萬象)이 포함된 무제한의 영역이라 한다면, 제재의 범위는 그보다 협소한 영역의 것이라 하겠습니다. 그런데도 제재는 없어서는 안될 불가결(不可缺)의 중심재료가 되겠습니다. 지난 세월을 돌이켜 보면 잊혀지지 않는 일들이 수없이 많습니다. 이렇게 우리가 떠올릴 수 있는 모든 사물들은 모두 수필의 좋은 소재가 되겠습니다.

여러분이 쉽게 이해할 수 있도록 실례를 들고자 하는데, 적합한 예가 될지는 모르겠습니다. 가령 오동나무 농을 만드는 게 주제라고 한다면, 오동나무를 포함한 나무들이 서있는 숲이라든지 동산을 소재라고 할 수 있겠습니다. 주제는 오동나무 장롱을 만들고자 하니까 숲이라는 소재 중에서 오동나무 한 그루를 베어서 조달하면 제재가 될 수 있겠습니다. 또는 그 이상으로, 오동나무를 목재소에서 켜낸 각목이나 판자는 제재가 된다 하겠습니다. 왜냐하면 그것은 주제를 도와주는 소재이기 때문입니다.

제재(題材)의 제(題)자는 주제에서 따온 제(題)자요, 제재(題材)의 재(材)자는 소재에서 따온 재(材)자입니다. 그러므로 제재는 주제에 크게 도움을 주는 바람직한 소재라 하겠습니다. 이제는 자작수필 「수필적 인간」을 살펴보겠습니다.

수필적 인간, 그는 먹이(素材)를 찾아 나서지 않는다. 그러면서도 일단 걸려든 먹이는 흘려보내는 법이 없이 알뜰하게 요리를 해내는 솜씨를 지니고 있다. 그렇다고 해서 그 요리솜씨가 유별나게 따로 있는 것은 아니다. 그것은 마치 나물을 무치는 이의 손에서 맛이 우러나듯이, 주물러대는 손놀림, 기교(技巧) 그러니까 무형식의 형식이랄까, 무기교의 기교에서 묘한 맛이 우러나는 것이다. 거미가 줄을 늘이듯이 어디서부터 시작하여 어디에서 끝내는 줄도 모르게 해내는 솜씨, 그 보이지 않는 솜씨가 그에게는 분명히 있다.

그는 소설깨나 쓴다는 친구들처럼, 소재(여자)를 따라다닌다거나, 수단껏 어떻게 해보려고 덤벼들지도 않는다. 그는 그에게 찾아오는 소재를 적당히 돌려보내기가 일쑤이다. 그는 잔인하지도 못하기 때문에 눈물을 찔찔 짜는 소재를 커피의 훈김으로 적당히 날려 보내면서 의식의 백지에 꼬무락꼬무락 메모를 적어 나간다.

그는 담백한 것을 좋아한다. 정신적으로나 육체적으로나 자극성이 짙은 것을 피하려고 든다. 그래서 그런지는 몰라도 그에게는 어쩐지 모르게 담박한 맛이 스며있다. 여기에서 말하는 담박한 맛이란, 그저 깨끗하고 산뜻할 뿐 특별한 맛이 별로 없는 것 같으면서도 은근히 그리고 어쩐지 모르게 들어있는 맛을 가리킨다. 그 맛이 도대체 어떤 맛이냐고 누가 나에게 묻는다면, 그 맛이란 그저 그렇게 생겨나서 어떻게 표현할 길이 없으니, 마음에 드는 수필가를 만나보든지, 좋은 수필을 읽어보라고 말할 수밖에 없다.

그는 술을 마신다 해도 큰 잔으로 폭주하지는 않는다. 그는 술에 함부로 빠지지 않으면서 주도(酒道)를 즐긴다. 그에게는 약간의 선풍(仙風)도 있기 때문이다. 이러한 바람 때문인지 꼬막만한 잔에 청명한 소주를 따라 놓고는, 그저 조금씩 목이나 적실 정도로 감식하면서도 눈은 게슴츠레하게 내리감고서 몇 백 년 전을 넘나들기도 한다.

그는 대식(大食)을 좋아하지 않는다. 그리고 남보다 먼저 수저를 들지도 않는다. 그러면서도 배고파하지 않는다. 그래서 그런지 수저를 놓을 때는 언제나 남보다 먼저 놓는다. 이는 오로지 학처럼 유유자적하려고 하기 때문이리라. 그는 서두르지도 않으면서 남보다 먼저 도착한다. 그는 가령, 시인이나 소설가가 지나가는 전차를 정지시켜 놓고 건너갈 수 있는 사람이라 한다면, 그는 전차가 지나가고 난 뒤에 건너가면서도 그들보다 먼저 도달하는 자이다. 그는 그러한 자세로 인생의 어떤 달관의 경지에 도달하려 한다.

그는 정석(定石)을 잘 놓는다. 욕심으로 눈을 가리지 않은 채 정석을 놓기 때문에 많은 것을 차지하게 된다. 옆에서 훈수를 하려 들어도 여간해서 그 훈수에 응하지 않는다. 그는 어디까지나 자기의 생각대로 정석을 놓아가는 편에 속한다. 그러면서도 그는 많은 이야기를 귀담아 들으려고 하는 귀를 지니고 있다.

그는 소설가의 얘기를 즐겨 듣는다. 화가나 음악가의 얘기도 즐겨 듣는다. 마치 닭이 조개껍질이건 모이건 닥치는 대로 먹지만 매끈하고 곱게 생긴 계란이라는 제3의 새로운 형태를 낳듯이, 종교적 이념이건 철학적 사상이건 그의 속에 들어가 용해되면 새로운 형태의 생명체를 창조하게 된다.

그의 동작은 완만하다. 그런데 그 완만함으로 인해서 전체를 포용하게 된다. 소설적 인간이 남성적이요 동적이라면, 수필적 인간은 여성적이요 정적이다. 그는 마치 흙과도 같은 성질을 지닌다. 그것은 움직이는 모든 생물에 이용되는 피동체이다. 그러면서도 결국에 가서는 그것들을 포용하듯이, 수필적 인간은 얼핏 보기에 소설적 인간에 비하여 피동적으로 보이지만 결국은 능동적인 행동 이상의 것을 찾아내는 마력을 지니게 된다.

수필적 인간, 그는 먹이를 찾아 헤매지 않으면서도, 완만한 동작으로 점령해 들어가는 바보스러운 천재라고 말할 수 있을 것이다.

여기에서는 '수필적 인간'에 대한 성격을 뽑아 보았습니다. '수필적 인간'의 소재는 너무도 막연해서 글을 쓰기가 어렵겠지요. 이럴 때는 '비교적'이라는 말이 필요하겠습니다. 가령 '시적 인간'이나 '소설적 인간'에 대비하면 그 성격을 가름할 수 있겠지요. 이럴 때 소재 가운데서 제재가 요구되겠습니다. 오동나무 농을 만들고자하는 목수나 장인에게 통나무보다는 각목이나 판자를 제공하게 되면 수월하게 농을 만들 수 있겠지요.

수필적 인간의 특징을 말할 때 소재 가운데 제재가 나서서 "그는 먹이를 찾아 나서지 않는다."거나, "그는 담백한 것을 좋아한다."거나 "그는 정석(定石)을 잘 놓는다."거나 "그의 동작은 완만하다."고 오동나무 각목이나 판자를 제공한다면, 제재가 주제에 기여해서 작품완성에 도움을 주겠지요.

그렇다면 그 제재가 타당한지 살펴보도록 하겠습니다. 처음 "그는 먹이를 찾아 나서지 않는다."는 점을 확인해 보겠습니다. 수필은 신변잡사가 다 소재가 되기 때문에 소설가처럼 소재를 찾아 헤맬 필요가 없겠습니다. 그 다음, "그는 담백한 것을 좋아한다."고 했는데, 수필가들은 소설가들에 비하면 정숙한 편입니다. 소설은 갈등을 일으키고 증폭시켜야 하기 때문에 폭주할 수도 있지만, 수필은 품위가 생명이기 때문에 폭주할 일이 없습니다. 술보다는 차가 어울리기 때문에 담백한 것을 좋아하게 됩니다.

또한 "그는 정석(定石)을 잘 놓는다."거나 "그의 동작은 완만하다."고 했는데, 그는 시나 소설에 비해서 치열하지 않습니다. 시가 100미터를 10초 내외에 끊는 릴레이라면, 소설은 45km를 달리는 마라톤에 비유할 수 있겠습니다. 그러나 수필은 품위를 잃으면 안 되기 때문에 뛸 필요가 없습니다. 고궁의 뜰을 품위 있게 산책하는 것 같은 게 수필이기 때문에 완만할 수밖에 없지요.

제재는 소재 가운데서 주제에 도움이 되는 요소들을 취사선택해서 기여하는 거라는 실례가 여러분 이해에 도움이 될지 모르겠습니다. 아무튼 도움이 되기를 바라고, 오늘 11주차 2교시 강의를 마치겠습니다.

## 3교시 - 수필의 기교와 묘사

3교시는 수필의 기교와 묘사입니다. 수필에서는 시나 소설에서처럼 그렇게까지 특별한 기교를 요하지는 않습니다. 그렇지만, 수필도 문학의 한 장르인이상 표현을 위한 어떤 '무기교(無技巧)의 기교(技巧)'라고 할까, 특별한 수완을 부리는 것 같지 않으면서도 은연중에 갖게 되는 창작상의 기술은 필요하다하겠습니다.

가령 집을 짓는다거나 음식을 만드는 경우에도, 건축 자재나, 식료품 같은재료(소재, 또는 제재)가 갖추어지고, 건축 설계(구상, 또는 구성)가 짜이어졌다 하더라도 집짓는 사람(창작자)이나 요리사(창작자)의 솜씨가 없이는 건축물이나 요리가 제대로 될 수 없는 것과 마찬가지로 수필 창작에도 기교는 매우 중요한 요소의 하나라 하지 않을 수 없겠습니다.

기교란 창작을 통한 표현의 수단이기 때문에도 긴요하겠습니다. 작자가 표현하고자 하는 그 목적을 효과적으로 달성하기 위하여 구성하거나 묘사하는수단으로도 필요하다 하겠습니다. 물론 기교에 너무 치우쳐서 내용이 충실치못한 글은 바람직하지 않지만, 적절한 기교의 활용은 좋은 글의 필수 불가결의 요소라 하겠습니다.

수필 작품을 이루려고 마음속으로 꾀하는 생각을 의도(意圖)라 한다면, 그의도한 만큼 표현(表現)할 수 있느냐가 문제가 되겠습니다. 말로는 청산유수(青山流水)인데, 막상 글을 쓰려고 하면 마음먹은 대로 되지 않는 게 현실이기때문입니다.

'수필'이라는 장르의 언어 형태가 문학성, 또는 예술성을 지니기 위해서는수필문장이 설명되기보다는 표현되어야 하겠습니다. 수필다운 수필이 되기위해서는 문학성이라든지 예술성을 살려서 표현해야 한다는 얘기입니다.

수필이 왜 표현되어야 하는가. 설명하는 경우에는 마치 보고서처럼, 개념의전달에 그치지만, 표현하는 경우에는 구체적인 형상화가 이뤄져서 실감을 자아내게 됩니다. 작자의 사상 감정이 막연한 개념의 나열에 그치지 않고 구체적인 새로운 형태로 나타나야 합니다. 시나 소설에서는 구체적인 형상화가 중요시되고 있습니다. 수필에서는 그게 별로 필요 없는 것으로 여겨지는데, 수필도 문학인 이상, 수필 쓰는 행위 역시 창작이라 한다면, 수필은 사진 촬영처럼 사물이나 현실의 기계적 복사일 수는 없습니다.

구체적인 형상화란 어떤 사물에 대한 미적 표현을 위해 상상을 통해 형상화하는 것을 말합니다. 그것은 수필도 구체적인 형(形)을 취한 상(像)을 그리는 일임을 말하는 데, 이는 마치 거미가 줄을 늘여 집을 짓듯이, 구체적으로 모양을 만들어내는 것을 뜻합니다. 모든 예술, 모든 문학 작품 생산을 위해서는 상상이 필요 불가결의 것입니다. 상상을 거치지 않은 예술이나 문학 창작은 있을 수 없습니다. 다만 여기에서 특히 간과할 수 없는 것은 '재생적 상상'과 '생산적 상상'에 관한 문제입니다. 시나 소설의 경우는 재생적 상상을 지나서 생산적 상상을 시도하지 않으면 안 됩니다.

그러나 수필의 경우는 그와 다릅니다. 경험의 잔상을 분해하고 결합하며 변화시켜서 얻어지는 생산적 상상을 통하지 않은 채 기억을 회상하는 정도의 재생적 상상만 가지고도 훌륭한 수필 작품을 생산할 수 있다는 점입니다.

의도한 대로, 또는 의도한 만큼 표현하기 위해서는 재생적 상상이라 할지라도 그 상상력의 작용으로서 우선 마음속에 형상을 그리는 의도(意圖)가 선행되어 구상되지 않으면 안 됩니다.

수필에는 어떠한 형식도, 어떠한 허구도, 어떠한 기교도 필요로 하지 않는다는 말을 더러 듣게 되는데, 우리가 아름다운 작품을 창작하려 할 때 완전한 객관적 사고가 가능할까요? 아무리 객관적으로 그린다 할지라도 완전한 객관은 있을 수 없는 게 사실입니다. 추억은 아무리 객관적으로 그린다 할지라도 자기도 모르는 사이에 윤색이 가해지기 마련입니다.

수필에 있어서도 묘사가 요구되는 이유는 무엇인가 대상을 표현해야 하기 때문입니다. 물론 '설명'도 '묘사'일 수 있습니다. 그러나 설명에 그친다면 표현의 효과를 가져오기에는 부족할 것입니다. 따라서 수필에도, '무기교의 기교'라는 말과 같은 이치로 묘사에 별로 신경쓰는 것 같지 않은 묘사가 요구된다 하겠습니다. 이는 마치 요란하게 화장을 하는 게 아니고, 화장하는 것 같지 않게 화장하는 여인처럼, 별로 묘사하는 것 같지 않은 묘사가 요구된다는 뜻입니다. 왜냐하면, 수필은 어떤 요란한 엄살이나 가식을 필요로 하지 않는 진솔성의 문학이기 때문입니다.

묘사(描寫)란 대상을 있는 그대로 감각적으로 그리는 서술 양식의 일종을 말합니다. 어떤 대상을 묘사한다는 것은 세부(細部)의 전부를 열거한다는 뜻이 아니라, 전체와 부분이라든지, 부분과 부분의 관련을 가지고 유기적인 통일체로 표현한다는 뜻입니다.

묘사는 체제, 모범적인 유형이나 양식과의 조성(組成)을 고려해야 합니다. 체제(pattern)는 세부를 질서화하여 전체적 통일을 이루는 것이요, 조성은 세부 상호간의 밀접한 관계를 가지게 하는 것입니다. 묘사의 특징은 구체성과 감각성이며, 묘사의 종류에는 '설명적 묘사'와 '암시적 묘사'의 두 가지가 있습니다. 이양하(李敭河)의 「신록예찬(新綠禮讚)」 중 일부를 살펴보겠습니다.

사람으로서도 아름다운 사람이 되려면 반드시 사람 사이에 살고, 사람 사이에서 울고 웃고 부대껴야 한다고 생각한다. 그러나 이러한 때, 푸른 하늘과 찬란한 태양이 있고, 황홀(恍惚)한 신록이 모든 산, 모든 언덕을 덮는 이 때, 기쁨의 속삭임이 하늘과 땅, 나무와 나무, 풀잎과 풀잎 사이에 은밀히 수수(授受)되고, 그들의 기쁨의 노래가 금시라도 우렁차게 터져 나와 산과 들을 흔들 듯한 이러한 때를 당하면, 나는 곁에 비록 친한 동무가 있고, 그의 재미있는 이야기가 있다 할지라도, 이러한 자연에 곁눈을 팔지 않을 수 없으며, 그의 기쁨의 노래에 귀를 기울이지 아니할 수 없게 된다. 그리고 또, 어떻게 생각하면, 우리 사람이란 세속에 얽매여, 머리 위에 푸른 하늘이 있는 것을 알지 못하고, 주머니의 돈을 세고, 지위를 생각하고, 명예를 생각하는 데 여념이 없거나, 또 오욕 칠정(五慾七情)에 사로잡혀, 서로 미워하고 시기하고 질투하고 싸우는 데 마음에 영일(寧日)을 가지지 못하는 우리 사람이란, 어떻게 비소(卑小)하고 어떻게 저속한 것인지, 결국은 이 대자연의 거룩하고 아름답고 영광스러운 조화를 깨뜨리는 한 오점(汚點) 또는 한 잡음밖에 되어 보이지 아니하여, 될 수 있으면 이러한 때를 타서, 잠깐 동안이나마 사람을 떠나, 사람의 일을 잊고, 풀과 나무와 하늘과 바람과 한가지로 숨쉬고 느끼고 노래하고 싶은 마음을 억제할 수가 없다.

그리고 또, 사실 이즈음의 신록에는, 우리의 마음에 참다운 기쁨과 위안을 주는 이상한 힘이 있는 듯하다. 신록을 대하고 있으면, 신록은 먼저 나의 눈을 씻고, 나의 머리를 씻고, 나의 가슴을 씻고, 다음에 나의 마음의 모든 구석구석을 하나하나 씻어낸다. 그리고 나의 마음의 모든 티끌 - 나의 모든 욕망과 굴욕과 고통과 곤란이 하나하나 사라지는 다음 순간, 별과 바람과 하늘과 풀이 그의 기쁨과 노래를 가지고 나의 빈 머리에, 가슴에, 마음에 고이고이 들어앉는다.

이양하의 「신록예찬」 중 일부였습니다. 이 글은 작자의 대표적인 수필로서 자연의 아름다움을 마음껏 예찬한 글입니다. 가령 "푸른 하늘과 찬란한 태양이 있고, 황홀한 신록이 모든 산, 모든 언덕을 덮는 이 때, 기쁨의 속삭임이 하늘과 땅, 나무와 나무, 풀잎과 풀잎 사이에 은밀히 수수(授受)되고 그들의 기쁨의 노래에 귀를 기울이지 않을 수 없게 된다."거나 "신록이 먼저 나의 눈을 씻고, 나의 머리를 씻고, 나의 가슴을 씻고, 나의 마음의 모든 티끌, 별과 바람과 하늘과 풀이 그의 기쁨과 노래를 가지고 나의 빈 머리에, 가슴에, 마음에 고이고이 들어앉는다."는 점층적 열거법적 표현이 바로 그것입니다. 대자연의 사물들이 서로 상대기준을 조성하여 잘 주고 잘 받는 수수작용을 전개한다고 하는 여기에 아름다움의 조화로서 미의 극치가 나타난다 하겠습니다. 김소운(金素雲)의 「두레박」 중 전반부를 살펴보겠습니다.

12월 28일 - 피난 열차가 영등포를 떠나 사흘째 되는 날 첫새벽에 경북 왜관역에 닿았다. 이미 그 전날 내 앞에 앉았던 어느 어머니의 품에서 난 지 백일 남짓한 어린아이 하나가 얼어 죽었다. 왜관에 닿은 기차는 두 시간이 가고 세 시간이 지나도 떠날 생각을 않는다. 사람들은 기차에서 내려서 솥과 남비에다 쌀을 담아 밥들을 짓는다. 먹어야 산다는 이 절실한 상식이 에누리없이 전개되는 장면이다. 해가 지도록까지 진종일을 기차가 거기 머무는 동안에 밥을 지은 솥과 남비의 수효는 아마 5, 6백으로도 못다 헤었을 것이다.

역전에 우물 하나가 있었다. 별로 크지 않으나 깊이는 서너 길 남짓 - 워낙

많은 사람들이 길어 내는 통에 그래도 처음에는 맑던 물이 나중엔 시뻘건 황토물이 되었다. 그 시뻘건 물로 밥을 짓고 국을 끓였다. 그러나 내 이야기는 그런 피난 스케치가 아니다. 그날 이후 우물가에서 내가 본 슬픈 광경 하나가 염두를 떠나지 않는다.

처음 물을 길을 때 역 부근 민가에서 두레박을 빌려서 썼다. 얼마 안 되어서 서로 먼저 쓰겠다고 다투던 끝에 어느 사나이 손에 쥐어졌던 두레박줄이 미끄러져서 물 속에 떨어졌다. 그 사내는 "줄이 있어야 건지겠는데" 하고 슬그머니 그 자리를 떠나더니 차가 움직일 때까지 두 번 다시 나타나지 않았다. 그까짓 책임 추궁보다는 사람마다 물쓰기가 바쁜지라 두레박을 제 손으로 만들어 쓰게 되었다.

바께스에 줄을 단 것, 깡통에 구멍을 뚫어서 급조(急造)한 것, 남비 손잡이에다 끈을 맨 것, 별의별 두레박이 다 나왔다. 피난 가는 이들의 짐 속에서 웬 끈들은 그렇게 나오는 것인지. 승마줄, 보자기를 싸매었던 헝겊끈, 가다가는 어디서 생긴 것인지 전등에 쓰는 코드며 철사들이 두레박 끈으로 등장했다.

한 가지 특색은, 제가 만든 두레박은 절대로 남에게 빌려 주지 않는다는 점이다. 두레박 없는 이들이 열 번 스무 번 애걸복걸해도 물 한 바가지를 얻어 볼 수 없다. 할 수 없이 단념하거나, 제 손으로 두레박을 새로 만들거나 ─ 그러나 그렇게 해서 만들어진 두레박도 역시 그 한 사람이 쓰고는 가져가 버린다.

나는 넋 잃은 사람처럼 우두커니 서서 그 광경을 어이없이 쳐다보고만 있었다. 두레박 하나만 있으면 만 사람이 쓰고도 남을 것이다. 떨어뜨릴 염려가 있다면 우물 가에 있는 기둥에다 끈을 매어 두면 될 것이다.

김소운(金素雲)의 「두레박」 중 전반부였습니다. 마지막으로 자작 수필 「장독대 풍경」을 감상하겠습니다.

장독대는 초가집이건 기와집이건 부엌 뒷문으로 통하는 집 뒤쪽에 있기 마련이었다. 명당 풍수설을 긴요하게 여겨서인지, 모든 집들은 대개 뒤로는 뒷산을 등지고, 앞으로는 냇물이 바라보이는 곳에 앉아 있기 마련이었다. 집의 뒤란에는 대밭이 있어서 대나무 사이사이로 비비새가 지저귀고, 대밭 바로 그 아래 한

쪽에는 장독대가 있어서 크고 작은 독들이 올망졸망 놓여 있기 마련이었다.

그 장독대를 만드는 일이야 남자들이 하지만, 그 장독대를 이용하는 이는 여인들의 몫이었다. 우리 집에서는 할머니와 어머니가 주로 사용하지만, 때로는 누이동생도 어른들 심부름으로 부리나케 오르내리곤 하였다. 장독대란 장독을 놓을 수 있도록 땅바닥보다 좀 높게 만든 대(臺)를 말하는데, 어머니는 그 주변에 봉선화와 채송화, 맨드라미, 해바라기 등을 심는가 하면, 도라지나 돌나물 등을 심어서 채취하기도 하였다. 어머니는 장독대 주변뿐만 아니라 앞쪽의 개나리 생울타리 주변으로도 심었는데, 그게 그렇게 고울 수가 없었다. 여름이면 어김없이 분홍·빨강·주홍·보라·하양 등의 꽃이 색색으로 피었다.

그도 그럴 것이, 여름마다 분홍·빨강·주홍·보라·하양 등의 꽃이 피는 봉선화뿐 아니라, 빨강·노랑·하양 등의 꽃이 피는 채송화, 닭의 볏모양의 꽃이 빨강·노랑·하양 등 여러 가지 빛깔로 피는 맨드라미 등으로 장독대 주변은 총천연색 무대가 펼쳐지기 마련이었다. 맨드라미는 계관초(鷄冠草)라 하지만 맨드라미꽃은 계관화(鷄冠花)라 했다.

봉선화(鳳仙花) 하면, 우선 "울밑에 선 봉선화야 네 모양이 처량하다……"고 하는, 노래(봉선화)부터 떠오른다. 이 노래를 가리켜 '한국의 영가'라고 한다. 흑인 노예들이 목화를 재배하면서 '흑인영가'를 불렀던 것처럼, 우리 겨레는 일제의 질곡에서 '봉선화'를 불렀기 때문이다. 그것은 눈물 속의 햇살로서 절망을 딛고 일어서려는 소리 없는 아우성의 몸짓이었다.

요즈음 도시의 아파트촌에서는 장독이 처치곤란이라 수난을 겪고 있다. 성한 독을 망치로 깨뜨려 쓰레기봉투에 넣어 버려야 하기 때문이다. 어느 여인은 들고 있던 망치로 항아리 옆구리를 세차게 내려치자 할머니와 어머니의 한이 소름 끼치는 비명으로 섞여 나왔다고 했다. 밤새 내린 하얀 눈을 밟으며 장을 뜨러 가던 할머니의 모습이 아른거리고, 행주에 물을 적셔가며 독을 닦던 어머니의 손끝이 떨리는가 하면 이미 깨져버린 독의 잔해 속에 여인들의 정한(情恨)이 꿈틀거린다고도 했다.

3교시는 여기까지입니다. 마치겠습니다.

제12강

장편소설掌篇小說의 감상과 이해

# 제12강 장편소설掌篇小說의 감상과 이해

## 1교시 콩트 - 박경수 작 「非情의 季節」

안녕하십니까? 이제 12주차 1교시를 시작하겠습니다. 오늘부터는 소설입니다. 소설 장르는 단순하지 않기 때문에 가능한 방법을 찾아가야 하겠습니다. 질긴 소고기를 먹기 전에 죽이나 야채부터 먹지요? 소설도 질기기 때문에 먹기 좋은 죽이나 야채부터 먹어야 하겠습니다. 그게 콩트입니다. 원래는 선인장(仙人掌) 할 때의 그 손바닥 장(掌)자 장편소설(掌篇小說)이었는데, 긴 장(長)자 長篇小說과 발음이 같기 때문에 이제는 겹치는 발음을 피해서 잎 엽(葉)자 엽편소설(葉片小說)로도 쓰고 있습니다.

어린이도 사람이듯이 콩트, 엽편소설도 소설입니다. 나무 한 그루도 나무이고, 가지 하나도 나무에 속합니다. 장편소설이 나무 한 그루라면, 단편소설은 하나의 가지요, 콩트는 하나의 이파리로 비유하면 이해가 빠르겠습니다. 이파리 실례가 적합하다고 여겨지지 않으면 화병에 꽂은 작은 꽃가지로 비유해도 되겠습니다.

우선 만만한 콩트부터 터득하고, 그 다음에 단편소설로 진입할 생각입니다. 12주차 1, 2, 3교시는 콩트를 감상하고 이해를 통해서 터득하고, 13주차에는 소설의 주제와 구성, 묘사를 터득하며, 14주에는 단편소설의 감상과 이해, 분석, 평가하는 시간을 갖겠습니다. 이제 박경수 작가의 콩트 「非情의 季節」을 감상하겠습니다.

푸른 달빛을 받은 강안의 빈집들이며 강둑이며가 쩡 얼어붙은 쌀쌀한 밤이었다.

두 소년이 그 강둑을 달리고 있었다. 앞에서 달리는 소년의 손에는 식칼 한 자루가 들리어 있고 뒤따라 달리는 소년은 숨이 찬 듯 몹시 헐떡거렸다. 앞에 식칼을 들고 달리는 소년의 이름은 덕배라 하고 그 뒤따라 달리는 소년의 이름은 윤구라 하였다. 둘이 다 거지소년들이었다.

"야! 좀 천천히 가자 잉. 영 숨이 차서 못달리겠다"

뒤따라 달리던 윤구가 숨찬 가슴을 주먹으로 두드리며 말하였다.

"이 자식아! 얼마 안 남았어. 빨리 따라와"

덕배는 여전히 힘차게 달려갔다. 그러나 윤구는 영 더 달릴 수가 없었다. 그는 할 수 없이 뒤에 처져서 천천히 걸었다. 얼마를 달리던 덕배가 마침내 뚝 아래 얼음판 위로 꺾여져 내려갔다. 그제야 윤구는 덕배가 내려가고 있는 얼어붙은 강 중간쯤에 거뭇하게 움직이고 있는 그림자들을 발견하였다. 그리고 그 곳이 바로 아까 낮에 그 제비같이 날쌘 '쌕새기'가 얼음판 위로 강을 건느는 피난민들에게 무수한 총탄을 퍼붓고 간 그 자리임도 알았다.

그러나 그곳에 어찌하여 사람들이 저렇게 모였는지, 더구나 덕배가 식칼을 가지고 저렇게 급하게 가는 까닭이며는 도무지 짐작 마저도 할 수가 없었다. 저렇게 많은 사람들하고 싸움을 걸어 놓았을 리도 없고 아무리 생각하여도 알 수가 없는 일이었다.

"윤구야! 인마 빨리 빨리 와"

덕배가 가던 걸음을 멈추고 돌아서 외쳤다. 윤구는 다시 뛰었다.

윤구가 가까이 다가 가자

"저 거 봐라 인마"

하고 덕배가 그 움직이는 사람들 가운데의 한 곳을 자랑스럽게 가리켰다.

"뭔데?"

덕배의 손가락 끝을 바라보며 윤구가 물었다.

"저 소 말이다"

덕배가 말하였다. 과연 사람들이 삥 둘러서 있는 그 가운데에 한마리의 소가 너부죽이 엎드려있는게 보였다.

"저게 낮에 그 소 아니가?"

피난짐을 등에 싣고 피난민들의 일행에 섞여서 얼음판을 건느던 소 한마리를 그들은 낮에 보았던 것이었다. 그래서 윤구가 물었다.

"그래 인마. 그 소가 낮에 그 쌕쌔기한테 맞았다"

"그래서 죽었니?"

"인마 누가 죽었댔어? 얼음판의 총구멍에 다리가 빠졌단 말야. 앞다리 하나 하구 뒷다리 하나 하구가"

"그래서 지금 사람들이 끄내 주니?"

"짜아식아. 깡통 같은 소리 그만하구 빨리 오기나 해"

윤구는 더 묻지 않았다. 이윽고 둘은 그곳 가까이에 닿았다.

"야 저놈의 소, 여태 안 죽구 살았다"

희한타는 듯이 덕배가 말하였다. 이 때 좀 더 가까이 다가가 보려던 윤구는 갑자기 그 자리에 얼어붙듯 우뚝 서버렸다. 그리하여 그는 바로 눈 앞에 벌어지고 있는 진기한 광경을 얼빠진 사람처럼 멍청히 바라다 보고 있었다. 두 다리를 얼음구멍에 빠뜨린 채 꼼짝 못하고 있는 소에 사람들이 마치 바다 속의 바윗돌에 붙은 굴껍질처럼 달라붙어 칼로 고기들을 오려내고 있는 그 진기한 작업광경을.

소의 몸뚱이는 마치 장마로 홈패인 등성이처럼 움푹 움푹 곰보가 되어 있었다. 그렇건만 사람들은 보다 더 많이 고기를 떼려고 다투어 악착같이 칼들을 놀리고 있었다. 그때마다 아직 목숨이 붙어 있는 소는 아픔을 참지 못하여 꿈틀거렸으나 이미 경각전의 목숨인 듯 그 움직임마저도 크지 못하였다.

얼음판은 벌써 피바다가 되었고 서로 다투어 놀리는 칼날들이 달빛에 비쳐 번갯날처럼 번득거렸다.

"이 자식아 뭣하고 서 있는 거여? 어서 이거나 좀 붙잡아라"

덕배가 버럭 소리를 지르는 바람에 윤구는 비로소 제정신으로 돌아왔다. 덕배는 어느새에 한 손으로 소의 꼬리를 치켜들고 그 볼기짝에 칼질을 하고 있었다.

"빨리 이거 좀 붙잡고 있으라니까"

꼬리를 위로 치켜들고 있으라는 것이었다. 윤구는 덕배가 하라는 대로 그것을 붙잡았다. 그런데 뜻밖에도 그 꼬리에는 아직 수월찮은 힘이 남아 있었다. 소가 갑자기 힘을 주는 바람에 윤구는 엉겹결에 그만 붙잡고 있던 꼬리를 놓쳐버렸다. 그나마 그 꼬리채는 열심히 엎디어 칼질을 하고 있는 덕배의 목덜미를 탁 하고 후려쳤다.

그러자 덕배도 자기 딴에는 깜짝 놀라듯 후닥닥 일어서며

"이 자식아 붙잡을 테면 좀 똑똑이 붙잡고 있어. 불고기하면 더 많이 쳐 먹을 자식이"

윤구는 다시 꼬리를 단단히 틀켜잡고 덕배는 다시 작업을 계속하였다. 멀리서 은은히 대포소리가 들려왔다.

『쿠웅……』

『쿠웅……』

달빛은 여전히 싸늘하게, 그러나 밝게 비쳐 그들의 작업을 도와주었다.


콩트는 여기에서 끝납니다. 북한군의 6.25 불법남침 때 피난민이 폭격기 공습을 받게 됩니다. 피난민의 짐수레를 끌고 가던 소가 폭격기의 기관포에 뚫린 얼음구멍에 발이 빠져서 꼼짝 못하게 되자 굶주리던 사람들이 칼을 들고 와서 쇠고기를 오려냅니다. 전쟁고아인 두 소년도 여기에 가담합니다. 콩트의 제목처럼 정말 '비정의 계절', 비정한 세태입니다. 죽은 줄로 알았던 소가 아직도 여력이 남아있는지, 꼬리로 쳐서 소년을 놀라게 합니다.

죽지 않고 살아있는 소를 움직이지 못한다고 해서 불고기를 해먹겠다고 소년들까지 나서서 쇠고기 살을 오려낸다는 것은 정말 비정의 비극 현장이 아닐 수 없습니다. 전쟁은 인간을 이렇게까지 비정한 인간으로 전락시킵니다.

이 콩트를 쓴 박경수 소설가는 입지전적인 인물입니다. 그는 1930년에 충남 서천에서 태어났다가 2012년에 타계한 분입니다. 학력은 한산초등학교 졸업이 전부입니다. 그런데 혼자 독학을 해서 초등학교 교사 자격시험에 합격하여 교사가 됩니다. 그리고 독학으로 중학교 교사 자격 검정시험에 합격하여 중학교 교사가 됩니다.

군대에 복무하는 동안에 잡지 『사상계』2주년기념 현상모집에 단편소설이 입선되어 문단에 데뷔하게 됩니다. 제대 후에는 소설을 발표하면서 사상계사 편집기자로 입사하게 됩니다. 얼마나 가난했던지 입을 양복이 없으니까 장준

하 선생께서 자기 양복을 주어서 입었다는 말도 들었습니다.

그리고 여비가 없어서 검정고시를 보러 한산에서 대전까지 걸어갔다고 합니다. 첫 해는 늦게 도착해서 시험을 치르지도 못했고, 그 이듬해에 쳐서 합격했다고 합니다. 수십 년 전에는 차비가 없어서 걷는 일이 흔했습니다. 저도 하루에 백리 이상 걷는 일이 많았습니다. 하루에 200리 이상 걸은 적도 있었습니다. 전주에서 새벽 4시에 출발해서 군산엘 다녀왔으니까요. 요새 스피드 시대에는 이해가 되지 않을 겁니다.

박경수 소설가는 『동토(凍土)』라는 장편소설로 한국문학상을 받았습니다. 자전적인 소설입니다. 그 분의 소년시절 이야기입니다. 집에는 밥이 없기 때문에 아버지가 품팔이 일하는 논으로 찾아갔다고 합니다. 인심이 좋은 논임자는 일하는 아버지를 찾아온 아이들에게 밥을 따로 퍼주었다고 합니다. 그러나 인심이 후하지 않은 사람은 따로 밥을 주지 않기 때문에 아버지가 자기 몫의 밥을 덜어준다고 합니다. 그런데 이보다도 아주 고약한 논주인은, 아버지 밥을 자식이 나눠 먹으면 일을 못한다고 아예 얼씬도 못하게 쫓아버린다고 합니다.

아버지가 일하는데 점심을 얻어먹으러 갔다가 쫓겨 돌아올 때의 마음이 어쨌겠습니까? 그뿐입니까? 교편을 잡을 때 동료 여교사와 사귀었는데, 둘이 결혼하겠다고 하자 여교사 부모가 너무 가난해서 안 된다고 반대하는 바람에 깨지고 말았는데, 얼마나 상심이 컸겠습니까? 그래도 그는 많은 소설을 남겼고, 죽기 전에는 자기가 '사상계사'에서 모시고 있었던 『장준하평전』까지 써서 남기고 갔으니 자수성가했을 뿐 아니라 입지전적인 인물이라 할 만합니다.

제가 시작품을 다룰 때는 작품 자체의 감상과 이해에 충실하기 위해서 시인의 개인사는 되도록 시간을 할애하지 않으려 했습니다. 이러한 태도는 미국 평론에서 주로 한 뉴 크리티시즘이라고, 신비평의 태도라 하겠습니다. 그러나 소설에서는 생각을 좀 달리할 필요가 있다고 여겨집니다.

박경수의 콩트 「비정의 계절」을 보면 나이 어린 소년의 발성이 야무지지 않습니까. 이럴 때는 작품 그 자체뿐 아니라 작자의 생장과정이나 가정이나 사회의 환경, 문예사조의 흐름 등을 포함해서 종합적으로 살펴볼 필요가 있다고 하는 역사주의적 방법도 가미하는 게 좋겠다는 생각이 들어서 박경수 작가에 대해서 살펴보았습니다.

제가 그를 취재하려고 충남 서천 한산까지 간 적도 있습니다. 「작가는 가난하게 살아야 한다」는 인터뷰 글이 『월간문학』과 『문학사계』에 게재되었습니다. 박경수 소설가의 작품세계를 좀 더 알고 싶은 분은 도서관에서 2003년 여름호인 『문학사계』 6호 236쪽에서 276쪽까지 보시면 되겠습니다.

박경수의 소설은 생활경험을 바탕으로 한 자전적 요소가 짙습니다. 소설의 주인공인 '나'를 사소설과 같이 솔직하게 드러냅니다. 예술적으로 분장한다거나 허구화하는 것이 아니라, 알몸 그대로의 원시적인 '나'를 가감 없이 드러냅니다. 그의 글은 꾸민 데가 없이, 또는 어떤 가식이나 엄살이 없이 진솔성을 보여주고 있습니다. 이 점은 그의 모든 작품의 공통적인 경향이라 하겠습니다.

박경수 작가는 1971년에 한국문학상을, 1977년에 흙의 문학상을 수상했습니다. 장편소설은 『동토』와 『흔들리는 산하』가 있고, 단편소설집으로는 『화려한 귀성』과 『조선인』이 있으며, 수필집으로는 『가난한 장남의 기쁨』 등이 있습니다. 12주차 1교시는 여기까지입니다. 마치겠습니다.

# 2교시 콩트 – 이 문구 작 「밝은 그림자」

2교시에는 이문구의 콩트 「밝은 그림자」를 감상하겠습니다.

주은실양은 금년 들며 어언 노처녀 一기생, 여학교를 졸업한 이래 이달로 만오 년째 한자리만 앉아온 동보제약 타이피스트이다. 스물여섯이란 나이만 몰라준다면 아무 데나 던져놓아도 촌스럽쟎을 우아한 몸매에다 타고난 미모를, 그무엇보다도 재산다운 재산으로 지니고 있었으며, 한편으론 주간지 표지 모델로 세상에 알려진 숙녀들에게도 지지 않을 많은 친구가 주변에 모이고 있었다.

여기서 많은 친구들이라고 말한 뜻은 그 가운데에 그동안 적당히 교제해온 남자가 상당수란 걸 미리 일러두고자 함이다. 사실 여러 군데서 여러 가지 일을 해먹고 사는 여러 사내가 그녀를 탐내고 있었다. 졸업하고 십 년 만에 우연히 만나진 국민학교 동창생에서부터 재작년 봄 서너 달 가량 살다 이사한 금호동 통장아들에다, 심지어는 남동생 친구 형의 친구라고 소개받은 녀석까지도 한몫 하러들던 것이다.

그녀는 그네들과도 두루 적당히 사귀어온 셈이었다. 두루 적당히 한 까닭은그녀에게 약혼자가 있은 까닭이었다. 키가 크되 건들거리지 않는 멋진 남자, 유춘식이란 사람이다. 그는 공군 하사관 출신이었고 작년 그러께부터 파월 기술자로 사이공에 가 있으며, 겨우 2년 남짓 흘렀건만 그새 삼백만 원짜리 적금을 거의 다 부어갈 정도로 착실씨였다. 때문에 그녀는 더없을 행복감에 싸일 수 있었고, 그 행복감 자체는 영원에 닿은, 그녀의 모든 것이라 할 수 있는 거였다. 하지만 행복감이란 것에 남들도 그런지 모르지만, 그녀로선 현실적으로 어딘지 좀모자르고 아쉬운 게 있는 애매한 것이었다. 이것저것 넣으면 안 될 것 같으면서도 오만 가지 잡동사니를 다 쳐넣어도 늘 부족한 것 같은 새로 산 핸드백처럼.

약혼자가 해외에 가 있다는 것이 한편으론 자랑스러우면서도 허전하기 비길데 없던 것이다. 더구나 그녀는 약혼녀를 두고 외국에 나갔다 온 사람치고 국내에서 목이 빠지게 기다려 준 사람과 결혼하던 예를 본 일이 없던 것이다. 그런 경우는 으례껀 파경이었다. 더우기 외국물을 마신 사람치고 눈이 고층빌딩 아닌 자가 없었고, 고구마 빛깔의 살결과 두 뼘짜리 다리며 송편보다 작은 코를 가진 국산여자에게 만족해 했다던 얘긴 듣도 보도 못했던 것이다. 그렇다는 걸 그녀는 진작 알고 있었고 때문에 더욱 여러 남자와 교제를 텄던 것이다.

만약 약혼자에게 배반을 당할 경우 그 상처를 보다 빨리 아물리기 위해선 이내 결혼을 해야 될 터이고, 그러자면 그 후보자를 미리 골라둬야 할 것 같았으며, 그 기준은, 그 여러 사내 중에서 그녀가 정해진 몸임을 알면서도 그녀 자신만을 절대적으로 알며, 따라서 그런 행위가 진실하고도 일관될 수 있는 남자로 정했던 것이다.

김명활이가 바로 그럴듯한 사내였다. 사귄 지는 불과 다섯 달 안팎, 나이는 스물아홉이었고 제 한 몸 앞이나 닦을 만큼씩의 봉급이란 걸 언어 겨우 사나 본 별 것 아닌 사내였다. 유춘식에게 비기면 여러모로 어림없었지만, 구태여 그런 상대에만 비기지 않는다면 그렇게 나무랄 데도 없을 사내였다. 그래도 그녀는 유춘식이 배반했을 경우, 그 내심으론 그를 그 후계자로 주목하고 있었다. 매력이 있는 남자던 것이다. 그녀가 그 명활에게서 느낀 매력의 첫째는 신사다운 점에 있었다. 아는 것도 여러 방면이었고 그래서 화제도 다방면에 걸쳐 궁색스럽지 않으며 실없는 소리라곤 해본 적이 없었다.

그만큼 알고 지내게 됐으면 짐짓 어떤 분위기로 이끌어갈만한 언사라도 던져본다거나, 무슨 짓이 생각나면 시간과 장소 선택에 신경을 써가며, 유인이라거나 유혹이란 것도 해봄직하련만 그는 찬물 같은 사내던 것이다. 맑되 차고 시원스러워 찬물 같단 생각이 들던 것이다. 하긴 그 점도 버릴 수 없는 장점이었다. 가령 이렇게 빗대면 어떨까. 세상에서 가장 맛있는 음식을 들어 보란다면 그녀는 냉수라고 대답할 거였다.

냉수 맛—, 음식 맛으로 그보다 더한 게 없다 할 때 사람의 멋도 신사 이상으론 없다 할 것이었다. 더구나 천성이 그런 게 아니라 살아오면서 닦고 깎은 수양으로 이뤄진 것이니라 여겨질 때 그녀는 오히려 호기심으로 대하고 싶었다. 저 친구가 언제까지나 저런 신사일 수 있을까 하는—. 내가 먼저 유혹해볼까? 그녀는 그런 생각이 너무 잦았고 잦다 보니 어제같은 경우처럼 실천에 옮겨볼 결심까지 하게 된 것이지만.

토요일인 어제. 그녀는 퇴근길인 그를 불러내어 만났고, 그리고 모처까지 가게 되도록 꼬셨던 것이다. 어떤 여자는 언젠가는 자기도 한번쯤은 강간이란 걸 당해봤으면 하는 생각을 가져 보듯 바로 그런 기분으로였다. 모처였다고 했지만 뭐 별난 데도 아니었다. 그러나 처음부터가 소위 무드라는 게 이뤄질 성싶지 않았다. 역시 찬물이던 것이다. 누구한테 배운 신사도인지 솔직한 심정으로 아니꼽기까지 했다. '즐겨서 밑지나, 제가 무슨 고려청자라고' 그녀는 몇번이나 그렇게 투덜거렸던지 몰랐다.

밤 11시 반경, 결국 그들은 아무 일 없이 모처를 나왔고 시내로 들어오는 택시를 잡아탔던 것이다. 그녀는 몹시 열패감에 젖어 있었으므로 차안에서라도 한 마디 하지 않곤 배길 수가 없었다. "김명활씬 오늘 아주 지겨웠죠?" "아뇨" 그는 무심한 척 대답했다. "싫은 사람을 좋아한 척하기처럼 지겨운 일이 어딨어요. 이젠 참을 수 없어요. 더 이상은…" 그녀가 화난 시늉을 해보이자, 그는 더욱 풀죽은 음성으로 말했다. "더 이상은 참을 수가 없군요. 사실은 유춘식씨가 내 외사촌 형입니다" "뭐요?" "나를 탓하기 전에 춘식형을 이해해 주세요. 나더러 주은실씨의 행실을 감시하고 가끔 건드려 보라는 겁니다. 자기가 귀국할 때까지……" "……" "007 영화가 있었지만 난 003이죠. 춘식형은 전부터 몇 사람한테 그런 부탁을 했던가 본데 자기 말론 내가 세 번째라더군요"

이문구의 콩트 「밝은 그림자」였습니다. '밝은 그림자'라는 제목 자체가 상징적인 의미를 내포하고 있습니다. 소설 제목도 창작입니다. 창작의 기능을 발휘해야 합니다. 그것은 첫인상이기 때문에 중요하고, 독자에게 기대를 갖도록 유인하는 요소도 있기 때문에 중요합니다. 여기에서는 「밝은 그림자」라는 제목이 내용을 넌지시 암시하고 있습니다. 미묘한 반신반의가 궁금증을 더하게 합니다.

여기서 참고할 점은 복선(伏線)과 반전(反轉)이라 하겠습니다. 소설에 있어서 복선은 나중에 있을 사건에 대하여 미리 넌지시 비쳐두는 기법을 말합니다. 이 콩트 중에서 복선으로 넌지시 깔아 놓은 부분을 살펴보겠습니다.

> "만약 약혼자에게 배반을 당할 경우 그 상처를 보다 빨리 아물리기 위해선 이 내 결혼을 해야 될 터이고, 그러자면 그 후보자를 미리 골라둬야 할 것 같았으며, 그 기준은, 그 여러 사내 중에서 그녀가 정해진 몸임을 알면서도 그녀 자신만을 절대적으로 알며, 따라서 그런 행위가 진실하고도 일관될 수 있는 남자로 정했던 것이다."

여기에서는 약은 계산이 보입니다. 만일 해외에 나가있는 약혼자에게 배반을 당할 경우, 미리 사귀어두었던 연인으로 대체하겠다는 약은 계산으로 잔머리 굴리는 것은, 결말을 파경으로 이끌려는 예측에 대한 복선이라 하겠습니다. 약빠른 고양이가 밤눈이 어둡다는 말이 있습니다. 이 어리석음은 결말에 가서 반전에 도움이 되는 방향으로 움직이게 됩니다. 이러한 복선의 결말은 반전을 용이하게 합니다. 이 콩트는 반전과 함께 결말에 이르게 되는데, 그 결말은 다음과 같습니다.

> "더 이상은 참을 수가 없군요. 사실은 유춘식씨가 내 외사촌 형입니다" "뭐요?" "나를 탓하기 전에 춘식형을 이해해 주세요. 나더러 주은실씨의 행실을 감시하고 가끔 건드려 보라는 겁니다. 자기가 귀국할 때까지……" "……" "007 영화가 있었지만 난 003이죠. 춘식형은 전부터 몇 사람한테 그런 부탁을 했던가본데 자기 말론 내가 세 번째라더군요"

이 결말은 바로 파경을 의미합니다. 동시에 반전(反轉)으로 이어집니다. 글자 그대로, 반대 방향으로 흐르게 됩니다. 약혼녀를 감시하면서 유혹해 보라고 외사촌 형이 심어놓았는데, 그것도 모르고 외사촌 동생을 유혹했으니 산통이 깨지는 겁니다. 소설은 이러한 반전이 재미를 줍니다. 수필의 경우는 소설에서처럼 복선이나 반전을 필요로 하지 않습니다.

그래서 소설은 술처럼 취하게 하지만, 수필은 취하게 하지 않습니다. 수필은 녹차의 방향(芳香)처럼 향기롭게 합니다. 그러나 수필다운 수필이 되지 못하면 맹물처럼 싱겁게 됩니다.

이 콩트 「밝은 그림자」의 작가 이문구(李文求)는 1941년 충남 보령에서 태어났습니다. 서라벌예대 문예창작과를 졸업한 후 『월간문학』지 편집장, 『한국문학』지 편집부장, '실천문학사' 발행인을 역임했습니다. 『현대문학』지에 소설이 추천되어 등단한 후 『관촌수필』등 많은 작품을 발표했습니다. 그는 현실 비판의식을 바탕으로 현실의 부조리를 과감하게 파헤치면서 그것을 폭로하고 저항하는 소설을 썼습니다. 그가 펴낸 책 중에는 『누구는 누구만 못해서 못허나』라는 콩트집도 있습니다.

여러분 중에서 시인이 되고자 하는 학생은 물론 시를 많이 쓸 테니까 말할 나위가 없겠지만, 소설가나 수필가가 되고자 하는 이는 처음에 시를 공부할 필요가 있겠습니다. 김동리 소설 「무녀도」 좋지요? 왜 좋은지 아십니까? 황순원의 소설 「독짓는 늙은이」 좋지요? 피천득의 수필 「수필」도 좋지요? 왜 좋은지 아십니까? 김동리, 황순원, 피천득 모두 초기에 시를 쓴 시인이기 때문입니다. 김동리는 시인이면서 소설가, 평론가요, 황순원은 시인이요 소설가이며, 피천득은 시인이요 수필가이며 영문학자입니다.

김동리 소설가에게는 『바위』와 『패랭이꽃』이라는 시집이 있고, 황순원 소설가는 『방가』와 『골동품』이라는 시집이 있으며, 피천득은 『서정시집』『금아시문선』『산호와 진주』『금아시선』『피천득시집』이 있습니다.

저는 시로 등단한 후 소설과 수필과 평론도 써왔습니다. 참고도서인 『시를 읊는 의자』는 80권째 펴낸 저서(시선집)입니다. 이 책을 읽어보시면 시를 먼저 공부하면 소설이나 수필의 차원이 달라진다는 것을 터득하게 될 것입니다.

시는 응축의 묘미를 보여주어야 합니다. 말을 아껴야 합니다. 소설이 장강, 강물이라면, 수필은 시냇물에 비유할 수 있겠습니다. 그리고 시는 깊은 산골의 약수로 비유할 수 있겠습니다. 강물이나 시냇물은 흘러가는 물이지만, 약수는 산속에 스며든 물이 바위 속에서 졸졸졸 아니면 쫄쫄쫄 새어나옵니다.

그래서 시는 극도의 긴축정책과 구조조정이 요구됩니다. 소설은 갈등을 증폭시켜야 하기 때문에 때로는 거친 상소리를 해도 되지만, 시는 갈등을 잠재워 해소시켜야 하기 때문에 상스런 욕설을 할 수 없습니다. 해서도 안 됩니다. 그래서 훌륭한 시인을 시성(詩聖)이라고 합니다. 그러나 소설가나 수필가나 평론가에게 성인 성(聖)자를 붙여주지 않습니다. 훌륭한 소설가를 문호(文豪)라고 합니다.

시를 읽지도 않고, 시와 담을 쌓고 사는 수필가의 글이 강변의 모래밭이라면, 시인이거나, 좋은 시를 많이 읽으면서 사는 작자가 쓴 수필은 마치 사금이 반짝이는 강변의 모래밭으로 비유할 수 있겠습니다. 이 정도로 말씀드리면 시를 강조하는 소이를 이해하실 것입니다.

시와 가까이하면 삶의 질이 높아지고, 소설과 가까이하면 인생이 풍부해집니다. 소설이 장거리 마라톤이라면, 시는 100미터 달리기로 비유할 수 있겠습니다. 그리고 수필은 산책하는 것으로 비유할 수 있겠습니다. 열심히 뛰어야 하는 시와 소설은 치열한 장르지만, 수필은 치열하게 뛸 필요가 없습니다. 고궁 뜰 같은 데서 뛰게 되면 오히려 품위를 잃게 됩니다.

소설이 자동차나 텔레비전, 냉장고를 만드는 거라면, 시는 다이아몬드 백금반지를 만드는 것으로 비유할 수 있겠습니다. 자동차나 텔레비전, 냉장고를 만드는 데는 많은 철제가 필요하지만, 다이아몬드 백금반지를 만드는 데는 많은 철제가 필요치 않습니다. 철제보다는 아름다운 고가의 백금과 다이아몬드가 필요하겠습니다.

그러니 좋은 시를 쓰려면 말을 아껴야 합니다. 말을 아끼고, 주제에 도움이 될 수 있는 적합한 언어를 찾아내어 적재적소에 배치하고 조립하는 습관이 소설이나 수필에도 도움이 되겠습니다. 이는 마치 모든 철에 들어가 빛을 내는 티타늄 같은 성질의 것입니다. 이는 저의 경험에서 얻어진 체험의 보석이라 하겠습니다. 제가 드리는 말씀을 다 잊으셔도, 시어는 강변에 반짝이는 사금과도 같은 것이라는 말씀만은 잊지 말고 기억하시기 바랍니다. 12주차 2교시는 여기까지입니다. 마치겠습니다.

# 3교시 콩트 - 황송문 작 「소금 물고 뛰어라」

12주차 3교시 수업을 시작하겠습니다. 이 시간에는 콩트 「소금 물고 뛰어라」의 감상과 이해입니다. 시간이 허용되는 대로 창작기법도 틈틈이 다루고자 합니다. 우선 작품부터 살피겠습니다.

공정치는 버들강아지 우쭐거리듯 그렇게 우쭐우쭐 과시하는 몸짓을 하고 있었다. 그에게 있어서 오수초등학교 운동회의 꽃이라고 하는, 그야말로 마지막 휘날레를 장식하게 되는 부락(里) 대항 마라톤대회에 참가하게 된 것은 정말 꿈조차 꿀 수 없이 대단한 영광이 아닐 수 없기 때문이다.

그는 달마대사처럼 언제나 배가 불거져 나와 있었다. 그도 그럴것이, 언제나 누우런 삼베로 된 잠뱅이에다가 웃옷은 몸에 맞지 않은 삼베 적삼을 입고 있었기 때문에 배가 유난히도 튀어나와 보이게 되었다. 그 웃옷은 배꼽 위에 올라붙고, 옷소매 끝은 팔뚝에 걸려 있어서 자다가도 웃음이 나올 만큼 꼴불견이었다.

얼굴은 볕에 그을려서 거무스름하게 건강미가 넘쳐흘렀다. 아무데나 함부로 나서기를 잘하는 그의 행동은 지나치게 적극적이어서 때때로 거짓말도 잘하고 자기 과시욕도 넘쳤다. 그가 품팔이 농사일을 할 때에도 주위 사람들이 일을 잘한다 잘한다 하고 추켜올려 주게 되면 더욱 신명이 나서 힘껏 용을 쓰게 된다.

"야, 정치야. 너는 천하에 없이 힘이 센 장사가 아니냐. 그렇게 힘이 좋은 역사가 한 가리씩만 지고 다녀서 되겠느냐. 너는 두 가리씩도 져 나를 수 있을 게야."

이렇게 추켜 올리게 되면 그는 온종일 두 가리씩 져나르게 된다. 정치라는 위인의 과시욕을 잘 아는 마을 사람들은 이구동성으로 그로 하여금 운동회의 마라톤 경기에 나가도록 하라고 입을 모았다.

"정치가 나가면 일등할지도 몰라. 그저 잘한다고 추켜만 주면 죽을지 살지 모르고 달려나갈 테니까 말일세."

이렇게 입이 모아지게 되어 그를 찾게 되었다.

"야, 정치야. 네가 우리 동네에서 제일 세니 나가게 되면 분명히 솥을 따올 것이다."

이 말을 들은 정치로서는 참으로 희대의 영광스러운 일이 아닐 수 없었다. 동네의 대표로 나가서 뛰다니, 하고 감격해 하면서 이른 아침부터 마을 앞에 펼쳐진 논 둘레를 뛰어 도는 게 일과처럼 되었다.

"야, 정치야. 아무래도 부락대항에 나가려면 유니폼을 입어야 하지 않겠니? 운동복을 입고 출전해야 할 것이 아니냔 말이다. 신도 좋은 신을 신어야 할 거구."

이 말을 들은 그는 가난에 찌든 어머니를 조르기 시작하였다.

"엄니, 운동복이 있어야 쓰것는디 어디서 좀 빌려와요."

정치의 어머니는 이 궁리 저 궁리 하며 생각을 굴리던 끝에, 미국에서 구호물자로 나왔던 밀가루 포대로 잠뱅이(반바지)를 만들게 되었다. 그 밀가루 포대는 악수하는 두 손과 성조기가 그려지고, 영어가 몇 마디 새겨져 있었다. 밀가루 포대로 만든 반바지이지만 그래도 그게 명색이 미제라는 데에서 어깨를 으쓱거리는 그의 웃음은 역시 배꼽이 드러나 보이는 삼베 적삼 그대로였다.

"야, 정치야. 멀리 뛰게 되면 땀이 많이 날 거다. 땀이 흘러내려서 눈속으로 들어가면 곤란하니까 머리띠로 이마를 묶는 게 좋겠다."

누군가 한 마디 하자, 그는 자기 아버지의 댓님을 이마에 질끈 동여매고, 신발은 운동화를 구할 수 없으니까 목양말에 검정고무신을 신은 다음 벗겨지지 않게 하려고 새끼줄로 단단히 묶었다.

"야, 정치야. 달릴 때는 코로 숨을 쉬어야지 입으로 숨을 쉬면 큰일 난다고 하더라. 그러니 입을 꽉 다물고 뛰어야 해. 알겠지?"

이렇게 한 마디 해놓으면 정치는 코로만 숨을 쉬지 입으로까지 숨을 쉴 사람이 아니었다.

"야, 정치야. 땀을 많이 흘릴 테니 소금을 먹어야 한다. 그러니 손수건에 소금을 싸서 물고 뛰어야 해.

소금이란 흘리는 땀을 보충해 줄 뿐만 아니라 정신의 부패를 막기 때문에 부정을 타지 않는 게야. 요새 그 있잖여. 도처에서 창궐하는 온갖 흉악범죄라든지, 정치부패, 과소비성향, 퇴폐풍조, 치안부재 등등 암담한 사회현실을 떠올리면 부정을 타니까 그런 생각이 아예 나지 않도록 소금을 물고 뛰어야 하는 게야. 알았지?"

이 말을 귀담아 들은 정치는 소금을 한줌 싸담은 손수건을 입에 꽉 물고 출전하게 되었는데, 동후리 사람들이 몰려있는 곳으로 와서 준비운동을 하는가 하면, 강남 갈 제비 지붕 돌고 떠나듯이 그렇게 운동장을 한 바퀴 휘이 돌고는 다소곳이 의기양양하게 본부석 앞에 섰고, 열을 지어 선 다음 총소리가 울리자 맨 앞에서 쏜살같이 달려나가는 것이었다.

그 광경을 보게 된 마을 사람들은 미심쩍어 하면서도 선두에 서서 달리니까 "우리 정치가 폼잡는 것을 보면 일등을 할런지도 모르겠다" 하고 자못 기대를 가져보는 눈치였다.

얼마나 시간이 흘렀을까. 1등이 들어와 테이프를 끊은 뒤 2등, 3등이 들어오고, 7등 8등이 들어와도 정치의 얼굴은커녕 코빼기도 보이지 않았다.

결국 정치라는 이름의 그는 운동회가 거의 파할 무렵에야 소금 수건을 입에 문 채 사색이 되어 들어왔다. 그가 마을 사람들 앞으로 가까이 다가왔을 때 누군가가 소리쳤다.

"야, 정치야. 늦게 돌아온 사람에게도 상을 준다더라. 그러니 본부석으로 가 봐라."

두 눈을 반짝이면서 본부석께로 달려간 그가 교장선생에게 상을 달라고 하니까, 교장은 곁에 서있는 한 선생에게 저 사내가 누구냐고 물었다.

"마라톤 나간 사람이 이제야 돌아온 모양입니다" 하고 선생은 말했고, 교장은 참가상을 주라고 지시하여 그는 플라스틱 젓가락을 받게 되었는데, 그 젓가락을 드높이 치켜들고 흔들어대면서 1등을 했다고 외치자 누군가가 소리쳤다.

"일등 좋아하고 자빠졌네! 정치를 하려면 똑바로 해 임마! 로비활동으로 젓가락이나 구걸하지 말고!"

"일등이라고 허든디……"

정치가 젓가락을 내려보면서 금새 시무룩해지자, 깔깔거리고 까르르 터지는 웃음 속에서 누군가가 또 말했다.

"본부석에서 누가 농담으로 끝에서 일등이라고 말한 모양이야. 정치는 그 끝에서라는 말은 듣지 못하고 일등 소리만 들은 게지!"

"에그! 정치는 너무 무능해!"

"정말이야! 정치는 너무 불쌍해!"


이 콩트의 앞부분은 "언제나 누런 삼베로 된 잠뱅이에다가 웃옷은 몸에 맞지도 않은 삼베 적삼을 입고 있었기 때문에 배가 유난히도 튀어나와 보이게 되었다."고 등장인물의 풍채를 묘사함으로써 실감을 자아내게 하고 있습니다. 그리고 "아무데나 함부로 나서기를 잘하는 그의 행동은 지나치게 적극적이어서 때때로 거짓말도 잘하고 자기 과시욕도 넘쳤다."고 성격을 드러내기도 합니다.

또한 "그 밀가루 포대는 악수하는 두 손과 성조기가 그려지고, 영어가 몇 마디 새겨져 있었다. 밀가루 포대로 만든 반바지이지만 그래도 그게 명색이 미제라는 데에서 어깨를 으쓱거리는 그는 역시 배꼽이 드러나 보이는 삼베 적삼 그대로였다."는 구절도 천박하면서도 어리석은 인물의 풍채를 표현하고 있습니다.

멘토처럼 말하는 마을 사람 중에서 "야, 정치야. 달릴 때는 코로 숨을 쉬어야지 입으로 숨을 쉬면 큰일 난다고 하더라. 그러니 입을 꽉 다물고 뛰어야해. 알겠지?" 이렇게 말하는 이도 문제가 아닐 수 없습니다. 달릴 때 코로만 숨을 쉬라고 하는 것은 공정치의 처지를 배려하지 않는 것이기 때문입니다. 무책임한 처사가 아닐 수 없습니다.

한 단락을 더 보겠습니다.


"야, 정치야. 땀을 많이 흘릴테니 소금을 먹어야 한다. 그러니 손수건에 소금을 싸서 물고 뛰어야 해. 소금이란 흘리는 땀을 보충해 줄 뿐만 아니라 정신의 부패를 막기 때문에 부정을 타지 않는 게야. 요새 그 있잖여. 도처에서 창궐하는 온갖 흉악범죄라든지, 정치부패, 과소비성향, 퇴폐풍조, 치안부재 등등 암담한 사회현실을 떠올리면 부정을 타니까 그런 생각이 아예 나지 않도록 소금을 물고 뛰어야 하는 게야. 알았지?"

여기에서는 사회풍자, 정치세태를 풍자하고 있습니다. 사회의 모순을 신랄하게 비판하면서도 공정치의 마라톤 성공여부에는 별로 관심이 없어 보입니다. 공정치를 통해서 스트레스를 해소하려는 욕구의 발상으로 보입니다. 이렇게 보면 대한만국 국민을 상징하는 부락민들의 처사도 올바르지 않다고 여겨집니다.

이 글은 정치혐오감에서 동기가 되어 세태를 풍자한 엽편소설(葉片小說)이라 하겠습니다. 결국 "정치는 너무 무능해!"나 "정치는 너무 불쌍해!"가 창작의도로서 주제를 단적으로 드러내는 말이라 하겠습니다.

공정치라는 그 공자는 성 공(孔)자가 아니라, 제로(0)라는 말입니다. 빵점 맞았다고 할 때의 그 제로(0) 점수를 말합니다. 그러니 공정치라는 이름은 바로 정치는 빵점, 제로(0)라는 말이 되겠습니다. 이 콩트, 엽편소설에서 주인공으로 나오는 공정치라는 인물은 물론 어리석은 푼수로 모자라는 인물이지만, 그를 구슬러 종용하는 마을 사람들도 그 나물에 그 밥이라 하겠습니다. 그들은 얄밉게도 무책임한 태도를 보입니다. 이와 마찬가지로 대한민국 국민은 삼류, 사류로 쳐진 정치야 물론 빵점이지만, 그를 뽑아 세운 국민 역시 어리석지 않았느냐는 항변을 은근히 내비쳤다고 하겠습니다.

문향(文香), 글에 향기가 스며있는 문예작품을 창작하시기 바랍니다. 글의 향기, 향기가 배어있는 글을 쓰시기 바랍니다. 자기 글에 향기가 느껴지는지 확인하시기 바랍니다. 옛 선비들은 자신의 글에서 지필묵(紙筆墨) 향기가 묻어나기를 소망했습니다. 향을 싼 종이에서는 향내가 나고, 생선을 싼 종이에서는 비린내가 난다는 말이 있습니다.

글 때를 벗어야 글에서 향기가 나게 됩니다. 글 때를 벗으려면, 젖어있던 타성에서 벗어나야 합니다. 아름다운 생각으로 정돈하고 새롭게 해야 합니다.

신변잡사(身邊雜事)를 신변잡기(身邊雜記) 정도의 설명에 그쳐서는 곤란합니다. 우선 아름다운 마음씨로 통찰하고 정관하여 인생에 대한 새로운 해석을 아름답게 내릴 수 있어야 합니다. 이게 반복되면 글에 향기가 스며들고 새어 나오게 됩니다.

글을 쓰게 되면 자기를 찾아 돌아보게 됩니다. 관찰과 사색, 상상력을 활용할 줄 알아야 합니다. 느낀 것을 드러내고 싶으면 묘사적(描寫的)인 글을 써야 합니다. 무엇인가를 주장하고자 하면 논증적인 글을 써야 하고, 사건을 이야기하고자 하면 서사적인 글을 써야 합니다. 여러분은 표현을 위해서 묘사적인 글을 써야 합니다.

좋은 글을 쓰려면 새로운 소재, 참신한 소재를 찾고, 그 소재를 새롭게, 신선하게 해석하며, 참신한 문장으로 표현해야 합니다. 남들이 알고 있는 것, 남들이 이미 써먹은 것은 새로운 것이 아닙니다. 참신한 것도 아닙니다. 좋은 글을 쓰려면 주제(主題)의 바탕이 되는 그 밑거름 위에 소재를 발견하여 제재(題材)와 기교(技巧) 묘사(描寫) 등의 방법으로 아름다운 작품을 생산해야 합니다.

주제의 바탕이 되는 밑거름이란, 종교적 상상력, 철학적 인식, 역사의식, 시회의식, 윤리의식, 미의식(美意識), 또는 작자로서의 양식 등의 양질의 객토(客土), 언어의 깊이갈이가 요구된다 하겠습니다.

문학은, 예술은 심미적(審美的) 아름다움을 추구합니다. 이런 아름다움은 우리에게 기쁨이라는 쾌감을 줍니다. 물론 감동도 쾌감의 일종이라 하겠습니다. 문학의 효용은 우리에게 어떤 기쁨으로서 재미라든지, 쾌감이라든지, 감동이라든지, 심미적 만족으로서 신선한 충격을 주게 됩니다.

우리가 〈백조의 호수〉라는 춤에서 놀라운 쾌감과 경이로움을 느꼈다면, 그 무용가가 발가락을 다친 상태에서 찡그리지 않고 웃음을 보여주었다면 그 윤리성이 아름다움을 배가시키게 되겠습니다. 김소월의 「진달래」나 에밀리 디킨슨의 「내가 만일」도 윤리성이 예술성을 돕는 결과물이라 하겠습니다.

명나라 원황(袁黃·1533-1606)이 좋은 글을 쓰기 위해서 갖추어야 할 다섯 가지를 꼽았습니다. 첫째 존심(存心)입니다. 마음을 잘 간수하는 겁니다. 마음에 새겨두고 잊지 않는 겁니다. 글은 마음에서 나오기 때문에 마음 밭을 잘 가꾸어야 합니다. 마음이 거칠면 글이 조잡하고, 마음이 천박하면 글이 들 뜹니다. 마음이 거짓되면 글이 허망하고 마음이 방탕하면 글이 제멋대로입니다. 둘째는 양기(養氣)입니다. 기력을 배양하는 겁니다. 기운이 온화하면 글이 잔잔하고, 기운이 가득 차면 글이 화창하며, 기운이 씩씩하면 글이 웅장하게 됩니다. 호연지기가 여기에 해당되겠습니다. 셋째는 궁리(窮理)입니다. 사리를 깊이 생각하는 겁니다. 이치가 분명하면 표현이 명확하고, 이치가 촘촘하면 글이 정밀하며, 이치가 합당하면 글이 정확하게 됩니다. 이치(理致)가 주인이라면 표현(表現)은 하인에 불과하다 하겠습니다. 넷째는 계고(稽古)입니다. 옛글을 익혀 자기화하는 과정을 말합니다. 다섯째 투오(透悟)입니다. 통할 투(透)자에 깨달을 오(悟)자 깨닫는 겁니다. 12주차 3교시 수업은 여기에서 마치겠습니다.

# 제13강

## 소설의 주제主題 구성構成 묘사描寫

1교시
　주제 – 「감자」 「목걸이」 「풀베개(草枕)」

2교시
　구성 – 「검은 고양이」

3교시
　묘사 – 「영기」 「나를 둘러싸고 있는 것들」
　　　　「B사감과 러브레터」 「찔레꽃」

# 제13강 소설의 주제主題 구성構成 묘사描寫

## 1교시 주제 – 「감자」「목걸이」「풀베개(草枕)」

안녕하십니까? 이제 13주차에는 소설의 주제와 구성, 그리고 묘사에 대하여 얘기를 나누고자 합니다. 1교시는 소설의 주제입니다. 소설을 쓰려면 먼저 쓰고자 하는 그 무엇이 선행되어야 합니다. 여행을 떠나려면 우선 그 행선지부터 정해져야 하듯이, 글을 쓰기 위해서는 무엇보다 목적이 뚜렷해야 합니다. 이때 쓰려고 하는 그 '무엇'이 바로 소설의 주제가 되겠습니다. 주제, 즉 테마는 소설의 중심과제로서, 그 소설이 표현하고자 하는 목적이 되겠습니다. 따라서 주제는 제재나 이야기 줄거리가 아니라, 인생을 이해하고 비판하여 이를 새로운 해석으로 새롭게 다시금 표현하려는 정신적인 과제라 하겠습니다.

주제는 그 제재와 이야기 줄거리의 배후에서 그것을 지배하는 근본적인 통일원리가 되겠습니다. 주제에 대한 인식을 좀 더 명확히 하기 위해서 김동인(金東仁)의 「감자」를 그 예로 들겠습니다. 여러분도 잘 아는 소설이지만 창작을 위한 공부를 위해서 다시 살펴보는 거니까 진지하게 들어주시기 바랍니다.

원래 가난은 하지만 정직한 농가에서 자라난 복녀는 열다섯 살 때 동네 홀아비에게 80원에 팔려서 시집을 갑니다. 그러나 남편은 무능했고 게을렀을 뿐 아니라, 그녀를 사느라고 마지막 재산인 80원도 다 써 버린 뒤였습니다. 그래서 이들 부부는 막벌이와 행랑살이 등으로 전전, 나중에는 칠성문 밖 빈민굴로 밀려들게 됩니다. 당국에서 빈민구제를 겸한 기자묘 솔밭의 송충이잡이를 벌였을 때 거기 나간 복녀는 '일 안하고 품삯 많이 받는 인부'의 한 사람이 됩니다.

감독에게 몸을 판 이후 빈민촌의 거지들에게까지 애교를 떨게 된 그녀는 어느 날 밤 중국인의 감자(고구마) 밭에서 감자 한 바구니를 훔쳐 나오다가 주인 왕서방에게 들킵니다. 그는 화를 내는 대신 그녀의 몸을 요구하고 돈 3원을 줍니다. 그 후 왕서방이 어느 처녀를 아내로 사오자, 질투를 느낀 나머지 결혼식날 밤 신혼부부에게 덤벼들다가 왕서방에게 빼앗긴 낫에 찔려 죽게 됩니다. 이 살인사건은 왕서방이 복녀의 남편에게 돈 30원을 줌으로써 암장되어 버리게 됩니다.

여기에 나타난 사건은 주제를 보다 효과적으로 표현하기 위해 끌어들인 제재일 뿐이지 결코 주제는 아닙니다. 즉 작가가 이런 여러 가지 제재를 내세운 것은 단순히 이야기 자체를 위해서가 아니라, 그 이야기 뒤에 숨겨진 알맹이, 주제를 더욱 돋보이게 하기 위해서입니다.

소설을 쓰기 위해서는 주제를 확실히 파악해 두어야 합니다. 주제가 명확치 못하면 아무리 훌륭한 문장력을 지녔다 하더라도 소용이 없게 됩니다. 초점이 선명치 않은 글, 의도가 드러나 있지 않은 작품은 죽은 글입니다. 주제야말로 소설의 뼈대, 사상을 이루는 핵심이기 때문입니다.

또한 주제의 확실한 선택은 문제의 범위를 한정하는 중요한 기준이 됩니다. 쓰고자 하는 방향이 분명치 않을 때 문장은 일관성을 잃게 됩니다. 복녀의 처지에서 보면 너무도 미약합니다. 아무리 노력해도 그 가난에서 벗어나지 못합니다. 결국은 비극적 결말을 맞게 됩니다. 복녀 개인은 마치 강물에 떠내려가는 나뭇잎처럼 미약하기 이를 데 없다는 주제의식이 깔려있습니다. 한국의 초기 자연주의 소설의 대표작으로 알려져 있습니다.

자연주의는 대상 속에 왜곡되어있는 일체의 현상을 사정없이 찾아내어 그 추악한 장면을 사진 찍듯이 그려냅니다. 주로 어두운 면을 사정없이 폭로하는 것도 자연주의 소설의 한 특징이라 하겠습니다. 잠시 모파상의 소설 「목걸이」의 결말 부분을 살펴보기로 하겠습니다.

로와젤 부인은 가슴이 두근거렸다. 가서 그 동안에 있었던 일을 이야기할까? 그렇지! 이미 빚을 다 갚았다. 이야기 못할 것도 없지 않나? 그녀는 가까이 다가 갔다.

"쟌느 아냐? 얼마만이야! "

포레스띠에 부인은 그녀를 미처 알아보지 못하였다. 이런 비천한 여자가 자기를 그토록 정답게 부르는 것에 무척 놀랐던 것이다.

"누구야?……나는 잘 모르겠는데……사람을 잘못 보지 않았어요?"

"어머! 나 마띨드 로와젤이야."

친구는 크게 소리쳤다.

"뭐! 마띨드라고……아이 가엾어라! 그런데 왜 이렇게 됐니!"

"그동안 고생 많이 했단다. 우리가 마지막 헤어진 후로 고생이 이만저만이 아니었어. 그것도 다 너 때문이지 뭐……"

"나 때문이라니……그게 무슨 소리야!"

"왜 생각나지 않아? 저 문부성장관의 야회에 가려고 내가 빌려갔던 다이아 목걸이 말이야."

"응, 그래서?"

"그걸 잃어 버렸었잖니."

"뭐? 아니 내게 그대로 돌려주지 않았어?"

"그렇지만 그건 품질은 같지만 다른 목걸이야. 그 목걸이 값을 갚느라고 10년이나 걸렸지 뭐야……인제 해결은 다 되었어. 어떻게 마음이 후련한지 몰라."

포레스띠에 부인은 발길을 멈추고 서 있었다.

"그래, 내 것 대신에 다른 다이아 목걸이를 사왔단 말이지!"

"그럼. 지금까지도 그걸 몰랐구나. 하긴 똑같은 것이니까."

그녀는 약간 으스대는 듯한 순박한 웃음을 지어 보였다. 포레스띠에 부인은 크게 감동되어 친구의 두 손을 꼭 쥐었다.

"아이 불쌍해라! 마띨드! 내 것은 가짜였단다. 고작해야 5백프랑 밖에 되지 않아……"

모파상 작 「목걸이」의 결말 부분이었습니다. 작품을 읽는 동안 독자는 포레스띠에 부인의 마지막 대사에 놀라움을 금치 못할 것입니다. 10년의 세월을 허무하게 보낸 여주인공의 아픔은 독자의 아픔이 되기도 합니다.

주제는 여러 가지 경우를 생각해 볼 수 있겠습니다. 가령, 어떠한 사상이나 주장을 표현할 수도 있겠고, 내용의 중심이 되는 것이라든지, 분명한 의미를 지닌 것. 긍정적인 형식으로 표시되는 것. 간결한 언어로 표현되는 것. 구체적인 설명이 가능한 것일 수도 있겠습니다.

주제와 제목은 반드시 일치되는 것이 아닐 수도 있겠습니다. 독자의 이해 능력에 따라 쉽고도 심오하게 표현할 수도 있겠고, 작자의 세계관이나 인생관에 따라 달라질 수도 있겠습니다. 같은 주제라도 작자에 따라서는 얼마든지 달라질 수가 있겠습니다. 저마다 세계관 또는 인생관이 다르기 때문입니다. 가령, 섬(島)이라는 대상이 있다고 가정할 때. 예술가는 미적이며 정서적인 방향에서 볼 것이며, 사업가는 사업가대로 간척지공사나 관광자원 따위의 실리적인 안목에서 바라보게 될 것입니다.

작자의 인생관이나 개성 또는 기질에 따라 주제의 설정도 달라집니다. 작자의 사상과 기질에 따라 인생을 이해하는 태도도 달라지게 되는 것은 물론입니다. 사물을 관찰하는 각도와 표현방법도 마찬가지입니다. 일본 명치시대 소설가로 유명한 나쓰메소세키(夏目漱石)의 소설 「풀베개(草枕)」의 서두는 이런 점에서 큰 관심을 끌게 됩니다.

산길을 오르면서 이렇게 생각했다. 이지(理智)로 움직이면 모(角)가 나고, 감정에 치우치면 흘러버린다. 고집을 세우려면 막혀버린다. 여하간에 세상은 살기가 어렵다. 살기가 어려워지면, 살기 좋은 곳으로 이사하고 싶어진다. 그러나 어디로 이사를 해 보아도 살기가 어렵다고 하는 것을 깨달았을 때 거기에서 詩가 생기고 그림이 그려진다. 세상을 만든 것은 神도 아니고 귀신도 아니다. 역시 근처에 사는 허술한 사람들이다.

허술한 사람들이 만들어낸 세상이 살기 힘들다고 해서 찾아갈 나라도 없을 것이다 그런 나라가 있다면 사람이 아닌 것들의 나라로 갈 수 밖에 없다. 사람이 아닌 것들의 나라는 사람의 세상보다도 더욱 살기가 어려울 것이다. 이사할 수 없는 세상이 살기 어려워지면 살기 어려운 곳을 어느 정도 고쳐서 잠시 동안의 생명을 잠시 동안이라도 살기 좋게 할 수 밖에 없다. 여기에서 시인이라고 하는 천직(天職)이 생기고, 여기에서 화가라고 하는 사명이 주어진다. 모든 예술인들은 이 세상을 너그럽게 만들고, 사람의 마음을 풍부하게 하기 때문에 귀중하다.

이 짤막한 서두의 한 부분만을 살펴보아도 작가가 얼마나 인생에 충실하며 예리한 예지를 갖고 있는가를 알 수 있겠습니다. 청렴결백한 문사의 기질이 엿보이는 글이라 하겠습니다.

소설이 지닌 본래적인 사명은 독자로 하여금 인생을 깊이 인식케 하는 데에 있다 하겠습니다. 인생을 깊이 이해하게 된다는 것은 결국 인생의 방향을 제시하는 데 큰 도움이 된다는 뜻이 되겠습니다. 소설이란 문학의 한 장르로서 인생을 탐구하고 인식시키는 방법에 지나지 않습니다. 그렇다고 그 자체가 어떤 공리적인 목적이나 세속적인 의도를 가지고 있는 것은 결코 아닙니다. 따라서 한 작품의 주제를 그 작품의 목적으로 보아서도 안 될 것입니다.

작자마다 취급하는 문제가 다르고, 설정한 소재가 다르기 때문에 주제의 종류는 무수히 많겠습니다. 주제는 인생적인 것이라든지 사회적인 것, 정치적인 것 등이 그것입니다. 인생적인 주제는 삶에 대한 고뇌와 즐거움, 생활에 대한 의의, 신과 인간의 문제, 과학과 철학, 사랑, 그리고 죽음과 생명, 인간의 심리적 갈등 등 인생 전반의 문제가 여기에 포함되겠습니다.

소설로서 독자에게 감명을 주려면 강압적으로 강요해서는 안 됩니다. 그것은 오히려 역효과를 나타내기 쉽기 때문입니다. 작자가 의도한 바가 자연스럽게 전달되면 그것으로 소설의 기능은 끝납니다. 그러므로 감명문에는 주제가 결코 문장의 표면에 두드러지게 나타나는 일이 드뭅니다. 그러므로 이러한 문장에서는 독자가 주제를 발견하기가 어렵습니다. 앞에서도 잠깐 언급했지만, 모파상의 소설 「목걸이」는 그 좋은 예가 되겠습니다.

허영심이 많은 미모의 여성이 하급관리의 아내로 출가하여 항상 빈곤한 생활에 불평을 품고 있었습니다. 그런데 그들 부부는 어느 날 직속장관이 주최하는 무도회에 초대를 받았습니다. 너무도 허영심이 많은 젊은 여인은 무도회에 참석하기 위하여 모든 재산을 기울여 의장(衣裳)만은 갖추었으나 보석 목걸이만은 살 수 없었습니다. 그래서 마침내는 친구부인의 보석 목걸이를 빌려 가지고 화려한 무도회에 참석하였습니다.

　그날 밤 돌아오는 길에 그 여인은 남에게서 빌려온 보석 목걸이를 잃어버렸습니다. 그리하여 하급관리인 남편과 그 아내는 고리대금을 얻어, 보석 목걸이를 새로 사서 돌려준 뒤 그 부채를 갚기 위해서 10년 동안이나 제대로 먹지도 입지도 못하면서 천신만고 끝에 아주 늙어 빠진 노인이 되었습니다. 그렇게 해서 간신히 부채를 갚고 난 뒤에 노상에서 과거에 목걸이를 빌려주었던 부인을 우연히 만나게 됩니다.

　그때야 비로소 목걸이를 분실했던 사실과 그 때문에 10년 동안이나 고난을 겪은 사실을 고백하게 되었습니다. 뜻밖의 고백을 들은 친구부인은 깜짝 놀라면서 "내가 그때 빌려드렸던 목걸이는 서푼 짜리 가짜 목걸이였는데요" 하고 대답하였습니다.

　독자는 이 소설에서 감동과 함께 놀라움을 금치 못할 것입니다. 우연히 발생되는 묘한 사건들, 엄청난 변화, 그리고 이중성을 가진 인간의 심리, 이것이 곧 소설의 주제를 형성하는 바탕이라 하겠습니다. 주제는 한 작품을 지배하는 통일 원리입니다. 그 작품의 가치는 설정된 주제의 품위와 그 주제를 어느 정도로 진실하게 표현하였는가 하는 점으로 결정됩니다.

　작가가 어떠한 감격, 즉 인생에 대한 새로운 의미를 발견하게 되었다 하더라도, 그 감격이 지금까지 아무도 발견하지 못했던 새로운 의미의 것이 아니면, 그것은 주제로서의 가치가 없습니다. 그러므로 주제는 항상 새로운 의의를 지니는 것이어야 합니다. 여기에서의 새로운 의의라는 말은 괴상하고 특이한 제재를 뜻하는 것이 아닙니다. 평범한 사건을 취급하더라도 새로운 각도에서 해석하고 비판함으로써 새로운 의미를 발견하지 않으면 안 된다는 말입니다. 문학을 인생 탐구의 방편으로 보는 까닭도 문학은 결국 본질적으로 새로운 인생을 개척하는 데 목적을 두고 있기 때문입니다.

작가는 우선 그 주제가 자기의 역량으로 감당할 수 있는가를 생각해 보고 능력에 맞는 주제를 택하는 것이 현명하다 하겠습니다. 그러기 위해서는 작가 자신이 체험을 살리는 방향으로 가는 것이 좋겠습니다. 소설은 사회생활의 구체적 표현이므로 그 생활에 내포된 인생의 새로운 의미를 발견하는 노력의 결정체여야 하겠습니다. 그러므로 작자가 받은 예술적 감격을 독자의 감수성에 호소하는 것은 당연한 일입니다. 작가 자신이 감격하지 못한 주제일수록 관념적으로 빠지기 쉽습니다. 상투적인 표현이 독자를 공감시키지 못함은 두 말할 나위도 없겠습니다.

이제까지 시작품과 수필작품을 감상하였고, 지금은 소설작품을 감상하고 이해하며 살펴보는 시간입니다. 소설을 살펴보면서 마무리 쪽으로 가는 단계에 있습니다. 여러분은 이제부터 변화를 느낄 것입니다. 저를 만나기 전의 여러분과 만난 후의 여러분은 차이가 생길 것입니다. 우선은 사물을 바라보는 시선이랄까, 관찰력이 달라질 것입니다. 과거에는 벌로 보고 무심히 지나쳤던 것들도 이제부터는 유심히 바라보게 될 것입니다.

사물을 꿰뚫어보고 통찰하는 안목도 생길 것입니다. 과거에는 설명에 그치고도 만족했지만, 이제부터는 표현해 보려고 노력하게 될 것입니다. 이것만 보아도 발전입니다. 교육은 정성입니다. 제가 정성을 들인 만큼 여러분은 꽃이 피고 열매를 맺을 것입니다. 저의 강의를 들은 여러분은 인격혁명이 일어나야 합니다. 여러분 중에서 인격혁명이 일어나는 이들이 나올 것입니다. 저는 그것을 기대합니다. 시이건 수필이건, 소설이건 좋은 작품을 창작하면서 표현의 자유를 마음껏 누리시기 바랍니다. 13주차 1교시 수업을 마치겠습니다.

# 2교시 - 구성 「검은 고양이」

13주차 2교시 수업을 시작하겠습니다. 2교시는 소설의 구성입니다. 소설의 구성은 제재를 선택하여 그것을 가장 효과 있게 소설화하는 과정을 말합니다. 그래서 흔히 플롯(Plot)이라 말하고, 그것을 건축의 설계도에 비유하기도 합니다. 건물을 지을 때에 설계도가 필요하듯이 소설에는 반드시 플롯이 따라야 합니다. 즉 건축에 있어서의 설계가 소설에서는 구성인 셈입니다. 유능한 설계사나 목수는 완성 후의 건물을 눈앞에 떠올릴 수 있습니다. 그와 마찬가지로, 유능한 작가는 소설을 어떻게 전개시키고, 어떻게 결말을 지어야 할 것인가를 머릿속에 명확히 떠올릴 수 있어야 합니다. 구성(構成)은 곧 소설의 뼈대인 것입니다.

소설 구성의 3요소는 인물과 사건과 배경입니다. 인물은 성격이 뚜렷해야 합니다. 사건은 무엇을 어떻게 했는가 하는 행위가 나타나야 합니다. 그리고 배경은 언제 어디서라는 장면이 요구됩니다.

이 구성의 3요소가 소설 구성의 기본임은 두말할 나위가 없겠습니다. 설정된 주제를 이야기로 엮어 나가기 위해서는 우선 인물과 사건, 환경을 적절히 배치해야 합니다. 그래서 소재를 어떻게 발전시켜 나갈 것인가의 구상이 끝나면 집필단계에 들어갑니다. 소설의 목적이 주제를 표현하는 데 있으므로, 구성은 반드시 주제를 중심으로 통일되어야 함은 두말할 나위가 없겠습니다. 모든 사건에는 인과관계가 성립됩니다. 거기에는 논리성이 전제되어야 합니다. 인간관계가 없는 사건은 소설 구성에서 제외할 수밖에 없습니다. 그러므로 구성은 집필 이전에 작가의 머릿속에 완전히 무르익어 있어야 합니다.

이제는 구성의 전개에 대해서 얘기하겠습니다. 주제를 선명하게 떠올리기 위해서는 사건 전개에 속도를 가해야 합니다. 우연히 발생한 사건이라도 어떤 필연성에 입각한 구성으로서의 인과관계를 갖기 때문에, 반드시 논리적인 전개가 요구됩니다. 구성의 전개를 구성 그 자체로 착각해서도 곤란합니다. 왜냐하면 어떤 소설은 이러한 전개방식을 무시한 경우도 있기 때문입니다.

소설의 전개방식은 사람에 따라서 4단계설이나 5단계설, 혹은 6단계설 등으로 분류할 수 있습니다. 그러나 이것은 어디까지나 아리스토텔레스 (Aristoteles)의 시작, 중간, 결말을 보다 세분(細分)한 것에 지나지 않기 때문에 여기에서는 4단계로 나누어 말하고자 합니다.

소설 구성에 있어서 발단(發端 exposition)은 소설의 서두 부분으로서 사건의 실마리를 풀어나가는 부분이기 때문에 여기에서 소설의 성패가 좌우된다 해도 과언이 아닙니다. 이 부분에서 실패하게 되면 그 뒤의 결과는 뻔하다 하겠습니다. 여기에서는 우선 무리가 없어야 합니다. 독자들이 흥미를 가질 수 있도록 강한 전제가 배려되지 않으면 안 됩니다. 발단은 작품의 첫 인상을 좌우하므로 소홀히 할 수 없습니다. 그러므로 이 부분에서는 넌지시 암시해 둘 필요가 있겠습니다. 에드가 알란 포우(Poe, Edgar Allan 1809. 1.19~1849.10.7)의 소설 「검은 고양이」는 특히 발단에서 성공한 예로서 높이 평가되고 있습니다. 그 앞부분을 보겠습니다.

내가 지금부터 펜을 들어 기술하려는 아주 끔찍하고도 가장 솔직한 이야기에 대하여 나는 다른 사람이 믿어 주기를 바라지도 애원하지도 않겠다. 내 모든 감각 기관까지도 그것을 부인(否認)하려 들 때 하물며 다른 사람에게 믿어 달라는 것은 매우 어리석은 미치광이의 잠꼬대일 것이다. 허나 나는 미친 것도 아니고 그렇다고 꿈을 꾸고 있는 것도 아니다. 나는 내일이면 이 세상을 떠날 몸이다. 그러므로 오늘 내 마음의 무거운 짐을 모두 풀어버릴 생각이다. 오직 나의 목적은 어느 평범한 가정에서 일어난 일련(一連)의 사건을 자세한 설명을 빼버리고, 솔직하고 간결하게 세상사람들에게 알려주고 싶은 것이다.

그 다음 분규(紛糾 complication)는 앞의 발단 부분을 이어받아 사건을 심화하여 전개시키는 부분으로서 갈등과 서스펜스(Suspense)가 본격적으로 나타나게 됩니다. 결국 성격과 사건이 복잡해지면서 뒤에 나올 해결의 실마리를 이루어 나가게 됩니다. 따라서 여러 이야기가 얽혀지면서 사건은 심화되고 성격이 더욱 명확해집니다. 이때 작자는 복선(伏線)을 이용하여 독자의 긴장을 고조시키고 아울러 복잡해진 사건이나 인물의 성격을 하나로 귀일시키지 않으면 안 됩니다. 발단 이후의 사건과 앞으로의 클라이맥스, 그리고 마지막 대단원을 향한 인과관계를 계산하고 전개시키는 준비가 필요합니다.

어느 날 밤, 늘 잘 다니던 단골술집에서 곤드레가 되어 집에 돌아오니까 풀로토란 놈이 내 앞을 피하는 것 같았다. 나는 고양이를 붙잡았다. 그랬더니 나의 갑작스러움에 깜작 놀란 고양이는 내 손을 할퀴어 손등에 가벼운 상처를 내었다. 일순간에 나는 악마와 같은 분노의 화신이 되어 나 자신까지도 잊어버렸다. 내 영혼까지도 단번에 내 몸 밖으로 사라지고 악마도 못 당할 진 주(룸)로 중독돼 사심이 진실 마디마다에 퍼졌다. 나는 조끼 주머니에서 칼을 빼어 들어 공포에 떠는 고양이의 목을 붙잡고 눈두덩 깊숙이 한쪽 눈을 태연히 도려냈다. 이 잔인무도한 폭행을 기록하노라니, 나는 얼굴이 화끈하며, 은 몸이 떨리고 소름이 끼친다.

……中略……

되풀이하거니와 나의 사악한 감정으로 인해 최후의 파멸은 기어이 오고야 만 것이다. 아무 죄도 없는 고양이에게 학대를 계속해서 내 마음 속에 번민을 주고, 결국은 고양이를 죽이게까지 나를 몰고 간 것은 단순히 악을 위해 악을 범하려는 이 헤아릴 수 없는 영혼의 욕망이었다.

어느 날 아침, 나는 고양이의 목을 매 가지고 태연자약한 마음으로 그것을 나무 가지에 걸었다. ―눈물을 흘리면서 마음 한 구석에 말할 수 없는 후회를 느끼며 목을 매단 것이었다. ―고양이가 나를 사랑하고 있었고, 고양이가 나에게 분노를 일으킬만한 아무런 이유도 없었다는 것을, 또한 이렇게 하는 것이 죄악을 범하는 짓이라는 것도 알았기 때문에 나의 불멸(不滅)의 영혼을 ―만약 그런 일이 있을 수 있다면―대자비(大慈悲)하신 신(神)의 무한한 은총으로도 구해낼 수 없는 심연(深淵) 속에 빠뜨릴 최악의 죄악이라는 것을 알았기 때문에 나는 고양이의 목을 나뭇가지에 맨 것이었다.

이 처참한 짓을 한 그날 밤, 불야! 하는 소리에 나는 잠을 깼다. 내 침실 커튼에 불이 옮겨 붙고 집은 온통 불길에 싸였다. 아내, 식모, 그리고 나는 가까스로 이 불길 속으로부터 빠져 나왔다. 피해는 막대해서 온갖 재산은 단숨에 날아가 버렸다. 나는 그 후부터는 절망의 늪에서 헤매지 않으면 아니 될 신세가 되어 버렸다.

이상의 글은 에드가 알란 포우의 소설 「검은 고양이」 중에서 분규에 해당되는 부분입니다. 여기에서는 사건이 더욱 깊어지고 고양이와의 인과 관계에 갈등과 불안, 긴장감 등이 본격적으로 나타나 있음을 알게 됩니다.

그 다음 클라이맥스(climax)는 분규의 갈등이 절정에 달하는 부분을 말합니다. 이 클라이맥스는 행동의 최고점이기 때문에 새로운 전환점이 되기도 합니다. 그러므로 작가는 작품의 극적 효과를 상승시키기 위해서 이 절정(絕頂)을 어디에 둘 것인가를 고심하게 됩니다.

우리들은 가난해서 할 수 없이 헐어빠진 집에서 살고 있었는데, 어느 날 집 일로 아내는 나를 따라 지하광에 들어왔다. 고양이도 험한 계단을 쫓아 내려와, 하마트면 나를 거꾸로 쑤셔박을 뻔했으므로 나는 분노가 극에 달하였다. 나는 격분에 싸여 아직까지 참고 있던 모든 공포감도 잊어버리고 도끼를 들어 고양이를 내려찍으려 하였다. 물론 내려쳤다면 고양이는 그 자리에서 박살이 났을 것인데 아내의 제지(制止)로 말미암아 뜻대로 되지 않았다. 이 간섭(干涉)으로 말미암아 나는 악마도 그리 못할 격노에 싸여 아내의 손을 뿌리치고 나는 대신 그 도끼를 아내의 머리에 내려박았던 것이다. 아내는 끽소리도 못하고 그 자리에 푹 쓰러졌다.

이 끔찍한 살해가 끝나자 나는 곧 이 시체를 감출 방법을 깊이 생각하였다. 낮이고 밤이고 간에 이웃 사람의 눈에 띄지 않게 시체를 집밖으로 끌어 낼 수 없다는 것은 뻔한 일이었으므로 여러 계획을 머리에 떠올렸다. 시체를 잘게 잘라 불에 태워 버릴까도 생각하였고 또는 지하광 밑에 구멍을 파고 그 밑에 파묻어 버릴까도 생각해 보았다. 또는 마당 우물에 던져버릴까, 아니면 상품처럼 상자에

집어넣어 포장해 가지고 인부를 시켜 집밖으로 지고 나가게 할까 하고 궁리도 하여 보았지만, 결국 그 어느 것보다도 기발한 계획이 머리에 떠올랐다. 중세기 (中世紀)의 승려(僧侶)들이 그들이 죽인 희생자를 벽에 틀어박고 다시 발라버렸 다고 견해지는 것처럼 나도 벽과 벽 사이에 이 시체를 틀어박고 발라 버리리라 결심하였다.

이 소설 「검은 고양이」중 클라이맥스에 해당되는 부분입니다. 고양이를 내 려찍으려던 도끼로 아내를 살해하는 이 장면은 누가 봐도 사건의 절정임을 쉽 게 알 수 있을 것입니다.

마지막 대단원(大團圓 denouement)은 모든 사건이 해결되는 부분으로서 주동자의 운명과 성패가 결정되는 단계입니다. 이 부분은 클라이맥스와 일치 하는 경우도 있지만, 일반적으로 이제까지 얼킨 사건을 설명함으로써 독자의 궁금증을 해소해 주게 됩니다. 대단원도 서두 못지않게 중요하다 하겠습니다. 만일 끝맺음이 좋지 않으면 이제까지의 노력은 물거품이나 다름없기 때문입 니다. 성급한 끝맺음보다는 오히려 여운을 남기는 결말이 작품의 효과를 크게 거두게 될 것입니다. 여기에서 살펴본 소설 「검은 고양이」는 범죄사실이 경찰 에 탄로되어 매듭짓는 결말을 가져오게 됩니다.

이제는 구성의 유형으로 들어가겠습니다. 소설은 그것을 구성하는 이야기 의 인과(因果)나 전개시켜 나가는 방식에 따라서 몇 가지의 유형으로 분류할 수 있겠습니다. 소설에 있어서 단순구성(The simple plot)은 하나의 이야기 로 구성된 소설을 말합니다. 이야기가 단순하기 때문에 구성이 비교적 용이 하다 하겠습니다. 구성미가 적고 단조로운 느낌이 있긴 하지만, 표현이 하나 의 이야기에만 집중됨으로 사건이나 인물에 깊이를 가할 수 있는 장점이 있습 니다. 이것은 단편소설에서 흔히 쓰는 구성입니다. 콩트도 대개 단순구성법에 의하여 구성됩니다.

복잡구성(The complex plot)은 두 가지 이상의 이야기를 복합하여 구성한 작품을 말합니다. 핵심이 되는 이야기 이외에 또 다시 몇 가지 부차적인 이야기를 첨가합니다. 전체로서 하나의 조화를 이루면서 병진(竝進)시키는 구성법입니다. 여기에서 부차적인 이야기는 주격적(主格的)인 이야기의 효과를 확대 강화하는데 뜻이 있다 하겠습니다. 따라서 부차적인 이야기는 주격적인 이야기에 대해 언제나 위성적(衛星的)인 역할을 하게 됩니다. 또한 복잡구성은 대개 장편소설에서 많이 사용되지만, 근대에 와서는 단편소설에도 흔히 쓰입니다. 그러나 이 수법은 두 가지 이상의 이야기가 부합되고, 서로 긴밀한 관련성을 가져야 하므로 미리부터 치밀한 계획 아래 진행되지 않으면 안 됩니다.

그리고 산만구성(The diffuse plot)이란 명확한 구조를 미리부터 설계하지 않고, 여러 사건을 이야기체로 산만하게 쓴 작품입니다. 즉 수필식 소설이 여기에 속한다 하겠습니다. 이러한 소설은 일정한 형식이나 인물간의 정연한 연결 또는 서두나 결말이 별로 두드러지지 않는 게 특색입니다. 이 소설의 흥미는 구성미나 사건에 있다기보다는 어떤 사상(事象)에 대한 작자의 관찰과 이에 따른 지적 요소에 있다 하겠습니다. 그러므로 작자의 탁월한 지적 소양이 없이는 성공하기 어렵습니다. 이러한 소설형식은 영국의 에세이(essay)식 소설에서 흔히 볼 수 있으며, 일본의 나쓰메소세끼(夏目漱石)의 작품들이 그 대표적인 예가 되겠습니다.

긴축구성(The curtail plot) 형식은 최초의 한 구절부터 최후의 한 구절에 이르기까지 모두가 명확한 설계도에 의하여 유기적인 관련 아래 진행되는 소설을 말합니다. 근대소설의 특색은 그러한 구성미(構成美)에 있다고 할 수 있을 만큼 대부분의 현대 작가들은 이 부류에 속한다 하겠습니다. 이 수법은 반드시 예술적으로 정련(精鍊)되어야 하기 때문에 독자에게 주는 감명도 크겠습니다.

마지막으로 피카레스크식 구성(The picaresque plot)은 그 어원(語源)이, 서반아에서 발달했던 소위 피카로(俠盜)를 제재로 한 이야기에서 나온 것이라고 합니다. 이것은 가령 '아라비안나이트' 모양으로 한편 한편의 이야기가 완전히 독립된 작품이면서도, 연주(連珠)와 같이 서로 논리적인 연관성을 가지도록 구성하는 양식입니다. 이러한 소설은 대개 여러 개의 독립된 이야기가 동일한 하나의 이상을 추구하는 것으로 일관(一貫)되거나, 전체로서 논리적 통일을 이룬 작품이라 하겠습니다.

끝으로 구성의 요점을 살펴보겠습니다. 소설의 구성에는 논리적 발전이라든지, 다양성의 통일, 변화와 발전, 필연적 발전, 진행의 형식도 간과해서는 안 되겠습니다. 논리적 발전이란, 소설 속에서 등장인물의 과거담이나 회상이 나오는 경우가 있습니다. 진행하는 사건 자체를 떠나서 과거로 돌아가거나 미래로 비약하기도 합니다. 작자는 사건 진행을 시간적 순서대로 기록하는 게 아니라 사건의 논리적 발전을 표현하는 것이기 때문에, 사건을 굳이 시간적 순서대로 서술할 필요는 없습니다. 그런데 이야기는 전진적이든 회고적이든 상관없지만 논리적으로는 어디까지나 발전하는 것이어야 한다는 말씀입니다.

다양성의 통일이란, 장편소설에는 흔히 사건 진행 도중에 다른 사건이 끼어들거나, 여러 종류의 인물이 뛰어들기도 하여 복잡성을 띠지만 그 바탕에 흐르는 주류는 반드시 단일적인 것이어야 합니다. 즉 소설 속의 사건과 인물이 아무리 많고 복잡하더라도 그것이 표현하려는 주목적(主目的)에 귀일되어야 한다는 뜻입니다. 아무리 훌륭한 구성을 가졌다 하더라도 주제를 중심으로 이뤄지는 단순화가 없다면, 이는 예술적으로 구성되었다고 볼 수 없으므로 실패작이라고 보아야 하겠습니다.

변화와 발전은, 건축에 굴곡미가 있어야 하듯이, 소설의 구성에도 변화가 있어야 합니다. 소설의 구성은 소설 그 자체가 허락하는 한 우연과 필연을 교묘히 얽어 나가면서 흥미 있게 읽을 수 있도록 해야 합니다. 특히 신경을 써야 할 것은 변화와 함께 발전이 있도록 배려하는 일입니다. 변화만 있고 발전이 없다면 반복의 테두리를 벗어나지 못하기 때문에 흥미를 잃게 됩니다. 그리고 필연적 발전은, 소설이란 인생의 진실을 구상화(具象化)하는 방법인 만큼 조작적인 것, 허위는 피해야 하겠습니다. 작자가 자기 뜻대로 등장시킨 인물이라고 해서 필연성을 무시하고, 작자의 마음대로 그 운명을 구사(驅使)해서는 안 되겠습니다.

이제 '진행의 형식'을 끝으로 마무리하고자 합니다. 진행의 구성이란 작품 전개의 노정입니다. 노정에는 출발과 도중이 있고, 목적지가 있습니다. 시초와 중간과 종말로 분류되는 이 세 가지는 소설 진행의 기본형식이 되겠습니다. 시초는 작품의 서두로서 사건으로 보면 발단입니다. 이 서두는 작품이 독자에게 주는 첫인상이므로 가장 중요하다 하겠습니다. 발단이 진행되면 사건의 줄거리로 들어가 클라이맥스에 이르기까지 중추(中樞)를 이룹니다. 사건전개의 정립이 클라이맥스이므로, 여기에서 작품은 일단 완성되었다고 보아도 좋습니다. 그러나 클라이맥스만으로는 미흡하기 때문에 사건을 마무리하는 결말이 있게 됩니다.

지금까지 설명한 구성의 기본형식을 정리하자면, 일어날 起자 머리 首자, 처음에 머리를 들고 일어난다고 해서 기수(起首)인데, 이것은 여러 사건이 복잡하게 뒤얽히기 시작하는 착종(錯綜)으로 이어집니다. 먼 원인, 간접적인 원인(遠因)이 여기에 해당되겠습니다. 그리고 가운데 中자 지도리 추(樞)자 중추(中樞)는 가장 중심이 되는 사건 전개과정인데, 가까운 원인이라는 근인(近因)이 여기에 해당되겠습니다. 셋째로 맨 꼭대기가 되는 정점(頂點)으로, 그동안의 기수와 중추의 종합 결과가 되겠습니다. 그리고 마지막 종결(終結)은 결과를 선명하게 밝히는 대단원이 되겠습니다. 2교시 강의는 여기까지입니다. 수업을 마치겠습니다.

# 3교시 묘사 - 「영기」「나를 둘러싸고 있는 것들」 「B사감과 러브레터」「찔레꽃」

　13주차 3교시는 소설의 묘사입니다. 이 묘사라는 말을 기교(技巧)나 표현(表現)이라는 말로 바꾸어 생각하시면 이해가 빠를 것입니다. 문예작품에서는 표현 기술을 말합니다. 소설은 우선 재미가 있어야 합니다. 재미없는 소설을 누가 읽겠습니까. 소설을 재미있게 쓰는 데는 이 묘사가 필요합니다. 음식에 간장이나 된장 고추장을 비롯해서 양념이 빠지고는 맛을 낼 수 없는 이치와도 같다 하겠습니다.

　소설에 있어서 묘사란 대상을 있는 그대로 감각적으로 그려내는 서술양식을 말합니다. 즉 어떤 대상적 사물이나 사건을 보고 듣고 관찰하여 그 인상을 감각적으로 그리는 서술 양식을 말합니다. 물론 여기에는 창조적, 또는 생산적 상상력이 가해져야 함은 말할 나위도 없겠습니다.

　어떠한 대상, 사물이나 사건을 묘사한다는 것은 세부의 전부를 열거한다는 뜻이 아니라 전체와 개체, 그리고 개체와 개체, 또는 부분과 부분의 관련성을 가지고 유기적 통일체로 표현한다는 뜻이 되겠습니다. 따라서 묘사는 체제와 조성을 고려해야 하는데, 체제 즉 모범적인 유형이나 패턴, 양식은 세부를 질서화하여 전체적인 통일을 이루는 것이라면, 조성은 세부 상호간의 밀접한 관계를 가지게 하는 것입니다.

　묘사의 특징은 구체성과 감각성입니다. 묘사의 종류에는 '설명적 묘사'와 '암시적 묘사'가 있습니다. 묘사는 같은 대상인 경우에도 대상에 대한 인식의 정도라든지 관찰의 각도 또는 관심의 차이에 따라서 다양하게 나타나게 마련입니다. ①눈이 유리창에 내리고 있다. ②싸락눈이 유리창에 부딪치고 있다. ③싸락눈이 유리창에 싸라기처럼 싸락싸락 부딪치면서 나뒹굴고 곤두박질을 치다가 또르르또르르 굴러서 토방 위에 새하얀 떡가루처럼 소복이 쌓이고 있다.

이와 같이 묘사의 정도는 ①문보다는 ②문이, ②문보다는 ③문이 뒤로 갈수록 더욱 구체적이고 감각적입니다. ③문에서는 세부적인 인식과 묘사가 구체적인 형상화로 철저하게 시도되어 그 대상적 사물을 보는 것 이상으로 더욱 싱싱하고 인상적으로 실감을 자아내게 합니다.

다음 글은 묘사를 뺀 것과 다시 묘사를 넣은 원문입니다. 묘사가 없는 서사문과 묘사가 든 서사문의 대조에서 독자에게 주는 효과가 크게 달라지게 되는 것을 쉽게 알 수 있을 것입니다. 예문을 1과 2로 나누어서 살펴보기로 하겠습니다.

① 어쨌든 이만한 고수들의 싸움이라 구경꾼들의 눈에는 누가 잘하고 못하는지 분간이 안 간다. 두보는 큰 바위처럼 서서 별로 힘들이지 않고 열두 발 상모를 조정한다. 그러기를 몇 번째, 이 두 고수들의 싸움을 어느 때부터 관전하고 있었는지 두 사람 둘레에는 흑달패나 남사당패 외에 스물너댓 명의 구경꾼들이 그들 두 사람을 빙 둘러싸고 있었다.

② 그의 파란 눈빛과는 대조적으로 그의 가슴속에는 절망의 회오리바람이 거세게 불고 있었다. 아, 그랬던가, 그랬던가. 행여 행여 언젠가 만나면 가슴에 맺힌 생채기는 말끔히 씻어버리고 서로 용서를 나누리라던 점례도 얼레댁도 고장수 박가도 처음부터 날 속이고 있었더란 말인가. 아, 혈육! 혈육! 하하하, 속았구나……중중머리에서 엇머리로 접어든 장고는 떵땅 떵땅 요란하였다. 두보는 버꾸를 춤추듯 치며 상모를 돌리며 뜀질을 계속하였다. 엇머리에서 휘모리로 돌아간 장고는 기관총처럼 터지고 상모는 프로펠러처럼 돌아갔다. 그의 눈알이, 머릿속이 빙빙 돌아가고 있었다. 목구멍이 뜨겁게 타서 타다 남은 재가 싸늘하게 식어간다고 생각할 때, 몸에 부력(浮力)이 생겼다. 그리하여 길고 긴 열두 발 상모가 휭휭 백사처럼 그의 영혼을 옭아매고 구천으로 날고 있었다.

두보가 땅에 주저앉는 것을 본 구경꾼들은 한참이나 그가 운명한 지도 모르고 있었다. 그때까지도 상모는 그의 신기의 여운으로 한참이나 돌아가고 있었기 때문이었다. 그의 입에서 검붉은 거품이 욱 토해져 나오는 것을 보고 당황한 사람은 흑달이었다. 그는 어느 여편네가 망부에 저렇게 곡을 하랴 싶으리만큼 섧게

우는 것이었다.

앞의 ①과 ②는 이정환의 소설 「영기(令旗)」중 결말 부분입니다. ①은 묘사를 뺀 것이요 ②는 묘사가 들어 있는 원문입니다. 이것만 보아도 소설이란 설명에 그쳐서는 안 되기 때문에 그 효과적인 전달을 위한 표현 기교로서의 묘사가 요구된다는 점을 이해하게 될 것입니다.

이제 묘사(描寫)의 종류에 대해서 얘기하기로 하겠습니다. 묘사에는 그 동기와 목적에 따라 기술적 묘사와 암시적 묘사로 나뉘기도 하고, 서술하는 방법에 따라서 주관적 묘사와 객관적 묘사로 나뉘기도 합니다. 기술적 묘사는 어떠한 의사나 사상 감정의 전달을 위한 하나의 방법으로서의 양식(樣式)을 말합니다. 이러한 묘사는 정확하면서도 효과적인 설명을 위하여 자주 사용됩니다. 이 외에도 인물, 성격, 심리, 환경 등을 가름하기도 합니다.

기술적 묘사와 암시적 묘사를 구별하는 기준은 정보의 전달이냐, 아니면 인상의 전달이냐에 있습니다. 즉 정보 전달의 목적으로 서술한 것이 기술적 묘사요, 인상의 전달을 목적으로 서술한 것은 암시적 묘사입니다. 묘사하고자 하는 사물이나 사건에 관한 정보를 요구하는 경우에 그 이해를 넓히기 위해서는 기술적인 설명이 필요하게 되거니와 묘사하는 사물의 직접적인 인상을 요구하는 경우에는 거기에 걸맞은 상상력을 통하여 대상의 경험을 제시하고자 하는 암시적 묘사가 필요하게 됩니다. 자기의 심회를 진솔하게 드러낸 기술적 묘사에는 강은교의 글 「나를 둘러싸고 있는 것들」이 그 적합한 예가 될 것입니다.

나는 대한민국의 서울에서 산 여자다. 나이는 만 33세, 남편과 딸아이 하나가 있으며 매일 밤 사나운 꿈을 꾼다. 나의 꿈은 여러 종류다. 강물을 건너는 꿈, 신발을 찾는 꿈, 죽은 아버지를 만나는 꿈……. 그리고 꿈에서 깨어나면 언제나 '참 불행한 친구'라고 중얼거린다. 내가 나에 대해서 불쌍하다고 생각하는 점에는 나로서는 꽤 타당성이 있다. 누구나 그렇겠지만 나도 나의 삶이 그리 만족스럽지는 않은 것이다. 그보다 '살아있다'는 점이 늘상 마음에 걸리는 편이다. 나는 남들처럼 기분 좋게 산보를 할 수 없으며, 뛰어갈 수도 없으며, 언제 나의 육체 속에서 경련이라는 폭풍이 일어날지 모르고 있다. 그러므로 병원에서 주는 약을 6년 동안이나 먹고 있다. 앞으로 얼마 동안을 더 먹어야 할지 모르고 있다. 폭풍은 나의 뇌세포 구석구석에서 숨어 있다가 나의 피 속에 흐르는 약효가 사라져갈 때 은밀하게 운동하려고 한다. 나는 그 시간에 맞추어 또 약을 먹는다. 병원의 주치의는 그 약의 성분에 대해서 한 마디도 내게 설명해 주지 않았다. 나도 6년 동안 의사에게 그것을 묻지 않았다. 그러나 작년부터 나는 수면의 파도 속에 파묻혀 지내오고 있다.

매일 밤 자고 나도 다음날이면 또 졸렸다. 아무리 깊은 잠을 자고 나도 내 머리 속에서 수면의 손길을 뿌리칠 수가 없다. 길을 걸을 때도, 차를 타고 있어도, 누구와 이야기를 나눌 때도, 심지어 밥을 먹고 있을 때나 변소에 갈 때도 잠은 나의 의지와 신경을 마음대로 휘저어 헝클어놓았다. 죽는다는 것, 서서히 죽어간다는 것이 바로 이런 것이라는 생각이 막연히 나의 뇌 속을 천천히 가득 채우고 있다.

나는 대단한 용기를 내어 내가 6년 동안 먹고 있는 '다일란친'이나 '휘노바브' 혹은 '루미날'이 과연 어떤 약인가 하고 약방에 가서 물어보았다. 약국의 설명에 의하면 나의 졸음은 당연한 결과였다. 내가 먹고 있는 약이 모두 수면제라는 것이었다. 말하자면 나의 뇌세포 속에 숨어 있는 경련의 폭풍을 잠재우기 위해서 나는 수면제를 먹으며 잠의 죽음 속으로 기어가고 있는 것이다.


강은교의 「나를 둘러싸고 있는 것들」중 서두 부분이었습니다. 이와 같이 기술적 묘사는 사실적 설명에 충실하고 있습니다. 이러한 사실적 묘사에는 사물을 될 수 있는 대로 객관적으로 보려는 자세를 보입니다. 다른 어떠한 사람이 관찰한다 하여도 거의 같을 수밖에 없는 성질의 것으로서 대상에 대한 사실적 열거를 보게 됩니다.

다음으로 주관적 묘사와 객관적 묘사를 들 수 있겠습니다. 작자의 심리가 투영되어 있지 않은 것이 객관적 묘사라면, 주관적 묘사는 작자의 정서적·심리적 반응이 나타나는 것을 말합니다. 그러면서도 이러한 가름은 분명하지 않은 경우를 흔히 보게 됩니다. 작품 속에 나타나는 모든 묘사가 주관과 객관으로 엄밀하게 구별되어 나누어지기보다는 주관적 묘사와 객관적 묘사가 대체로 뒤섞여 있는 경우가 흔하기 때문입니다.

인물(人物) 묘사(描寫)에 대해서도 관심을 가질 필요가 있겠습니다. 소설을 가리켜 '인생 탐구'라든지, 또는 '인간 탐구'라고 합니다. 이 말은 소설이 그 어느 장르보다도 '인생' 또는 '인간'의 문제를 떠나서는 거론될 수 없는 문제로서 거기에 불가분의 관계에 있음을 알 수 있습니다. 결국 문학은 인간의 삶의 문제에 내재되어 있는 진실을 발견하여 인식하게 하는 데에 뜻이 있다 하겠습니다. 그 진실이란 인간을 떠나서는 얘기될 수 없기 때문입니다. 따라서 인생을 탐구한다거나 인간을 탐구하기 위해서는 인물에 관심하지 않을 수 없고, 결국 인물묘사에 주력하지 않을 수 없습니다. 소설에 있어서 가장 중요한 삼대요소 가운데 가장 첫 번째로 꼽히는 게 '인물'이라는 것만 보아도 그 중요성을 간과할 수 없을 것입니다.

소설이 소설다운 매력을 지니기 위해서는 등장인물의 용모라든지, 성격, 심리, 상황, 환경 등의 그 지배적인 인상이 정확히 묘사되지 않으면 안 됩니다. 소설에 있어서 구성의 삼요소인 인물과 사건과 배경 가운데, 사건과 배경이란 어디까지나 인물을 그리기 위한 보조수단에 지나지 않는다고 말할 수 있겠습니다. 소설 속에 등장하는 인물이나 그 인물의 성격을 묘사하는 데에는 용모나 풍채를 근거로 하기도 하고 심리세계를 다루기도 합니다. 얼굴의 용모나 신체적인 표현은 그 자체로서 하나의 성격을 나타내게 되지만, 그것은 그와 동시에 그 사람의 내부상태를 인식하는 수단이기 때문에 신체적인 표현은 내부적 성격의 상징성을 띠게 됩니다.

얼굴의 생김새만으로도 그 등장인물의 성격이 잘 나타나 있는 작품으로 현진건의 소설 「B사감과 러브레터」가 있습니다. 그 인물을 통한 성격과 개성에 의해서 그 모습이 독자에게 선명하게 떠오르게 됩니다. 인물묘사가 어떻게 그려져 있는지, 우선 이 소설의 서두 부분을 살펴보기로 하겠습니다.

　　사십에 가까운 노처녀인 그는 주근깨 투성이 얼굴에 처녀다운 맛이란 약에 쓰
려도 찾을 수 없을 뿐인가. 시들고, 꺼칠고, 마르고, 누렇게 뜬 품이 곰팡 슬은
굴비를 생각나게 한다. 여러 겹 주름이 잡힌 훌렁 벗겨진 이마라든지 숱이 적어
서 맘대로 쪽지거나 틀어 올리지도 못하고 엉성하게 그냥 빗겨 넘긴 머리꼬리가
뒤통수에 염소 똥만하게 붙은 것이라든지 벌써 늙어 가는 자취를 감출 길이 없
었다. 뾰죽한 입을 앙다물고 돋보기 너머로 쌀쌀한 눈을 노릴 때엔 기숙사생들
이 오싹하고 몸서리를 치리만큼 그는 엄격하고 매서웠다.

　여기에서는 사십이 가까운 노처녀의 모습이 구체적으로 그려져 있습니다.
주근깨 투성이 얼굴이라든지, 주름 잡힌 이마 등등 볼품없는 얼굴 그대로 그
인물과 행위를 통해서 날카로운 성격이 선명하게 그려져 있습니다. 뾰죽한
입을 앙다물고 돋보기 너머로 쌀쌀하게 노려볼 때엔 기숙사생이 오싹오싹 몸
서리를 칠 정도의 그 엄격하고 매서운 성격이 선명하게 나타나고 있는 것입
니다.
　「춘향전」에 있어서 "샛별 같은 눈동자에 앵두 같은 입술, 백옥 같은 살결"
과 「B사감과 러브레터」에 있어서 "주근깨 투성이 얼굴" 사이에는 상당한 거
리가 있습니다. 샛별 같은 눈동자나 앵두 같은 입술에서는 인간의 더운피가
도는 개성이 느껴지지 않지만, 주근깨 투성이 얼굴이나 주름진 이마에서는 그
래도 개성이 느껴지기 때문입니다. 그러므로 소설을 창작할 때에는 터무니없
이 미화할 것이 아니라 실제의 사물 그대로 리얼리티가 결여되지 않도록 사실
적으로 실감나게 묘사해야 합니다.
　성격을 나타내는 데에는 인물의 중요한 특징을 직접적으로 표현하는 방법
이 있는가 하면, 등장인물의 언행이나 환경을 통해서 간접적으로 표현하는 두
가지의 방법이 있습니다. 설명적인 직접 표현은 이해하기 쉬우나 자칫 추상적
으로 흐르기 쉽고, 간접 표현은 구체적으로 생동감을 주는 대신에 자칫 표현
이 능숙하지 못하면 성격의 통일을 기하기가 어렵습니다.

소설에 있어서의 인간 탐구는 곧 성격묘사를 뜻한다고 할 만큼 중요하기 때문에 그 인간성을 탐구하려는 작가는 필연적으로 인간의 성격을 그리지 않을 수 없습니다. 성격묘사를 제대로 할 수 있는 사람이라면 그는 이미 일가(一家)를 이룬 작가라 해도 과언이 아니라는 말도 있습니다. 앞에서 소설이란 결국 있을 법한 이야기라는 말을 했는데, 그것은 단순한 흥미 위주의 이야기를 뜻함이 아닙니다. 그것은 인생의 어떤 새로운 해석이라 할까 의미의 부여가 내포된 이야기를 가리킵니다.

소설에 있어서 심리묘사란 등장인물의 심리상태나 그 변화의 과정을 그려내는 일을 말합니다. 그것은 등장인물의 심리라든지, 기분이나 의식 또는 정신이나 사유 등의 표현을 뜻합니다. 이것은 내부의 심리를 직접 표현하는 것이므로 성격의 실체가 바로 노출되게 마련입니다. 심리묘사에 치중하게 되면 심리소설로 나타나게 됩니다. 이것은 작품 속에 나타나는 인물의 심리적 경과를 자세히 분석하고 해부하여 묘사하는 작품으로 나타납니다. 사건이나 행동보다는 인물의 내면 심리를 주로 표현하는데, 이는 스탕달을 비롯하여 헨리 제임스, 도스토예프스키 등의 작품이 전형적이라고 평가되고 있습니다. 이러한 성격의 소설은 이들을 거쳐 신심리(新心理) 소설로 발전하여 왔습니다.

소설은 모두 인간의 심리를 표현하지만, 심리소설은 그 중에서도 심리묘사를 중시하는 소설로서 특히 심리의 평면적인 묘사에 만족하지 않고 무의식의 세계에까지 파고 들어가 '의식의 흐름'의 수법으로 전개하기도 하였습니다. 20세기에 와서 J.조이스의 「율리시즈(1922)」라든지, A.V.울프의 「댈러웨이 부인(1925)」 등에서 본격적인 심리소설의 개화를 보게 되었습니다.

마지막으로 환경 묘사를 다루기로 하겠습니다. 소설에 있어서 등장인물을 여실히 나타내기 위한 인물묘사, 특히 성격묘사에 완벽을 기하려면 신체적 표현이나 심리묘사에만 의존할 것이 아니라, 그 인물과 밀접한 관계를 갖고 있는 환경까지를 그리지 않으면 안 됩니다. 소설에서 인물과 사건과 환경(배경)은 빼어놓을 수 없는 중요한 구성 요소라 하겠습니다. 작중 인물이 어떤 환경에 놓여 있으며, 어떻게 행동하고 있는지를 말하는 것은 그 성격과 사건을 이해하는 데 매우 긴요하기 때문입니다.

환경묘사가 작품 구성의 중요한 요소를 차지하게 되면서부터 근대소설은 인간과 환경의 관계를 서로 조화시키는 형태로 발전하게 되었습니다. 인간과 자연의 관계를 조화시키는 형태로 발전하기 위해서는 환경으로서의 자연을 그리지 않을 수 없고, 소설에 있어서 참다운 인간과 그 인생의 진실을 효과적으로 표현하기 위해서는 환경으로서의 사회를 그리지 않을 수 없습니다.

묘사적인 문장에는 자연환경을 묘사하는 문장과 사회 환경을 묘사하는 문장으로 가름할 수도 있겠습니다. 자연환경 묘사는 마치 그림을 보듯이 그렇게 시각적으로 접근된 문장이라 할 수 있습니다. 자연환경을 묘사한 문장의 본보기로 김동리의 소설 「찔레꽃」의 서두 부분을 살펴보기로 하겠습니다.

올해사 말고 보리 풍년은 유달리도 들었다. 푸른 하늘에는 솜뭉치 같은 흰 구름이 부드러운 바람에 얹히어 남으로 남으로 퍼져나가고, 그 구름이 퍼져나가는 하늘가까지 훤히 벌어진 들판에는 이제 바야흐로 익어 가는 기름진 보리가 가득히 실려 있다. 보리가 장히 됐다 해도 칠십 평생에 처음 보는 보리요, 보리밭 둑 구석구석이 찔레꽃도 유달리 야단스럽다. 보리 되는 해 으레 찔레도 되련다.

"매애─. 매애─."

찔레꽃을 앞에 두고 갓난 소아지가 울고,

"무우─. 무우─."

보리밭 둑 저 너머 어미소가 운다.

김동리의 소설 「찔레꽃」 서두 부분이었습니다. 창작기초 가운데 소설장르에서는 손바닥 장(掌)자 掌篇小說, 잎 엽(葉)자 葉篇小說, 즉 콩트를 여러 편 감상하는 시간을 가졌습니다. 이 콩트는 인생에 대한 유머라든지 기지(機智), 풍자가 들어있는 가벼운 내용의 짧은 이야기를 말합니다. 특별히 소설을 쓰고 싶으면 콩트부터 써보시기 바랍니다. 콩트를 두 편이나 세편 쯤 써보시고 어느 정도 되었다고 여겨지면 단편소설을 구상하시기 바랍니다.

주제와 제목, 그리고 이야기 줄거리도 잡아볼 필요가 있겠습니다. 서두와 결말도 구상해봅니다. 처음 시작은 어떻게 할 것인가. 클라이맥스와 결말 마무리는 어떻게 할 것인가. 머리를 굴려서 그려봅니다. 이러한 생각은 시간이 가면서 구체화됩니다. 13주차 3교시 수업을 마치겠습니다.

# 제14강

# 감상 이해 분석 평가

# 제14강 감상 이해 분석 평가

## 1교시 「숭례문 무너지는 소리」

안녕하십니까? 14주차 1교시 수업은 자작 단편소설 「숭례문 무너지는 소리」로 하겠습니다. 우선 감상과 이해가 필요하겠습니다. 소설을 낭독하겠습니다. 이 시간에는 다 읽을 수는 없겠고 중요한 부분만 간추려서 읽겠습니다.

국보 제1호 숭례문에 불을 질러 전소시킨 방화범에게 징역 10년의 중형이 선고됐다. 서울중앙지법 형사합의24부(이경춘 부장판사)는 25일 문화재보호법 위반 혐의로 구속 기소된 채모(70) 씨에게 징역 10년을 선고했다. 재판부는 "숭례문은 600년 넘게 유지돼온 조상의 얼이 담긴 유산 중의 유산으로 도심 한가운데 위치해 과거와 현재가 조화된 서울을 상징하고 국가를 대표하는 문화재였다"며 "귀중한 숭례문이 불타 국민들에게 큰 정신적 피해를 입힌 점, 국민과 국가의 위신을 손상케 한 점, 완전한 복원이 불가능하고 국민의 상처가 쉽게 회복될 수 없는 점 등을 고려할 때 중형을 면하기 어렵다"고 밝혔다.

한편, 숭례문 방화범에 대하여 사형이나 무기징역형을 선고하지 않았다고 불만을 품은 대학교수가 스스로 몸에 신나를 끼얹고 분신자살을 시도한 사건이 알려져 세인을 안타깝게 했다. 이 소설은 문예신 교수의 뒤를 따른 S대 국문과 4학년생 박명숙(23) 양의 책가방 속에서 발견된 유서 같은 작품을 세상에 공개하기로 했다. 한 편의 소설을 공개하자면 다음과 같다.

누군가 나의 책가방을 열어보는 사람은 나의 글을 공개하여 주기 바란다. 사는 동안에 진솔하게 적은 나의 유서 같은 생활 기록이기 때문이다. 아무리 몸을 씻고 씻어도 말끔히 씻겨지지 않는 원죄의식을 어떻게 태워버릴 수는 없을까 하고 궁리하였으나 별 뾰족한 수가 없기 때문에 나는 교수님의 뒤를 따르기로 했다. 그동안 나는 몰랐었는데, 교수님의 놀라운 사건을 겪고부터 나로서는 감당하기 힘든 허무의 늪에 빠졌던 것이다.

나는 그 무엇으로도 그 공허를 메울 수가 없었다. 나는 불에 놀랐다. 교수님의 불에 놀랐고, 숭례문의 불에 놀랐다. 나를 놀라게 한 문예신 교수님을 만나게 된 것은 대학 1학년 신입생 때였다. 첫 대면이라는 면접 때 교수님은 만일 입학을 하게 되면 대학신문사 기자로 활동하는 게 바람직하겠다고 말씀해 주셨다. 그래서 나는 입학 후 기자 시험에 응시했고, 신문사 주간을 맡고 계신 문예신 교수님을 자주 뵐 수 있게 되었다.

처음에는 몰랐었는데, 학년이 올라갈수록 교수님께서 많은 고민을 하고 계시다는 것을 알게 되었다. 대학신문 편집회의를 할 때 교수님은 우리 모국어를 제대로 부려 쓸 수 있어야 영어도 잘하고 컴퓨터도 잘할 수 있다고 말씀하셨다. 학생들의 작문 실력이 형편없다는 것을 말로 표현하지는 않으셔도 탄식하는 소리를 나는 느낌으로 들을 수 있었다.

대학의 총장님과도 사이가 좋지 않은 것 같았다. 우리 대학에서는 원래 대학국어와 대학작문이 1학년 교양필수과목으로 있었으나 이공계의 커리큘럼에 밀려서 찬밥신세가 되고 말았다. 그 과목이 얼마 동안은 교양필수에서 선택과목으로 밀리다가 결국은 선택과목에서마저 빠져서 제로상태가 되고 말았다. 그래서 영어와 컴퓨터는 100% 필수과목인데 비하여 국어와 작문은 제로(0) 상태로 전락하게 되었다.

그 결과 우리 대학에서는 고등학교 졸업 때의 작문 실력 상태로 대학을 졸업하게 되므로 품위 있는 작문이나 언어생활은 고사하고 주관식 시험답안마저 제대로 쓰지 못하고 서술 도중에 마침표를 찍고야 마는 경우도 종종 보게 되었다. 언젠가 교수님은 강의를 하시다가 이런 말씀도 하셨다.

"내가 삼십 년 전에 일본 유학을 했었는데, 그때 한 가지 배운 게 있다. 그들은 자국어를 매우 귀하게 여긴다. 그래서 철저하게 가르치고 배운다. 우리 한 글에 비하면 에프나 티 발음 등 가나가 부족해서 택시를 다꾸시라 하고, 커피를 고히라고 하는 문자인 데도 아주 애지중지하는데, 우리는 세계적으로도 우수한 과학적이고 철학적인 문자를 조상으로부터 물려받았는데에도 스스로 천대하고 있으니 한심한 일이다. 나는 일본에 한 달 늦게 도착하였는데 그 부족 일수를 채워야 한다고 해서 여름방학 동안에 수업일수를 채운 일도 있다. 나 혼자서 수업을 받은 것이었다. 내가 배운 게 있다면 바로 이것이다."-생략-

내가 2학년으로 올라가면서는 대학신문사의 문화부를 맡게 되었다. 그리고 수업시간 외에 틈틈이 소설작품을 보여 첨삭지도를 받기도 하였다. 나는 그 덕에 소설을 응모한 게 뽑혀서 상금과 상패를 받기도 하였다. 지금 돌이켜보면 교수님께서는 면접 때 벌써 나의 싹수를 알고 대학언론사에서 일하도록 종용하신 것 같다.-생략-

향학열에 불타서 공부를 열심히 하는 학생들은 문예신 교수님의 과목을 듣는 데 반하여, 공부에 별 뜻이 없는 학생들은 점수 잘 주는 강사들의 강의를 선호하기 때문에 교수님의 강의를 필수과목 외에는 회피하는 경향이 있었다. -생략-

교수님은 건강한 줄로만 알았었는데 그게 아니었다. 날로 쇠약해지시는 것이었다. 몸이 극도로 쇠약해지니까 대상포진까지 발생하여 고통을 힘들게 견디시는 모양이었다. 그런 가운데에서도 교수님의 불을 내뿜는 듯한 열강은 식을 줄 몰랐고, 신문이나 잡지에 기고하는 글들은 마치 장작을 빠개듯이 명료하기 이를 데 없었다. 며칠 전에 읽은 일간신문의 칼럼만 보아도 선비정신이 단적으로 드러나는 것이었다. -생략-

문예신 교수님의「실용에 멍든 상아탑」이라는 시사 칼럼을 읽고 났을 때는 가슴이 서늘하는가 싶더니 어느새 심한 아픔이 되어 뭔가가 가슴을 후벼 파는 것만 같았다. 평소에는 이렇게까지 내색이 없으셨는데, 이처럼 치열한 생각을 하고 계시다는 것을 칼럼을 통해서 알게 되었다.

고지식하고 꼼꼼하기에 이를 데 없는 교수님께서 학생들의 일로 스트레스를 받는 게 한두 가지가 아니었다. 내가 아는 것만 해도 부지기수였다. 선배들이 졸업생 사은회라고 해서 교수님들을 모시고 저녁식사를 하는 자리에서였다. 우리들까지 다 알게 되었지만, 그날 졸업을 하기에는 점수가 모자란 맹란(추맹란) 언

니가 교수님 곁에 앉아서 음식 서빙을 하는 모양새를 이상하게 여겼는데, 아니
나 다를까 그 이튿날 문제가 발생했다.

아침부터 교수님 연구실을 찾은 맹란 언니가 교수님을 괴롭히는 것이었다. 처
음엔 교수님께서 조용조용히 말씀하신 모양이었다.

"자네는, 자네도 알다시피 결석도 많이 했고, 기말고사 점수도 없고 그래서
학점을 줄만한 근거가 없단 말이다."

"……그래도 다른 교수님들은 점수를 다 주셨는데요"

"그건 모르는 일이야. 그게 나와 무슨 상관이니"

"그래도 다른 교수님들은 졸업반이라고 학점을 다 주셨는데, 교수님만 에프
학점 처리해서 졸업을 못하게 생겼단 말이에요!"

추맹란 언니는 이때 눈물을 쏟았다.

"그러니까 내가 뭐라고 했어? 나중에 후회하지 말고 열심히 공부하라고 하
지 않았어? 자네가 가뭄에 콩나듯 어쩌다가 출석을 했을 때 내가 칠판에 글씨
까지 써가면서 주의를 주었는데 생각나지 않니"

"…………………………………"

"소년이로학난성少年易老學難成 일촌광음불가경一寸光陰不可輕이라고 판서
까지 하면서 말했잖아"

이때였다. 연구실 창문을 통해 들어온 한 마리의 벌이 천정을 맴돌고 있었기
때문에 교수님의 말씀이 뚝 그쳤다. 그 벌은 다시 테이블 위의 골동품처럼 된 등
잔 주변을 맴돌다가 창문에 부딪치기도 하고, 책상 위에 떨어졌다가는 다시 창
문께를 배회하고 있었다. 잘못 들어온 벌은 창밖으로 나가려 하나 들어온 틈서
리를 찾지 못한 채 온갖 발광을 다 떠는 것이었다.

교수님이 창문을 활짝 열자 창가에 맴돌던 벌은 어느 결에 연구실을 벗어나는
것이었다. 그제야 교수님은 생각난 듯이 추맹란 학생을 바라보면서 입을 열었
다.

"모든 교수님들이 학점을 다 주었는데 나만 주지 않아서 졸업을 못한다고?"

"네……."

추맹란이 기어들어가는 소리로 겨우 대답을 했다. 교수님은 책장에서 예술철

학 하권을 뽑아서 맹란에게 건네주면서 말한다.

"시간이 없어. 4일간의 시간을 줄 테니까 이 책을 읽고 A4용지 열 장에 요약 정리해서 제출해 봐. 제대로 읽고 나서 학점을 줄 것인지 결정할 테니까. 팔백 쪽이 넘은 책이라 젖 먹던 힘까지 다 쏟아야 할 게야." -생략-

추맹란 학생이 연구실을 벗어나자 실내는 금세 조용해졌다. 요란을 떨던 벌도 나가고, 훌쩍거리던 추맹란 언니도 나가고 연구실이 조용해지자 나는 벼르고 별렀던 얘기를 해야겠다고 마음을 굳혔다.

"교수님." / "왜" / "시간 좀 내주실 수 있으세요" / "긴요한 얘기니" / "네⋯⋯."

나는 연구실 바닥에 눈을 내리깔면서 겨우 대답했다.

"시간이 걸리는 얘기니?" / "네, 선생님께서 카운슬러가 돼주셔요."

"그렇다면 나가서 얘기하자."

나는 교수님의 차를 탔고, '시인과 산적'이라는 찻집 마당에서 내렸다. 노송이 우거진 숲속에 아름다운 서구식 건물이 우리를 반겼다. 넓은 창밖에는 소나무 가지 사이로 옥 같은 하늘이 고여 있었다. 한동안 창밖을 응시하던 교수님께서는 탁자 위에 커피가 놓이자 천천히 입을 여셨다.

"무슨 얘긴데" / "좀 어려워요." / "말해봐."

"부모님께도, 친한 친구에게도, 아무에게도 말 못할 얘기예요."

"무슨 얘긴데 그렇게 뜸을 들이니? 그렇게 아무에게도 말 못할 얘기를 왜 나에게는 하려고 하는 게야" / "믿음이 생겼거든요." / "어떤 믿음"

"편하게 말씀 드려도 되겠다는 믿음요."

"내가 뭔데⋯⋯. 아무튼 고맙다. 나를 그렇게 인정해 줘서."

"실은요, 제게는요, 사귀는 사람이 있거든요." / "우리 학교 학생이니" / "네⋯⋯."

"사귀는 게 뭐 잘못이니?" / "그게 아니라⋯⋯." / "선을 넘었니" / "네⋯⋯."

"그럼 결혼하면 되잖아" / "그게 아니라⋯⋯." / "그게 아니라니" / "⋯⋯."

"시간을 내달라고 해놓고 왜 꿀 먹은 벙어리처럼 말을 못하니"

"결혼은 생각해 본 일이 없는데, 그냥 그렇게 되고 말았어요."

"그래, 앞으로 어떻게 할 거니? 결혼할 사람이 아니라면 빨리 끊어야지."

"그게요……." / "그게 어떻단 말이니" / "원룸에서 살고 있어요."

나의 이 말에 교수님께서는 하도 어이가 없다는 듯이 창밖을 뚫어져라

응시하다가 눈을 감아버리셨다. 얼마나 시간이 흘렀을까. 교수님이 눈을

뜨자마자 무거운 입을 여셨다.

"원룸에서 남녀 학생들이 산다는 얘기는 들어 알고 있었지만, 자네가 그 장
본인일 줄은 꿈에도 몰랐다. 세상에……어찌 그런 일이……."

"엠티 갔을 때 술 마시고 어쩌다 그리된 후로 그 오빠 하자는 대로 끌려간
것 같아요." / "끌려간 것 같아요가 다 뭐니." / "제 몸을 제 맘대로 못한 것 같
아요."

"부모님은 알고 계시니" / "아직은 몰라요. 알면 전 맞아죽어요!" / "맞아죽
을 짓을 왜 해" / "……." / "너 바둑 아니" / "몰라요."

"바둑에 축이라는 게 있다. 바둑에서 축에 몰리면 둘수록 더욱 죽을 수밖에
없게 된다. 너는 지금 그 축에 몰린 게야."

"그럼 전 어떡해요" / "한시바삐 손을 떼는 거다." / "……."

"그럴 땐 육체가 악마야. 교회건 성당이건, 절이건 조용한 곳에서 금식을 하
면서 육체를 쳐야 돼. 그걸 못하면 죽게 돼. 아니, 자네는 벌써 죽었어. 육체에
깃든 사탄 마귀의 밥이 되어있는 게야" / "마귀의 밥요"

"그래, 마귀의 밥! 이건 비밀로 할 테니 자네 스스로 빠져나와야 돼. 이건 자
네의 책임이야. 자네가 지른 불을 자네 스스로 꺼야 돼."

"노력하면 구원 받을 수 있을까요"

"그것도 자네에게 달렸어. 자네는 자네가 자신을 제일 사랑할 게 아닌가."

더 이상 말할 수 없었다. 순간 부끄러움인가 뜨거운 게 얼굴로 확 끼쳐왔다.

"끊어!"

교수님께서는 이 한 마디를 끝으로 입을 굳게 다무셨다. 학교로 돌아올 때까
지도 일체 말이 없으셨다. 상심이 크신 모양이었다. 그날 이후로 교수님은 말이
부쩍 줄어든 것 같았는데, 숭례문이 불탄 후로는 그게 더욱 심해지는 것이었다.
교수님 연구실 테이블 한쪽 모서리를 차지하고 있는 등잔을 정성껏 닦았고, 거

기에 얹혀있는 호롱에 석유를 채우고 불을 켠 다음 기도하며 우시는가 하면, 일주일이나 금식을 하며 시를 쓰시는 등 엉뚱한 일로 간담이 서늘케 했다.

　고향이 그리운 날 밤엔 / 호롱에 불이라도 켜보자. / 말 못하는 호롱인들 / 그리움에 얼마나 속으로 울까. / 빈 가슴에 석유를 가득 채우고 / 성냥불을 붙여주자.

　조교 언니가 걱정스런 표정을 지으면서 말했다.
　"교수님이 힘드신가봐. 요즘은 그저 기진맥진이야. 교수님 아파트엔 치매에 걸린 노모가 계신가 봐." / "사모님은" / "글쎄, 그건 나도 잘 몰라. 아무튼 좋지는 않은가봐."
　우리들의 이야기는 이 정도에서 맴을 돌았다. 우리 과에서 이미라가 결혼을 한다고 인사하니까 문예신 교수님께서는 대뜸 하시는 말씀이 "남편에게서 사랑 받고 싶거든 시부모에게 잘해야 돼"였다. 그 말의 존재근거를 찾아 들어가면 교수님의 외적 세계와 내적 세계를 눈치 챌 수 있을 것 같기도 했다. 유머가 풍부한 교수님은 비유의 천재였다. 이것은 우리 대학에서뿐 아니라 학계나 예술계에서도 정평이 나있었다. 그러던 교수님께서는 최근 강의 도중에 이런 말씀도 하셨다.
　"국보 제일호 숭례문이 전소될 만하다. 숭례문을 태운 사람은 채씨 한 사람이 아니다. 나와 여러분도 공범이다. 숭례문은 타살인 동시에 자살이다. 누가 왜 자살하게 만들었겠는가. 우리 모두가 그렇게 만들었다. 그 연장선상에서 우리들은 또 다른 숭례문을 불 지르고 있는 것이다. 여러분이 공부를 하지 않을 때는 나도 숭례문처럼 죽고 싶었다. 그러나 인생은 일회적이라 죽지 못한다. 죽음도 연습이 가능하다면 당장에 실행하고 싶다. 그러나 인생은 한 번뿐이다. 내가 저 숭례문처럼 불타면 여러분은 각성할 게 아닌가"
　나는 교수님의 눈에서 심상치 않게 번쩍이는 빛을 보았다. 정신을 꼼짝 못하게 흔들어 깨우는 듯한 힘이 있는 그런 빛이었다. 마치 작두를 타고 춤을 추는 무녀처럼 한번 말씀 삼매경에 이르면 부력에 뜨는 듯한 느낌을 받게 된다. 교수님의 강의에 홀린 나는 소설이 다 써지면 국화꽃 한 다발과 함께 숭례문에 바쳐야겠다는 생각을 굴리고 있었다.

언제부터인가 교수님이 숭례문으로 느껴졌기 때문이다. 적군도 아닌 자국민의 손에 불타 죽은 숭례문의 슬픔과 치매로 밤낮을 헤매는 노모를 손수 부양해야 하는 교수님의 슬픔, 그리고 인접국들로부터 수없이 물려 뜯겨온 우리 겨레의 슬픔, 초등학교 교정에서 목이 잘린 단군 할아버지의 슬픔, 훈민정음 총살당한 채 한국은행 전속모델로 전락한 세종대왕의 슬픔이 한데 녹아내려서 쏴아 하니 썰물로 빠져나가는 듯한 슬픔을 어쩌지 못할 바에는 불타 죽은 숭례문에 꽃이라도 바쳐야겠다는 생각, 바로 그런 기분이었다.

그런데 문제는 또 엉뚱한 데서 터졌다. 중학교 2학년생인 교수님의 따님(문미라)이 행방불명이 되어서 학교가 발칵 뒤집혔다. 신문에도 방송에도 문예신 교수님의 행방이 묘연한 따님의 기사로 소란했다. 학교에서 1킬로미터 쯤 떨어진 곳에서 책가방이 발견된 것 말고는 행방이 묘연한 채 안타까운 시간이 흘렀다. 그런 가운데서도 교수님께서는 수업 시간에 꼬박꼬박 강의를 하셨으나 결국 지치고 기진맥진이 되어서 강의를 할 수 없게 되었다. 그래서 다른 교수님들이 강의를 대신 해야 하는 형편에 이르렀다. 그래도 가끔씩 학교에 나오실 때도 있는데, 헝클어진 머리카락 사이로 보이는 그 퀭한 눈이라든지, 남루해진 와이셔츠의 깃을 보다가 왈칵 눈물을 쏟을 뻔한 적도 있었다.

조교 언니에게서 연락이 왔다. 축제 기간에 문예진 교수님의 특강이 있으니 우리 과 학생 전원이 참석하라는 내용이었다. 우리 국문과 학생들 이외에도 어떻게 소문을 들었는지 다른 과 학생들도 일찌감치 와서 자리를 잡고 앉아있는 학생도 있었다. 오후 3시부터 인문대학 강당에서 교수님의 특강이 있다고 했는데, 2시 반부터 북적거리더니 3시경에는 강당이 초만원을 이루었다.

나도 교탁 앞 중앙에 자리잡고 있었다. 교수님은 정확히 정각 세 시에 나오셨다. 그런데 좀 이상하다는 생각이 들었다. 평소에는 피어 떨어질 것 같은 가죽 책가방을 들고 다니셨는데 그 책가방이 보이지 않았기 때문이다. 학생들을 주욱 훑어보신 교수님께서는 종이뭉치를 학생들의 앞줄 책상위에 놓으시고는 짤막하게 말씀하셨다.

"내 얘기가 끝난 뒤에 이 용지 한 장씩 가지고 가서 꼭 읽어주기 바래요."

교수님께서는 책가방 대신 들고 들어온 것은 그 종이뭉치와 석유기름통이었다. 이번에는 그 기름통을 교탁 위로 올려놓기가 무섭게 날랜 동작으로 그 위로 올라가자마자 신나통을 거꾸로 들어 올리셨다. 그리고는 이내 꿀꺽꿀꺽 머리에서부터 발끝까지 온몸을 적시기가 무섭게 라이터 불을 확 켜는 것이었다. 불이 확 붙자 불길이 삽시간에 전신으로 퍼졌다. 참으로 전광석화처럼 짧은 순간에 벌어진 일이었다. 우리들이 미쳐 손 쓸 겨를도 없이, 교수님이 왜 저러신다냐 하고 의아해하는 순간에 참으로 무서운 일이 벌어지고 말았다. 나는 뜨끔했다. 교수님이 나 때문에 죽는다는 생각, 더럽혀진 내 몸과 마음에도 불이 확 붙는다고 생각했다. 여기저기서 경악을 금치 못하는 소리, 찢어지는 비명이 들리는 가운데 교수님은 벌써 가부좌를 하신 자세 그대로 미동도 하지 않은 채 신나 불에 활활 타오르고 계셨다. 교수님은 등신불처럼 숭례문처럼 우리들이 놀라 기절하는 가운데 활활 타고 계셨다.

1교시 수업은 여기까지입니다. 2교시는 소설 창작의 기초이고, 3교시는 등장인물과 사건과 배경입니다. 소설작품의 실제와 이론을 병행하겠습니다. 이제 수업을 마치겠습니다.

# 2교시 소설 창작의 기초

2교시 수업은 「소설 창작의 기초」가 되겠습니다. 히딩크 감독이 우리나라에 와서 한국축구를 한 차원 향상시킨 것은 기초체력이었습니다. 기술은 그 다음입니다. 소설에도 기교는 그 다음입니다. 소설을 쓰기 위해서는 어떠한 요소를 구비해야 한다는 조건이 특별히 붙는 것은 아니지만, 독서를 많이 함으로써 인생을 풍부히 한다거나 자기 나름대로의 독특한 인생관을 가짐으로써 사물을 통찰하는 능력을 기르는 등의 요건을 가벼이 할 수 없는 일입니다.

소설을 가리켜 인생탐구, 또는 인간탐구라고 하는 것도 결국은 인간의 삶의 문제에 귀착되기 때문입니다. 따라서 우리들의 모든 생활 속에서 그 본질을 파악하는 일은 대단히 긴요하다 하겠습니다. 소설이란 인생의 새로운 해석이어야 하기 때문입니다.

톨스토이는 '예술론'에서 "작자가 소재에 대해서 정당한 도의적 판단을 가질 것"과 "표현이 명료하고 아름다워야 할 것", 그리고 "작자의 애증(愛憎)의 정이 성실해야 할 것" 등의 조건을 들었습니다. 이 말을 바꾸어서 하자면, 작자는 인생을 이해하고 해석할만한 통찰력을 가져야 한다는 말로 이해하여도 좋을 것입니다. 영국의 작가 휘르딩그는 문학적 재능과 지식, 따뜻한 심정을 내세웠습니다. 결국 소설을 쓰기 위해서는 문학적 재능과 작가적 성실성, 그리고 인간적 체험이 풍부해야 한다고 요약할 수 있겠습니다.

프랑스 작가 데꼬브라는 소설을 쓰고자 하는 사람들을 위하여 ①마음을 끌만한 줄거리를 붙잡을 것, ②구성요소를 지금의 현실에서 채택할 것, ③스타일에 중점을 둘 것, ④제목은 미인의 진주목거리처럼 중하게 할 것, ⑤원고를 적어도 세 번은 고쳐 쓸 것, ⑥진부한 배경은 바꿀 것, ⑦과학적 철학적 독서로서 두뇌를 풍부히 할 것, ⑧독자의 편지에 회답할 것, ⑨유명해지기 위해서는 광고 선전만으로는 충분치 못하다는 것을 알아야 할 것, ⑩소설을 읽지 말 것 등을 말한 적이 있는데, 흥미 있는 참고가 될 것입니다.

소설 창작에 있어서의 모티프(motif), 즉 동기는 작자가 소설을 쓸 때마다 쓰려고 하는 소재에 대하여 느끼는 감동이나 충격을 의미합니다. 그 충격이나 감동은 주제 이전의 것입니다. 그러니까 동기가 구체화된 것이 주제라 할 수 있겠습니다.

  가령 하근찬의 소설 「수난이대(受難二代)」를 예로 들어보기로 하겠습니다. 이 소설의 작자는 신문에서 세계2차대전 당시 다리 부상을 입은 한 미군 병사가 구두수선을 하는 기사를 본 후 착상을 얻었다고 합니다. 그 미군 병사의 비극적인 삶을 통하여 한국전의 비극을 그리고자 하는 착상을 얻게 되었는데, 이것을 가리켜 소설의 동기라 할 수 있겠습니다.

  1957년 한국일보 신춘문예 당선작인 이 소설은, 일제 때 징용으로 끌려갔다가 팔 하나를 잃은 박만도의 거동으로 시작됩니다. 6.25 전쟁이 터지자 하나밖에 없는 아들 진수를 전장에 보냈는데, 이 아들이 돌아온다는 통지를 받게 됩니다. 그의 기쁨은 말할 수 없었습니다. 전쟁에서도 죽지 않고 살아 돌아오는 아들을 만난다는 부푼 기대를 안고 역으로 나갔습니다. 아들은 다리 하나를 잃은 채 목발을 짚고 기차에서 내립니다. 팔을 잃은 아버지와 다리를 잃은 아들—. 그는 어떤 분노를 씹으면서 뒤도 돌아보지 않고 걸어갑니다. 주막에 이르러 한 잔 하고, 뒤따라온 아들에게는 식사를 권하면서 비로소 입을 뗍니다. 어찌할 수 없는 아버지의 부정(父情)인 것입니다. 주막을 나와 개울에 걸려 있는 외나무다리를 건널 때 팔이 없는 아버지가 다리 하나 없는 아들을 들쳐 업고 건너게 됩니다. 일제 치하의 2차대전과 6.25 전쟁의 두 비참한 현실이, 이 두 전쟁에 각각 참전하여 불구가 된 아버지와 아들에 의하여 상징적으로 극명하게 표현된 작품입니다. 이 작가는 신문에서 착상을 얻은 후, 고난 속에서도 그것을 딛고 극복해 나아가는 그런 강인함을 바탕으로 불구의 아버지와 아들이 외나무다리를 무사히 건너가게 쓰고 있습니다. 창작의 동기가 이러한 결과로 나타나기 위해서는 발상과 구상의 과정을 거쳐야 한다는 말씀입니다.

  소설에 있어서 발상(發想)은 생각을 굴려서 사상이나 감정 따위를 표현하는 일을 말합니다. 그리고 구상(構想)은 작품을 창작할 때 내용이나 표현형식 등에 대하여 생각을 정리하는 일을 말합니다. 또한 구성(構成)은 작품을 이루는 여러 요소를 결합하여 전체적인 통일을 꾀하는 일을 말합니다. 그러니까 발상보다는 구상이, 구상보다는 구성이 보다 구체적이라고 여기면 되겠습니다.

"기발(奇拔)한 발상"이라는 말이 있습니다. 이 때의 '기발'하다는 말은, 유달리 재치 있고 뛰어나다거나 엉뚱하고 이상할 정도로 빼어나다는 의미를 지닙니다. 그래서 '기발한 아이디어'라는 말도 심심찮게 쓰입니다. 그것은 독창적인 착상(着想)을 말합니다. 이 착상이라고도 하는 발상은 어디까지나 창작의 동기일 뿐, 창작 그 자체와는 거리가 있습니다. 이 발상은 영감처럼 번쩍이며 나타나기도 하고, 또 순식간에 사라지기도 합니다. 그러나 구상은 마치 집을 짓는 데 필요한 설계처럼 시간을 두고 신중을 기하지 않을 수 없습니다.

발상, 착상은 민첩한 시간성을 띄기 때문에 "이것이야말로 소설감이구나!" 하고 느끼는 순간 메모하여 포착하는 습관을 길러야 합니다. 그렇지 않으면 그 착상을 놓치게 되고 맙니다. 길을 걸을 때나 차를 타고 갈 때, 또는 독서를 하다가 문득, 떠오르는 생각, 그 우연한 기회에 만나게 되는 발상을 재빨리 포착할 필요가 있겠습니다. 그렇게 붙들게 된 발상을 구상으로 이어나가서 소설로서의 작품화하는 게 중요하다 하겠습니다..

이 과정에서 쓰고자하는 의도로서의 방향이 설정되어야 합니다. 무엇을 어떻게 쓸 것인가 하고 고민하지 않을 수 없습니다. 주제와 관련된 어떤 의도를 가지고 어떻게 전개할 것인가 하는 궁리를 곰곰이 하지 않을 수 없습니다. 다음으로 이야기의 얼개를 구상해야 합니다. 이야기의 개괄적인 줄거리라든지, 그 전개 방법, 또는 인물이나 배경 등을 설정해 보는 것입니다.

막연한 발상에서 시작된 하나의 아이디어는 구상의 단계에서 구체화되기 시작합니다. 그런데 이 발상은 소설을 쓰지 않고는 견딜 수 없는 결정적인 그 '무엇'이 있어야 합니다. 생각의 방향성이 제시되는 그 결정적인 계기는 주제의식에서 발생합니다. 이러한 발상은 생각의 부스러기들, 어떤 관념의 편린에서 탄생됩니다.

이 발상은 어떤 사건이나 인물에서 우연히 발생하기도 하지만 투철한 관념에서 비롯되기도 합니다. 어떤 문제에 대해서 상투적인 사고방식을 깨고 다른 각도의 시각에서 바라보는 비판적 안목에서도 어떤 착상을 얻기도 합니다. 이 두 요소가 겹쳐서 그 한계가 모호한 경우도 있습니다.

가령 제가 쓴 「숭례문 무너지는 소리」가 그렇습니다. 대학에 들어오려고 공부를 열심히 하던 학생들이 대학에 들어오면 공부를 하지 않습니다. 교재도 구입하지 않은 학생이 축제 때나 엠티 때 술 마시는 데는 돈을 아낌없이 씁니다. 그리고 풍기도 문란합니다. 대한민국 국민은 책을 읽지 않습니다. 그래서 걱정이 태산 같았는데, 숭례문이 불탔습니다. 저도 숭례문처럼 타죽고 싶었습니다. 인생은 일회적이니까 죽을 수는 없고 제가 평소에 하고 싶은 말을 소설로 쓴 겁니다. 기발한 발상은 불타는 숭례문이 해준 겁니다. 그리고 생각의 부스러기들은 제 경험의 잔상들을 취사선택해서 조립한 겁니다.

불타는 숭례문을 보는 순간, 저의 뇌리에서는 발상이 번개처럼 번쩍였습니다. 한 편의 소설을 쓰고자 하는 구상이 불붙기 시작하는 겁니다. 여기에서 모아지기 시작하는 제재가 주제를 위해서 작용하는 근거는 무지와 어리석음, 무관심에 관한 내용이었습니다. 소설이 발상에서부터 바로 구상으로 이행되는 경우는 드뭅니다. 대개는 시간이 경과한 후에 살이 붙기 시작하고 피가 돌기 시작합니다. 아무 때나 문득 떠오른 발상이 언제부터인가 구상 쪽으로 자리를 잡기 시작하는 경우도 있습니다. 소설로서 싹수 있는 이야기나 인물, 성격 등을 기억하고 구체화하는 데에 습관을 기를 필요가 있겠습니다.

소설은 재미있게 써야 합니다. 되도록 평범한 이야기보다는 특이한 소재를 선택할 필요가 있겠습니다. 그러면서도 작가는 평범함 속에서 비범성을 찾아내어 의미를 부여하는 작가의 눈을 지녀야 하겠습니다. 그 작가의 눈은 사물을 통찰하는 눈인 동시에 애정을 가지고 바라볼 줄 아는 따뜻하면서도 투명한 눈이어야 합니다.

주제를 드러내기 위한 제재가 모여졌으면, 그 제재들을 통일적으로 조직해야 합니다. 제재를 어떻게 배열할 것인가 하는 것은, 문장 전체를 유기적으로 짜는 작업을 말합니다. 구상은 논리성이나 필연성에 의한 문장의 조직과 배열이며, 이야기 줄거리는 시간의 연속성에 의해서 조직된 것을 말합니다. 이 구상에는 세 가지 원칙이 있습니다. 그 하나는 중심이 없는 산만한 글이 되지 않도록 하는 가운데 중자 중(中)이요, 다음으로는 씨가 먹히지 않는 그런 지리멸렬한 글이 되지 않게 한다는 모을 요자 요(要)이며, 마지막으로는 처음 쓰고자 했던 바를 글쓰는 중도에서 변경시키는 일이 없도록 시종 일관한다는 꿸 관자 관(貫)이 그것입니다.

구상에는 시간적 순서에 따라 하는 구상과 공간적 질서에 따라 하는 구상이 있습니다. 시간적 구상은 여러 사건이나 사실들을 시간의 축을 이용하여 배열하는 방식입니다. 공간의 질서 역시 시간의 순서와 마찬가지로 모든 사물을 지각하는 방법의 하나가 됩니다. 이 시간과 공간은 언제나 상보적 관계를 지닙니다.

미국의 강철 왕 카네기는 "성공의 비결은 찬스에 있다"고 하면서, 기회가 왔을 때 재빨리 붙들라고 했습니다. 기회는 시간성을 띄기 때문에 우물쭈물하면 그 찬스는 지나가게 된다는 것입니다. 소설 창작에 있어서도 이 말을 적용하고 싶습니다. 발상이란 영감적이고 직관적이기 때문에 재빨리 붙들지 않으면 놓치고 말기 때문입니다.

어떤 영감이 찾아오듯, 어떤 발상이 되었다고 해서 그게 그대로 소설로 발전하는 것은 아닙니다. 발상이 소설 작품으로 발전하기 위해서는 구체적인 형상화, 즉 구상의 과정을 거치지 않으면 안 됩니다. 발상을 구상으로 전이하기 위해서는 메모하는 습관을 길러야 합니다. 생각을 얽어 짜는 상상력의 조립능력을 길러야 합니다. 상상력의 조립능력, 그것은 생산적, 창조적 상상을 두고 하는 말입니다.

기억되는 생각의 잔상(殘像)을 창조적 상상을 통하여 분해하고 결합시키며 변화시키는 작업이야말로 소설 창작에 있어서 간과할 수 없는 중요 요소 중의 하나라 하겠습니다. 발상은 창작의 동기에 지나지 않지만, 구상은 그것을 엮어나가는 구체화의 작업입니다.

구상이란 생각의 구체화 작업입니다. 생각의 얼개, 생각을 얽어서 어떤 설계를 그려보는 일입니다. 흩어진 생각을 통일적으로 모아서 뭉뚱그려진 하나의 형태를 이루는 일입니다. 이것을 하이데거는 '언어의 집짓기'라고 표현했습니다. 어떤 생각을 언어로써 구체적인 집을 지으려는 계획을 굴려보는 일입니다.

이 구상 단계에서는 글을 쓰고자 하는 그 이야기에 주제의식을 주입한다거나 표현 방법을 찾고, 구체적 형상화라고 하는 얼개 만들기의 단계적 과정이 필요합니다. 소설이란 있는 이야기가 아니라 있을 법한 이야기입니다. 실제로 있는 이야기가 아니라 있을 법한 이야기를 가지고 작자는 허구로써 언어의 집을 짓는 겁니다. 그러면 소설가는 거짓말쟁이인가. 거짓말쟁이가 아닙니다. 그렇다면 무엇인가. 거짓말 같은 허구를 차용하여 진실을 표현하는 자입니다. 그러므로 작가는 거짓말쟁이가 아니고 진실을 얘기하는 인생의 탐구자, 인생의 해석자라 할 수 있겠습니다.

작가는 거짓말 같은 이야기에 인생의 새로운 해석으로서의 주제와 관련된 의미를 부여하지 않으면 안 됩니다. 주제가 없는 글, 혼이 없는 글은 거짓 이야기로서 허수아비에 불과합니다. 주제가 없거나 그게 빈약한 것도 문제거니와 주제의 지나친 노출도 문제가 됩니다. 정신이 육체에 내재되어있듯이, 주제는 문체에 내재되어 있어야 합니다. 주제가 있다는 말과 주제가 노출되어 있다는 말은 전혀 다른 성격의 말입니다.

소설이란 인생을 탐구해 가면서 인생을 표현하는 장르인 만큼 인생의 풍부한 체험이 필요하다는 것은 더 이상 말할 나위가 없겠습니다. 소설에 있어서 주제를 위해 동원되는 제재라고 하는 것은, 직접체험이던 간접체험이던 간에 작자 자신의 생활체험에서 비롯된 승화된 차원의 것입니다. 아무리 생활 경험이 풍부한 사람이라 할지라도 그 경험을 체험으로 승화시키지 않으면 안 될 것입니다. 생활경험이란 외면적인 생활을 말한다면, 생활체험이란 내면적인 생활을 말합니다. 외면적인 생활경험을 내면적인 생활체험으로 승화하는 일은 인생 경험을 소설로 작품화하는 기초가 됩니다.

경험이 풍부하다고 해서 모두 소설을 쓸 수 있다면, 일제 때 징용으로 끌려간 사람이라든지, 6.25 전쟁 때 살아남은 사람들은 모두 소설가가 되었거나 소설책 몇 권씩을 가지고 있을 것입니다. 그러나 그렇지 못한 게 현실입니다.

경험을 체험으로 승화시키지 못하기 때문입니다. 저는 바둑을 잘 두지 못합니다. 그런데 바둑을 잘 두는 사람이 미처 생각하지 못한 글, 바둑에 관한 글이 여러 편 있습니다. 바둑에 경험이 많은 사람보다도 더 많은 체험으로 승화시키기 때문입니다. 따라서 작자는 경험이 풍부할수록 좋지만, 문제는 풍부한 경험을 체험으로 승화시키는 슬기라든지 통찰력이 필요하다 하겠습니다. 2교시는 여기에서 마치겠습니다.

## 3교시 인물人物 사건事件 배경背景

3교시 수업은 소설에 등장하는 인물과 사건과 배경이 되겠습니다. 소설구성의 3요소는 인물과 사건과 배경입니다. 소설 창작에 있어서 인물을 설정하는 문제는 연극에 있어서 배역을 정하는 일처럼 중요합니다. 소설의 재미는 인물의 행동을 통한 사건에서 기인되기 때문입니다. 소설은 우선 재미있어야 합니다. 재미없는 소설은 읽혀지지 않기 때문에 생명이 없는 글이라 해도 과언이 아닙니다. 소설이 소설로서의 가치를 상실한다면 무슨 의미가 있겠습니까.

일본의 아쿠타가와 류노스케(芥川龍之介, 1892-1927)가 설정한 인물 중에는 「지옥변(地獄變)」의 주인공으로 등장한 화공(畵工) 요시히데(良秀)가 있습니다. 이 소설은 화공 요시히데의 예술적 의욕의 강렬성과 광적(狂的)인 예술지상주의의 생활을 냉혹하게 그려낸 명작으로 알려져 있습니다. 요시히데는 가장 사랑하는 딸을 불에 태워 죽이면서 예술적 감흥에 만족했으나, 제정신이 돌아오자 양심의 가책으로 괴로워하다가 결국은 자살하고 만다는 얘기입니다. 예술과 윤리의 문제로서, 윤리가 예술에 선행한다거나 현세적 예술지상주의의 패배를 암시하고 있다 하겠습니다. 일본의 아쿠타가와 류노스케는 요시히데라는 화공을 설정하여 예술과 윤리문제를 심도 있게 다루었습니다.

또한 중국의 노신(魯迅)은 「아큐정전(阿Q正傳)」에 나오는 '아큐'라는 인물을 통하여 열강의 침략을 받아 피폐해진 중국의 실체를 그려나가고 있습니다. 주인공 아큐는 날품팔이 농민인데, 자기의 어리석음과 약함은 모르고 제가 잘났다고 생각하며, 싸움에서 졌을 때에는 자기가 양보했다고 자랑합니다. 그는 상대가 약한 사람이면 큰소리를 치는 성격의 소유자로서 신해혁명(辛亥革命)의 소란 속에 축제일같이 들뜬 기분으로 폭동에 가담했다가 그 폭동의 일당으로 오인되어 마침내 그만이 처형됩니다. 그는 반(半)식민지적 중국 사회의 한 전형이며, 인간이 가진 노예근성을 잘 드러낸 작품입니다.

노신은 아큐라는 인물을 설정하여 그 당시 중국의 문제점을 제시하면서 중국이 나아가야 할 진로를 밝히고 있다 하겠습니다. 이제까지 일본의 작가 아쿠타가와 류노스케가 설정한 요시히데라는 인물, 그리고 중국의 노신이 설정한 아큐라는 인물을 통하여 그 인물 설정이 작품에 얼마나 큰 영향을 미치는지 알게 되었습니다.

이 두 소설에서 중요시되는 점은 개성과 윤리성이라 할 수 있겠습니다. 개성은 그 인물의 특유한 성질로서 아쿠타가와 류노스케가 설정한 요시히데 화공이나 노신이 설정한 아큐 같은 인물은 하나의 전형을 이룰 만큼 독특하다 하겠습니다. 그 개성으로서의 성격은 언어와 행동, 습관 취미 태도 사상 감정 등 다양하고도 복잡한 형태로 나타납니다.

"근대소설의 특징을 한 마디로 요약하면 '인간성의 탐구'라고도 볼 수 있다."고 정비석은 그의 저서 『소설작법』에서 말한 바 있습니다. 문학의 사명은 생활 속에 숨어 있는 진실을 인식케 하는데 있는 데, 그 진실이라는 것은 인간을 주체로 하고 움직이는 것이기 때문이라는 것입니다. 일리 있는 말입니다. 그렇기 때문에 소설에 있어서 가장 중요한 요소는 인물과 사건과 배경이라는 구성의 3대 요소를 중요시하지 않을 수 없습니다. 인간성을 탐구하려면 반드시 인간의 성격을 그리지 않을 수 없겠는데, 게으른 인물의 나태한 성격의 실례를 들자면 정비석의 소설 「김군과 나」중에는 다음과 같은 구절도 있습니다.

김군의 하꼬방은 그 안에 사람이 살고 있으니까 방이라고 부를 수밖에 없기는 하지만, 솔직히 말하자면 그것은 무슨 방이라기보다도 영락없는 돼지우리였다. 방문을 썩 열자 방안에서는 온갖 몹쓸 냄새를 한데 뒤범벅을 한 듯한 몹시 고약스러운 냄새가 코를 푹 찔렀다. 나는 속이 왈칵 뒤집히도록 비위가 아니꼽고 기분이 언짢았으나, 친구의 체면을 생각해서 억지로 방안에 발을 디려놓았다. 방은 서울방 치고는 그다지 좁은 간살은 아니었다.

한 칸방 분수로는 오히려 넓은 편이기는 했으나, 한편 구석에는 방 넓이와는 어울리지 않도록 커다란 책상이 놓여 있고, 그 옆에는 때꾹이 꾀재재 흐르는 이부자리가 그냥 깔려 있고, 그리고 나서는 얼마 남지 않은 공간에는 벗어 던진 양복이니 찢어진 잡지 나부랭이니 구린내 나는 양말짝이니 하는 것들이 낭자하게 흩어져있는 데다가 코를 풀어서 아무렇게나 꾸겨버린 듯한 수지 뭉텅이조차 너절분하게 널려 있어서, 어느 한 구석에 엉덩이를 내려놓기는커녕, 제대로 발을 디려놓을 만한 공간조차도 없었다.

제가 박았는지, 혹은 전에 있던 사람이 박아놓은 것인지 모르기는 하겠으나, 바람벽에는 군데군데 못이 박혀 있기는 하였다. 그러나 김군은 벗어버린 옷을 못에 거는 일조차 귀찮은 노릇이었던지, 옷들이 못에는 한 가지도 걸려있지 않고, 모조리 방바닥에만 흩어져 있었다. 게다가 방 소제는 몇 해 전에나 했는지 책상 위에는 먼지가 뽀얗게 깔려있고 잉크병인가 무슨 병인가가 놓여있던 자리만이 새까맣고도 동그랗게 드러나 보였다 .


정비석의 소설 「김군과 나」중 일부였습니다. 나태하고 게으른 인물의 성격 등의 특징이 간접적인 생활환경 묘사를 통해서 적나라하고도 실감 있게 여실히 그려져 있습니다.

소설에 있어서 작중 인물은 전형적인 성격을 가져야 합니다. 그렇다면 그 전형적인 성격이란 무엇인가. 그것은 '같은 종류의 사물 가운데서 그것의 본질적이고 일반적인 특성을 가장 많이 지닌, 본보기로 삼을만한 사물'이라는 '전형'의 사전적 의미에서 비롯된 대로 소설에 있어서의 그 인물이 독자적인 개성을 발휘하는 동시에 그 개성이 시대의 요구에 상응하는 보편성과 필연성을 띤 것이어야 한다는 것을 의미합니다.

소설을 쓰고자 하는 사람에게는 전형적 성격의 창조야말로 최상의 이상일 것입니다. 그런데 그 전형적인 성격의 창조란 그렇게 간단한 문제가 아닙니다. 이 어려움을 극복해 나가기 위해서는 꾸준한 문장 수련과 끈기가 요구됩니다. 소설에 있어서 작중 인물의 성격이 어떤 견고한 타입으로 정해지게 될 때, 그리고 그가 소속되어 있는 사회의 계급을 대표하게 될 때 우리는 그것을 전형이라고 합니다. 군인에게는 군인으로서의 전형이 있고, 경찰에게는 경찰로서의 전형이 있습니다. 교육자에게는 교육자로서의 전형이 있고, 학생은 학생으로서의 전형이 있으며, 농부는 농부로서, 의사는 의사로서의 그 나름대로의 전형이 있습니다.

그러니까 소설에 있어서 그 등장인물이 군인답다거나 경찰답다고 할 때 그 군인이나 경찰다운 성격의 불변성에 의해서 전형이 이루어지게 됩니다. 여기에서 한 가지 무심히 넘겨서는 안 될 것은 전형으로 너무 굳어지게 되면 개성이 상실될 위험이 있다는 점입니다. 그렇기 때문에 전형적인 성격의 창조도 중요시해야 하거니와 생동하는 개성의 창조도 중요시하지 않을 수 없습니다. 작중 인물의 전형과 개성이라고 하는 이 상반된 양면성의 모순을 어떻게 극복할 것인가 하는 데에 작자의 고민이 따르고 또 재능이 요구된다 하겠습니다.

김은국의 소설 「순교자」에 나오는 신목사는 훌륭한 목사의 전형이라 하겠습니다. 그러니까 작가 김은국은 신목사라고 하는 진실한 목사의 전형을 창조했다고 말할 수 있겠습니다. 이 소설에 나오는 괴뢰군 포로 정소좌의 입을 통해서 신목사가 어떤 목사의 전형적인 인물인지를 살펴보기로 하겠습니다.

포로의 머리는 박박 깎여 있었고 높은 광대뼈 위의 충혈된 두 눈은 퉁퉁 부어올라 있었다. 그는 방 안을 훑어보았다. 그의 두 손에는 붕대가 겹겹으로 감겨 있었다. 장대령이 포로의 팔을 잡고 말했다. "여러분, 이 사람은 북한인민공화국 평양시 비밀경찰에 소속했던 정소좌입니다. 정소좌, 여기 모인 분들은 평양시 기독교회 저명 목사님들이시고 또 순교하신 분들과는 가깝게 지내던 동료들이오. 당신이 여기 와서 순교자들에 관한 얘길 직접 이 분들에게 들려드리기로 한 것 매우 사려 깊은 행동이오. 여러분, 정소좌는 순교자들을 대부분 만나보았고, 그들의 잊을 수 없는 최후 순간을 목격한 몇 사람 중의 하나입니다. 자, 정소좌, 당신이 내게 들려준 대로 이 분들께도 순교하신 분들의 얘길 좀 해주시오."

그는 잡았던 팔을 놓고 옆으로 비켜섰다. 정소좌의 눈은 목사들의 얼굴 위에 한참 동안 머물러 있었다. 그는 마른 몸에 키가 컸다. 그는 입술을 추켰고 뺨을 씰룩거렸다. 목젖이 긴 목의 위아래로 오르락 내리락하다가 마침내 쉰 듯한 목소리로 조용히 말했다. / "그래 당신들이 목사들이군." / 장대령이 다시 말했다. "참, 여러분, 여기 이 정소좌는 과거에 많은 잘못을 저지른 것은 사실이지만 우리들에겐 아주 귀중한 도움을 주었고, 자신의 과거에 대해서도 충분히 반성했습니다. 그러므로 그는 적당한 조치와 절차를 밟아 자유인으로 돌아가게 될 것입니다.

정소좌가 장대령을 돌아보며 내뱉었다. / "이 거짓말쟁이!" 곁에 섰던 중위들이 그의 팔을 잡았다. / "난 당신이 어떤 종류인지 알고 있어." 정소좌는 착 가라앉은 소리로 계속했다. "당신에 관해선 충분히 알고 있었어. 당신이나 나나 동업자니까 날 속일 수 있다고 생각하면 오산이지. 당신들이 날 어떻게 할건지 다 알고 있어. 어차피 날 쏘아 죽일 건데 괜히 이 사람들을 속이지 말라구. 그래 언제요? 오늘밤? 내일 아침?" / "이게 뭐 이래!" 대령이 버럭 소리를 질렀다. 중위들이 포로를 방밖으로 끌어내려 했다. / "가만 놔둬!" 장대령은 명령한 뒤 포로를 향해 말했다.

"이것 봐, 정신이 나갔어? 제대로 행동하라구! 수틀리면 정말 쏴죽일지도 모르니깐, 알겠나?" / "그를 살려주시오, 대령." 누군가가 작은 소리로 말했다.

정소좌가 다시 목사들을 향하고 서서 벗겨진 머리를 흔들며 실쭉 웃었다. "하아, 그래 살려주라고? 살려주어? 당신들이 날 웃기누만. 벌써들 잊어버렸나? 당신들을 관대하게 봐줘서 살려둔 건 나야. 나 당신들을 모조리 쏴 죽일 기회가 있었는데도 난 그러질 않았어. 당신들을 죽여봐야 총알 값도 안 된다고 멍청하게 생각했기 때문에 죽이질 않았던 거야. 하, 모조리들 쏴버렸어야 하는 건데. 너무 늦게 깨달았어." / "놈을 끌고 가!" 장대령이 고함을 질렀다.(생략)

"왜 모조리 죽이지 않았나? 박대위의 날카로운 목소리가 끼어들었다.

"왜냐고? 왜 다 죽이지 않았느냐 말이지?" 포로는 몸을 돌려 박군을 마주 바라보았다. / "하나가 미쳐버렸기 때문이야. 정신이 나간 거지. 미친개처럼 말야. 난 야만은 아니거든. 미친놈을 쏘진 않아." / "또 한 사람은 왜 쏘지 않았나?"

느닷없이 고군목의 커다란 목소리가 터져 나왔다. 그는 우리 쪽으로 뚜벅뚜벅 걸어왔다.

"아니, 이건!" 장대령이 소릴 질렀다.

"그는 내게 감히 대항해 온 유일한 친구였어. 난 당당하게 싸우는 걸 좋아해. 그 자는 용기가 있더군. 내 얼굴에 침을 뱉을 만큼 배짱 있는 친구는 그자 하나뿐이었어. 난 내게 침을 뱉을 수 있는 자를 존경해. 그래서 난 그자만은 쏘지 않았던 거야. 하지만 그 친구도 쏘아버렸어야지. 너도 마찬가지야. 너도 진작 쐈 죽였어야 마땅했어. 난 너를 알고 있어. 이 가짜 목사야!"

고군목은 포로의 앞에 가서 섰다. 그 다음 순간 주먹이 날쌔게 번쩍 하더니 포로를 마루바닥에 쓰러뜨렸다. "괴물 같은 것!" 군목이 내뱉었다.

여기에 나오는 신목사는 다른 목사들과는 달리 북한비밀경찰 정소좌가 하나님을 부정하면 살려주겠다고 하자 하나님을 모독하지 말라고 그의 얼굴에 침을 뱉습니다. 그러자 정소좌는 사내답다고 죽이지 않고 살려주었다는 이야기입니다. 김은국은 시 소설을 통해서 목사다운 목사의 전형을 신목사를 통해서 그려내었다고 하겠습니다.

사건의 구성에는 복잡성과 단일성도 있고, 우연성과 필연성, 발전과 역전 등을 들 수 있겠습니다. 사건 진행의 형식에는 순행과 역행, 순역행, 역순행 등으로 가름할 수도 있습니다. 객관적인 시간의 순서는 과거 현재 미래라는 시간의 질서대로 진행됩니다. 객관적인 모든 사건은 이 순서를 어길 수 없습니다. 그러나 소설에 있어서는 이러한 순행(順行)이 역행(逆行)으로 바뀔 수 있습니다. 과거에서 현재로 순행할 수도 있고, 현재에서 과거로 역행할 수도 있습니다.

순행의 경우는 과거에서 현재, 미래로 진행된다면, 역행은 미래에서 현재, 과거로 돌아가며, 순역행(順逆行)은 과거에서 미래, 현재로, 그리고 역순행(逆順行)은 미래에서 과거, 현재로 되돌아오는 시간적 내지 논리적 질서를 말합니다.

소설 「숭례문 무너지는 소리」의 사건은 불타는 숭례문과 문예신 교수의 분신자살, 그리고 문 교수의 딸의 행방불명과 박명숙 학생의 자살로 이어집니다.

소설 배경의 설정은 구성에 도움을 줍니다. 인간의 삶에는 시간과 공간의 제약이 따르기 때문에 소설에서도 역시 인물과 사건, 그리고 그 인물과 사건의 배경으로서의 시간과 공간을 떠나서 생각할 수 없습니다. 소설의 등장인물들의 언행이나 사건도 일정한 환경에서 가능하기 때문입니다. 따라서 배경이란 소설에서 뺄 수 없는 불가분의 일체관계에 있습니다.

배경은 소설의 4대 요소, 즉 주제와 구성과 인물과 배경 중의 하나라고 말하는 이도 있습니다. 연극에서는 인물 뒤에 배경이 있듯이, 소설 역시 인물이나 사건 뒤에 시공간적(時空間的) 배경이 있게 마련입니다. 그러므로 작자는 인물을 설정하고 사건을 전개하는 동시에 배경을 설정하지 않으면 안 됩니다. 배경은 인물이나 사건과 밀접한 관련이 있기 때문에 거기에 일치해야 하고 유기적인 관련을 지녀야 합니다.

여기에서의 배경이란 주제나 인물, 또는 사건에 도움이 되는 시공간적 사물과 밀접한 연관성을 지닙니다. 가령 비가 오는 날이나 눈이 오는 날, 까치가 우는 아침과 까마귀가 우는 저녁 시간, 안개가 밀려온다거나 썰물이 빠져나가는 등 이루 말할 수 없는 사물의 배경에서 소설의 분위기가 좌우되기도 합니다. 그것은 행, 불행이 암시되기도 하고, 내비쳐지기도 하기 때문입니다.

배경이 작품 전체의 성격을 드러내는 경우는, 왕복 버스 편과 안개 낀 소도시를 배경으로 설정한 김승옥의 소설 「무진기행」이라든지, 6.25 전쟁의 발발부터 9.28의 서울 탈환 무렵까지의 시간적 거리의 배경과 이화 일가의 서울과 임진강 등지에서 겪은 수난의 공간적 배경으로 짜여 있는 강신재의 소설 「임진강의 민들레」는 제목 그 자체부터가 배경과 관련된 주제의식이 내재되어있는 작품입니다.

소설의 배경은 작자가 표현하고자 하는 이야기에 구체성을 부여하는 중요한 성숙의 요소라 하겠습니다. 소설에서 배경이 설정될 때 그것은 작품의 분위기라든지, 작중 인물의 성격 형성에 기여하는 역할을 하게 됩니다. 소설에서 배경을 설정할 때 고려해야 할 점은 묘사하고자 하는 배경을 잘 알아야 한다는 점입니다. 따라서 구체적인 배경을 실감 있게 묘사하고자 할 때는 현장답사가 필요하기도 합니다. 더 나아가서는 현장답사뿐 아니라 지리학이라든지 풍속학적 자료도 검토해야 할 필요를 느낄 때도 있습니다. 이야기를 하다보니 끝이 없겠습니다.

이제 마지막 14주차 3교시 수업을 여기에서 마치겠습니다. 시이건, 소설이건, 수필이건, 좋은 작품, 훌륭한 작품을 많이 쓰시기 바랍니다. 마치겠습니다.

# 교정기호

| 기호 | 설명 | 교정 예 |
|---|---|---|
| ✓ | 語(字)間을 떼라 | 교정의의미 |
| ⌒ | 語(字)間을 붙이라 | 교정이라 한은 |
| ℓ | 活字를 바로 세우라 | 교정 과 |
| ᒋᒣ | 誤字를 고쳐라 | 원고와 를 |
| ℓℓ | 法하라 | 내조하여 |
| ⊙—⊙고 | 고딕체로 바꿔라 | 문자·배열· 고 |
| ⊙—⊙明 | 명조체로 바꿔라 | 기타의 런 점, |
| ⌐⌐ | 先後를 바꿔라 | 접 능을 불비한 |
| ←ᒋᒣ→ | 左(右)로 내(넣어)라 | ← 교정지세 |
| ᒣ | 行을 이으라 | 주로 붉은 잉크로 |
| ᒣ | 行을 바꿔라 | 記入訂正하는 일 을 말한다 |
| 6P | 活字크기를 바꿔라 | 6P 대한글 사전에서 |
| ᒣᒣ | 줄을 고르게 하라 | 校正은 參校를 |
| ᐱ· | 句讀點을 넣어라 | 原因으로 한다 |

# 찾아보기

**【ㄴ】**

## 【ㅂ】

## 【ㅇ】

# 문예창작강의

초판    1쇄 인쇄일  | 2018년 8월 2일
초판    1쇄 발행일  | 2018년 8월 7일

지은이          | 황송문
펴낸이          | 황혜정
인쇄처          | 삼광인쇄
펴낸곳          | 문학사계
                등록일 2005년 9월 20일 제318-2007-000001호
                서울시 송파구 강동대로 61-4, 2층
                Tel 02-6236-7052

배포처          | 북센(031-955-6706)

ISBN           | 978-89-93768-53-4
가격           | 18,000원

*저자와의 협의하에 인지는 생략합니다.
 잘못된 책은 구입하신 곳에서 교환하여 드립니다.